I0752043

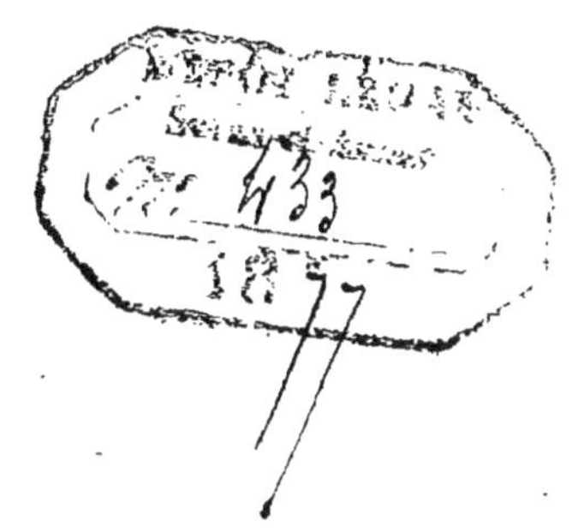

LES VIKINGS

DE LA BALTIQUE

Coulommiers. — Typographie Albert Ponsot et P. Brodard.

G. W. DASENT

LES VIKINGS
DE LA BALTIQUE

ÉPISODE DE L'HISTOIRE DU NORD AU Xe SIÈCLE

ROMAN TRADUIT DE L'ANGLAIS

AVEC L'AUTORISATION DE L'AUTEUR

PAR

ÉMILE MONTÉGUT

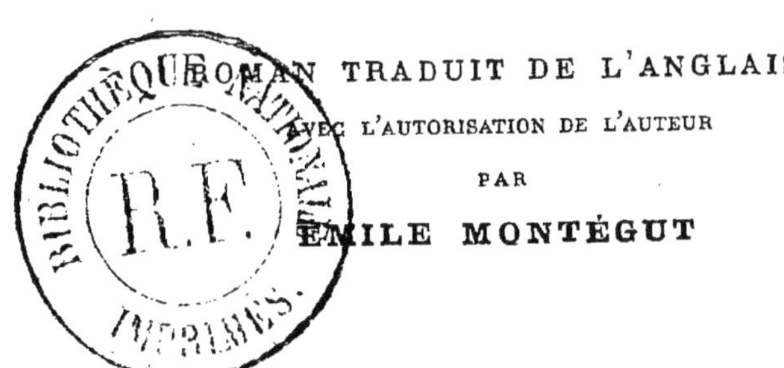

TOME PREMIER

PARIS

LIBRAIRIE HACHETTE ET Cie

79, BOULEVARD SAINT-GERMAIN, 79

1877

INTRODUCTION

Les événements rapportés dans le récit qu'on va lire sont pour la plus grande partie historiques. On ne peut nier que vers la fin du xe siècle une formidable compagnie libre de Vikings, ou coureurs de mer, s'était établie, sous des lois qui lui étaient propres, dans une forteresse imprenable sur le rivage de la Baltique, à l'embouchure de l'Oder. Il est non moins certain que d'abord sous le commandement de leur fondateur Palnatoki, et après sa mort, sous celui de Sigvald, fils d'Harold le superbe, ces corsaires furent une épine au côté des rois Wendes sur le territoire desquels se trouvait leur forteresse, et une épine plus cruelle encore au côté des rois de Danemark dont les sujets composaient en très-grande partie cette fameuse compagnie. Jomsburg fut un asile pour tous les courages hardis et toutes les lames vaillantes de l'époque, aussi tout homme qui se joignait à la bande était-il autant de force retranchée de la vigueur de la terre à laquelle il appartenait par naissance. En outre, dans le cas du Danemark, il s'ajouta des injures et des rancunes qui, sans être subies et ressenties beaucoup par le peuple danois, le furent par la maison royale. Pendant le règne d'Harold à la dent bleue, non-seulement Palnatoki avait nourri et soutenu Sweyn, son fils proscrit, mais sa flèche infaillible avait tué le roi Harold lui-même et contraint ainsi Sweyn au devoir sacré de la vengeance. Pis encore, Sweyn était à peine assis sur le trône de son père, qu'il fut saisi par Sigvald qui venait de succéder en ce même temps à Palnatoki comme capitaine de la compagnie, et conduit à Jomsburg où il fut contraint, malgré sa volonté, d'épouser une princesse wende.

Il est également certain qu'à la solennité de la bière des funérailles, ou fête de l'héritage, que Sigvald, selon les coutumes de sa race et de son siècle, fut contraint de tenir à l'occasion de la mort de son père, le roi Sweyn se trouvant trop faible pour lutter ouvertement avec les Vikings, les conduisit, lorsqu'ils furent égarés par la boisson, à faire des vœux téméraires qui les obligèrent à attaquer Hacon, le puissant jarl de Norwége, et à s'embarquer ainsi dans une expédition qui faucha toute la fleur de leur compagnie, et amena par suite la ruine de Jomsburg.

Il faut observer, toutefois, que la critique moderne, tout en admettant la vérité de chacun des événements racontés dans cette histoire, a, pour de bonnes raisons qui lui sont propres, jugé légitime de les arranger dans un ordre quelque peu différent, et de troubler ainsi cette succession naturelle selon laquelle nous les trouvons racontés dans la saga des Vikings de Jomsburg qui peut être lue dans l'original au onzième volume des *Fornmanna Sögur*. Mais tout en nous inclinant dans les matières de critique historique devant des autorités comme celle de Munch et de Dahlmann, il suffit à notre présent dessein de faire remarquer que la version poétique de l'histoire de ces Vikings, sous la forme qu'elle reçut dans l'islandais du XIVe siècle, possède une vérité, une chaleur et une beauté propres, qui l'emportent de beaucoup sur la valeur de n'importe quel squelette historique, quel que soit le soin avec lequel ses os arides ont pu être rassemblés et enchâssés ensemble.

C'est donc la *saga des Vikings de Jomsburg* que pour cette raison nous avons suivie comme guide dans cette histoire, où l'auteur espère qu'on pourra trouver quelque chose de l'énergie et du feu avec lesquels les merveilleuses aventures de cette compagnie fameuse sont racontées dans l'original. Cet espoir une fois exprimé, c'est maintenant à cette œuvre à parler pour elle-même. Si elle pouvait persuader à quelque lecteur de regarder dans ce grand magasin de littérature dont le langage islandais tient la clef, et de se rendre compte par lui-même de ce qui est historique et de ce qui est fiction dans les présents volumes, l'auteur serait suffisamment récompensé de ses peines. Il a pris la liberté de placer une traduction libre du fameux chant funèbre sur le roi Éric à la hache sanglante dans la bouche du skalde Einar Tintement de balances, et de l'appliquer à la mort d'Erlend, fils d'Hacon. Quelques vers tirés des poëmes de son cher ami John Sterling, et cités de mémoire, ont aussi été donnés au même skalde islandais.

LES VIKINGS DE LA BALTIQUE

PREMIÈRE PARTIE

CHAPITRE I

COMMENT JOMSBURG S'ÉLEVA.

Il nous faut aujourd'hui nous détourner de ce XIXe siècle avec ses manières et ses coutumes, ses canons *Dévastation*, Rupert, Armstrong et Palliser, pour nous enfoncer loin, bien loin dans le Nord du Xe siècle avec ses arcs et ses flèches, ses larges haches et ses lances.

Vous n'avez pas souci de m'accompagner? Oh! que si, vous m'accompagnerez, car cela vous composera une très-amusante histoire, pleine d'aventures périlleuses et de saluts inespérés, et si complétement différente de votre monotone existence de chaque jour — car je ne lui donnerai pas le nom de vie — que le contraste vous en sera aussi réconfortant qu'une dose de quinine l'est à un homme atteint de la fièvre sur la Côte-d'Or.

Il n'y a donc pas à vous demander si vous venez ou ne venez pas. Vous allez me suivre là où je vais vous conduire, et en un instant, plus rapidement même que ne jaillit l'étincelle électrique, le temps et l'espace vont être suspendus, et vous allez vous trouver avec moi dans l'enceinte de Jomsburg, sur le rivage est de la Baltique, dans le dernier quart du xe siècle de l'ère chrétienne. Et maintenant, avant que cette histoire ne commence, laissez-moi vous prier de secouer tout ce *cant* de conventions qui s'appelle civilisation, et d'oublier tous les préjugés qu'ont contribués à engendrer dans votre nature tous les siècles qui se sont succédé entre le xe et le nôtre, afin d'entrer librement et pleinement dans la vie et l'être des hommes et des femmes que vous allez rencontrer.

Jomsburg était un château, comme l'implique la terminaison *burg* ou *borg* ; mais qu'était ce que Jom ? Je crains qu'il ne faille laisser la réponse dans le doute. Que ce fût cependant le nom d'un homme ou le nom d'une localité, toujours est-il qu'au xe siècle le château s'élevait là, non loin du moderne Wollin en Poméranie. Cette région de l'Allemagne, comme nous l'appellerions aujourd'hui, était alors occupée par les Wends, pour la majeure partie race païenne esclavonne, dont le nom se prolonge encore de nos jours dans celui des Wends de Lusace aussi bien que dans le titre de prince des Goths et des Vandales que porte encore le roi de Suède. Les noms des rois wends de cette époque sont esclavons sans mélange et faits pour démancher la mâchoire de qui essaie de les prononcer. Burislaf est le plus aisé de tous, et Mieczyslaf n'est pas à beaucoup près le plus rude. Ils nous troubleront peu dans cette histoire, circonstance que j'annonce à mes lecteurs et que je m'annonce à moi-même avec grande satisfaction. Qui pourrait lire à haute voix un roman avec quelque plaisir, lorsque la récitation en doit être payée par la perte probable des incisives ? Se débattre avec les noms wends suffirait en très-peu de temps pour faire de celui qui s'essaierait à cette tâche un bredouilleur incurable pour le reste de ses jours. Cependant si nous n'avons pas à employer des noms wends, comment donc ferons-nous pour parler d'un château wend ? Est-ce que Burislaf ne le possédait pas ? Non, il ne le possédait pas ; il était à la vérité seigneur suprême de Jomsburg, mais c'étaient des hommes d'une toute autre race que la sienne qui le tenaient, ce qui explique pourquoi le nom est de prononciation si facile. Jomsburg était un château occupé par une bande d'écumeurs de mer scandinaves qui s'en servaient comme d'asile pour leurs personnes et leur butin bien ou mal acquis. Ils s'en étaient saisis et l'avaient fortifié sans la permission du seigneur suzerain qui, ne se trouvant pas assez fort pour chasser les envahisseurs, prit le meilleur parti qu'il pût prendre, celui de traiter avec eux. Acceptant la situation telle qu'elle était, il finit par s'habituer à considérer les occupants de Jomsburg plutôt comme des amis que comme des ennemis, et comme la garnison d'une forteresse qui tenait en respect de pires ennemis. De leur côté les écumeurs de mer, ou Vikings, s'interdisaient scrupuleusement de dévaster ou de piller les terres wendes ; leurs mains s'étendaient sur tous, sauf sur les sujets du roi wend, si bien qu'à la fin ces derniers les regardèrent comme des amis plutôt que comme des ennemis, et comme une source de force plutôt que comme une source de faiblesse pour leur roi.

Quant au château il faut bien nous garder de l'imaginer sous ces formes de gracieuse architecture que notre XIVe siècle nous a rendu familières, et de penser à quelque chose comme Carnarvon ou Conway. Ce ne fut pas un édifice de l'époque d'Édouard que Palnatoki, tel fut le nom de leur premier capitaine, bâtit pour les Vikings sur la côte de la Baltique. Ces Vikings étaient des écumeurs de mer, et comme il longeait ce bas et sablonneux rivage wend, il remarqua dans cette mer à faible reflux une ouverture dans laquelle il lui serait toujours possible d'abriter ses barques et qui pourrait contenir trois cents vaisseaux. Ce dont il avait besoin avant tout, c'était d'une constante profondeur d'eau et d'un havre fermé par la terre, et cela il le trouva à Jom ou Jomi. Tout autour de l'ouverture il éleva une muraille, ou pour mieux dire un rideau d'architecture cyclopéenne, de vastes remparts hauts de plus de trente pieds, et d'une immense épaisseur. Ici et là la muraille se renflait de tours basses d'où la garnison pouvait surveiller le côté des terres, bien qu'il fût peu [illegible] par suite de la manière dont les choses s'étaient [illegible] ainsi que nous l'avons dit plus haut, de pren[illegible] cautions contre une attaque de l'intérieur. C'était [illegible] de la mer que les Vikings attendaient leurs enne[illegible] les défenses élevées à la bouche du havre furent en [illegible] quence construites très-fortement. À cet ouvrage [illegible] bans de Jomsburg épuisèrent tout leur génie. [illegible] de l'étroite entrée qui ne pouvait admettre qu'un [illegible] à la fois une arche grossière fut dressée, et par-de[illegible] cette arche les navires se suivant à la file en abaissant [illegible] unique mât glissaient dans l'eau tranquille du havre. [illegible] dessus de ce portail s'élevait la seule chose approchan[illegible] d'un château que possédât Jomsburg. C'était un édifi[illegible] énorme, massif et informe, construit dans la mer de [illegible] que côté de l'arche, et la dominant de deux étages. [illegible] heur au navire de guerre qui d'aventure essayait de [illegible] forcer un passage dans ce havre dont l'entrée était encore barrée par des arcs-boutants et des chaînes. Dans cette tour étaient entassées d'énormes pierres qui pouvaient être soudainement lancées par des ouvertures pratiquées dans la maçonnerie sur le navire voué à la destruction aussitôt qu'il atteignait l'arche. A l'intérieur de ces murs cyclopéens les pirates ou Vikings de cette fameuse bande libre, *condottieri* de la mer, vivaient dans les maisons de bois de l'époque, quand ils n'étaient pas occupés à écumer les eaux de l'occident en quête de butin et de renom. Ils étaient nés de la turbulence du siècle, et avaient grandi grâces à elle. Les vieilles choses étaient en train de disparaître dans le nord, et les nouvelles n'étaient pas encore établies ; l'ancien respect pour les familles royales et les petits princes des royaumes scandinaves allait diminuant, et tout entiers à leurs efforts pour établir des dynasties les rois de Danemark, de Suède et de Norwége, avaient le plus souvent laissé de côté le devoir de conduire aux expéditions sur mer leur jeunesse aventureuse. Ils étaient trop occupés chez eux pour se soucier plus longtemps de la moisson des vagues. L'âge de Ragnar Lodbrog était passé, et le système d'Harold aux blonds cheveux était encore dans son enfance. Les royaumes septentrionaux se coulaient lentement dans un moule constitutionnel et se fixaient dans de nouvelles formes ; mais sur toute l'étendue du nord le vieil esprit de la piraterie brûlait encore dans une multitude de cœurs avec une flamme énergique, et lorsque leurs chefs naturels leur manquèrent, il se forma des bandes libres de Vikings dont cette fameuse compagnie de Jomsburg fut à la fois la principale et la plus renommée. Ces causes politiques étaient déjà suffisamment perturbatrices pour créer une époque de confusion et de dislocation, mais il vint s'y ajouter encore vers la fin du xe siècle une nouvelle racine de discorde avec ces germes de croyance chrétienne qui, d'abord semés par l'empereur Othon en Danemark, s'étendirent graduellement sur le nord entier, mais non sans des années de luttes obstinées et des apostasies fréquentes.

Nous voici donc arrivés à savoir avec quelque certitude ce qu'étaient Jomsburg et ses habitants. C'était une forteresse tenue avec la permission tacite du roi wend par une bande puissante de corsaires, ou Vikings, comme on les appelait alors ; mais nous nous abuserions beaucoup sur les sentiments qui remplissaient leurs cœurs, et sur les liens qui les unissaient mutuellement, si nous nous les figurions comme une simple masse de pirates vulgaires bons seulement à être exécutés au bout de vergue. Ils étaient coureurs de mers, parce que courir la mer constituait une profession honorable, absolument comme la guerre dans les temps modernes, et cette histoire montrera à tout le moins que le Viking du xe siècle non-seulement balayait les mers et poussait tout le monde devant lui, mais que sa carrière était pleine d'ambition et de hautes entreprises.

Ce n'était pas davantage une bande dans laquelle tout guerrier ou coureur de mer pût être enrôlé sur sa demande. Fort strictes et minutieuses étaient les recherches sur le candidat avant que son admission à la bande fût autorisée, et fort sévères étaient les conditions auxquelles il devait satisfaire pour y rester. On peut dire que c'est par une sorte d'examen au concours qu'on s'ouvrait les portes de Jomsburg et que se recrutaient les rangs des coureurs de mer. Nul ne pouvait y être admis s'il était âgé de plus de trente ans et de moins de dix-huit. Tout guerrier qui avait cédé à un autre guerrier équipé des mêmes armes que lui-même ne pouvait plus rester dans la compagnie. Tout homme admis était tenu de prêter le serment solennel de venger chacun des autres comme il vengerait son camarade de gamelle ou son propre frère. Il était défendu de médire de quelqu'un de la bande, et de mettre en circulation quelque nouvelle que ce fût avant que le capitaine de la bande n'eût autorisé à la répandre; quiconque s'avisait de cela était immédiatement chassé. Même dans le cas où le devoir suprême de cette époque, l'obligation sacrée de venger un parent selon le sang, était en question, s'il arrivait que deux ennemis naturels de ce genre se rencontrassent dans la compagnie, le capitaine avait droit de fixer la compensation qui devait être donnée en argent, et la querelle de sang devait ainsi prendre fin. Tout le butin que la bande faisait devait être partagé en commun, et s'il était vendu, il devait être vendu au profit de tous. Si quelqu'un était convaincu de retenir quelque chose secrètement, il était immédiatement expulsé, et si dans une dispute ou contestation quelqu'un s'oubliait au point de prononcer un mot de plainte ou de crainte, il était regardé comme un lâche et forcé de quitter la compagnie. Toute admission était décidée par la valeur et la prouesse du candidat, et on ne tenait compte d'aucune considération de parenté ou de faveur. Condition dernière et non la moins importante, nul ne pouvait s'absenter du château plus de trois nuits sans la permission du capitaine, et jamais aucune femme ne pouvait être admise dans son enceinte.

Tels étaient les articles du contrat par lequel s'étaient constitués les Vikings de Jomsburg, terreur et gloire du Nord à la fois, et sous cette loi la bande qui partait chaque été pour piller et revenait chaque hiver pour se partager son butin et en jouir, se conquit un tel renom pour la prouesse et l'audace, qu'à la fin elle compta dans les rangs de sa confrérie les plus hardis guerriers du Nord et de l'Occident, et que son nom devint synonyme de tout courage et de toute célébrité dont la race scandinave put être fière.

CHAPITRE II

A L'INTÉRIEUR DU CHATEAU.

Nous sommes maintenant à l'intérieur de la forteresse. Au-dessous de nous voici le havre fermé du côté de la terre rempli des longs navires de la bande. Voici derrière nous les énormes murailles à la maçonnerie rudimentaire, et devant nous les huttes de bois construites en sapin grossièrement équarri dans lesquelles habitent les chefs et les soldats Vikings. En dehors de l'une de ces huttes, deux hommes de la bande nous apparaissent : l'un est un homme qui a depuis longtemps passé cinquante ans, l'autre un jeune garçon grand et robuste, mais dont la face juvénile montre à peine les dix-huit étés nécessaires à son admission. De tous côtés sont des groupes de vigoureux guerriers, les uns goudronnant ou peignant leurs vaisseaux, les autres nettoyant ou polissant leurs armes. Ces armes sont la hache, l'arc, l'épée et la lance ; à l'exception d'un ou deux couvre-chefs d'acier, et de quelques très-rares *byrnies* ou chemises de mailles, nous ne voyons ici d'autres armes défensives que les boucliers de forme oblongue se terminant en pointe. En tenant compte de la différence des temps, cette scène nous rend assez bien le tapage et le bourdonnement d'un moderne arsenal.

Nous avions oublié de dire que tout autour du mur, bien qu'à intervalles très-éloignés, se tenaient des sentinelles qui, pareilles à celles de nos jours, dépensaient leur temps en pure perte pendant des années entières, leur charge étant de donner l'alarme dans le cas où surviendrait quelque danger qui, selon toute probabilité, ne se présenterait jamais. Au-dessus de l'arche qui s'élevait à la bouche du havre se tenait un veilleur prêt à souffler de sa corne un avertissement, si par hasard un étranger s'approchait du château du côté de la mer. Prêtons cependant l'oreille à ce que disent les deux guerriers qui sont tout près de nous.

« Je vous l'affirme, mon fils d'armes, disait le plus âgé, cela ne tournera jamais au bien de la bande. Qu'aurait dit de telles choses votre grand-père, notre fondateur? Je vous le répète, la compagnie est sur la voie de la ruine. Les lois ne devraient pas être violées.

— Elles furent violées lorsque je vins parmi vous, répondit le plus jeune, et vous les violez en cet instant même, Beorn, en parlant contre le capitaine.

— Elles furent violées vraiment, dit Beorn en regardant le jeune homme avec orgueil, violées vraiment lorsque vous vîntes parmi nous. Ne vîntes-vous pas ici, dans le temps de votre grand-père, justement peu avant qu'il mourût, et ne refusa-t-il pas de vous laisser entrer dans la bande parce que vous étiez trop jeune? Et ne défiâtes-vous pas notre nouveau capitaine, Sigvald, celui que nous avons maintenant, d'accepter combat, hors du havre, avec deux vaisseaux et cent hommes choisis de chaque côté? et Sigvald ne finit-il pas par tourner les talons et fuir devant vous? et toute la bande, qui en compagnie de votre grand-père, regardait le combat du haut des murailles, ne déclara-t-elle pas alors que, bien qu'âgé seulement de seize ans, vous étiez suffisamment homme pour nous puisque vous pouviez forcer un de nos plus braves guerriers à tourner les talons et à fuir? Voilà comment vous fûtes accepté comme l'un des nôtres. C'était violer la loi, cela est vrai, et il est toujours mauvais de violer la loi ; mais ce que notre nouveau capitaine Sigvald se dispose à faire, est la violer de la pire façon. Si les femmes s'introduisent une fois dans le château, c'en est fait de Jomsburg et des Vikings.

— Comment savez-vous, père d'armes, que le capitaine porte de tels projets dans son cœur ? On peut savoir qu'une fille est aimable, et le sentir, sans l'introduire dans le château.

— Vagn, mon fils d'armes, dit le vieillard d'un ton rieur, vous êtes en train de penser à cette croisière que nous fîmes l'an passé, à la Baie en Norwége, lorsque nous pillâmes Thorkell, de la terre de Leira, et que nous enlevâmes ses bestiaux et ses provisions. Vous êtes en train de penser à Ingibeorg, cette charmante fille que nous rencontrâmes dans le bois le jour où nous débarquâmes et que vous auriez enlevée, sans la loi qui est comme elle doit être, qu'aucune femme ne mettra jamais le pied dans Jomsburg, et il en devrait être ainsi. Les Vikings ne devraient rien avoir à démêler avec les femmes. »

Pendant que Beorn grognait ces irrespectueux propos contre le beau sexe, une rougeur s'étendait sur la belle figure du jeune guerrier, et il était aisé de voir, à la vivacité de cet incarnat, que Vagn n'avait pas oublié la belle jeune fille norwégienne. Il se contenta de répondre :

« Nous ne pouvions pas l'emmener excepté pour la vendre comme esclave, et c'eût été une trop grande indignité même contre l'orgueilleux Thorkell ; mais assez là-dessus. Je vous le demande encore, père d'armes, qu'est-ce qui vous fait dire que le capitaine se dispose à violer la loi ?

— Un de ces individus wends m'en a informé, répondit le vieux ; s'il est païen ou chrétien, je n'en sais rien, mais il disait que le capitaine avait envoyé dire au roi Burislaf qu'il désirait épouser sa fille.

— Épouser sa fille ! s'écria Vagn. Mais alors, si le capitaine épouse sa fille, les autres hommes de la bande peuvent se marier.

— Et s'ils le faisaient, qu'arriverait-il ? dit le vieux Viking avec violence. Le château serait rempli de femmes criardes et d'enfants piaillards. Les bons vieux temps de la vie des Vikings sont passés, vous le savez; vous ne pouvez pas maintenant embrocher un enfant avec une lance et vous en débarrasser de cette façon. Nous nous querellerions tous. Le château serait rempli de commérages et de médisances. Colporter des histoires suivrait de près porter des enfants. Il n'y aurait ni paix, ni aise; nous ne pourrions même plus manger nos repas en tranquillité.

— Elles nous épargneraient l'ennui de faire la cuisine, dit Vagn.

— La cuisine! répliqua Beorn. Mon esclave gallois, Griffin, va cuisiner mieux que toutes les femmes du monde, vous le savez bien. Mais point n'est besoin de parler de cela, fils d'armes; si le capitaine viole la loi, c'en est fait de la gloire de Jomsburg. »

Comme il prononçait ces paroles, deux hommes s'avancèrent vers eux, tous deux d'aspect imposant, et l'un audessus de la stature de l'homme.

« La gloire de Jomsburg, Beorn! dit le moins grand des deux, j'espère que la gloire de Jomsburg sera toujours aussi grande sous mon commandement que sous celle de notre fondateur Palnatoki. Oui, et qu'elle sera même plus grande.

— Ne vantez jamais une journée jusqu'à ce qu'elle ait pris fin, Sigvald, dit Beorn. Vous êtes notre capitaine, et un brave capitaine, mais votre commandement n'est pas passé comme celui de Palnatoki. Il est mort et a disparu, mais il nous conduisit toujours à la victoire et maintint la loi.

— Excepté lorsqu'il la viola, Beorn, car ce fut chose de son fait, dit le capitaine en montrant Vagn avec sa hache.

— Je souhaite, dit Beorn, qu'on ne la viole jamais pour une pire cause. Quelquefois, comme dit le proverbe, les lois sont faites pour être violées.

— C'est la vérité, Beorn, dit le plus grand des deux hommes, et je suis sûr que mon frère ne les violera jamais que pour le bien commun.

— Haut comme le frêne d'Yggdrasil, beau de face, délié

de la langue, et fort comme un ours, dit Beorn. Vous êtes et vous serez toujours Thorkell le gigantesque; mais avec tout cela vous ne laisserez jamais vos os à Jomsburg. Cela, j'en suis sûr, sans avoir besoin de consulter le dieu chrétien ou Thorgerda, l'idole du jarl Hacon.

— Pourquoi cela, Beorn?

— Parce que vous êtes trop coulant et trop facile à céder, dit le vétéran. Il n'y a pas un homme parmi nous qui puisse atteindre aussi loin que vous avec sa hache; d'un coup de votre épée vous faites voler les gens en morceaux, coupés net par le milieu, la tête d'un côté, les jambes de l'autre; avec votre arc vous pouvez tenir une armée à distance tant que dure votre provision de flèches. Le seul homme que nous ayons vu dans ces eaux-ci à vous comparer est l'Islandais Gunnar de Lithend; mais avec tout cela vous vous laissez trop aisément égarer. Frère du capitaine, vous devriez veiller à ce que les lois de la compagnie soient maintenues.

— Voyons, Beorn, dit Sigvald, pourriez-vous dire que la compagnie ait jamais été aussi forte? l'été dernier nos *serpents de guerre* fourmillaient sur les eaux de l'Occident. Esclaves d'Irlande, filles d'Écosse, hydromel, drap, miel d'Angleterre, vin de France et d'Espagne, — n'avons-nous pas tout cela à Jomsburg? Avons-nous jamais ĕu de plus vaillants hommes ou de plus braves vaisseaux? Est-ce que nous n'inspirons pas à Burislaf à la fois crainte et orgueil; crainte de nous avoir un jour pour ennemis, orgueil de nous avoir pour amis?

— Burislaf! grogna Beorn avec dégoût, beaucoup plutôt à la manière de l'ours qui lui donnait son nom [1] qu'à la manière d'un être humain.

— Pourquoi ce *Burislaf?* demanda Thorkell en imitant ce grognement de telle façon que tous en éclatèrent de rire sauf Beorn.

— Parce que je hais Burislaf, toute sa parenté et toute

1. *Bear, bar, beorn,* ours, dans les divers idiomes germaniques.

sa race, dit le vieux Viking. D'abord, et avant tout je hais d'être en paix avec n'importe qui et n'importe quoi, et nous sommes toujours en paix avec Burislaf. Nos mains doivent être levées contre tout homme, et elles ne sont jamais levées contre Burislaf. Il supporte que nous habitions dans cet asile, et ses bardes nous appellent ses vassaux.

— Vassaux ! s'écria le capitaine, vassaux ! jolis vassaux que ceux qui se sont emparés d'une ville, et l'ont gardée contre tout venant, et joli seigneur lige que celui qui n'ose jamais venir dans sa ville. Nous Vikings, nous sommes les amis du roi Burislaf, et il est notre ami. Il nous aime parce que nul ennemi n'osera jamais envahir sa côte, aussi longtemps que nous tiendrons Jomsburg, mais ce n'est pas du roi Burislaf que nous le tenons. Nos bonnes épées, voilà nos seuls seigneurs liges.

— Bien et bravement parlé, dit Beorn, mais ce que je disais ici même à Vagn, mon fils d'armes, je vous le dirai hardiment à vous, capitaine. C'est vrai, nous ne fûmes jamais plus forts. Jamais, même à l'époque de Palnatoki, mon frère d'armes, Jomsburg ne fut si rempli de butin. Ce n'est pas ce que je veux dire. Nous ne sommes peut-être que trop prospères ; c'est la loi qui va s'affaiblissant parmi nous. Or c'est par la loi, c'est-à-dire par notre loi Viking que cette fameuse confraternité fut fondée, et c'est par la loi qu'elle doit être soutenue.

— Et n'est-elle pas soutenue ? demanda Sigvald.

— Non, elle ne l'est pas, elle ne l'est pas comme elle avait coutume de l'être, dit Beorn. Les hommes découchent du *Burg* des nuits et des nuits avec votre permission, quelquefois une semaine entière d'un seul coup, et cela pour aller visiter leurs amis dans le pays d'alentour, comme si un Viking devait avoir d'autres amis que ses frères d'armes.

— Lorsque Palnatoki vint, se saisit du havre, et l'entoura d'une muraille, le pays était désert sur une étendue de je ne sais combien de milles, dit Sigvald. Pas une âme ne vivait dans le marais ou la forêt, car ce havre avait été pendant des siècles l'asile et le repaire de tous les Vikings de la Baltique. Aucun des nôtres ne laissait alors le *burg* parce que dans le pays environnant il n'y avait pas une âme à voir. Mais le vieux proverbe est devenu ici une vérité : « Pour prendre un voleur apposez un voleur. » Maintenant que Jomsburg est une place de défense à la fois pour nous et pour Burislaf, ses sujets se sont bâtis des maisons, et ont transformé les bois et les marais en fermes et en domaines. Ils dorment paisiblement sous l'ombre de ces murailles, car quelle est la bande de Vikings, ou quel est le roi dans le Nord entier qui oserait piller ou dévaster les propriétés de ceux que nous protégeons de nos armes. Voilà, Beorn, la raison pour laquelle nous avons non pas violé, mais relâché la loi. Une courroie de cuir peut s'étendre et rester aussi bonne après qu'elle l'était, mais brisez-la, et elle aura cessé de servir pour jamais, et il en est ainsi de la loi. Palnatoki ne permettait à aucun de nos hommes de sortir du château pour plus de trois nuits, parce que tout individu qui pouvait se rencontrer près de nous était invariablement un ennemi ; mais aujourd'hui nous ne voyons dans tout le pays que les faces souriantes de nos amis à qui nous vendons notre blé et notre farine, nos esclaves et toutes nos belles captives. Il ne peut résulter aucun mal de visiter ceux qui nous doivent tant.

— Violez la loi en une seule chose, et vous la violez en toutes, dit Beorn; puis, regardant sévèrement Sigvald, il ajouta : Bientôt après cela nous aurons des femmes dans le château et des capitaines mariés.

— Et pourquoi non? demanda Thorkell.

— Pourquoi non? répéta Beorn ; avec cette question-là une autre de nos lois disparaît. Du moment que nous en arrivons à nous demander pourquoi il n'y aurait pas des femmes dans le château, et pourquoi les capitaines ne seraient pas mariés, je prévois la ruine de Jomsburg.

— Palnatoki n'était-il pas marié lui-même? demanda Sigvald, et n'étiez-vous pas marié dans votre propre contrée, Beorn le gallois?

— C'est vrai, dit Beorn, mon frère d'armes Palnatoki, notre fondateur, fut marié. Voici pour en témoigner Vagn, son légitime petit-fils ; mais Palnatoki n'avait pas de femme quand il fonda Jomsburg, et quant à la mienne elle était morte et enterrée dans le pays de Galles, avant que Palnatoki et moi nous eussions mêlé notre sang, que nous eussions passé sous la motte de gazon, et que nous fussions devenus frères d'armes. Ce que je vous ai déjà dit, je vous le redis. Nul Viking, capitaine ou simple guerrier, ne devrait se marier. Le mariage est la racine de tout mal pour la bande, et lorsque les femmes entreront dans le château par une porte, notre gloire nous quittera par l'autre. »

Le vieux Viking restant obstiné, ni Sigvald, ni Thorkell ne se soucièrent de continuer plus longtemps la conversation, et laissèrent Beorn et Vagn à eux-mêmes.

Au moment de se séparer, Sigvald dit à Beorn : « Vous viendrez ce soir occuper votre siége dans la salle, compagnon de table. J'ai des nouvelles dont je désire faire part à tous les capitaines de la bande.

— Des nouvelles ? dit Beorn. Il n'y a pas de nouvelles qui soient de bonnes nouvelles, dit le vieux proverbe. Si ces nouvelles étaient l'annonce d'une croisière en Angleterre pour piller la terre d'Éthelred, ce serait autre chose, ou bien encore une croisière en Norwége contre le jarl Hacon, ou même en Danemark contre mon vieux camarade Sweyn, le fils de la couturière, ce seraient des nouvelles cela, des nouvelles comme nous en avions dans les vieux jours ; mais je parie ma meilleure et ma plus large hache que ces nouvelles d'aujourd'hui consisteront tout simplement en quelques paroles doucereuses de Burislaf dont le messager, ainsi que je vous l'ai dit, est arrivé au château, et comme un pot fêlé a déjà laissé couler la raison de son message, et cette raison, c'est que notre capitaine Sigvald pense à violer la loi et à prendre femme.

— Père d'armes, dit Vagn, apprenez-moi comment le vaisseau est arrivé à faire eau ; comment l'avez-vous fendu et l'avez-vous forcé à répandre sa liqueur ?

— Pas de la façon dont je l'aurais souhaité, c'est-à-dire en tapant un bon coup sur sa caboche rasée. Je hais ces moines que Burislaf nous envoie, récitant toujours ce qu'ils appellent leurs chapelets, marmottant toujours leurs patenôtres, et s'ils chantent chantant toujours des airs lamentables, bien différents de ceux d'Einar bruit de balances ou de Gunnlaug langue de serpent. Comme Egill, le fils du vieux bourru Tête-chauve aurait ri de leur musique! Et puis cette chose suffocante qu'ils appellent encens! »

Combien de temps Beorn aurait ainsi continué à maugréer contre les moines, on ne saurait le dire, si Vagn ne l'avait pas arrêté en lui demandant :

« Mais le message, les nouvelles, père d'armes? Comment avez-vous tiré l'hydromel de la bouteille si vous ne l'avez pas brisée ?

— Précisément en y versant l'hydromel, cet excellent et capiteux hydromel d'Angleterre que vous et moi nous acquîmes comme part de notre butin lorsque l'été dernier nous jouâmes partie avec Olaf fils de Tryggvi, et que nous pillâmes le Sussex tandis qu'Ethelred le mal préparé fuyait devant nous.

— J'ai entendu dire, dit Vagn, que les moines ne boivent ni bière, ni vin. Comment donc le prêtre de Burislaf boit-il de l'hydromel ?

— Il vaudrait mieux lui adresser à lui-même cette question la première fois que vous le verrez dans la salle du capitaine, dit Beorn. Pour moi je ne puis vous répéter que ce qu'il m'a dit avant de partir. L'hydromel, disait-il, n'était pas de la bière et n'était pas du vin. Il lui était défendu de boire de ces deux dernières liqueurs, mais non pas de l'hydromel, et alors il s'assit à table et but cruche sur cruche de la généreuse liqueur d'ambre, si bien qu'à la fin elle fut sa maîtresse, et qu'il parla et me dit que le message de Burislaf au capitaine était que, si Sigvald voulait venir le visiter, ils verraient s'il pouvait avoir Astrida pour femme.

— L'œil du capitaine se connaît en beauté, dit Vagn,

car si la renommée dit vrai, Astrida est de beaucoup la plus belle de toutes les filles du roi Burislaf. Mais pour que Burislaf ait envoyé cette réponse il faut que Sigvald lui ait d'abord demandé la main de sa fille. Qui a pu porter cette demande au roi ? un oiseau de l'air ou un poisson de la mer ?

— Ni l'un ni l'autre, dit Beorn amèrement, mais un ver de terre, un autre de ces moines que l'empereur Othon envoya à Sigvald il y a quelque temps. Ne remarquâtes-vous pas son arrivée et son départ ?

— Oui, dit Vagn, mais je croyais que l'empereur l'avait envoyé pour dire à Sigvald qu'il serait pour le bien de son âme que lui et tous les hommes de la bande se fissent chrétiens et abjurassent la vieille foi, s'il y en avait encore quelqu'un qui y fût attaché.

— C'est la vérité, enfant, dit Beorn, et le capitaine dit qu'il remerciait beaucoup l'empereur pour le soin qu'il prenait des âmes de la compagnie, mais que lui et ses hommes se fiaient dans leurs bonnes épées, leurs robustes navires et leurs armes solides beaucoup plus que dans toute autre chose, et que la plupart d'entre nous avaient secoué les fers de la vieille foi et n'étaient pas si empressés d'être enchaînés de nouveau. Là-dessus le tonsuré secoua la poussière de ses pieds, pour parler comme il parla, et se mit en route disant son chapelet et chantant ses lamentables refrains, mais la conclusion de tout cela, c'est qu'il porta un message à Burislaf, et ce message, c'était que Sigvald désirait épouser sa fille. »

CHAPITRE III

LES VIKINGS DANS LEUR SALLE DE FESTINS.

Nous voici maintenant dans la salle des Vikings, long bâtiment au toit notablement élevé, éclairé tout le long de chacun des côtés par une rangée d'ouvertures trop étroites pour permettre passage, trop hautes pour qu'on y pût atteindre facilement du sol. Une porte s'ouvrait aux deux extrémités, et ces deux portes étroites étaient les seuls moyens d'entrée et de sortie, les pignons n'étant que maçonnerie sans porte ni fenêtre. Par derrière chaque porte il y en avait une autre, ou plutôt une grille que devait traverser celui qui voulait pénétrer dans l'intérieur. Une fois entré il se dirigeait soit à droite, soit à gauche de la spacieuse salle. Au milieu, pendant l'hiver, flamboyaient de grands feux alimentés par des bûches énormes, feux dont la fumée trouvait issue par des lucarnes percées au sommet du toit. Tout le long des deux côtés de la salle s'étendait une double rangée de bancs, et au milieu se dressaient deux siéges élevés, l'un pour le capitaine et l'autre vis-à-vis pour son lieutenant ou son second en commandement. Aux deux côtés du capitaine étaient assis les plus braves et les plus vieux de la bande dont les siéges différaient en dignité selon qu'ils s'éloignaient ou se rapprochaient des portes. Tel était l'ordre du côté du capitaine, et la même étiquette était observée sur les bancs opposés. Ces deux rangées de bancs n'étaient pas assez éloignées l'une de l'autre pour que n'importe quelle action ou n'importe quelle parole faite ou prononcée sur l'un des côtés ne fût pas aperçue ou entendue par ceux qui faisaient vis-à-vis. Pour servir le festin on apportait des tables mobiles formées de planches supportées par des tréteaux, et qu'enlevaient des esclaves une fois le grossier repas achevé. Alors commençaient les sérieuses rasades, l'affaire capitale de la soirée. Le chef, tenant à la main sa corne pleine de bière ou d'hydromel, se levait de son siége, engageait le lieutenant son vis-à-vis à lui faire raison et vidait sa corne. Le lieutenant se levait à son tour et adressait la même invitation au capitaine dont l'exemple était suivi par l'officier placé à sa droite, lequel faisait sommation à l'officier assis à la droite du lieutenant. Venait ensuite dans l'ordre hiérarchique l'officier assis à la gauche du capitaine qui proposait le même toast à l'officier assis à la gauche du lieutenant, et ainsi la corne passait de main en main traversant la salle de droite à gauche, jusqu'à ce que chaque convive eût sommé son vis-à-vis. Il est curieux de remarquer que cette même étiquette dans la manière de porter les santés est encore observée dans les festins civiques d'Angleterre, avec l'addition de ce détail inconnu aux anciens temps, que les convives placés aux deux côtés de celui qui porte le toast se lèvent lorsqu'il vide la coupe, afin d'interdire à son gosier toute tricherie pendant qu'il boit.

Au moment où nous sommes entrés dans la salle des Vikings dont l'arrangement général était exactement celui de toute salle royale ou de simple particulier à cette époque, les tables avaient été enlevées, et les toasts et les invitations allaient leur train. Ces joies furent interrompues par un esclave jouant le rôle de maître des cérémonies, qui, remontant jusqu'au milieu de la salle, et se plaçant devant le capitaine, cria d'une voix retentissante :

« Un message du roi Burislaf.

— Il est le bienvenu, dit Sigvald. Nous sommes prêts à entendre son message ; une fois cela fait, qu'on lui donne un siége honorable, et qu'il boive à corne pleine. »

Le messager fut introduit. Manteau d'un bleu sombre, culottes rouges, chausses de laine brune, hauts souliers attachés par de longs lacets qui s'enroulaient en forme de croix autour de la jambe jusqu'au-dessous du genou, tel était son costume. Il portait à la main une hache à long manche qui n'était pas sans quelque ressemblance avec la hallebarde du moyen âge, et son côté était ceint d'une courte épée.

Se courbant devant Sigvald, il dit :

« J'apporte un message du roi Burislaf, ô capitaine ! Veux-tu l'entendre maintenant ?

— On ne peut trop vite prêter l'oreille aux paroles d'un ami, dit Sigvald ; exposez immédiatement votre message, et écoutons-le tous.

— Le roi Burislaf vous fait présenter ses bons souhaits,

dit le messager, et vous prie d'aller le trouver sans délai afin qu'il puisse conférer avec vous.

— C'est bien, dit Sigvald, nous y réfléchirons, et nous vous rendrons réponse. En attendant apprenez-nous votre nom et dites-nous où vous avez quitté le roi.

— Mon nom, dit le messager, est Gangrel Pied-rapide, et je suis venu ici en un jour de Stargard où j'ai laissé le roi Burislaf dans sa salle royale.

— Bien nommé Pied-rapide en vérité, dit Sigvald; les messagers du roi Burislaf ne laissent pas l'herbe croître sous leurs pieds; plus de quarante milles en un jour, c'est bien marcher. Çà maintenant, Beorn le gallois, faites une place pour Gangrel Pied-rapide entre vous et votre fils d'armes Vagn, faites-lui passer soirée joyeuse, et ayez soin que l'hydromel ne lui manque pas. Demain matin il portera notre réponse au roi Burislaf. »

De nouveau le messager s'inclina profondément devant le capitaine, puis se détournant, il prit place entre Beorn et Vagn.

« Il est mauvais, dit-on, de plaisanter avec un homme altéré, dit le vieux Viking, mais je sais qu'il est juste aussi mauvais de causer avec lui jusqu'à ce qu'il ait étanché sa soif. »

Ce disant il lui tendit une corne profonde pleine d'hydromel écumant d'Angleterre, et lui souhaita bon message et heureux retour auprès du roi Burislaf.

Le messager leva lentement la corne à ses lèvres, la tenant à longueur du bras, et renversant la tête en arrière pendant qu'il buvait.

Ce que voyant, Beorn dit à Vagn :

« Voyez comme il la vide dextrement sans en laisser tomber une goutte. Ce n'est pas la première fois qu'il boit de l'hydromel. Voyez comme la pointe de la corne monte et monte encore en l'air, tout à fait comme Thor lorsqu'il essaya de boire la mer entière dans la salle de Loki à Utgard. »

Enfin le bras étendu s'abaissa, la corne descendit lentement, et après une respiration profonde accompagnée d'un grognement de satisfaction, Gangrel Pied-rapide tendit la corne à Beorn qui regarda dans l'intérieur, et dit :

« Bien avalé, en vérité, Gangrel, et sans en laisser une goutte. Est-ce là la manière dont vous buvez toujours, vous autres Wendes ?

— Je ne suis pas Wend, dit le messager. Si j'étais Wend mon nom serait Mystislaf ou Myecksyslaf, ou quelque autre laf. Non je viens du bas pays entre le Wahal et le Rhin, et là-bas nous buvons tous comme je viens de boire.

— J'aurais dû le comprendre, dit Beorn, à votre nom qui signifie un voyageur, et qu'ici dans le Nord nous transformerions en Gangrad ou Gangler. Le premier Gangrel fut le grand dieu Odin auquel tout le Nord avait coutume de croire : nombreuses sont les histoires qui racontent comment il erra à travers ce monde du milieu, enveloppé d'un large manteau et d'un vaste chapeau à bords retroussés, pour pénétrer les voies des hommes. Et vous, aussi, vous avez vu beaucoup en votre vie, et vous avez promené vos pieds rapides à travers bien des régions !

— Avez-vous un peu plus de cet excellent hydromel d'Angleterre ? dit Gangrel en riant. Comme cela vous prend possession d'un homme ! Mes pieds le sentent déjà. Laissez-moi vider une autre corne, et puis je vous dirai d'où je vins et où je suis allé.

— J'ai toujours entendu dire que vous autres Flamands étiez de grands buveurs, dit Beorn, et chez moi, dans le pays de Galles, il y en a quelques-uns qui portent vaillamment l'hydromel et la bière ; mais votre corne tient bonne mesure, et si vous la vidiez toute entière pour votre part vous ne seriez pas capable de raconter votre histoire. En outre notre manière de boire est de boire de compte à demi avec notre voisin. Voyez, la corne est divisée intérieurement par une cheville qui la traverse : la moitié à toi, la moitié à moi. — Alors appelant un des esclaves : — Ici enfant, remplis de nouveau la corne d'hydromel d'Angleterre, et porte-la à Gangrel Pied-rapide, messager du roi. »

La corne fut apportée, Beorn la prit et dit :

« Je vais t'enseigner à boire à la façon des Vikings. »

Alors il leva lentement la pointe de la corne en l'air comme avait fait Gangrel, mais lorsqu'elle fut à moitié hauteur, il arrêta brusquement sa main, et renversa la corne d'un coup sec qui fit écumer l'hydromel à moitié du vase, mais sans en laisser tomber une seule goutte.

« Voilà! dit Beorn, c'est ainsi que nous buvons, mais peut-être penserez-vous qu'il ne vaut pas la peine de dessécher la petite goutte qui reste, quoiqu'elle fasse bien au moins un quart d'après notre mesure.

— J'ai appris deux choses dans mes voyages, dit le messager : la première, c'est de me contenter de la moitié lorsque je ne puis avoir le tout, la seconde d'agir à la guise des gens avec qui il m'arrive de me trouver. Dans mon pays nous tiendrions pour chose misérable de boire une demi-corne d'hydromel. Nos cornes sont toujours remplies jusqu'au bord, et nous les buvons jusqu'à la dernière goutte. Ici vous vous invitez à boire les uns les autres par moitiés, et ce n'est pas une mauvaise coutume pourvu qu'on attrape assez de moitiés pour faire beaucoup d'entiers. Mais j'ai vu pis que cela, car lorsque j'étais à Byzance que vous autres, gens du Nord, vous appelez *Mickle-Garth*, la ville des villes, je me suis trouvé avec des gens qui ne buvaient jamais une goutte de vin, de bière ou d'hydromel, et qui disaient cependant qu'ils faisaient fort bien sans tout cela.

— Et qu'est-ce qu'ils buvaient alors à leurs festins et autour de leurs feux à Yule [1]? demanda Beorn.

— Dans ce pays, dit Gangrel Pied-rapide, il n'y a ni Yule, ni feux, et ce que les gens boivent est quelque chose que nous ne voyons jamais à nos festins, soit ici, soit dans les Flandres : — de l'eau.

— De l'eau, grogna Beorn, de l'eau ! — Ici, enfant, remplis de nouveau cette corne d'hydromel. — Gangrel Pied-rapide, redites encore cela. Les voyageurs comme vous

1. Date du vieux calendrier scandinave qui correspond à la Noël.

voient bien d'étranges choses et racontent bien d'étranges histoires, mais qui jamais entendit parler d'eau à un festin ?

— C'est comme je vous l'ai dit, répondit Gangrel ; croyez ou ne croyez pas, à votre volonté. Lorsque j'étais parmi les Varangiens au service du grand empereur, nous allâmes en Orient dans un pays qui est entre deux très-grands fleuves, et là les gens croyaient à un prophète, et ne buvaient ni vin, ni bière, ni hydromel, et lorsqu'on entrait dans leurs tentes et qu'on leur demandait à boire, ils vous donnaient de l'eau dans un vase de terre.

— Il y a bien des années, dit sentencieusement Beorn, que je n'ai mis dans ma bouche une goutte d'eau, à moins que ce ne fût de l'eau de rivière ou de l'eau de mer lorsqu'une vague entrait dans mon navire, et alors, Odin me soit en aide, ainsi que le dieu blanc des chrétiens, et tous les dieux de toutes les religions, je l'ai toujours crachée immédiatement. Comment ces gens peuvent-ils chanter ou combattre, ou font-ils seulement pour vivre, si leur sang n'est pas excité par la bière ou l'hydromel ?

— Non seulement ils chantent, vivent et combattent, mais ils font les trois choses fort bien. Ils sont nombreux, et nombreux, vos Varangiens du Nord qui ont mordu la poussière après une volée de leurs flèches cruelles. Jamais je n'ai vu d'archers comparables à ces buveurs d'eau, ni d'hommes aussi souples et aussi musclés.

— Et tout cela avec de l'eau, murmura Beorn. Bon, bon ! il est possible que l'eau de ces pays soit plus forte que celle des rivières et des courants de ces régions du Nord. Peut-être le soleil qui les chauffe tout le long de l'année y met-il vie et esprit ; mais ce n'est pas ici, ni dans le pays de Galles, ni dans les Flandres, que les gens pourraient vivre en ne buvant que de l'eau.

— Les oiseaux, les bêtes, les poissons et les moines vivent bien ainsi, dit Gangrel.

— Oui, oui, dit Beorn, mais un homme, j'entends un homme véritable, n'est, grâces à tous les dieux, ni un oiseau, ni une bête, ni un poisson, ni un moine. Voilà justement ce que je dis. Pourquoi un homme vit-il, si ce n'est pour combattre? Lorsqu'il meurt, nous dit notre vieille religion, il s'en va combattre tout le long du jour, pour l'éternité, et tous les soirs festiner et boire dans le Valhalla. Les moines ne combattent pas, ils prient à la fois dans ce monde-ci et dans l'autre, mais un homme véritable doit boire de solides breuvages. — Eh bien, enfant! pourquoi tant de lenteur à remplir cette corne? »

La corne apportée, le vieux buveur en prit sa part, puis Gangrel la termina avec un claquement des lèvres.

« Eh bien, Beorn, dit-il, je vous ai parlé d'un pays où il n'y a ni Yule, ni neige, et où les gens vivent et combattent en ne buvant autre chose que de l'eau. Vous videz votre corne comme un homme, mais vous avez fait bien autre chose que boire dans votre vie.

— Pourquoi demander une vieille histoire? interrompit Vagn qui jusqu'alors avait gardé le silence et s'était contenté d'écouter. Le monde entier sait que pendant quarante ans au moins Beorn le gallois a donné la pâture aux corbeaux, aux milans aux pieds jaunes, et aux loups au poil gris.

— Cela est vrai comme l'acier, j'en suis sûr, dit Gangrel Pied-rapide, c'est-à-dire vrai pour tout ce monde du Nord, mais le monde a d'autres parties, et comme pendant bien des années j'ai été absent de celle-ci, je n'ai pas entendu parler des braves actions de Beorn.

— Voudriez-vous une autre demi-corne? demanda Beorn. Je trouve que cela aide la mémoire. Peut-être ensuite pourrai-je vous raconter un petit morceau de ma vie. Ce n'est pas pour faire le vantard, c'est seulement pour vous raconter une chose à laquelle j'ai participé, bien que la principale gloire en revînt à mon frère d'armes, Palnatoki, le fondateur de cette vaillante compagnie.

— Il n'est jamais trop tard ou de trop bonne heure pour boire sec, dit Gangrel ; bien que j'aie vécu parmi les buveurs d'eau et que j'aie fait comme ils faisaient, parce que je ne pouvais pas faire autrement, je suis toujours en disposition de boire une corne de bière piquante ou d'hydromel, et ce n'est que pour le mieux si elle éclaircit le gosier pour raconter une bonne histoire qui mérite de vivre à jamais. Ainsi, haut la corne, et en avant l'histoire ; la nuit est encore peu avancée, les feux flambent avec vivacité, et tout le tour de la salle ce n'est que chants et clameurs joyeuses, l'un invitant l'autre à lui faire raison, et chacun égayant son voisin. Oui, oui, de par tous les dieux, sauf ceux des buveurs d'eau, une autre corne d'hydromel ! »

L'hydromel apporté fut lestement dépêché. Alors Beorn toussa pour s'éclaircir le gosier, et dit :

« Vous avez entendu parler du roi Harold à la dent bleue, le père du roi Sweyn, le fils de la couturière, le roi de Danemark de maintenant ?

— J'ai entendu parler de lui dans mon enfance, dit Gangrel, avant de quitter votre pays pour l'Orient ; quant à ce qu'il fit et comment il mourut, c'est plus que je n'en sais.

— Eh bien, écoutez comment il mourut et comment nous bûmes la bière de ses funérailles. Quant à sa vie, ce fut un roi mauvais et injuste ; moins on parle de lui, mieux cela vaut. Vers la fin de ses jours il lui restait un fils, Sweyn, le fils de la couturière, que Palnatoki avait adopté et élevé. Il arriva que le roi Harold ne voulut jamais le reconnaître pour son fils, quoiqu'il fût aussi clair que le jour pour tout le monde qu'il l'était, et la fin de cela fut que le père et le fils en vinrent des paroles aux coups, et que tout naturellement Palnatoki prit le parti de son enfant d'adoption. Il arriva aussi qu'un été Palnatoki eut besoin d'aller à l'Ouest pour surveiller un petit royaume qu'il avait conquis dans le pays de Galles. C'est alors que je devins son frère d'armes, mais de cela je ne dirai rien. Pendant que Palnatoki était absent le roi Harold eut l'avantage sur son fils, et à la fin il le pinça dans un traquenard, c'est-à-dire qu'il le ferma avec ses vaisseaux dans une anse semblable à ce qu'était la nôtre avant que nous eussions bâti le château, et mieux que cela, il fut assez fort pour garnir d'une bande de soldats chacun des côtés de l'anse, tandis que ses vaisseaux disposés en double ligne fermaient l'entrée du port. Pouvez-vous porter cela dans votre tête, ou bien l'hydromel est-il trop fort pour vous ?

— Je porte tout cela dans ma tête, aussi bien que j'y porte l'hydromel, fut la réponse.

— Très-bien, dit Beorn. Alors je continue en vous disant que la nuit même où cette aventure arriva, la bonne chance de Sweyn, ou la volonté des dieux, ramena Palnatoki du pays de Galles, et que nous ramâmes dans les ténèbres jusqu'à une petite baie, qui n'était pas à un mille de l'endroit où se trouvaient les deux flottes. Quoiqu'ils n'eussent de nous aucunes nouvelles, nous avions appris par quelques pêcheurs dans le Sund que le roi et Sweyn en étaient venus aux mains sur la côte de Suède. Avertis ainsi d'avance nous nous trouvâmes armés d'avance, et Palnatoki découvrit bientôt que Sweyn était enveloppé, et qu'entre son enfant d'adoption et lui il y avait le roi Harold et ses forces.

« Aussitôt que notre vaisseau fut à l'ancre en sûreté, il me dit : « Frère d'armes, es-tu d'avis de débarquer avec moi pour voir comment les choses se comportent sur terre? Si Sweyn a quelque chance d'être sauvé, ce ne peut être que cette nuit. Demain il sera trop tard.

« — Je ne vois pas comment il pourra être sauvé cette nuit puisqu'il est trop tard pour combattre, dis-je ; mais si vous le voulez, nous débarquerons.

« Nous débarquâmes donc, prenant avec nous nos haches et nos boucliers, et Palnatoki, qui était le meilleur archer du Nord, et qui valait bien une centaine de vos buveurs d'eau avait son arc et ses flèches. Bon, nous n'avions pas fait plus d'un mille à travers la colline boisée qui bordait le rivage, que nous voyons à travers les arbres un grand feu de bûches, et des hommes assis ou debout tout autour, car la première nuit d'hiver était déjà passée, et le temps était froid.

« — Ce sont quelques-uns des hommes du roi, frère d'armes, dit Palnatoki ; avançons plus près d'eux. »

« Nous nous glissâmes donc vers eux parmi les arbres. C'était tâche facile ; ils ne pouvaient nous voir, eux au contraire se trouvaient éclairés devant nous par le feu ; quant à nous entendre, le vent soufflait, et les flammes craquaient et ronflaient de telle sorte que nous aurions pu arriver jusqu'à eux sans être aperçus. Lorsque nous fûmes à une demi-portée d'arc environ, mon frère d'armes chuchota :

« — C'est une chasse royale, en vérité ! C'est le roi lui-même ! »

« Oui, c'était le roi ; il était là debout, la tête couverte d'un casque d'acier bordé d'un filet d'or et surmonté d'un sanglier d'or. Juste en ce moment il tourna la face de notre côté, et, relevant les pans de son manteau, se chauffa aux bûches embrasées.

« — Voici comment je sauve Sweyn, » dit Palnatoki, en arrangeant une flèche sur son arc. Une minute après la corde chanta bien haut lorsque la flèche partit pour son but, et en un clin d'œil le roi Harold tombait, frappé à mort par le grand tireur. Il était là étendu parmi les bûches embrasées, tandis que ses capitaines fourmillaient autour de lui ; mais tout cela ne servait de rien. Le roi Harold à la dent bleue gisait mort, tué par une flèche, et personne ne pouvait dire qui avait lancé le trait.

« Quant à nous, nous tournâmes les talons et nous revînmes à nos navires.

« — Je savais, me dit Palnatoki, qu'il y avait quelque chose sous le vent, tant le nez me démangeait pendant notre voyage. Mais pas un mot de tout cela à qui que ce soit, frère d'armes. Sweyn est sauvé. Je lui enverrai dire ce soir d'essayer de forcer demain matin à la première aube l'entrée de l'anse, tandis que de notre côté nous ferons force de rames et attaquerons les hommes du roi par derrière. Alors il se trouvera que ce seront eux, et non pas Sweyn, qui seront pris dans un traquenard, et nous ne les laisserons pas sortir avant que l'armée entière ait reconnu mon enfant d'adoption comme roi légitime de Danemark. »

« Pour faire courte une longue histoire, continua Beorn, la mort soudaine du roi jeta son armée dans la confusion et l'effroi, et le lendemain matin, avec peu ou même point de perte de sang, le Danemark eut un jeune roi, le roi Sweyn de maintenant, au lieu du vieil Harold à la dent bleue. Voilà la première partie de mon histoire, et si vous désirez entendre le reste, dites un mot et nous viderons une autre coupe d'hydromel avant de la terminer.

— De tout mon cœur, dit Gangrel Pied-rapide ; j'aime votre histoire presque autant que votre hydromel.

— Holà, enfant! cria Beorn, une autre corne d'hydromel pour le messager du roi Burislaf. »

CHAPITRE IV

LA BIÈRE DES FUNÉRAILLES DU ROI HAROLD.

Après que cette dernière corne eut été vidée, Beorn prit souffle et continua :

« Aussitôt que Sweyn fut solidement établi sur son trône, Palnatoki s'en retourna à son royaume du pays de Galles, et laissa son fils, le père de ce Vagn que voici, pour régir ses domaines en Danemark, domaines qu'il avait recouvrés avec le nouveau roi. Je ne sais comment il en va chez vous, en Flandres, Gangrel, mais ici, dans le Nord, il n'est personne; depuis le roi sur son trône jusqu'au plus humble homme libre dans sa chaumière, qui croie être entré pleinement en possession de ses droits, et avoir rempli ses devoirs sacrés envers le mort, avant d'avoir bu ce que nous appelons sa *transmission d'héritage*, ou bière des funérailles, et tenu un grand festin dans la salle de son père en l'honneur de sa mémoire.

— Nous n'avons pas de telles coutumes en Flandres, dit Gangrel ; là-bas nous buvons toujours de la bière en notre propre honneur. A cet égard la mort d'un père ne fait pas de différence ; le fils prend sa terre et ses biens, et boit de la bière et de l'hydromel tout comme auparavant.

— Il n'en est pas ainsi chez nous, dit Beorn. Il importe peu chez nous que le père et le fils aient été à couteaux tirés pendant qu'ils vivaient ; si dans les trois ans le fils n'a pas bu sa bière d'héritage, il est regardé comme un rien du tout, un poltron, et comme n'étant pas le vrai fils de son père. Ainsi que je vous l'ai dit, l'amour que se portaient ce père et ce fils ne tenait pas chez eux grande place. Harold aurait tué Sweyn, et Sweyn Harold, mais lorsqu'Harold fut mort Sweyn ne pouvait pas être son légitime héritier avant d'avoir tenu cette fête. C'est une de nos coutumes, et nous en avons encore une autre que vous avez aussi sans doute, car elle se rencontre dans le monde entier. J'ose dire que vos buveurs d'eau l'ont aussi. C'est ce que nous appelons la querelle du sang, et par cette coutume Sweyn était obligé de venger la mort de son père sur l'homme qui l'avait tué.

— Nous avons cette coutume, dit le Flamand, et les buveurs d'eau l'ont aussi ; mais puisque Sweyn devait tant à Palnatoki, et qu'il était d'ailleurs son enfant d'adoption, il aurait peut-être pu prendre un moyen d'accord.

— Vous ne connaissez ni nos coutumes, ni la nature de Sweyn, dit Beorn ; mais écoutez mon histoire jusqu'au bout. Pendant tout ce temps-là, comme vous le savez, pas une âme, si ce n'est Palnatoki et moi, ne savait que c'était la flèche de Palnatoki qui avait tué le roi ; nous pensions au moins que personne ne le savait. Cependant, malgré cela, lorsque Palnatoki fut en sûreté à l'Ouest, dans le pays de Galles, il ne sembla pas fort empressé de revenir en Danemark pour être présent à ce repas funèbre. Trois fois, dans les trois années suivantes, le roi Sweyn envoya pour le convoquer à la fête, et Palnatoki fit répondre une fois qu'il était malade et ne pouvait pas venir, et une autre fois que son beau-père était mort et qu'il ne pouvait pas venir. Comme le roi ne pouvait pas, ou ne voulait pas, tenir la fête sans son père d'armes, il la remit deux fois, mais il en fut irrité, et lorsque vint la troisième année il envoya un si chaud message que Palnatoki prit son parti d'y venir, et répondit qu'il ne manquerait pas de se trouver dans la salle du roi, à Slesvig, un certain jour en automne. Bon ! pour faire courte une longue histoire, comme je vous le disais tout à l'heure, nous mîmes en mer trois braves navires montés par une centaine d'hommes, et quoique la route fût longue et le temps mauvais, nous atteignîmes notre port le jour même où la fête devait être tenue. Si ce fut effet du hasard ou par la volonté secrète de Palnatoki, je ne puis le dire, mais il en fut ainsi ; nous n'atteignîmes la Slei que lorsqu'il fut nuit bien close. Alors nous arrêtâmes nos navires proche du rivage dans l'eau profonde, nous tournâmes leurs proues du côté de la mer, nous plaçâmes les avirons tout prêts dans les toletières, et nous laissâmes un homme ou deux pour garde. Quelques-uns de nous trouvaient tout cela bien singulier, mais non pas moi, car j'étais dans le secret, et je savais ce qui se passait dans l'âme de mon frère d'armes. Tous les autres obéirent sans mot dire, comme doivent le faire de vrais marins.

« Bon ! notre point de débarquement était tout près de la salle royale, mais nous arrivâmes si juste, que lorsque nous entrâmes dans la salle le roi et ses hommes étaient tous occupés à boire sec ; néanmoins il était si sûr que nous viendrions qu'il avait réservé des siéges pour une centaine d'hommes sur le banc en face de lui. Il fut très-joyeux de nous voir, et nombreuses furent les félicitations qui s'échangèrent entre lui et son père d'armes. Nous nous assîmes, nous bûmes et nous rîmes beaucoup, et jamais il n'y eut pareil festin d'héritage en Danemark, non, pas même pour Gorm le vieux, lorsqu'il mourut avec la reine Thyra. Mais ce festin ne devait pas bien finir, car il faut que vous sachiez que Palnatoki avait un frère nommé Feolner, qui lui avait toujours été ennemi, et qui avait été le conseiller du roi Harold. Il n'y eut pas la plus petite dépense d'affection entre Feolner et Palnatoki, et nous jugeâmes tous que c'était mauvais signe lorsque nous vîmes qu'il était en grande faveur auprès du roi Sweyn et qu'il était assis près de lui au festin.

« Enfin, juste au moment où la gaieté et le plaisir étaient à leur comble, et où la bière et l'hydromel commençaient à parler par l'organe des hommes, Feolner se pencha en arrière et dit quelques mots à l'oreille du roi, et immédiatement le roi devint rouge comme du sang et sembla tout gonflé de rage. Alors se leva un homme, un des porte-flambeaux du roi, et il se tint debout devant Sweyn, et Feolner lui tendit une flèche dont la partie empennée était enroulée d'un fil d'or, et dit à haute voix, si bien que tous purent l'entendre :

« — Porte cette flèche autour de la salle, et demande à chacun s'il la reconnaît et l'avoue pour sienne. »

« Là-dessus Arnmod — c'était le nom du porteur de flambeaux — commença le tour de la salle, et parcourut tous les bancs du côté du roi en demandant à chacun s'il reconnaissait la flèche, mais personne ne l'avoua. Alors il traversa la salle et vint de notre côté, sur le banc opposé qu'occupaient nos hommes, mais personne n'avoua la flèche ; enfin il s'arrêta en face de Palnatoki.

« — Connais-tu cette flèche ? lui dit-il, en se tenant devant lui.

« — Pourquoi ne reconnaîtrais-je pas ma propre flèche ? répondit Palnatoki. Passe-la-moi, car elle m'appartient. »

« Pendant ce temps-là un silence de mort régnait dans la salle, car les hommes restaient attentifs pour entendre si quelqu'un avouerait la flèche ; mais aussitôt que le roi eut entendu ce que Palnatoki disait, il lui cria d'une voix forte :

« — Palnatoki, quel est l'endroit où tu t'es séparé de cette flèche pour la dernière fois ?

« — J'ai souvent accompli votre commandement, mon enfant d'adoption, répondit Palnatoki, et maintenant si vous croyez que votre gloire sera plus grande si je réponds franchement devant cette grande compagnie au lieu de répondre devant quelques auditeurs, je suis encore prêt à obéir à votre commandement. Sachez donc, ô roi, que je me séparai de cette flèche par le moyen de mon arc, lorsque j'ajustai si bien votre père, le roi Harold, que la flèche lui entra par le gosier et lui sortit par la bouche.

« — Debout, mes hommes! rugit le roi ; debout, et saisissez Palnatoki et ses camarades, et tuez-les tous, car voici la fin de toute amitié entre moi et Palnatoki, la fin de tout l'amour qui nous avait unis. »

« Sur ces mots la salle entière se remplit d'un tapage de voix et d'un fracas d'armes, et les hommes se levèrent de tous les côtés autour de nous, et nous nous levâmes aussi, comme bien vous pouvez croire, avec nos armes aux mains; mais Palnatoki fut le plus prompt de tous, car en un clin d'œil son épée fut tirée, et, bondissant sur son frère Feolner, d'un coup il le fendit jusqu'à l'échine: mais à ce moment même, il avait nombre de vieux amis dans la salle, et Feolner au contraire en avait peu; aussi personne ne porta-t-il l'épée sur nous lorsque nous passâmes la porte de la salle. Tous sortirent à l'exception d'un Gallois de notre bande, car nous étions à demi gens du Nord, à demi gens du pays de Galles. Lorsque nous fûmes dehors sains et saufs, nous nous aperçûmes qu'il nous manquait. »

Ici Beorn fit une pause, comme s'il désirait s'arrêter; mais Vagn dit à Gangrel : « Faites lui achever son histoire, il y a autre chose encore.

— Continuez, dit le Flamand.

— Bien, s'il faut qu'un homme se loue lui-même il le faut, dit Beorn. Sachez donc que lorsque nous fûmes sortis, et que nous nous aperçûmes de l'absence de notre Gallois, Palnatoki dit qu'il fallait bien s'attendre à pareille perte, et qu'il était inutile de rebrousser chemin pour le chercher; son avis était qu'il nous fallait filer droit à nos vaisseaux, mais je lui résistai et je dis : « Tu ne voudrais pas abandonner ainsi un de tes propres compatriotes, et je ne le veux pas non plus, moi. » Là-dessus je retournai dans la salle pour le trouver; mais lorsque je fus entré, ils étaient en train de le faire sauter sur les pointes de leurs lances et ils l'avaient presque mis en pièces, mais ayant pu, par heureux hasard, m'emparer de lui, je le jetai sur mon dos et je m'enfuis avec tous les hommes du roi à mes trousses, et alors nous nous précipitâmes tous dans nos navires.

— Bravement agi vraiment! dit Gangrel, mais était-il tout à fait mort?

— Mort comme Balder, dit Beorn, après que le gui du chêne l'eut traversé, ou Harold après la flèche de Palnatoki; mais je portai son corps jusqu'au rivage, et alors nous nous précipitâmes dans nos navires, et nous commençâmes à jouer des avirons longtemps avant que les hommes de Sweyn pussent lancer un vaisseau à notre poursuite. La nuit était noire comme un four, mais la mer était unie comme verre, en sorte que nos couleuvres de guerre coupèrent aisément les vagues, et que nous fûmes de retour sains et saufs dans le pays de Galles en beaucoup moins de temps que nous n'en avions mis pour venir. Telle fut la manière dont Palnatoki avoua sa flèche et dont le roi Sweyn tint le festin funèbre de son père.

— Et aussi la manière dont vous allâtes à la recherche de votre Gallois et dont vous l'emportâtes; tous ces hauts faits sont de ceux dont on parlera dans le Nord et qu'on y commentera aussi longtemps que durera le monde.

— Cela, je n'en sais rien, dit le vieux Viking; en tout cas, voilà comment les choses se passèrent et comment la querelle de sang s'éleva entre le roi Sweyn et Palnatoki.

— C'est après cela qu'il bâtit Jomsburg, ce château où nous voici à cette heure? demanda le Flamand.

— Précisément, dit Beorn. Vous voyez qu'en certaines choses Palnatoki fut le plus malheureux des hommes. Tant que le roi Harold vécut, il fut un proscrit, parce qu'il avait pris le parti de Sweyn, le fils de la couturière, et après que, par cette flèche si heureusement ajustée, il eut élevé Sweyn au trône, la querelle de sang vint à la traverse et en fit un aussi grand proscrit pour le fils d'Harold qu'il l'avait été pour le père. Néanmoins, Sweyn fut juste en une chose ; il ne confisqua pas les biens de Palnatoki dans Fünen, mais laissa Aki, le père de Vagn, en garder possession, et ils appartiendront un jour ou l'autre à mon fils d'armes, absolument comme le comté d'Harold le superbe en Scanie appartiendra un beau jour à notre capitaine Sigvald, et comme Bornholm appartiendra à Bui l'intrépide que vous voyez là-bas lorsque les dieux rappelleront auprès d'eux son père Veseti.

— Parbleu, vous êtes tous des fils aînés qui attendez, comme Sweyn, l'heure de boire la bière des funérailles de vos pères, dit Gangrel. Mais, vous Beorn, vous êtes cependant trop vieux pour avoir encore un père vivant, il y a longtemps que vous devez être entré en possession de votre héritage. Comment en va-t-il de votre royaume dans l'Ouest ?

— Beaucoup comme il en va de tous les royaumes de l'Ouest, un jour souriant, un jour couvert. Pour ce qui est de moi, je laissai mes terres à mes parents lorsque j'associai ma fortune à celle de Palnatoki et que je vins ici. Un jour ou l'autre il se peut que j'y retourne, mais je n'ai jamais eu jusqu'à présent le mal du pays, et en outre, à son lit de mort Palnatoki me laissa le soin de son petit-fils Vagn. Il est déjà l'égal de n'importe quel homme de notre bande, mais le jour viendra où personne dans le Nord n'osera lui faire face.

« Mais voyez, Gangrel, continua-t-il, les feux s'obscurcissent, le capitaine se lève, et Bui et Thorkell suivent son exemple. Il nous reste juste le temps de vider une dernière corne d'hydromel avant d'aller dormir. — Enfant ! enfant ! une autre corne pour Gangrel Pied-rapide. — Bonté de moi, comme raconter ces longues histoires vous fait sentir la sécheresse au gosier d'un homme !

— Ne boiriez-vous pas de l'eau, maintenant, si vous étiez avec les buveurs d'eau ? dit Gangrel.

— J'attendrai pour cela que je sois dans leur pays, répondit Beorn. Jusqu'à ce moment je me contenterai d'étancher ma soif avec de l'hydromel d'Angleterre. »

Là-dessus les deux buveurs vidèrent [illegible] corne, et sortant de la salle suivirent les [illegible] aux cabanes de bois où ils dormaient par groupes [illegible] et de trois.

Comme Sigvald quittait la salle il dit à Gang[illegible] rapide :

« Demain, au repas du matin, à l'heure où le soleil [illegible] sera pas élevé sur la montagne du Griffon que [illegible] là-bas d'une hauteur plus grande que la moitié [illegible] de cette lance, vous aurez notre réponse pour le [illegible] rislaf. »

CHAPITRE V

LA RÉPONSE AU ROI BURISLAF ET CE QUI EN ADVINT

Bien qu'ils n'allassent au lit qu'assez tard les Vikings se levaient de bonne heure. En été ils se levaient de longues heures avant de prendre leur déjeuner, et ils n'avaient évidemment aucun souci du mal que le jeûne uni au travail peut opérer sur un estomac vide. A l'époque de l'année où se passe ce début de notre récit, septembre, ils se levaient à cinq heures, mais ils ne prenaient aucune nourriture avant neuf heures, et c'était juste à cette heure-là que le soleil s'élevait au-dessus de la petite colline appelée la montagne du Griffon de la moitié de la hauteur de la lance de Sigvald, mesure qu'il prenait sur l'ombre d'en bas par une sorte de grossière trigonométrie, en tenant sa lance horizontalement à l'extrémité de son bras étendu droit.

On ne faisait alors dans le Nord que deux repas par jour, — le repas du jour ou déjeuner, et le repas du soir ou souper ; le premier à neuf heures du matin et le second à la même heure de la soirée, en sorte qu'il y avait entre les deux un intervalle d'environ douze heures. On mangeait davantage au déjeuner et on buvait davantage au souper. Sans doute la soupe et les fortes viandes étaient également abondantes aux deux repas, et la bière et l'hydromel y coulaient sans parcimonie ; néanmoins, comme nous l'avons dit, on mangeait beaucoup plus au premier, et après avoir vidé une corne ou deux, les hommes allaient à leurs affaires et à leur travail ; au souper, au contraire, c'en était fini de tout travail pour la journée, et les hommes de la bande s'asseyaient autour des feux, comme nous venons de les montrer, et buvaient jusqu'à une heure avancée de la nuit.

Au déjeuner donc, en cette matinée de septembre, Gangrel Pied-rapide se présenta de nouveau devant Sigvald, et de nouveau fut confié par lui aux soins de son compagnon de table Beorn.

« Eh bien, Gangrel, dit Sigvald, as-tu dormi bien profondément par-dessus cet excitant hydromel d'Angleterre ? il était bien nécessaire pour faire couler les longues histoires de Beorn. Et l'appétit, te manque-t-il, ou bien te sens-tu en goût d'essayer tes dents sur ce sanglier sauvage ?

— J'ai bien dormi, dit Gangrel ; l'hydromel ne m'a rien dérobé de mon repos, et quant aux histoires de Beorn, quoiqu'elles soient longues, ce sont quelques-unes des plus intéressantes que j'aie jamais entendues.

— Ah ! dit Sigvald, elles sont toutes fraîches pour vous ; vous ne les aviez pas encore entendues.

— Des actions comme celles de Palnatoki sont toujours fraîches, dit Gangrel. Il vous faudra durement travailler pour accomplir de plus grandes choses.

— Est-ce votre opinion ? cria Sigvald. Bon, bon, Palnatoki était un vaillant capitaine, mais peut-être avant que nous mordions la poussière, moi et mon frère Thorkell, et Bui, et Vagn, et même le vieux Beorn lui-même, nous pourrons faire quelque chose qui éclipsera même la renommée de Palnatoki.

— Je souhaite qu'il puisse en être ainsi, dit le messager ; mais le soleil est déjà haut de plus d'une demi-lance. J'ai mangé mon soûl, la route est longue, la journée est courte, et il me faudra courir plus vite que je n'ai couru hier si je veux regagner Stargard ce soir. Quel est votre réponse au roi Burislaf, mon maître ?

— Informez votre maître, dit le capitaine, que d'ici à trois nuits, je souperai avec lui dans sa salle de Stargard en compagnie de cinquante de mes hommes.

— Bon message fait messager joyeux, dit Gangrel Pied-rapide en s'inclinant devant Sigvald. Mes remerciements pour avoir donné à mon voyage ici une heureuse issue. Merci à toi, Beorn, et à toi Vagn, et merci enfin à tous les hommes de cette vaillante compagnie. Il ne manque rien à Jomsburg, à ce que je puis voir, si ce n'est la présence de femmes.

— Peut-être pourrons-nous encore réparer cette lacune, » dit Sigvald, pendant que Gangrel Pied-rapide sortait de la salle et passait rapidement les remparts pour retourner auprès du roi Burislaf.

Personne de la bande, sauf Beorn, n'avait eu le plus petit soupçon de ce que signifiait le message de Burislaf, et encore n'avait-il qu'à demi deviné la vérité ; mais Sigvald et son frère en connaissaient bien le sens. Il était très-vrai, comme l'avait dit Beorn, que Sigvald était fatigué d'une vie de célibat, et également vrai qu'il avait jeté les yeux sur une des filles du roi Burislaf. Qu'il fût amoureux d'une femme qu'il n'avait jamais vue, c'était là un fait aussi improbable à cette époque qu'il le serait dans la nôtre. Il s'était rencontré, selon les traditions du Nord, des cas où un grand roi avait donné d'emblée son cœur à une vierge dont un des longs cheveux d'or avait été déposé à ses pieds par un corbeau, mais c'étaient là des exceptions. Sigvald, le fils et l'héritier de l'orgueilleux jarl Harold le superbe de Scanie, était désireux de se marier afin d'avoir un héritier qui pût lui succéder. Il n'avait point songé à cela, lorsque, comme tant d'autres chefs de la bande, il était parti avec ses navires pour joindre les Vikings, lorsqu'il avait accepté d'être leur capitaine, et qu'il avait juré d'obéir à leurs lois que sur ce point, au moins, il était maintenant prêt à violer. Le prêtre dont Beorn avait parlé avait sondé Burislaf sur cette matière, et la mission de Gangrel Pied-rapide était le résultat de ce sondage. Nous avons entendu ce qu'avait dit le messager du roi; celui-ci désirait voir Sigvald avec une forte escorte dans sa maison de campagne, près de Stargard, mais il n'avait rien dit du mariage proposé, ce qui s'arrangeait parfaitement avec les vues de Sigvald, car il ne pouvait pas prendre femme sans la permission de la bande, et il devait obtenir cette permission avant de partir pour faire sa cour.

« Demain il doit donc y avoir une revue en pleine campagne avec armes complètes, dit Beorn à Vagn. Il faut que nous y soyons tous. Soyez sûr que le capitaine a quelque chose à nous dire sur cette visite au roi.

— Demain, à cette même heure, répondit Vagn, nous saurons tout sur cette affaire. En attendant quelle nécessité y-a-t-il à conjecturer ce qui peut être?

— Croyez à la parole que je vous en donne, ce sera pour violer la loi et prendre femme, dit Beorn.

— Bon, en ce cas, dit Vagn, moi au moins je voterai pour cela.

— Vous voterez pour cela, mon fils d'armes, vous! un garçon comme vous!

— Qui sait? dit Vagn; si la loi est changée, peut-être pourrai-je enlever et épouser la fille de Thorkell de Leira, Ingibeorg la belle.

— Le vent souffle-t-il donc aussi de ce côté? dit Beorn avec un grognement. Nous dégringolons tous de la colline aussi vite que nous pouvons. »

Le lendemain arriva, et avec le lendemain la grande revue des Vikings sur la plaine qui s'étendait en dehors des murailles et où tant de combats avaient été soutenus par les candidats qui désiraient être admis dans la bande. Un seul regard jeté sur les Vikings au moment où ils défilaient à travers l'étroite porte du château aurait suffi au spectateur pour comprendre comment [illegible] compagnie était la terreur du Nord. En estimant [illegible] pages de leurs trois cents navires au plus bas [illegible] devaient composer dix mille hommes, chiffre formé [illegible] les escadres que de grands chefs tels que Sigvald, [illegible] Thorkell, Bui et Vagn, avaient amenées avec [illegible] sous de tels chefs, tous, ainsi que nous l'avons [illegible] taient pas indifféremment admis. Nul parmi les [illegible] portant les armes qui dépassât les limites de l'âge [illegible] admis après examen qui ne fût un homme choisi. [illegible] observateur moderne aurait dit d'eux, que [illegible] comme marins ils étaient tous de la catégorie des A 1, et comme soldats tous grenadiers. Homme après homme ils passèrent à travers la porte dans cette matinée de septembre, armés de la hache et de l'épée, de la lance et de l'arc, mais comme nous l'avons dit plus haut, sans autre arme défensive qu'un bouclier. Ces jours d'alors n'étaient pas une époque d'uniformes, et cependant en un certain sens tous les Vikings de moindre marque portaient un costume plus ou moins semblable, manteau, chausses, culotte de grossière étoffe de laine rousse, chaussures en cuir brun tanné, et sur la tête une coiffure basse du sommet, l'ancêtre de notre moderne *wide-awake*. Quelques hommes portaient un casque d'acier et une *byrnie* ou chemise de mailles ; mais ceux-là étaient si rares que c'était à peine s'ils méritaient d'être remarqués. La bande entière, marchant comme un seul homme, d'un pas lourd qui faisait trembler le sol bourbeux, se forma en un carré vide à l'intérieur, et dans cet espace se placèrent Sigvald et ses capitaines.

Au milieu de ce carré était un ancien entassement d'énormes pierres, dernier lieu de repos de quelque chef wende avant qu'il eût été démoli par les Vikings. C'était en réalité précisément ce qu'on appelle un *cromleck* dans le pays de Galles, c'est-à-dire le caveau ou la chambre sépulcrale d'un tumulus, dénudé de la coiffure de terre et de sable qui avait été empilée au-dessus pour former la tombe. C'était sur la table de pierre horizontale qui formait le sommet que les capitaines vikings montaient invariablement lorsqu'ils désiraient s'adresser à la bande ; mais, à la surprise générale, ce fut Thorkell et non Sigvald qui monta à cette tribune, et qui commença à y prononcer ce que le chroniqueur de cette époque appelle un habile discours.

« Vikings de Jomsburg, dit-il, nous nous sommes tous rassemblés ici aujourd'hui pour que je vous informe de certaine chose qui nous concerne tous. Vous savez tous combien longtemps cette compagnie a duré, et comment elle a conquis renom et profit par les sages lois que notre vieux capitaine Palnatoki porta. Ces lois nous ont fait ce que nous sommes, et à ces lois nous voulons demeurer fidèles. »

Il y eut ici une clameur d'applaudissements accompagnée d'un bruissement d'armes, chacun frappant la bosse de fer de son bouclier avec son épée. Lorsque le bruit se fut éteint, Thorkell continua :

« Nous voulons leur rester fidèles, dis-je, autant que nous le pourrons ; mais les lois vieillissent comme toutes les choses sur cette terre du milieu, et ce qu'il est aisé à un homme de supporter est un pesant fardeau pour un autre. Palnatoki était vieux lorsqu'il vint ici avec Beorn le gallois que nous connaissons tous, et que nous admirons tous comme un de nos plus intrépides compagnons. Il en avait déjà fini avec femme et enfant. Le chêne avait répandu sa semence à terre, et porté de robustes rejetons comme son petit-fils Vagn ici présent, le plus brave et le plus vigoureux de toute notre compagnie, si l'on tient compte de ses années. En conséquence, une de nos lois capitales, une de celles que beaucoup d'entre nous trouvent la plus dure à supporter, était légère comme une plume pour Palnatoki. Pour lui l'amour de la femme était depuis longtemps chose passée et éteinte. Il avait à cet égard étanché sa soif et vidé sa corne jusqu'à la lie. Mais il en va tout autrement pour la plupart d'entre nous. Combien d'entre nous sont comme Freyr, l'ancien dieu, en qui quelques-uns de nous croient encore, lorsqu'il vit Gerda dans la grange de Gymir le géant, et qu'il fut si dévoré d'amour pour elle, qu'il serait mort s'il ne l'avait pas obtenue pour femme! Combien n'en est-il pas parmi nous, lorsque nous avons fendu sur nos cerfs de mer les vagues de l'ouest, qui ont trouvé parmi le butin d'aimables vierges de haute naissance et qui ont éprouvé les mêmes sentiments que Freyr, mais avec cette différence qu'ils savaient qu'elles nous étaient absolument interdites, excepté pour les vendre comme esclaves de par les lois faites par nous-mêmes ! »

Ici un autre murmure d'applaudissements montra que que, dans cette assemblée d'hommes jeunes et vigoureux, il en était plus d'un qui reconnaissait la vérité des paroles de Thorkell.

« Je pense donc, continua Thorkell, que cette loi sur l'introduction des femmes et des épouses dans le château et sur le mariage pourrait être changée, non pas tout d'une fois et absolument, mais que quelques-uns de nous au moins pourraient, avec la permission du capitaine et celle de la bande, avoir faculté de prendre femme. C'est un sage proverbe de nos ancêtres que celui qui nous recommande de prendre garde à trop user d'une bonne chose. Des milliers, ou seulement des centaines de femmes dans Jomsburg pourraient ruiner notre compagnie, mais dix ou cinquante ne le pourraient pas. Nul doute que le capitaine n'ait souvent éprouvé les sentiments de Freyr, et n'ait désiré un héritier pour ce comté en Danemark que possède notre père Harold le superbe. C'est un vaillant capitaine, et Jomsburg tient la tête aussi haute sous son commandement qu'il le faisait aux jours de Palnatoki. Cependant nous ne pouvons rien faire sans les lois de la bande; aussi viens-je vous demander que la loi puisse être élargie sur ce seul point, que le capitaine aura permission de se marier et de conduire son épouse à son foyer, et qu'il sera muni du droit d'autoriser, s'il le juge bon, quiconque d'entre vous aura accompli un acte exceptionnellement intrépide, à prendre femme et à la mener avec lui s'il lui plaît. Maintenant avant de voter nous voici tout prêts à entendre ce que chacun peut dire pour ou contre le mariage du capitaine. »

En même temps que le gigantesque Viking descendait d'un saut de la table de pierre, Beorn le gallois y montait lentement du côté opposé.

« Je ne suis pas un orateur comme Thorkell à la langue déliée, comme je l'appelle volontiers plutôt que Thorkell le gigantesque, et le capitaine, s'il souhaite que la loi soit violée, a bien fait de mettre son frère en avant, car ce frère peut dire pour le capitaine des choses que celui-ci ne pourrait pas dire pour lui-même. C'est parler en beau langage que de dire que le capitaine est comme Freyr, et qu'il désire une femme comme Gerda aux bras blancs, mais Thorkell oublie le prix que Freyr paya pour Gerda, et comment il dut donner au géant cette bonne épée qui pourrait lui rendre si bon service à ce grand et suprême jour du crépuscule des dieux. Ce prix était trop grand pesé contre les bras blancs de Gerda; de même cette compagnie paiera un prix trop cher, si les femmes et les épouses entrent dans le château, par la ruine qui arrivera infailliblement aussitôt que les vieilles lois seront violées. C'est fort bien de parler de dizaines et de cinquantaines de femmes. Nous avons tous vu comment un faible coin suffit pour fendre un tronc de chêne; il en sera ainsi de nous. Dans mon opinion une femme est aussi mauvaise qu'un millier. Nous faisons fort bien comme nous sommes sans elles; pourquoi ne pas laisser les choses telles qu'elles sont? »

A ce discours du vieux Gallois il y eut encore un murmure d'applaudissements dans les rangs, mais il ne fut pas aussi haut que celui qui avait suivi le discours de Thorkell. En même temps on entendit quelques acclamations demandant : « Le capitaine! le capitaine! qu'il parle! qu'il parle! »

Sigvald monta donc sur la table de pierre, et alors éclata un tonnerre de voix accompagné d'un autre formidable fracas d'armes, car chaque homme frappa son bouclier avec un redoublement de force.

« Je ne sais pas aussi bien parler que mon [illegible] kell, dit-il, qui peut bien faire toutes choses, [illegible] navire, abattre un ennemi, chanter un chant [illegible] discours, et quoique Beorn ait voulu vous faire [illegible] qu'il n'est pas orateur, vous avez entendu ce [illegible] et comme il l'a bien dit. Pour ce qui est de [illegible] très-vrai, comme mon frère vous l'a dit, que [illegible] me marier, afin que les ennemis d'Harold le [illegible] croient pas que sa race va périr parce que ses [illegible] ont uni leur fortune à la vôtre, et sont engagés par [illegible] à ne pas prendre femmes. Je ne suis pas comme [illegible] Freyr, car je n'ai pas encore vu ma Gerda, et je ne [illegible] pas pour l'amour d'elle jusqu'à en mourir comme Freyr. [illegible] Je l'avoue cependant, j'ai tourné mes yeux vers un endroit où je sais que l'on peut trouver de bonnes femmes, [illegible] c'est la grange du roi Burislaf ; mais jusqu'à ce que [illegible] vu ces belles vierges, je ne puis savoir si je les [illegible] comme Freyr aima Gerda. Cependant je sais au moins une chose, c'est que jamais pour aucune femme je ne rendrai comme Freyr cette mienne bonne épée qui a fendu de part en part tant d'ennemis de cette vaillante compagnie. »

Ici nouveau tonnerre de voix et nouveau fracas d'armes ; puis Sigvald continua :

« Il est une autre chose à laquelle la compagnie devrait réfléchir, et c'est, bien qu'il me répugne de le dire, que les temps, les saisons et les hommes changent. Mon père Harold le superbe est un vieillard, et avant qu'il ne meure, je souhaiterais qu'il pût voir un héritier à son comté dans un fils sorti de moi. S'il venait à mourir sans que je fusse marié je serais obligé d'abdiquer mes fonctions de capitaine et de laisser le château afin d'aller boire la bière des funérailles de mon père et de me marier. Si la loi était changée, au contraire, sous le rapport du mariage, je resterais ici et je continuerais à être capitaine, et Thorkell, un des principaux appuis de la bande, resterait avec moi ; mais si la loi reste telle qu'elle est, il nous faudra tous deux partir d'ici à peu de temps. »

Il fut aisé de voir que cette déclaration était aussi une flèche allant droit à son adresse. Il n'y avait personne dans la bande qui, pour la naissance et la représentation, pût se comparer à Sigvald. Bui, Vagn, et son frère Thorkell, pouvaient être plus forts et plus audacieux dans le combat, mais Sigvald, en outre d'un bras robuste, avait une bonne tête sur les épaules; la bande savait cela, et même Beorn, son grand antagoniste, était obligé de le confesser. Sigvald partant, c'était comme si l'esprit et la sagesse de la compagnie partaient avec lui, cela fut clairement démontré avec le nouvel orateur qui se leva pour haranguer la foule.

« Mon nom est Bui, comme vous le savez tous, fils de Veseti de Bornholm. Je n'ai que peu de paroles à dire, et voici ce qu'elles sont. Les femmes et le mariage dans le château sont un mal et une malédiction, mais il serait bien pis encore de perdre Sigvald. Ce serait comme ce qui arriva aux dieux lorsqu'on eut perdu Odin dans Asgard et que Thor eut le gouvernement dans ses propres mains. Je ne me marierai jamais; mon bon navire et mes deux coffres remplis de l'or de nos butins sont d'assez grands trésors pour moi. Mais ce qui est poison pour un homme est viande salubre pour un autre, et plutôt que de perdre Sigvald et Thorkell donnons-leur permission d'épouser Hela elle-même si cela leur fait plaisir. »

Ce bref discours d'un orateur du parti de l'opposition, comme Bui pourrait être justement appelé, décida la question. Thorkell, qui savait combien il est avantageux de frapper le fer pendant qu'il est chaud, s'élança sur la table de pierre et vociféra ces paroles avec une telle force qu'aucun homme de la compagnie n'en perdit une seule : « Qu'en dites-vous, Vikings de Jomsburg, Sigvald notre capitaine aura-t-il droit de se marier, et de permettre à d'autres à son choix de se marier, oui ou non?

— Oui! oui! rugit la foule puissante maintenant complètement enlevée et magnétisée. Oui! oui! qu'il se marie comme il lui plaira. » Et sur ces mots, cette question dans laquelle Beorn voyait la ruine de la compagnie fut emportée par acclamation avec un autre grand fracas d'armes.

CHAPITRE VI

LE ROI BURISLAF ET SES FILLES.

Maintenant notre histoire nous transporte à la grange du roi Burislaf située à quelque distance de la ville de Stargard. Les rois de cette race, bien que les Wendes habitassent beaucoup dans des villes, suivaient la mode des tribus germaniques et vivaient pour la plupart en pleine campagne, évitant les murailles entre lesquelles ils se seraient trouvés emprisonnés comme des souris dans une ratière, et préférant entendre les oiseaux chanter, et voir le vert gazon pousser et les grands arbres bourgeonner et fleurir. Cette grange du roi Burislaf n'était rien moins qu'un palais. Elle comprenait une vaste salle, isolée du reste des bâtiments, et faisant corps d'édifice indépendant, dans laquelle le roi venait s'asseoir chaque jour pour y boire et y faire festin avec environ une centaine d'hommes de sa garde particulière. Une des raisons pour lesquelles il désirait être en bons termes avec les Vikings était, qu'ayant prêté l'oreille aux exhortations des prêtres de l'empereur Othon, il était devenu sinon entièrement, au moins à demi chrétien. Il avait été ce que les gens du Nord appelaient *signé de la croix* ou *signé du premier signe*, coutume dont les traces se remarquent encore dans ces paroles du service baptismal anglais « *et signez-le avec le signe de la croix.* » C'était le premier pas vers le baptême, mais ce n'était pas le baptême même, et ceux qui avaient reçu ce signe étaient admis à la vie sociale des chrétiens et à une partie de leur messe. S'ils mouraient ils étaient ensevelis sur les confins du cimetière où se rencontraient la terre consacrée et la terre non consacrée, mais le service de l'église n'était pas récité sur leurs corps. Tandis que le roi se trouvait dans cet état moyen de croyance religieuse qui représentait bien le caractère incertain de l'époque, ses sujets, les Wendes, étaient pour la plus grande partie, païens obstinés. S'ils avaient pu s'unir contre Burislaf ils l'auraient brûlé et sacrifié à leurs idoles; mais tant que les moissons étaient bonnes et que le christianisme du roi restait dans la pénombre, les Wendes lui continuaient une morne obéissance, en partie à cause de sa descendance de la vieille race royale, et en partie par crainte que l'empereur Othon ne les traitât comme il avait traité le royaume païen de Danemark au temps d'Harold à la dent bleue, et ne les convertît au christianisme par une croisade germanique exécutée avec la torche et l'épée.

Outre la salle, la grange du roi consistait en bâtiments séparés formant les quatre côtés d'un carré, et au centre du carré était la salle même. L'un de ces bâtiments était une cuisine; un autre, des étables pour les chevaux et les vaches surmontées d'un long grenier dans lequel dormait la garde du corps du roi. Un troisième formait le salon de la reine, un quatrième le trésor et la chambre des comptes du roi qui y comptait certainement son argent quand il en avait tant soit peu, quoiqu'il soit douteux que la reine mangeât toujours du pain et du miel dans sa chambre. Un dernier enfin était l'appartement des dames, et c'est dans celui-là que nous allons maintenant conduire le lecteur pour l'introduire auprès du roi Burislaf, de la reine et de ses trois filles.

Le roi était un homme de courte stature à mine onctueuse avec une expression de physionomie doucereuse et rusée. Les rois de cette époque, pas plus que ceux de la nôtre, n'avaient l'habitude de porter leur costume d'état en toute occasion. Burislaf était donc habillé à peu près comme tout autre Wende d[illegible] cœurs en étoffes de laine d'une qualité [illegible] sous son juste-au-corps il portait en place [illegible] mise de soie qui était venue de Byzance par [illegible] tour de son front il portait un petit cercle [illegible] signe de son rang, et la reine et les princesses [illegible] de même façon de minces filets du même métal.

Nous nous imaginons aujourd'hui que le costume *bloomer* est une invention moderne, mais [illegible] n'a été qu'une remise en vogue du costume [illegible] dans les âges anciens. Leur vêtement [illegible] une chemise de beau linge qui collait et fermait [illegible] par-dessus cette chemise elles portaient une jupe ou cotillon de laine qui descendait jusqu'au-dessous du [illegible] sous ce cotillon étaient attachés des caleçons ou pantalons qui recouvraient les extrémités jusqu'à la cheville. Ajoutons à ces vêtements un collet ou longue jaquette, des bas de laine, de hauts souliers, et nous aurons le costume entier des femmes au xe siècle. Par-dessus tous ces vêtements, spécialement hors du logis, hommes et femmes également portaient un manteau, et dans la famille de Burislaf la soie semblait chose si commune que tous ses aimables membres féminins de la famille royale portaient des manteaux de soie.

Nous avons déjà décrit le roi Burislaf. S'il maintenait son ascendant dans ses états et s'il inspirait le respect au dehors ce n'était pas par la force de son bras, mais par l'excellence de sa tête. Il était rusé et politique plus qu'aucun prince du temps, et il avait appris à être politique par les continuelles luttes qu'il lui fallait soutenir pour rester en bons termes avec l'empereur, pour sauver les apparences auprès de ses sujets païens, pour tenir les Vikings en bonnes dispositions, en un mot, pour faire joindre les deux bouts lorsque les deux bouts étaient infiniment trop courts.

La reine avait été une aimable princesse de cette race russe qui gouvernait alors à Novgorod et sur le Ladoga, et qui jouait un si grand rôle dans l'histoire de ce temps.

Elle avait été grande et belle aussi bien qu'orgueilleuse et hautaine, mais vingt-cinq ans de vie conjugale en compagnie de Burislaf avaient exercé de cruels ravages sur sa beauté comme sur son orgueil. Qu'elle était différente alors de la difficile princesse qui jadis à Novogorod avait refusé prince sur prince! et tout cela pourquoi? pour épouser Burislaf dont la lignée remontait directement jusqu'aux dieux wendes, mais qui à la fin, pour ajouter à ses autres ennuis, avait été réduit à promettre de payer tribut au roi de Danemark. Ces humiliations, plus la possibilité, on pourrait même ajouter la probabilité d'un mouvement des fanatiques prêtres wends pour soulever les païens et brûler le roi Burislaf, la reine et les princesses dans une de leurs granges, ajoutaient à l'existence de la reine une inquiétude qui n'était pas accompagnée de dignité.

Mais les princesses! Oui, elles étaient vraiment princesses, d'aimables jeunes créatures, pleines de vie et de force, très-ressemblantes à leur mère et très-peu ressemblantes à Burislaf, une seule exceptée. C'était là la façon dont l'orgueil naturel de la reine s'était vengé sur son mari. Elle n'avait pas de fils, mais deux de ses filles ressemblaient aussi peu à Burislaf que la reine elle-même.

Les noms de ces princesses! Astrida était l'aînée, la plus sage et la plus belle. Gunnhilda, la seconde, était moins sage et très-ressemblante à son père; Geira venait la dernière, c'était la moins belle et la moins sage des trois. Le lecteur n'a pas à s'inquiéter d'elle, car elle est en dehors de notre histoire; elle épousa le roi Olaf, le fils de Tryggvi, et on peut s'informer d'elle dans la *saga* du roi Olaf.

Au moment où nous entrons dans ces appartements réservés de la famille royale wende, il apparaît clairement que toutes choses n'ont pas été précisément coulantes. Nous comprendrons aisément ce dont il s'agit si nous disons qu'à l'extérieur nous pourrions rencontrer à cette minute précise Gangrel Pied-rapide qui vient justement de quitter la présence royale. Gangrel a fait au pas de course tout le voyage de Jomsburg ici, néanmoins il est arrivé tard dans la nuit ; le roi Burislaf était à ronfler en cuvant les libations de la soirée, et Gangrel n'a pu rapporter son message que le lendemain. Il est donc arrivé qu'au moment même où les Vikings débattaient à leur revue si le capitaine aurait permission de se marier, le roi Burislaf, sa femme et ses filles discutaient la personne de Sigvald et la réponse qu'on lui rendrait lorsqu'il viendrait dans deux jours demander la main d'une des princesses.

Ce qu'avait dit la reine nous ne le savons pas, mais elle avait dû sans doute exprimer l'opinion que ce que Burislaf pouvait faire de mieux était d'écarter le capitaine, car Burislaf disait en réponse :

« Mais supposez qu'il ne veuille pas être écarté? Supposez que Sigvald abdique son titre de capitaine, comme Gangrel Pied-rapide croit qu'il le fera, et la compagnie se dissout ; que ferions-nous alors contre nos ennemis venant de la mer n'ayant plus la sauvegarde que nous donnent les Vikings? Tous ces beaux champs seraient ravagés et nous perdrions des sommes indicibles.

— Mais, comment savez-vous qu'il choisira quelqu'une de nous? dit Gunnhilda. Peut-être ne lui plairons-nous pas lorsqu'il nous aura vues.

— Cela, dit Burislaf, n'est jamais arrivé dans notre famille. Il choisira l'une de vous, et cette une, ce ne sera pas vous, Gunnhilda, mais Astrida.

— Elle est la plus âgée et la plus sage, et doit être choisie la première, dit Gunnhilda que la perspective d'être débarrassée d'un prétendant qu'elle n'avait jamais vu, rendait plutôt joyeuse.

— En vérité, dit Astrida, cela s'accorde mal avec mon caractère et mon rang d'être ainsi donnée. Maintenant, croyez-vous, père, que Sigvald soit un époux convenable pour une femme de notre race royale.

— Son père, Harold le superbe, le *jarl*, ne pense pas peu de bien de lui-même, dit Burislaf, et par conséquent Sigvald est de toutes façons égal à son père, au moins dans sa propre opinion.

— On dit que vous avez l'esprit profond, père, dit Astrida ; pensez à quelque plan qui vous permette de vous débarrasser de Sigvald comme prétendant, et maintenez-le cependant en bonne humeur.

— Parlé selon mon propre cœur, dit Burislaf. Je serai fort content si je puis arriver seulement à ce résultat. Mais si j'ai l'esprit profond, vous l'avez aussi, Astrida, et vous avez en outre presque autant en jeu que moi dans cette affaire. Si Sigvald vient avec une suite de cinquante hommes et que son choix tombe sur vous, quelle réponse pourrons-nous lui donner qui ne l'exaspère pas et en même temps nous dispense de vous marier à un homme qui vous est inégal en naissance? Pensez à quelque plan, et exposez-le-moi demain à cette même heure. »

Ce disant, Burislaf, avec la mine d'un homme cruellement inquiet, laissa la reine et les princesses à elles-mêmes, et s'en alla voir quelques travaux de haies et de fossés que ses esclaves avaient fait le matin. A peine cependant avait-il fait cent pas, que lui et les soldats de sa garde qu'il avait appelés pour l'escorter dans sa tournée, aperçurent une bande de cavaliers chevauchant à bride abattue vers la grange qu'il venait justement de quitter.

« Ces gens sont venus de loin, dit le roi. Leurs chevaux n'en peuvent plus, et eux-mêmes sont épuisés de fatigue. Retournons pour aller à leur rencontre, peut-être m'apportent-ils un message.

— Ce sont des Danois, dit le principal veneur du roi ; je les reconnais au sanglier d'or que leur chef porte sur son casque d'acier. »

Lorsque les cavaliers abordèrent les piétons le roi Burislaf leur souhaita la bienvenue et leur demanda quelles nouvelles.

« Notre bienvenue serait ma foi tout à fait la *bienvenue*, dit le guerrier chef de la bande, si nous étions libres d'en jouir, roi Burislaf. Nous avons voyagé longtemps, et avons besoin de repos et de nourriture ; mais le roi Sweyn, mon maître, nous a ordonnés de ne pas nous attarder d'un instant dès que nous serions arrivés chez vous, d'y rester le temps nécessaire pour vous exposer [illegible] sage et puis de repartir.

— Nous ne sommes pas aussi courtois que [illegible] ni peut-être un aussi grand roi, mais jamais il [illegible] arrivé qu'un homme portant un message, et [illegible] encore si ce message venait d'un roi, se soit éloigné [illegible] notre cour sans goûter nourriture ou breuvage. Les abeilles des Wendes font un miel plus doux que vous n'en pourrez trouver dans vos bois de hêtres du Danemark, et nous avons de meilleur hydromel, quoique nous n'ayons pas d'aussi forte bière que celle que le roi Sweyn [illegible] Slesvig.

— Mon maître, le roi Sweyn, dit le Danois, nous a défendus de rester un seul instant. Aussitôt que nous vous aurons rendu notre message nous devons tourner bride et repartir.

— Avant de me le rendre, dites-moi quel peut être votre nom ? demanda le roi. Nous ne pouvons accepter un message d'un anonyme.

— Dans ma patrie, en Danemark, dit le Danois, on m'appelle Sigurd le champion, et quant à mon office, je suis le chef des convives du roi.

— Et qu'est-ce donc que peut être un convive ? dit Burislaf. Il semble qu'en Danemark les convives soient fort différents des nôtres, car vous êtes un convive qui ne voulez pas être un convive.

— Les convives du roi, dit Sigurd, sont des serviteurs nourris et payés par le roi, des hommes libres qu'il prend à son service comme messagers. Il les envoie ici ou là pour faire son service, pour porter un message, pour faire une commission, pour exterminer un ennemi ou pour secourir un ami. En tout temps et en n'importe quel lieu nous sommes tenus d'agir au commandement du roi.

— Eh bien, Sigurd le champion, dit le roi Burislaf, quel est ce message du roi Sweyn que vous devez remettre avec tant de promptitude ?

— Mon maître, le roi Sweyn, dit Sigurd, vous ordonne de lui payer le tribut que le roi Harold à la dent bleue imposa aux Wendes à l'époque de votre père Myeczyslaf avant que le dernier jour du temps d'Yule soit expiré, ce jour que nous appelons le jour des rois maintenant que nous sommes tous chrétiens dans le Nord, — faute de quoi, il dévastera votre royaume par le fer et par le feu. »

Après avoir prononcé ces mots Sigurd et ses compagnons tournèrent bride et partirent, et malgré la fatigue de leurs chevaux ils furent bientôt hors de vue.

« Montez à cheval, suivez-les et tuez-les, cria le roi Burislaf. Ouït-on jamais pareil message ? Quant au tribut, bien qu'il ait été parlé d'une chose semblable, il y a des années et des années, lorsque notre père et le roi Harold étaient en guerre, il n'a jamais été payé, et, avec l'aide de Dieu, il ne le sera jamais. »

A cet ordre de poursuivre et de tuer le porteur de ce grossier message, le principal veneur de Burislaf et les autres suivants n'eurent pas de peine à convaincre le roi que son cas n'en serait pas meilleur quand même il prendrait et tuerait Sigurd et ses compagnons. La personne d'un messager, comme à une époque plus récente celle d'un héraut, était alors regardée comme sacrée.

« Votre Majesté peut tuer le messager, dit le principal veneur, mais vous ne pouvez tuer le message. Laissez-les partir comme ils sont venus. Ils ne pourront rapporter aucune nouvelle au roi Sweyn, car ils ne sont pas restés pour savoir si vous payeriez le tribut. »

Sur ce conseil Burislaf laissa les messagers poursuivre leur long voyage pour rejoindre le roi Sweyn, et, au lieu d'inspecter le travail de ses esclaves, il retourna dans l'appartement des princesses pour les informer du nouvel ennui qui lui arrivait.

« Les malheurs ne viennent jamais seuls, mon père, dit Astrida, et ce message du brutal roi Sweyn ne fait que nous rendre plus nécessaire l'invention de quelque plan qui nous débarrasse à la fois de Sigvald et du roi. Demain à cette heure, nous nous retrouverons tous ici, et chacun apportera le meilleur conseil qu'il aura pu trouver. »

CHAPITRE VII

LE BON CONSEIL D'ASTRIDA.

Comment Burislaf, ou la reine, ou les autres princesses passèrent la nuit, aucun chroniqueur ne l'a rapporté. Sans doute le roi but force rasades avec ses hommes, et puis ronfla la nuit entière, comme c'était la coutume des rois de cette époque lorsqu'ils étaient en paix. Peut-être interrogea-t-il ses plus vieux conseillers sur ce tribut mythique et ce dont il se composait, anneaux d'or, pièces d'argent anglo-saxonnes, monnaie cufique, tant de faucons, tant de fourrures, tant de chevaux, tant d'épées. S'il en fut ainsi, la réponse de son chancelier de l'échiquier ne nous est pas parvenue. Nous pouvons tenir pour sûr, que même s'il arriva à une claire intelligence de ce qui devait composer le tribut, il alla se coucher plus déterminé que jamais à ne pas le payer. Si les choses en arrivaient au pire, il y avait loin pour se rendre à Stargard. Le roi Sweyn pourrait venir et prendre le tribut s'il lui plaisait. Pendant qu'il roulait tout cela dans son esprit, l'hydromel wende avait opéré son effet, et le roi Burislaf fut bientôt profondément endormi. Dans ses rêves il imagina que bien loin de payer un tribut à Sweyn il avait envahi le Danemark à la tête de l'armée wende, qu'il avait tué le roi Sweyn de sa propre main et qu'il l'offrait comme un aigle aux ailes déployées à Bielbog et aux anciens dieux.

A ses côtés était couchée la reine autrefois si orgueilleuse et si hautaine, s'irritant à la pensée qu'un prince quelconque pût insulter ainsi le mari d'une princesse de la race de Rurik. A Novogorod, pensait-elle, les princes étrangers et les chefs sauvages nous payaient tribut, et maintenant Burislaf doit s'entendre dire qu'il doit payer tribut au roi Sweyn qui était l'exilé et le proscrit de son propre père, il y a peu de temps, et qui aurait été heureux de trouver un asile sur nos rivages.

Comment Astrida passa la nuit, les pages suivantes vont le montrer. Elle avait à la fois, comme nous l'avons vu, l'orgueil de sa mère et l'esprit de son père. Elle n'était pas femme à passer cette nuit en vaines espérances ou en stériles lamentations.

Lorsque la famille royale se réunit le lendemain dans l'appartement réservé, Astrida était fraîche et vive comme un oiseau, tandis que Burislaf et la reine étaient sombres et soucieux.

« Eh bien, mon père, dit la princesse, avez-vous médité un plan, d'abord pour la réponse à donner à Sigvald, ensuite pour le tribut à payer au roi Sweyn ?

— J'ai pensé au roi Sweyn, dit le roi, et la conclusion de ma pensée est que je ne paierai pas le tribut. Vraiment les plus vieux de mes conseillers ne peuvent eux-mêmes me dire en quoi il devrait consister. Un roi peut-il payer un tribut lorsque la nature même de ce tribut lui est inconnue ? Non ! si Sweyn veut le tribut, qu'il vienne et le prenne !

— Je n'appelle pas cela un conseil, dit Astrida. Si ce tribut n'est pas payé, ou si l'affaire n'est pas arrangée par un moyen quelconque, aussitôt que les chemins seront ouverts et que les eaux seront libres, au printemps prochain, il faut vous attendre à voir le roi Sweyn venir vous faire visite l'épée en main.

— Je ne connais pas d'autre plan, dit le roi Burislaf d'un air sombre. Dans les anciens temps mes ancêtres auraient offert soit cent, soit deux cents victimes aux autels des dieux, et ainsi feraient la plupart de nos sujets à l'heure présente ; mais nous sommes des mécréants, vous savez, à demi chrétiens, à demi païens. Nous ne pouvons pas sacrifier aux anciens dieux, et nous ne sommes pas assez chrétiens pour croire ce que les prêtres à messe d'Othon nous disent du pouvoir de l'encens et de la prière.

— La meilleure offrande à [illegible], païens ou chrétiens, vient de la tête et du [illegible]. Le bon conseil vient à l'homme dans toutes [illegible], pourvu qu'il ait confiance en lui-même et non [illegible] idoles et de vaines oblations.

— C'est très-vrai, incontestablement, dit [illegible] un regard embarrassé ; mais dites-moi d'abord [illegible] seil vous avez à nous donner relativement [illegible] Viking, car c'est là l'affaire qui vous concerne [illegible] directement. S'il prend l'une de mes filles, [illegible] prendra, car il est aisé de comprendre qu'[illegible] meilleure.

— J'ai médité sur tout cela, dit Astrida, et [illegible] le proverbe dit qu'il est bon de tuer deux oiseaux avec une seule pierre, j'ai combiné un plan qui peut nous débarrasser de Sigvald, ou, s'il ne peut nous débarrasser de lui, qui peut au moins nous délivrer du tribut.

— Si vous pouvez faire l'une ou l'autre de ces [illegible] choses, ou toutes les deux, vous ferez quelque chose qui dépasse tout à fait la portée de mon intelligence ; mais voyons en quoi cela consiste.

— Eh bien, dit Astrida, lorsque Sigvald viendra, vous lui ferez bon accueil à lui et à ses hommes, vous les maintiendrez en bonne humeur, et vous n'épargnerez ni l'hydromel, ni la bière. Il faut que vos tables gémissent sous le poids des mets, et que vous remplissiez votre salle d'autant de gens que vous en pourrez réunir. Il reste encore quelque valeur chez les Wendes, et vos gardes du corps peuvent rivaliser parfaitement, au moins de mine, avec Sigvald et ses Vikings. Quant à ce qui est de nous, nous pouvons bien n'être pas aussi braves que Sigvald, mais nous verrons si nous ne pouvons pas l'égaler en esprit. Je dis net que je n'ai aucun désir de me marier maintenant. Même une princesse a plusieurs chances, et jusqu'à présent je n'en ai pas eu une seule. Il n'est pas du tout certain que le choix de Sigvald tombe sur moi ; mais quelle que soit celle de nous sur laquelle il tombe, voici quelle devra être votre réponse, et vous devrez la donner comme il convient à un roi de notre antique race, et comme si vous aviez la nation entière derrière vous. Vous direz que les filles du roi Burislaf sont dignes de maris mieux nés et de plus haut rang que le capitaine d'une bande de Vikings, même fils de jarl comme il l'est; mais que malgré tout, comme vous l'aimez et l'estimez, et comme vous savez combien il est brave et intelligent, — faites bien attention à ne pas omettre cela, père — vous ne voulez pas répondre *non* absolument. Seulement, s'il souhaite avoir l'une de nous, il ne doit pas s'imaginer qu'il suffit de la demander pour l'obtenir, comme si nous étions des pommes que le vent secoue de l'arbre pour les faire tomber dans sa bouche. Non! les filles du roi Burislaf doivent être conquises par aventure et entreprise, et vous lui imposerez une tâche qui pourrait sembler grande à d'autres qui ne sont ni si habiles, ni si intrépides, mais qui sera sans doute aisée à des champions comme Sigvald et ses Vikings.

— Et quelle tâche lui imposerai-je, ma fille? dit Burislaf.

— Patience, et vous allez la connaître, dit Astrida. Vous connaissez la méthode des gens du Nord, lorsqu'ils ont une chose à dire, ils ne la disent jamais net et d'emblée. Sigvald va traîner dans ses sollicitations, jouant de nous comme un chat d'une souris, et il traînera d'autant plus qu'il voudra prendre du temps pour nous examiner toutes les trois. Ne vous pressez donc pas avec lui. Donnez-lui du temps, et ne lui dites rien de son désir de mariage, jusqu'à ce qu'il vous en parle lui-même; mais lorsqu'il parlera, rappelez-vous et dites-lui tout ce que je vous ai dit. Maintenant, quant aux conditions, s'il est tant soit peu épris de quelqu'une de nous, il sera d'autant plus prompt à les accepter, car l'amour, dit-on, fait paraître toute chose aisée aux yeux d'un amant.

— Oui, oui! dit Burislaf, les conditions; je suis aussi impatient de les connaître que pourrait l'être n'importe quel amant.

— La première condition du mariage, dit Astrida, c'est

qu'il maintiendra le pays libre de toutes taxes et de tous tributs que les Wendes pourraient être appelés à payer à n'importe quel roi étranger. Si vous lui posez ainsi la condition, il jugera que c'est chose facile à tenir pour lui et ses Vikings; mais ne lui dites pas que le roi Sweyn a réclamé le tribut. Telle est la première condition, et je suis sûre qu'il l'acceptera d'emblée, s'il est aussi désireux qu'on le dit de prendre femme. La seconde est plus difficile, et je ne vois même pas trop comment on peut l'exécuter; mais le tout dépend de l'amour qui pourra germer dans son cœur pour l'une de nous à première entrevue.

— Et quelle est cette condition? dit Burislaf.

— La voici, dit Astrida. Vous en parlerez comme n'étant pas dure du tout. Loin de là; vous la mentionnerez comme si c'était chose toute simple et allant de soi pour des guerriers aussi fameux et des marins aussi hardis que les Vikings de Jomsburg à qui il est bien connu que rien n'est impossible. Sigvald devra s'engager à nous amener ici le roi Sweyn avant la première nuit du temps d'Yule, et à nous l'amener en de telles conditions qu'il sera en notre pouvoir. S'il se charge de faire cela, il aura alors le choix entre vos filles, et savez-vous bien, père, ajouta Astrida, que bien que je ne sois pas aussi empressée de mariage qu'on dit que Sigvald l'est, je suis toute disposée à l'épouser moi-même, s'il peut seulement nous amener ici le roi Sweyn.

— Quel bijou de fille! dit Burislaf. Tout à fait mon enfant, seulement bien plus profonde et avisée. Ni Biellog lui-même, ni Svantevit qui connaît toute sagesse adoré dans Rugen, n'auraient pu combiner un meilleur plan. Nous nous débarrasserons de Sigvald, voici ce que je vois; mais comment nous nous délivrerons de Sweyn et du tribut, je ne le vois pas aussi clairement.

— Nous nous débarrasserons des deux, mon père; ou si nous nous débarrassons seulement du roi et de sa taxe, et si nous gardons Sigvald, nous aurons fait de grandes choses. Allez maintenant et préparez la fête, et passez en revue les costumes et les armes de vos hommes. N'épargnez ni peines, ni dépenses, et quand bien même le dernier tonneau d'hydromel serait mis en perce, peu importe, pourvu que nous maintenions les Vikings en bonne humeur et que nous puissions opposer Sigvald au roi. »

Là-dessus le roi Burislaf sortit pour inspecter l'ouvrage de ses esclaves, et il fut de si bonne humeur qu'aucun d'eux ne fut puni pour sa paresse. Cela fait il s'en alla accompagné des gens de sa suite dans toute la contrée d'alentour pour convoquer ses hommes à la fête, et en un mot prépara toutes choses pour la réception des Vikings sur la plus grande échelle que ses ressources lui permettaient.

CHAPITRE VIII

LES VIKINGS A LA COUR DU ROI BURISLAF.

Maintenant notre histoire retourne à Jomsburg et aux Vikings. Les préparatifs et les choix employèrent la journée qui suivit la revue. Nous pouvons être sûrs que tous les chefs se trouvaient au nombre des cinquante suivants de Sigvald, bien qu'un des plus grands, Bui l'intrépide, fût laissé pour exercer le commandement en l'absence du capitaine. Chose étrange et digne de mention, car elle prouve à quel point toutes les querelles de famille disparaissaient sous l'allégeance payée au capitaine par chaque membre de la bande, Bui l'intrépide, le robuste fils de Veseti de Bornholm, avait conquis tout l'or qui remplissait les deux coffres dont il avait parlé à la revue, dans une attaque qu'il avait dirigée contre la maison d'Harold le superbe peu de temps avant de s'unir à la bande, mais aussitôt qu'il eût été admis dans la compagnie la paix la plus entière exista entre Sigvald et lui. Il gardait continuellement son or comme la prunelle de ses yeux, et partout où il naviguait ses coffres le suivaient. Sur terre, à cheval, ils étaient moins aisés à transporter, chacun étant d'un poids qu'un homme de force ordinaire ne pouvait soulever. Bui, en conséquence, se montra suffisamment empressé de rester au logis, mais, comme nous l'avons dit, la plupart des autres chefs accompagnèrent Sigvald à la cour de Burislaf, et dans le nombre étaient Vagn et Beorn le gallois.

Un trait particulier des mouvements des hommes du Nord à cette époque c'est qu'ils s'accommodaient également de toutes les formes de voyage. Si les eaux étaient libres ils naviguaient, et c'est ainsi que nous les trouvons en Angleterre et en France poussant leurs longs navires loin et haut dans la Seine, la Tamise, l'Exe et même la Stour à Canterbury. A terre, lorsqu'ils avaient quitté leurs navires, s'ils pouvaient trouver des chevaux ils chevauchaient, et dans toutes les armées de gens du Nord le seul homme à notre connaissance qui ne chevaucha point était Rollon, le fondateur du duché de Normandie, et il ne chevauchait pas tout simplement parce qu'il était si grand et avait les jambes si longues que tous les chevaux, étalons et poneys de cette époque n'étaient pas assez hauts pour le porter.

C'était ainsi que ces infatigables armées fuyaient comme l'éclair d'un point de l'Angleterre ou de la France à l'autre, et c'est ce même esprit d'équitation que nous trouvons plus tard développé dans la chevalerie bien dressée des Normands. Mais lorsqu'on ne trouvait pas de chevaux, tout homme du Nord pouvait marcher; ils se tenaient, comme ils disaient, sur leurs jambes, et les jambes ne leur manquaient jamais.

Les Vikings de Jomsburg, cinquante et un en tout, sous la conduite de Sigvald, auraient pu accomplir leur voyage à la grange de Burislaf tout aussi sûrement sinon aussi lestement que Gangrel Pied-rapide, mais comme leurs voisins les Wendes avaient des chevaux, et comme d'ailleurs beaucoup d'hommes de la bande avaient des chevaux à eux appartenant, le matin du second jour qui suivit la revue Sigvald et ses hommes enfourchèrent leurs montures à la première aube, et au crépuscule ils avaient laissé derrière leurs talons les quarante milles qui séparaient Jomsburg de Stargard.

La contrée qu'ils traversaient était variée. Tantôt leur route passait à travers de grands marécages et de vastes plaines, tantôt à travers des forêts de sapins, de chênes, de tilleuls et de frênes, le pays devenant de plus en plus boisé à mesure qu'ils approchaient de la grange du roi qui présentait l'apparence d'une vaste ferme dans une clairière de la forêt.

A la porte de la grange ils trouvèrent le maréchal du roi Burislaf et les esclaves de son service qui les aidèrent à descendre de cheval. Dans un pavillon étaient placés des seaux à eau en bois dans lesquels ils effacèrent les traces du voyage, et ils firent la remarque qu'ils avaient pour sécher leurs mains une bonne provision de serviettes, une serviette par homme, ce qui prouvait que la reine, les princesses et leurs femmes n'avaient pas laissé dormir leurs rouets depuis des années et des années.

« Le capitaine, dit Beorn, lorsqu'il amènera sa femme, amènera avec elle une bonne provision de linge. C'est juste comme il en est ordonné par les lois du bon roi Howel dans le pays de Galles, lequel défendit qu'aucune fille eût la présomption de se marier avant d'avoir filé assez de lin pour les draps de son mariage et pour orner la table de son époux.

— Elle apportera avec elle plus que du linge, dit un autre. Les Wendes ont toujours été renommés pour leur hydromel et leur sagesse. Espérons qu'elle apportera dans Jomsburg une bonne provision de l'un et de l'autre.

— Vous êtes un meilleur juge en hydromel qu'en sagesse, grogna Beorn, et tel est aussi à mon avis le capitaine, car sans cela il n'aurait jamais violé la loi pour venir faire ici cette chasse à l'oie sauvage.

— Permettez, permettez! dit son interlocuteur, c'est

vous maintenant qui violez la loi, puisqu'elle a changé hier, comme vous le savez, et que maintenant chacun de nous peut prendre femme avec la permission du capitaine.

— Tous! dit un autre, mais vous oubliez, Karl le rouge, qu'avant d'obtenir cette permission il faudra faire quelque chose pour la mériter.

— Eh bien, dit Karl le rouge dont la face était couverte d'une épaisse barbe rousse, j'espère que le jour viendra bientôt où nous en aurons fini avec ce mariage et ces fêtes et où nous pourrons entreprendre une croisière d'automne; vous verrez alors si je ne me distingue pas, car pour vous dire la vérité, je suis aussi déterminé au mariage que le capitaine.

— Le capitaine n'est pas encore marié, dit Beorn. Que dit le proverbe? Entre la coupe et les lèvres il y a place pour plus d'un mécompte, et tel pourrait bien être son cas. »

Pendant ce temps les ablutions, qui, nous regrettons de le dire, furent opérées avec une médiocre quantité de savon, — le savon étant alors un grand luxe — étaient arrivées à terme, et le maréchal du roi se présenta alors pour conduire les convives à la salle de Burislaf.

C'était un bâtiment exactement construit sur le patron de celui des Vikings. Au milieu brûlaient les feux, le long des côtés courait la double rangée de bancs. En entrant dans la salle, après avoir passé la porte qui était percée presque à l'extrémité de l'un des côtés, on apercevait le roi à main droite au centre assis en pompe, vêtu d'habits de couleurs gaies, avec sa petite couronne d'or autour de la tête; à droite et à gauche, tous rangés selon les droits de leurs dignités, étaient ses conseillers et ses guerriers, parmi lesquels Gangrel Pied-rapide se faisait remarquer. Mais il y avait cette différence entre la salle du roi et celle des Vikings que tandis que les hauts siéges en face du roi étaient réservés pour Sigvald et ses cinquante compagnons, la reine, les princesses, leurs dames et leurs femmes de service étaient assises sur un banc élevé à l'extrémité de la salle qui faisait face à l'entrée, dans une position qui répondait exactement à la haute table à dais des salles de festin au moyen-âge.

Derrière le roi se tenaient des pages en brillants vêtements de fêtes, des flambeaux de cire aux mains, objets de luxe que les Wendes devaient à leur richesse en abeilles. Dans le Nord on brûlait du suif au lieu de cire, ou plus communément encore de longues bandes résineuses de bois de pin. Des pages se tenaient aussi derrière la reine et les princesses qui auraient pu être décrites comme siégeant au sein de ce qui passait à cette époque pour une lumière éblouissante. Tout le long de la salle des esclaves étaient debout, torches au poing. Si feux et torches faisaient ensemble beaucoup de fumée, on ne pouvait nier qu'il n'y eût dans la salle encore plus de chaleur, et que le banquet du roi Burislaf ne semblât de tout point chaud, brillant et confortable aux Vikings qui avaient voyagé tout le jour, qui étaient à la fois affamés et altérés, dont la salle à Jomsburg ignorait la cire et ne connaissait que rarement les torches, et qui se passaient d'habitude les cornes d'hydromel à la lumière sombre et morose des feux qui échauffaient l'édifice.

Le maréchal monta la salle suivi des Vikings qui portaient leurs plus beaux costumes, ce qui consistait à porter des vêtements bleus ou rouges au lieu des vêtements du roux brun plus sobre de leur habillement quotidien. Chaque homme portait son épée au côté, car c'était une chose sans exemple que d'entrer entièrement désarmé même dans la salle d'un ami. Leurs larges haches, leurs lances, leurs arcs, leurs carquois, leurs boucliers, avaient été laissés dans le pavillon où ils étaient entrés en arrivant, et maintenant ils composaient à la suite de Sigvald une superbe bande de cinquante hommes grands et robustes devant le siége élevé du roi Burislaf.

Les beaux plumages font, dit-on, les beaux oiseaux, et le roi Burislaf, sur son siége élevé, dans sa robe royale, avec sa couronne sur la tête, avait l'air d'un homme fort différent de celui qui deux jours auparavant s'était retourné pour entendre le message ins[illegible] du roi [illegible] de courte stature, avons-nous dit, mais il [illegible] fortune, si nécessaire à un roi qui est obli[illegible] grande cérémonie, que son buste était de long[illegible] portionnée à ses jambes, en sorte que lorsqu'il [illegible] sur son siége élevé il avait l'air plus grand et plus [illegible]tueux qu'il ne l'était réellement.

Lorsqu'il fut arrivé devant lui, Sigvald [illegible] gracieusement mais fièrement, et sans dire [illegible] [illegible] que le roi parlât le premier.

« Soyez le bienvenu dans notre salle, [illegible]taine, dit le roi. Soyez les bienvenus, vous et [illegible] Vikings qui êtes le principal appui de notre [illegible] fense de notre côte. Prenez les siéges d'honneur [illegible] selon vos rangs, mangez, buvez, et réjouissez-vous [illegible] notre toit royal autant que vous le pourrez.

— Merci, noble roi, dit Sigvald. Nous accepterons [illegible] grand cœur votre générosité et votre bonne chère. [illegible] ces mots, et après un autre profond salut, le capitaine [illegible] ses compagnons prirent leurs siéges sur les bancs en face.

Aussitôt que les convives furent assis, une armée d'esclaves apporta des tréteaux et des rallonges sur lesquels le repas devait être servi. Dès que ces tables eurent été arrangées, couvertes et ornées de linge, ce qui mit une seconde fois en brillante lumière le luxe et l'industrie de la cour wende, une autre troupe d'esclaves apporta les quartiers rôtis et bouillis de bœufs, de sangliers et de daims qui formaient le festin. Lorsque toutes ces viandes eurent été expédiées, — avec cette particularité, que nous sommes désolés pour les bonnes manières de ces vieux temps d'avoir à mentionner, que les os furent dépouillés et nettoyés avec les doigts et puis jetés sous la table, coutume qui se continua dans l'Italie civilisée jusqu'au temps de Dante, il faut le remarquer, — les esclaves revinrent apportant ce qu'on appelait les friandises, pâtés et puddings, dont les femmes se délectèrent, mais que les guerriers plus que repus éloignèrent d'eux avec un signe. Le dîner fini, avant que commençassent les sérieuses rasades de la soirée, les convives eurent le temps de regarder autour d'eux et d'examiner, à travers la lumière éblouissante des torches et le voile de fumée des feux, les faces et les traits de la reine et des princesses assises à l'extrémité supérieure de la salle. Ce n'était pas alors la mode que les dames mangeassent en public. C'était pour elles l'époque des goûters et collations pris sur le pouce, de la manière la moins agréable, à des heures irrégulières de l'après-midi. Bien qu'elles fussent présentes dans la salle aux occasions solennelles, elles n'y prenaient leur part d'aucun mets, sauf des friandises à la confection desquelles la reine et les princesses avaient une grande part. Après le dîner elles restaient encore présentes lorsque les grands toasts aux dieux ou aux convives étaient portés, et elles se retiraient ensuite rapidement et gracieusement, laissant les hommes à leur bière et à leur hydromel, et à cet entrain et à cette gaieté en chansons et en propos qui se prolongeaient bien avant dans la nuit.

En cette occasion, dès que les tables eurent été débarrassées, le sommelier du roi, qui n'était pas un esclave, mais un Wende de libre naissance, remonta la salle, vêtu d'un manteau rouge et d'un haut-de-chausses bleu étroitement collant, et s'arrêtant devant le roi Burislaf leva jusqu'à lui une large corne pleine d'hydromel.

Le roi se leva de son trône, et, s'inclinant devant Sigvald placé en face de lui et qui se leva en même temps que son hôte, il dit à haute voix :

« Je bois à la santé de Sigvald, fils d'Harold le superbe, à sa santé et à celles des Vikings qui lui font société. Ils sont tous les très-bien venus sur le sol wende. »

Alors après avoir épuisé à demi la corne il la rendit au sommelier qui traversant la salle la tendit à Sigvald ; celui-ci, à son tour, leva la corne et dit :

« Je bois à la santé du noble roi Burislaf, le maître des Wendes. Puisse-t-il vivre longtemps, et longtemps gouverner cette contrée. Tous mes frères d'armes se joignent à ce *toast* comme un seul homme. »

Un murmure d'applaudissements suivit ce discours du

côté des Vikings, et leur joie fut complète lorsqu'affluèrent les esclaves chargés de porter les cornes d'hydromel qu'ils présentaient alternativement aux Vikings et aux gens du roi : — une corne par deux hommes. Les uns et les autres se levèrent et se firent mutuellement sommation des deux côtés opposés de la salle.

Lorsque ces toasts eurent été bus, tous les yeux se portèrent sur le banc transversal placé au sommet de la salle, car tous les Vikings, et Sigvald avant tous les autres, désiraient avec impatience apercevoir quelque peu les princesses dont l'une était la cause de leur visite ; mais il aurait fallu regarder plus tôt. Il était trop tard. Au milieu de ce tapage de toasts et de sommations, la reine, ses filles et leurs femmes avaient quitté la salle, laissant le roi Burislaf, ses hommes et leurs convives achever seuls leurs libations.

Grâces au trône du roi et à l'arrangement des siéges, rien de semblable à une conversation n'était possible entre Burislaf et ses convives. Cinquante et un hommes étaient donc assis en face de cinquante et un hommes, mais les hommes de chaque rangée parlaient entre eux, et vidaient leurs cornes sans un mot de conversation avec les hommes de l'autre rangée.

« Voilà qui est une chose assommante, dit Beorn à Vagn. La nourriture est bonne, et l'hydromel vaut le nôtre, mais pour la gaieté et l'amusement nous sommes infiniment mieux chez nous à Jomsburg que dans la salle du roi Burislaf. »

Soit que le roi pensât, lui aussi, que le temps passait d'une manière ennuyeuse, soit que ce qui suivit fît partie de son programme, toujours est-il qu'il fit signe à son sommelier, qui à son tour chuchotta à l'oreille du maréchal, lequel sortit de la salle, et, rentrant bientôt après, vint se placer devant Burislaf et dit :

« S'il plaît à Votre Majesté, vos deux hommes bleus sont prêts à lutter.

— Qu'ils approchent, dit le roi, et qu'ils nous amusent par leurs tours de force. »

Alors le maréchal parla au sommelier, et le sommelier au gardien de la porte. La porte fut ouverte à deux battants, et deux nègres ou *hommes bleus*, comme on les appelait à cette époque, entrèrent en bondissant dans la salle. Leurs têtes laineuses étaient tondues de près, et ils étaient vêtus de vestes étroites et de courts hauts-de-chausses afin de pouvoir lutter avec moins d'empêchements.

C'était un barbare spectacle, mais non pire toutefois que les combats de boxe qui font encore quelquefois le déshonneur de notre époque. Les deux noirs se précipitèrent l'un contre l'autre avec la furie de bêtes sauvages, se heurtèrent mutuellement de leurs têtes, se souffletèrent l'un l'autre de leurs poings en grimaçant et en hurlant d'une manière horrible sans discontinuité. Puis venant à s'étreindre étroitement ils luttèrent longtemps, jusqu'à ce que l'un d'eux prit enfin le dessus, et avec une dextérité que Cornwall ou Cumberland aurait pu envier, envoya par-dessus sa tête son antagoniste qui resta étendu sans mouvement à la place où il tomba. Le vainqueur s'accroupit alors comme un énorme singe sur la poitrine de son ennemi tombé que des esclaves traînèrent enfin par les talons hors de la salle donnant à peine signe de vie. L'heureux rival fut récompensé par le roi Burislaf d'une corne d'hydromel qu'il avala avec la gloutonne précipitation d'une brute; après quoi, faisant un saut périlleux, il sortit en courant au milieu des applaudissements des Vikings que cette exhibition divertit et intéressa fort.

« D'où viennent-ils? que sont-ils? sont-ce des hommes ou des singes? » Telles furent quelques-unes des question qui circulèrent parmi les Vikings, questions auxquelles il fut répondu seulement par Beorn et quelques vétérans qu'ils appartenaient à une sorte d'hommes sauvages qui vivaient en Afrique où le soleil était si chaud qu'il rendait noir tout le sang de leurs veines, par suite de quoi leurs visages devenaient noirs aussi. Quant à la question de savoir comment le roi Burislaf les avait en sa possession, tout ce que le sommelier put dire, fut que l'empereur de Byzance les avait envoyés en présent à Burislaf lorsque Gangrel Pied-rapide revint d'Orient, et que Gangrel avait dit qu'il ne voudrait pas se charger de conduire une seconde fois à travers la Russie deux tels monstres, tout précieux et rares qu'ils fussent en Occident; qu'il ne le voudrait pas, non, pas même pour tous les trésors du roi Burislaf.

A ce divertissement qui eut un grand succès succédèrent les ménestrels du roi Burislaf qui chantèrent sur leurs harpes les gloires de la race wende et dirent en particulier comment leurs rois étaient descendus tout droit du ciel pour fonder leur dynastie ; mais comme la musique, ainsi que Beorn le dit, était très-monotone et ne pouvait se comparer aux chants des harpistes gallois, et qu'en outre les paroles étaient en langue wende que peu des Vikings comprenaient, ou que même aucun ne comprenait, cette partie de la fête ne fut pas jugée aussi amusante à beaucoup près que la lutte des nègres, et, pour dire la vérité, Sigvald et quelques-uns de ses hommes commencèrent à bâiller terriblement sur leurs coupes.

Peut-être Burislaf les vit-il bâiller de l'autre côté de la salle, peut-être devina-t-il de lui-même que telles devaient être leurs dispositions ; quoi qu'il en soit, lorsque les ménestrels en eurent enfin achevé avec leur interminable musique, il les renvoya à leurs affaires avec une corne d'hydromel, et dès qu'ils furent partis, il se leva et dit :

« Le vaillant capitaine et sa bande peuvent bien être fatigués après leur voyage. Demain, d'ailleurs, il nous faudra nous lever de bonne heure pour chasser le sanglier, l'ours et le loup. Les flambeaux de cire touchent à leur fin, les bûches se consument dans les feux sous leurs manteaux de cendres ; si vous avez assez bu il sera peut-être bien de nous retirer pour le repos.

— Nous avons bien bu et festiné, dit Sigvald ; puis il ajouta avec une courtoisie qui lui allait à merveille : La lutte des hommes bleus et les chants des ménestrels ont charmé à la fois nos oreilles et nos yeux. Ainsi rassasiés de mêts et d'hydromel, de prodiges de force et de délicieuses mélodies, nous pouvons bien dire que rien ne nous manque plus si ce n'est de nous assurer le repos d'une bonne nuit. »

Alors Burislaf se leva, et sortit de la salle en grande pompe, précédé par le sommelier et suivi par les hommes de sa maison, tandis que le maréchal et les esclaves se présentèrent pour conduire les chefs vikings dans les divers bâtiments où ils devaient dormir par groupes de deux et de trois dans chaque chambre : quant aux simples soldats un long grenier surmontant une des étables leur avait été réservé pour dortoir.

Ces temps-là n'étaient pas des temps de thé et de café, de maux de tête et de dyspepsies. En quelques minutes, dans l'intérieur et autour de la grange du roi Burislaf tous étaient profondément endormis, excepté un ou deux serviteurs obligés de veiller et de faire garde sur le roi et ses biens.

Le lendemain Burislaf et ses hommes furent debout de bonne heure, et les Vikings ne se firent pas attendre au repas du matin. La même étiquette fut en grande partie observée, le roi s'assit sur son siége élevé avec ses hommes à son côté, et Sigvald avec ses compagnons au sien. La nourriture et la boisson furent beaucoup les mêmes, avec cette exception que ceux qui préférèrent s'abstenir de bière et d'hydromel purent boire du lait ou du lait mêlé avec du miel. La reine et les princesses n'apparurent pas, et quelque impatient que Sigvald pût être, jusqu'à ce qu'elles consentissent d'elles-mêmes à se montrer il était inutile de les demander. Cela aurait été regardé à cette époque comme singulièrement inconvenant, presque aussi inconvenant qu'il l'aurait été d'autre part au roi Burislaf de demander à brûle-pourpoint à son convive quelle affaire l'amenait, bien qu'il sût parfaitement quelle était cette affaire et combien de temps son convive entendait rester. A cette époque, rien n'était considéré comme aussi impertinent que la curiosité, et rien comme aussi inhospitalier que de laisser supposer que votre convive ne serait pas bienvenu à rester pour toujours dans votre maison si cela lui plaisait.

Lorsque le repas du matin fut terminé, le roi Burislaf et ses hommes conduisirent les Vikings dans les vastes forêts qui entouraient la ferme royale, et là, tout le jour jusqu'au crépuscule, ils forcèrent l'ours, tuèrent le sanglier et poursuivirent le loup, faisant bonne chasse avec tous leurs gibiers. Vagn se distingua particulièrement avec l'ours. En effet, lorsque tous les autres eurent quitté la forêt, il eut besoin d'y retourner pour chercher son manteau qu'il avait jeté à terre et oublié. Comme il le cherchait, il fit rencontre d'un énorme ours brun qui n'était pas à ce moment de l'humeur la plus aimable et qui vint droit à lui. Mais Vagn était lui-même aussi fort qu'un ours et aussi calme également qu'ours puisse être. Il jeta son manteau sur le muffle de l'ours au moment où il se précipitait sur lui, puis se détournant rapidement passa derrière lui pendant qu'il était embarrassé dans les plis, et d'un coup de son épée lui coupa le muffle entier juste au-dessous des oreilles. Cela fait il ramassa le dit muffle et s'éloigna avec son manteau, laissant maître Bruin s'arranger comme il l'entendrait avec sa position. Lorsqu'il rejoignit la compagnie, ils étaient justement en train de revenir sur leurs pas pour le chercher, Beorn le gallois à leur tête. Mais lorsqu'ils le virent revenir en flânant avec le muffle, ou plutôt la moitié de la tête de l'ours à la main, le roi Burislaf et les Wendes éclatèrent en exclamations de surprise à l'égard de ce jeune homme qui pouvait se mesurer seul avec un ours, et même les Vikings et Beorn, qui étaient généralement lents à louer quelqu'un de leur compagnie, déclarèrent tous que parmi eux il n'en était aucun qui dans un cas critique pût surpasser Vagn, le petit-fils de Palnatoki.

« Fils d'armes, murmura Beorn, si le capitaine abat son gibier aussi bien que vous avez abattu votre ours, il sera un puissant chasseur de femmes ; mais nous voici depuis une journée entière à les traquer, et jusqu'à présent c'est à peine si nous avons vu le gibier.

— Tout viendra en bon temps, dit Vagn, tout viendra en bon temps. Les femmes sont plus avisées que les ours. Elles ne se précipitent pas dès qu'elles le voient sur un jeune homme porteur d'un manteau, comme l'ours sans muffle qui est là-bas. Dès que Sigvald les verra, il les prendra au piége, une au moins, je vous en donne ma parole. »

Toutefois il semblait qu'ils eussent peu de chance de faire mieux qu'apercevoir les princesses à distance. Lorsqu'ils se réunirent pour le repas du soir, le roi Burislaf vint occuper son siége élevé, aussi roide que le lui permettaient ses robes royales, le maréchal se présenta pour conduire Sigvald à sa place, et la reine, ses trois filles et leurs dames, s'assirent sur le banc transversal de l'estrade.

Comme les Vikings n'étaient ni aussi affamés, ni aussi altérés que le jour précédent, ils eurent plus de temps pour regarder autour d'eux, et les yeux de Sigvald en particulier errèrent souvent vers cette extrémité de la salle, et comme ces yeux avaient à la fois la vue longue et perçante, il fut bien vite d'opinion que la plus grande des princesses, celle qui était assise immédiatement après la reine, était à premier coup d'œil la plus belle des trois. C'était Astrida, dont le lecteur sait déjà quelque chose, mais dont jusqu'alors Sigvald ne savait absolument rien, si ce n'est qu'une des filles de Burislaf portait ce nom.

La fête se passa ce soir-là à peu de chose près comme celle du jour précédent. Les tables une fois dressées et servies gémirent comme la veille sous le poids des mêts, et les boissons ne furent pas épargnées. Après le repas, le roi se leva et fit invitation à Sigvald et aux Vikings; la reine, les princesses et leurs dames disparurent, et les ménestrels commencèrent leurs chants monotones. Mais les hommes bleus, ou autrement dit les nègres, n'apparurent pas, par l'excellente raison que l'un d'eux était couché avec trois côtes enfoncées par suite de la lutte de la veille, et que son compagnon n'avait pas d'antagoniste avec qui se mesurer.

« Il y aura plus d'entrain dans le Valhalla, si jamais nous allons aussi loin, dit Beorn. Si cela continue à être aussi ennuyeux, il nous faudra nous quereller avec quelques-uns de ces Wendes rien que pour tenir nos esprits en exercice.

— Que pensez-vous des princesses? dit Vagn, lorsque cette observation fut faite.

— Ce que je pense de toutes les femmes, dit Beorn : belles à regarder, laides à prendre. Nul homme ne sait ce que c'est que d'avoir un véritable ennemi jusqu'à ce qu'il ait une femme pour ennemie. Tout le mal qui est dans le monde vient d'elles.

— Mais ce monde ne pourrait pas exister sans elles. N'avez-vous jamais eu une mère, Beorn?

— Oui, dit le Gallois, mais ç'a été pour moi comme si elle avait été morte avant que je fusse né, car je ne l'ai jamais connue.

— Ou une femme? demanda Vagn.

— Oui, mais elle s'enfuit avec un Anglais pendant que j'étais à un voyage de Viking en Irlande, et elle dissipa tous mes biens, tous, c'est-à-dire ceux qu'elle ne put pas emporter avec elle. C'en fut tout à fait assez pour moi. Je n'en pris jamais une autre.

— Mais quelques-unes peuvent être bonnes, répliqua le jeune homme.

— Oui, c'est juste cela, dit le vieux misogyne; elles peuvent, mais ne sont pas.

— Laquelle de ces princesses croyez-vous que le capitaine choisira?

— Mes yeux sont vieux, et je puis mieux voir à bander un arc et à diriger un navire qu'à distinguer quelle est la plus belle de trois femmes; mais, à mon avis, la plus grande, celle qui était assise près de sa mère à main droite, était celle qui avait le meilleur air.

— Elle avait l'air hautaine comme Freyja elle-même, dit Vagn; mais avec tout cela elle n'est pas aussi belle qu'Ingibeorg, la fille de Thorkell. Pensez-vous qu'elle prendra le capitaine?

— Prendre le capitaine? répliqua Beorn; certainement elle le prendra. Son frère Thorkell mis à part, Sigvald est le plus grand et le plus beau de la bande, presque aussi avenant que vous, mon fils d'armes, et en même temps plus vieux et mieux fait pour le mariage. Si nous parlons de prendre, il faudrait plutôt demander : Sigvald la prendra-t-il ?

— Mais il vient ici pour choisir une des princesses ; que peut-il faire de mieux que de prendre la plus belle ?

— Oui, oui, dit Beorn, mais épouser une princesse n'est pas une chose qui aille si facilement de soi ; Burislaf n'a pas de fils et ces trois princesses sont ses héritières. Si Sigvald épouse l'une d'elles, à la mort de Burislaf il se rouvera ayant droit à un tiers du royaume.

— Alors nous, Vikings de Jomsburg, qui avons en commun toutes choses, nous aurons notre part de ce tiers du pays des Wendes.

— Vrai, mon enfant, dit Beorn, et jolie besogne que nous ferions là, partageant la terre entre nous, cultivant le sol comme des esclaves, abandonnant le château, et nous faisant détruire l'un après l'autre par les Wendes et les Allemands. Ce partage de terres serait encore pire qu'amener des femmes dans le château.

— Cette question du mariage devra être résolue demain, dit Vagn, car je sais que Sigvald a dit à Bui que nous serions de retour la quatrième nuit. Nous n'entendrons parler de rien ce soir ; voyez, le roi se lève pour quitter la salle, et souhaite à Sigvald un profond sommeil, comme nous allons tous en goûter un après notre chasse d'aujourd'hui. »

Là-dessus les Vikings quittèrent la salle du roi Burislaf pour aller chercher leurs lits, et leur première journée parmi les Wendes prit fin avec le sommeil.

CHAPITRE IX

LA DEMANDE DE SIGVALD ET LA RÉPONSE DU ROI BURISLAF.

Le matin suivant, à déjeuner, lorsque Burislaf et Sigvald se rencontrèrent, le roi demanda aux Vikings ce qu'il leur plairait de faire ce jour-là : voulaient-ils l'employer à chasser, à pêcher dans la rivière, ou à des exercices de force ?

« Nous avons pris hier assez de plaisirs dans vos royales forêts, dit Sigvald. Aujourd'hui passons à nos affaires et à l'objet de mon voyage en ces lieux.

— Prenez d'abord votre repas du matin, dit Burislaf. Il n'y a pas d'affaire qui s'accommode bien d'un estomac vide. »

Sur ces mots, Sigvald et ses Vikings, le roi et ses hommes prirent leurs siéges dans la salle et dépêchèrent leur repas en silence, car Sigvald pensait à sa proposition de mariage, et Burislaf à l'habile réponse qu'il tenait prête pour son convive.

Lorsque les tables furent desservies, Burislaf dit à Sigvald : « Retirons-nous dans ma petite chambre, et alors je serai tout disposé à prendre connaissance de l'affaire qui vous a conduit ici. » Il prononça ces paroles après qu'il se fut levé de son haut siége, et comme Sigvald s'était levé en même temps, le roi et son hôte se rencontrèrent au milieu de la salle.

« Non, roi Burislaf, dit Sigvald, non pas de la sorte ; la raison de mon voyage ici, bien qu'elle ne te soit connue qu'en partie, est parfaitement connue de tous mes hommes. Les Vikings ont changé cette disposition de notre loi qui nous défend de prendre femme, et mon voyage ici a pour but de vous demander la main d'une de vos filles. »

Bien qu'il eût été informé de l'intention de Sigvald, ainsi que nous l'avons dit, le rusé monarque affecta une profonde surprise devant cette déclaration.

« Une fille de roi, issue de la maison royale de Rurik et du monarque des Wendes, mariée à un capitaine Viking ! C'est là une proposition à laquelle il nous faut penser à deux fois, Sigvald. Les aigles ne font pas mariage avec les faucons, ni les corbeaux avec les corneilles.

— Le fils d'un jarl de race danoise est un faucon en effet comparé dans son pays à la race royale de Ragnar, mais c'est un aigle lorsqu'il est mesuré avec un Wende, quelque prince que soit ce dernier, dit Sigvald orgueilleusement. Quant à ce qui est des corneilles, les corbeaux du Nord ne sont pas des corneilles, et je vous rejette aux dents l'expression. »

Un murmure approbatif des Vikings placés derrière Sigvald montra qu'ils étaient satisfaits des hardies paroles de leur capitaine, tandis que la pâleur de la crainte se répandit sur les visages de quelques-uns des suivants de Burislaf. Le roi lui-même pensa qu'il était allé trop loin et qu'il était temps de rentrer ses cornes.

« Ne soyez pas irrité, noble Sigvald, dit-il. Mon intention était simplement de vous montrer que cette proposition me prenait par surprise, et que j'avais pensé à marier mes filles à des hommes de plus haute naissance, toute haute que soit la vôtre, et tout brave et vaillant que vous soyez !

— Je suis venu ici pour me concerter avec vous sur cette affaire, dit Sigvald, et maintenant vous connaissez le but de mon voyage. J'attends votre réponse, roi Burislaf. Demain, après le repas du matin, mes hommes et moi nous monterons à cheval et nous retournerons à Jomsburg.

— Soit, dit Burislaf, restez avec nous aujourd'hui. Ce soir après souper, vous aurez permission de voir de plus près nos filles et de causer avec elles, en sorte que vous pourrez faire votre choix. Demain matin, avant que vous nous quittiez, nous vous donnerons notre réponse à votre proposition. »

Sigvald ne pouvait faire autre chose qu'accepter les termes du roi. Ils passèrent, ses Vikings et lui, toute cette journée en exercices de force, et firent, par leur vigueur et leur dextérité, l'étonnement des Wendes qui les entouraient. De tout le jour, ils ne virent ni la reine, ni les princesses, mais, après le souper, le roi Burislaf conduisit Sigvald au banc transversal placé à l'extrémité de la salle, où, contrairement à leur conduite des deux soirées précédentes, les dames restaient assises. Comme ils montaient sur le dais, Burislaf se tourna du côté de la reine, et dit :

« Voici le noble Sigvald, notre ami et la grande sauvegarde de notre côte. Il nous a maintenant informé du but de son voyage ici. Son secret est révélé, il désire demander la main d'une de nos filles. »

Bien que les princesses entendissent ces paroles, elles ne montrèrent aucune envie, comme ce pourrait être parfois le cas avec de modernes princesses, de se lever et de s'enfuir hors de la présence de cet audacieux prétendant. Au contraire, elles restèrent immobiles, deux à la droite et une à la gauche de leur mère qui répondit simplement :

« C'est une chose étrange et nouvelle qu'un fils de jarl et l'un de nos vassaux demande la main d'une femme de notre race royale.

— Non pas vassal, madame, bien que fils de jarl, dit orgueilleusement Sigvald. Nous Vikings, nous tenons Jomsburg, non comme vassaux du roi wende, mais par la puissance de nos bonnes épées. Si le roi Burislaf a la prétention que le château ou nos armes lui appartiennent, qu'il vienne et qu'il essaye de les prendre.

— Si vous n'êtes pas vassal, bien que je me fusse imaginé que vous en étiez un, vous êtes cependant fils de jarl.

— Les jarls en Danemark sont rois partout ailleurs, répondit avec hauteur Sigvald. Mais fils de jarl ou fils de paysan, me voici, moi, Sigvald fils d'Harold, capitaine de Jomsburg, et je demande la main de cette princesse qui est assise à votre droite. Puis-je aussi vous demander si son nom est Astrida, Gunnhilda ou Geira? Mais quelque nom qu'elle porte, celle que je choisis est celle qui est assise la première à votre droite.

— Son nom est Astrida, dit le roi, c'est notre fille aînée. Votre choix a fondu soudain sur elle comme un faucon qui tombe au milieu d'une bande de pinsons.

— Mes yeux n'ont pas été paresseux depuis que je me suis assis dans votre salle. Voici maintenant trois soirées que je me trouve dans la même salle qu'Astrida, et toute la dernière mes yeux ont erré du côté de son siége. Mes pensées s'étaient déjà fixées sur elle, avant que j'eusse déclaré ce matin le but de mon voyage. »

Après que Sigvald eut prononcé ces paroles il se serait tourné volontiers pour parler à la princesse, mais c'était là une liberté entièrement inconnue à l'étiquette de cour des Wendes. Aussitôt que Sigvald eut fait sa déclaration quant au choix qu'il avait résolu, la reine se leva, et avec elle se levèrent ses filles et leurs dames. Comme elles quittaient la salle, le roi Burislaf dit :

« Vous avez exprimé vos vœux, noble Sigvald, et, comme je l'ai promis, vous aurez votre réponse demain au repas du matin. Nous ferons tout ce que nous pourrons pour appuyer votre demande, car nous vous regardons, vous et vos camarades, comme le principal étai de notre royaume, et quoique la reine ait prononcé le mot, ce n'est pas comme des vassaux que nous considérons les Vikings de Jomsburg; mais je vous avertis que si nous vous accordons votre demande notre consentement sera associé à certaines conditions. »

La réponse de Sigvald montra que le rapide regard qu'il avait jeté sur Astrida avait suffi pour enchaîner son cœur.

« La princesse, dit-il, est belle à contempler comme Gerda. Toute condition qui ne m'obligera pas comme Freyr à rendre ma bonne épée, sera considérée par moi comme légère. »

Il n'est pas difficile d'imaginer ce que Beorn le gallois, le misogyne juré, aurait dit s'il avait entendu ces vaillantes paroles, mais comme Sigvald et Burislaf restèrent seuls sur le dais après le départ de la reine et des princesses personne ne les entendit si ce n'est le roi qui répondit :

« Bien parlé, noble capitaine, parlé comme un homme et un Viking, prêt à conquérir la dame de ses pensées par sa bonne épée, et par sa bonne épée seule. Soyez sûr que si nous vous imposons quelque obligation avant que vous obteniez ce mariage qui vous tient à cœur, cette obligation sera de telle sorte qu'elle ne vous demandera pas de vous séparer de cette épée qui a répandu tant de terreur chez nos ennemis et les vôtres. »

Les deux personnages quittèrent alors le dais et retournèrent à leurs siéges élevés ; puis la soirée, comme la soirée précédente, se passa en libations et en chansons de ménestrels.

Tandis que le roi se consultait avec ses conseillers d'un côté de la salle, Sigvald et son frère Thorkell parlaient longuement du mariage. Leur conversation se conclut par ces paroles de Thorkell :

« Vraiment, frère, vous voilà tellement épris de cette royale vierge, que vous en êtes véritablement dans l'état de Freyr, et que vous ferez toute chose pour l'obtenir.

— Toute chose qui pourra s'accorder avec mon honneur et les intérêts de la bande, frère, dit Sigvald.

— Puissent votre honneur et nos intérêts marcher toujours de concert, frère ; mais quelle chose que cet amour qui vous renverse la puissante volonté d'un homme comme si c'était un brin de paille, et qui remplit de fantaisies l'âme qui jusqu'alors n'avait eu que des pensées de guerre et de butin !

— Avez-vous remarqué, fils d'armes, disait Beorn à Vagn, comme le visage du capitaine était rouge et enflammé lorsqu'il est revenu du dais ?

— Je l'ai remarqué parfaitement, dit Vagn, et j'ai attribué la chose simplement à la bonne bière et à l'hydromel.

— Ah! dit Beorn, ce n'était pas du tout une de ces honnêtes rougeurs que les forts breuvages font monter à mes joues bronzées. Non, non! c'était une rougeur de honte causée par le poison nommé amour. Qui peut assurer que ces femmes Wendes n'ont pas ensorcelé notre capitaine avec leurs runes et leurs philtres? Elles sont aussi mauvaises dans leur genre que ces Finnoises que nous brûlâmes l'an passé dans leurs cabanes, à Héligoland. Lorsque l'amour s'empare une fois d'un homme, personne ne peut dire où il le conduira. »

Encore une fois la fête prit fin; mais ces trois soirées avaient exigé une telle consommation de vivres et de boissons que le sommelier et le maréchal de Burislaf en étaient à bout d'expédients. Une des affaires dont ils entretenaient, de leur côté, leur royal maître, était l'épuisement prochain des provisions déposées dans les celliers de la grange, et ils étaient, par conséquent, grandement soulagés par la nouvelle que les terribles Vikings ne passeraient probablement pas une autre journée avec eux, mais qu'ils monteraient à cheval et repartiraient aussitôt qu'ils auraient bu le coup de l'étrier après le repas du lendemain matin.

« Je n'ai jamais vu d'hommes qui boivent comme ceux-là, disait le sommelier, et plaise à Votre Majesté, le pire de tous est le plus vieux de la bande. Les cornes de bière et d'hydromel descendent dans son gosier comme de l'eau, ou plus vite même que l'eau courante. Ils l'appellent Beorn le gallois, ce qui veut dire dans leur langue barbare *Ours* le gallois, et assurément c'est un ours pour boire.

— Nous ne leur épargnons rien, dit le roi, ce sont nos amis; mais soyez sûr que si vivres ou boissons viennent à manquer pendant qu'ils seront ici, vous vous en repentirez l'un et l'autre, notre sommelier et notre maréchal. Je vous découperai une rouge lanière sur chacun de vos dos.

— Les provisions ne manqueront pas, cria le sommelier; mais plaise à Votre Majesté, s'ils offrent de rester un jour de plus, ne le souffrez pas, car il ne nous reste pas assez, soit en hydromel, soit en vivres, pour une autre soirée comme celle-ci.

— Ils partiront, dit le roi, d'un très-grand air, mais Burislaf le Wende ne peut renvoyer un convive de sa maison. »

Sur ces mots, le roi se leva, et les Vikings allèrent dormir. Le sommelier et le maréchal passèrent la nuit dans des transes mortelles que ces visiteurs malvenus prolongeassent leur séjour; mais ils auraient pu bannir ces terreurs, car Sigvald était impatient d'obtenir sa réponse et de partir afin de pouvoir accomplir les conditions qui lui seraient imposées, et puis de revenir chercher Astrida pour la conduire à Jomsburg comme sa fiancée.

S'il sommeilla profondément ou non, cela n'a point été consigné dans la chronique, mais si les amoureux de cette époque étaient comme ceux de la nôtre, il est certain que le capitaine des Vikings ne ferma pas l'œil une minute. Il se leva avec l'alouette, inspecta ses armes, passa la revue de ses hommes, leur fit inspecter leurs armes à leur tour, et fit ramener leurs chevaux des champs où ils avaient été attachés et nourris aux dépens du foin et du grain de Burislaf. En un mot, comme un chef prudent, il veilla à ce que tout fût prêt pour le départ après le déjeuner, puis il alla s'asseoir en compagnie du roi Burislaf dans sa salle, avec le sentiment qu'il avait fait l'ouvrage d'une bonne matinée, et cependant il n'était pas encore neuf heures.

Ce que le roi Burislaf fit pendant le même temps ne nous est pas connu. Peut-être fit-il avec son sommelier le compte des terribles dévastations que les dents bien aiguisées des cinquante et un Vikings avaient opérées dans son cellier et ses offices, peut-être passa-t-il ce temps en délibérations renouvelées avec la reine et Astrida. De quelque façon toutefois qu'il eût passé la matinée, il était dans sa salle sur son siége élevé, souhaitant la bienvenue à ses convives au déjeuner, et bien disposé à presser de toute façon le départ de son visiteur.

Ce repas du matin présenta une particularité nouvelle, c'est qu'il fut partagé par la reine et les princesses devant qui des tables furent placées cette fois, et qui portèrent des cornes d'hydromel à leurs lèvres délicates. C'était la première fois que les Vikings voyaient les royales dames à la clarté du jour, et quoique cette clarté trouvât fort difficilement sa route à travers les minces lucarnes pratiquées juste au-dessous du toit, ils eurent plus de facilités pour les voir et prendre la mesure de leurs charmes qu'ils n'en avaient eu à travers la fumée et l'éclairage de la nuit.

« Ce sont d'aimables vierges toutes les trois, dit Vagn, et le capitaine a bien choisi, si Astrida est cette grande personne avec ses cheveux de corbeau et ses brillants yeux bleus; mais avec tout cela Ingibeorg..... »

Ici ses radotages sur la belle Norwégienne furent interrompus par son père d'armes qui lui donna une tape dans le dos en lui passant la corne, et cria :

« Arrêtez, arrêtez, enfant! je suis malade des Astridas et des Ingibeorgs; faire l'amour n'est pas un métier pour des Vikings. J'ai entendu le capitaine qui disait que si ce mariage se faisait, ce ne serait qu'à certaines conditions. Je suis sûr que nous allons être envoyés à quelque expédition aussi longue que celle qui conduisit Thor à Utgard, que nous serons tous tués dans cette expédition et que nous partirons directement pour le Valhalla où vous savez qu'il n'y aura pas de femmes, en sorte que nous n'aurons jamais à amener de femmes et d'épouses dans Jomsburg. »

Enfin le repas se termina. On entendait dans la cour les ronflements, les hennissements, les piétinements des cinquante et un chevaux impatients du frein que des esclaves du roi tenaient tout préparés pour le moment où les Vikings voudraient monter et partir.

Chose terrible et malpropre à penser en ces temps de bains pour tout le monde et de chemises fréquemment changées, aucun des Vikings n'avait de bagage avec lui. Les habits qu'ils avaient sur eux étaient leurs meilleurs, et ils n'avaient pas apporté de vêtements de rechange. A coup sûr, il n'y avait pas non plus une éponge ou une brosse à dents parmi la bande. Les simples essuie-mains, un pour chaque homme, avaient été considérés comme un grand luxe. Véritablement une époque poussiéreuse, boueuse, *inconfortable!*

Mais reprenons. Le repas étant terminé, Sigvald se leva et dit :

« L'heure est venue, roi Burislaf, où nous devons monter à cheval et partir. Quelle réponse donnez-vous à ma demande de la main de la princesse Astrida?

— La réponse est prête, dit le roi.

— Puis-je l'entendre en particulier? demanda le capitaine.

— Non, dit le roi avec dignité. Votre proposition, Sigvald, a été faite en pleine salle, en présence de vos hommes et des miens qui l'ont entendue; ma réponse sera également publique, afin que tous puissent l'entendre.

— Donnez-la-moi sans retard, dit Sigvald, et permettez-moi de partir avec mes hommes.

— Voici ma réponse, dit le roi Burislaf. Vous aurez Astrida, quoique je regarde, ainsi que vous le savez bien, ce mariage comme disproportionné. Quel que soit votre rang en Danemark, à vous autres jarls, nous, dans le pays des Wendes, nous jugeons les jarls fort au-dessous des rois. Mais comme vous êtes un homme grand et beau, le capitaine d'une grande compagnie de vaillants guerriers, et si puissant en hommes et en argent qu'on vous trouverait dans le nord peu d'égaux, nous consentons à vous donner la main de notre fille à deux conditions. La première, c'est que vous tiendrez la terre des Wendes libre de toute taxe ou tribut que d'autres rois pourraient nous réclamer; la seconde, qu'avant la première nuit de ce prochain temps d'Yule, vous amènerez avec vous le roi Sweyn en cette grange et le placerez en notre pouvoir pour que nous en fassions ce qu'il nous plaira. Si vous ne pouvez pas faire ces deux choses, eh bien, Sigvald, vous n'aurez pas la main de ma fille. »

Ainsi parla le roi Burislaf, et à voir les crêtes baissées de Sigvald et de ses Vikings, il fut évident qu'ils se sentaient beaucoup dans la position où les Dieux Norses se trouvèrent dans Asgard lorsqu'on demanda à l'un d'eux de placer sa main dans la gueule du loup, ou dans la position de Balder lorsqu'il fut traversé par le gui de chêne. Ni Sigvald, ni aucun de ses hommes, ne répondirent un mot pendant une minute ou deux. Enfin lorsqu'il eut retrouvé la parole, il dit :

« Tenir la terre des Wendes libre de toute taxe ou de tout tribut que tout roi pourrait réclamer! Qui te réclame taxe ou tribut, ô roi?

— Cela, nous ne vous le disons pas, répondit Burislaf, vous devrez le découvrir vous-même, et lorsque vous l'aurez découvert forcer le roi qui le réclame à y renoncer.

— Et puis, cette seconde condition, dit Sigvald : comment puis-je amener ici le roi Sweyn?

— Cela, je suis bien sûr que je ne puis vous l'apprendre, dit le rusé Burislaf. Tout ce que je dis, c'est que vous avez demandé la main d'Astrida, et que telles sont les conditions. Vous autres Vikings, vous ne pouvez pas être les hommes grands et braves qu'on dit que vous êtes, ni aussi profondément rusés que s'en vantent quelques-uns d'entre vous, si vous ne pouvez accomplir ces deux choses.

— La princesse agrée-t-elle à ces conditions? demanda Sigvald.

— Prêtez l'oreille à ses propres paroles, dit Burislaf. Astrida, vous avez entendu ce que j'ai dit. Consentez-vous, devant toute cette compagnie, à devenir la femme de Sigvald, s'il maintient notre pays libre de toute taxe ou de tout tribut que d'autres rois peuvent nous réclamer, et si, avant la première nuit du prochain temps d'Yule, il nous amène ici le roi Sweyn de Danemark et le place en notre pouvoir?

— J'y consens, dit Astrida.

— Eh bien, dit Sigvald, j'accepte ces termes. Avant le prochain Yule, le roi Sveyn sera ici, et après cela je maintiendrai cette contrée libre de toute taxe ou de tout tribut, m'aident tous les Dieux; si je ne le fais pas, j'abandonne ma prétention à la main d'Astrida. »

Pendant ce temps, les Vikings avaient recouvré possession d'eux-mêmes, et un tonnerre d'applaudissements suivit les hardies paroles de leur capitaine, applaudissements auxquels les Wendes eux-mêmes se joignirent.

« En ce cas, noble Sigvald, il ne vous reste plus qu'à boire le coup de l'étrier, à monter à cheval et à partir. Astrida, porte une corne d'hydromel au noble Sigvald, et souhaite-lui bonne réussite pour son voyage et son entreprise.

— De tout mon cœur, dit Astrida en présentant la corne à son prétendant. »

Après qu'il l'eut vidée, Sigvald se tourna vers elle, et dit :

« Longtemps avant la première nuit d'Yule, le roi Sweyn sera ici, ou je mourrai en essayant de l'amener, et lorsque cela sera fait le tribut sera chose aisée.

— Incontestablement, dit Astrida, et si vous voulez prendre conseil de moi, vous serez sûr d'amener d'abord le roi. Vous trouverez alors qu'il sera beaucoup plus aisé de nous délivrer du tribut. »

Alors Burislaf remercia Sigvald pour l'honneur qu'il lui avait fait en venant de si loin pour le voir, Sigvald le remercia en retour pour sa royale munificence et son hospitalité, et les Vikings montèrent à cheval et retournèrent à Jomsburg passablement embarrassés de savoir si leur voyage avait ou non réussi.

CHAPITRE X

LE CAPITAINE PREND CONSEIL.

Dans la matinée qui suivit son retour, Sigvald convoqua ses capitaines, et particulièrement Bui l'intrépide, l'âpre Viking qui n'avait pas voulu laisser ses coffres d'or et qui, en conséquence, était resté au château pour commander la garnison.

Lorsqu'il leur exposa l'affaire ils furent tous d'avis que si quelque chose devait être fait il fallait le faire promptement. Bien que septembre tirât vers sa fin ils pouvaient être sûrs que les nouvelles des conditions imposées par le roi Burislaf arriveraient un peu plus tôt ou un peu plus tard aux oreilles du roi Sweyn, et qu'alors leur entreprise serait dix fois plus difficile. Aussi puissants qu'ils fussent en hommes et en vaisseaux ils n'étaient d'ailleurs pas capables de tenir la partie contre la force unie du Danemark, si telle cause, par exemple cette attaque méditée contre le roi, jetait la nation en état de défense.

Si le roi Sweyn pouvait être pris et encagé, ce devait être par adresse et ruse plutôt que par force brutale; mais par quel stratagème, personne ne pouvait le dire.

Pendant tout ce temps-là Beorn le gallois raillait, comme on peut bien le supposer, déclarant que Burislaf avait complétement battu Sigvald sous le rapport de l'esprit et lui avait imposé des conditions impossibles à exécuter. « Amener Sweyn dans la grange du roi! répétait-il constamment; c'est bien facile à dire : amenez-le; mais comment peut-il y être amené? » répétait-il constamment, et en vérité c'était l'opinion de Bui et de toute la bande. Il serait aisé de provoquer le roi Sweyn au combat, et peut-être de vaincre sa flotte et de le faire prisonnier; mais il pouvait aussi les défaire, et alors la compagnie serait ruinée, et cela simplement pour que Sigvald pût épouser une princesse. Le résultat de ces délibérations fut que rien n'en sortit, et que Sigvald, laissé à peu près à ses propres ressources, devint presque pendant un jour ou deux un objet de risée pour ses hommes. Il devint hâve et pâle, errant çà et là absorbé dans des méditations profondes, et Beorn, toutes les fois qu'il l'apercevait, levait les mains au ciel, et disait à Vagn son compagnon constant :

« Voyez combien est vrai tout ce que je disais de ces philtres et de ces runes des Wendes. Astrida l'a ensorcelé, je vous en donne ma parole. »

Deux jours ou davantage s'étaient écoulés, et Sigvald était aussi loin de son but que jamais, lorsqu'à l'improviste arriva au château Gangrel Pied-rapide presque sans être annoncé par les sentinelles qui le connaissaient bien, et une fois au château il alla droit au logement de Sigvald.

« J'ai un message pour vous, ô capitaine, dit-il, et ce message vient de la princesse Astrida qui vous fait dire qu'elle a pensé à votre affaire, et que voici comment vous devez agir si vous voulez amener le roi Sweyn. Elle est sûre que c'est le moyen par lequel la chose peut être faite, car elle l'a rêvé dans son sommeil, et elle est clairvoyante dans ses rêves. Or voici ce qu'elle a rêvé : il lui sembla que vous aviez mis votre flotte à la voile pour le Danemark afin d'aller saisir le roi Sweyn, et que lorsque vous arrivâtes à Séeland vous tombâtes malade, et si malade que vous ne pûtes pas débarquer et que vous envoyâtes chercher le roi Sweyn pour venir à bord vous visiter; il vint, et soudain, avant qu'il eût le temps de redescendre à terre, un grand vent s'éleva, et emporta le vaisseau, vous et lui, à Jomsburg, et lorsque vous l'eûtes à Jomsburg, ce fut affaire aisée de le conduire au roi Burislaf. Elle m'a commandé aussi de vous dire que c'est le roi Sweyn, et personne d'autre, qui réclame taxe et tribut du roi Burislaf, si bien que si vous étiez capable de le prendre de cette façon, vous tueriez deux oiseaux avec une seule pierre, et vous rempliriez d'un seul coup les deux conditions. En assurance de tout ce que je vous rapporte de sa part, elle vous a envoyé cet anneau d'or que vous vîtes à son doigt lorsqu'elle vous tendit la corne le matin de votre départ. »

Tel fut le message de Gangrel Pied-rapide, et il est aisé de deviner à quel point il dut rendre heureux le capitaine. Pourquoi Astrida avait-elle pris tout cet ennui, pourquoi lui envoyait-elle dire quel était le meilleur moyen de remplir les conditions et de conquérir sa main s'il n'avait pas trouvé faveur à ses yeux par sa hardie demande?

« Pas un mot de tout cela à qui que ce soit de la bande, dit Sigvald à Gangrel Pied-rapide, remplissez vos poches de ces pièces d'or, et retournez auprès de la princesse aussi rapidement que vous pourrez. Attendez! portez-lui aussi cet anneau comme un gage de moi, et dites-lui que d'ici à un mois, et cela me semble un bien long temps, ou bien j'amènerai le roi Sweyn au roi Burislaf, ou bien je périrai en l'essayant. »

Sur ces mots Sigvald et le messager se séparèrent, et personne d'autre que le capitaine ne fut informé du message de la princesse.

Le lendemain Sigvald convoqua une seconde fois ses chefs en conseil, et dit :

« J'ai maintenant songé à cette affaire du roi Sweyn et à la manière dont je pourrais le prendre avec peu de risques, mais je ne puis vous dire la manière dont j'entends le saisir. Tout ce que je vous dirai, c'est que si je manque mon coup et si je péris dans l'entreprise, ce sera avec peu de pertes d'hommes. Je prendrai seulement trois vaisseaux avec moi et cent hommes dans chacun. Il n'est pas nécessaire que ce soient nos plus grands navires d'autant plus qu'ils devront rester amarrés au rivage.

— Nous ne vous demandons pas quel est votre plan, dit Bui. Nous avons entièrement confiance en vous, et nous ne doutons pas que si votre esprit ne peut inventer quelque plan pour prendre le roi, personne ne le peut. Rappelez-vous seulement que si vous périssez, toute la bande aura une querelle de sang avec le roi Sweyn, car nous sommes tous frères d'armes et tenus de nous venger l'un l'autre.

— Merci, Bui l'intrépide, voilà qui est parler comme le noble guerrier que vous êtes. Croyez-moi, j'ai tout espoir que vous n'aurez jamais à vider vos coffres pour me payer une rançon, et la bande ne sera pas affaiblie par les pertes d'hommes de mon équipage. J'ai l'intention de gagner la partie par la seule ruse, et d'amener ici le roi Sweyn sans perdre une goutte de sang. Mais comme les choses tournent diversement, et qu'il peut être décidé par la destinée que je périrai dans ce voyage, je te laisse à toi, Bui, le commandement de la bande pendant tout le temps de mon absence, et quant à toi, Beorn, et à toi, Vagn, je vous prie de venir tous deux partager avec moi cette chasse d'un roi.

— De tout mon cœur, dit Beorn, il y a près de deux mois que je n'ai reniflé l'eau de sel et vu un ennemi. Mes armes se sont toutes rouillées faute de servir pendant que nous dépensons paresseusement nos vies au logis. Il sera bon aussi pour Vagn de voir ses propres biens quoiqu'il soit maintenant un proscrit du roi Sweyn. »

En conséquence il fut décidé que trois vaisseaux et trois cents hommes partiraient, et que Sigvald, Beorn et Vagn dirigeraient chacun un des navires avec un équipage de cent hommes.

Lorsque *les serpents de guerre* sortirent du port les murailles et l'arche qui formait l'entrée étaient encombrés de Vikings qui regrettaient de ne pas être avec eux et qui leur souhaitèrent un prompt voyage et un heureux retour.

Le temps était doux et beau et la mer unie, comme cela est fréquent à cette époque de l'année dans la Baltique. Sigvald et sa petite escadre volaient sur les vagues à mesure que les rameurs poussaient leurs avirons, si bien qu'en peu de temps ils approchèrent du Sund et coururent dans le Belt entre Fünen et Séeland. Dans cette dernière île ils apprirent que le roi de Danemark était à une de ses granges.

Il se trouvait heureusement que le roi Sweyn, bien qu'en inimitié avec quelques-uns des Vikings et plus particulièrement avec la maison de Palnatoki, n'avait aucune querelle avec Sigvald ou son père Harold le superbe qui était un de ses grands jarls, en sorte qu'il avait pour le capitaine viking plutôt les yeux d'un ami que ceux d'un ennemi. Il en résultait que s'il entendait dire que Sigvald avait été vu dans les eaux danoises ces nouvelles ne lui causeraient pas d'alarmes, et qu'il attendrait plutôt une visite amicale qu'une visite hostile du capitaine viking.

Sigvald avait calculé ces particularités et en avait fait une partie de son plan audacieux. Aussitôt qu'il sut avec précision où était le roi il fit entrer hardiment ses trois navires dans un petit bras de mer où ne se trouvait aucune des galères du roi et fit pratiquer à ses hommes le vieux plan de Palnatoki, c'est-à-dire qu'il leur fit placer leurs vaisseaux poupes contre terre, proues contre mer, en sorte qu'ils fussent tout prêts à courir en avant dès que les rames toucheraient les vagues.

Cela fait, restait la plus difficile partie de l'aventure, le dessein que Sigvald avait adopté, beaucoup sur le conseil d'Astrida. Il savait que le roi faisait festin dans sa salle tout près de là avec six cents hommes, et qu'il s'attendrait à le voir dès qu'il entendrait parler de son arrivée. Mais avec ses trois cents hommes il ne pouvait pas espérer faire beaucoup contre les six cents du roi. Si son but pouvait être atteint ce ne pouvait être par la force.

Le roi était donc assis buvant avec ses hommes dans sa salle dont l'arrangement ressemblait beaucoup à celui des salles des Vikings et du roi Burislaf, seulement cet arrangement était établi sur une plus grande échelle. A un certain moment la sentinelle parla au maréchal, le maréchal parla à son tour au sommelier, et le sommelier vint se placer devant le roi, et dit :

« Un message, ô roi ! de Sigvald, fils d'Harold le superbe, jarl de Scanie.

— Ses messagers sont les bienvenus, dit le roi ; qu'ils approchent. »

Alors Thorkell le gigantesque, qui s'était embarqué avec son frère, remonta la salle en faisant à mesure qu'il avançait l'émerveillement de tous les Danois par sa stature colossale. Il arriva devant le roi et s'inclina.

« Soyez le bienvenu, Thorkell, dit le roi Sweyn. Parlez vite ; laquelle de ces deux choses voulez-vous faire d'abord : vider une corne ou nous exposer votre message ?

— Je ferai les deux choses, dit Thorkell, car toutes les deux peuvent être faites rapidement. »

Alors il saisit la corne et la vida, et à peine avait-il avalé son contenu qu'il dit :

« Mon frère Sigvald désire vous parler, car il a des affaires de grande importance à vous communiquer.

— Désire me parler ! dit le roi Sweyn avec un juron. Pourquoi alors ne vient-il pas et ne parle-t-il pas lui-même ? Pourquoi vous envoyer comme son messager, tout gigantesque que vous soyiez ?

— Parce qu'il ne peut quitter son vaisseau, dit Thorkell, il est là-bas dans la baie, malade au lit, à son bord. Nous sommes partis il y a trois nuits de Jomsburg pour vous chercher, et en route Sigvald est tombé malade, et il est maintenant si faible qu'il est sur le point de mourir ; mais avant de mourir il désire vous voir, et il m'a envoyé pour vous porter ces nouvelles.

— Savez-vous ce qu'il désire me dire ? demanda le roi.

— Moi, non, dit Thorkell. Sigvald est un homme qui garde toujours sa propre pensée et ne la partage pas avec d'autres.

— Mais est-il si mal ? dit le roi. Me faut-il descendre cette nuit même à la baie pour entendre ce qu'il a à me dire ?

— Le soleil du matin le trouvera à grand'peine vivant, dit Thorkell. Lorsque je l'ai quitté, il semblait à son dernier souffle ; je crois que c'était de quelque chose sur

Jomsburg et son commandement qu'il désirait vous parler.

— Je parierais que oui, je parierais que oui, dit Sweyn, maintenant entièrement décidé à y aller. Quelque chose qui nous concerne grandement. Nous irons. »

Là-dessus, le roi suivi de deux cents hommes, plus des vingt que Thorkell avait amenés avec lui, quitta la salle et l'hydromel ambré, et se dirigea vers la crique de la baie où se trouvaient les navires de Sigvald.

Lorsqu'ils atteignirent le rivage il se trouva qu'un changement avait été opéré dans l'arrangement des vaisseaux; ils étaient maintenant reliés ensemble par les extrémités, si bien que les deux qui se trouvaient le plus près du rivage formaient comme une jetée ou un pont pour atteindre le troisième dans lequel gisait le malade Sigvald.

Aussitôt que Sigvald apprit qu'ils approchaient du rivage, il se mit au lit et entassa sur lui ses vêtements.

« Dans quel vaisseau est-il? demanda le roi.

— Dans le troisième, dit Thorkell, et comme nos vaisseaux sont petits et légers, ne prenez pas plus de trente hommes avec vous pour y monter, de crainte qu'ils n'enfoncent sous nous.

— Nous ferons ainsi, » dit le roi, et montant le passe-avant il entra dans le premier vaisseau.

Aussitôt que les trente hommes furent à bord du premier navire, Thorkell leur fit retirer le passe-avant à l'intérieur et coupa le vaisseau de terre ; puis, lorsque le roi fut entré avec vingt hommes dans le second vaisseau, le passe-avant fut encore retiré à l'intérieur, et ce second vaisseau coupé du premier. Il en fut de même du troisième lorsque le roi et dix de ses hommes y furent entrés ; le passe-avant fut retiré et le troisième vaisseau fut coupé des deux autres qui au même instant détachèrent leurs amarres tandis que les rameurs étaient assis sur leurs bancs prêts à partir.

Lorsque le roi qui ne soupçonnait rien — car il était nuit et il avait beaucoup bu — fut à bord du troisième vaisseau il demanda où était Sigvald, et on lui répondit qu'il était dans la cabine, à l'article de la mort.

« Parle-t-il encore? demanda le roi.

— Oui, seigneur, fut-il répondu ; mais il est bien faible.

— Faites hâte, dit Sweyn, afin que je puisse entendre ce qu'il a à me dire avant qu'il ne meure. »

Les navires à cette époque étaient à pont coupé, ou plutôt pontés à l'avant et à l'arrière. L'arrière s'élevait en dunette ; sous ce pont sommeillait le capitaine.

Le roi entra dans la cabine où Sigvald était couché dans sa case, et se penchant sur lui, il dit :

« Pouvez-vous entendre ma voix, Sigvald ? Dites-moi ce que vous avez à dire. »

Mais Sigwald ne répondit pas un mot.

Alors le roi reprit la parole.

« Quelles sont ces grandes nouvelles qui vous ont obligé à m'appeler ici pour me les communiquer ? je suis prêt à les entendre. Parlez, Sigvald, parlez. »

Alors une voix basse et faible sortit de dessous la pile de vêtements qui recouvrait Sigvald, et le roi put tout juste distinguer ces paroles :

« Penchez-vous un peu plus sur moi, seigneur, et vous serez un peu mieux à même d'entendre ma voix, car elle est maintenant bien faible. »

Alors le roi se pencha sur lui, et lorsqu'il se fut courbé, Sigvald jetant un bras autour de son cou et entourant sa taille de l'autre, le saisit dans une étreinte de fer qui montrait combien il était peu faible.

Il le maintint ainsi solidement, et en même temps commanda aussi haut qu'il put à son équipage de ramer aussi vite qu'ils pourraient et de sortir de la baie. Ainsi firent les trois vaisseaux qui partirent en emmenant captifs le roi et ses trente hommes et en laissant le reste des gens de sa suite stupéfaits sur le rivage.

CHAPITRE XI

LE ROI SWEYN A JOMSBURG.

Pendant que la flotte s'éloignait Sigvald continuait à tenir le roi Sweyn étroitement. S'il n'eût pas suffi à cette tâche il avait tout près de lui Thorkell le gigantesque, qui eût été prompt à lui fournir aide ; mais, en réalité, tout Viking qu'eût été Sweyn, et tout robuste qu'il fût, il n'était pas de force à se mesurer avec Sigvald, aussi le capitaine le contint-il aisément.

Aussitôt que Sweyn fut revenu de sa première surprise, il dit :

« Eh quoi, Sigvald, voulez-vous jouer faux jeu avec moi? que prétendez-vous par cette trahison? Ce sont en effet là de grandes nouvelles; mais après tout, je ne vois pas pourquoi vous me traiteriez ainsi, moi qui ai toujours été en termes d'amitié avec votre père, Harold le superbe.

— Il n'y a là-dessous aucune trahison, seigneur, dit Sigvald, mais il sera bon pour vous autant que pour nous que vous fassiez un petit voyage avec nous à Jomsburg.

— A Jomsburg! dit le roi. Je n'ai jamais songé à aller si loin lorsque je me suis levé de mon lit ce matin.

— C'est très-vrai, seigneur, dit Sigvald, mais personne, pas même un roi, ne peut dire lorsqu'il se lève le matin où il reposera sa tête le soir. Votre père avait pensé vous prendre et vous tuer à l'aurore, mais avant le lever du soleil, la flèche de Palnatoki le traversa de la gorge à la bouche, et il tomba mort, et vous, vous vous élevâtes au trône.

— Le hasard et la destinée règlent toutes choses, c'est

vrai, dit Sweyn, mais pourquoi je dois aller à Jomsburg, je ne le vois pas. Vous voulez me jeter dans un cachot et en mettre un autre sur le trône ?

— Nullement, nullement, dit Sigvald. Soyez sûr, seigneur, que nous vous rendrons tout honneur et que nous vous traiterons en tout comme il convient de traiter un roi. Notre salle à Jomsburg n'est pas aussi vaste que les vôtres, à Hedeby ou à Viborg, mais, autant que nos pauvres moyens nous le permettront, vous ne manquerez de rien. Vous et les vôtres, serez les bienvenus comme d'anciens Vikings et frères d'armes.

— Je n'ai pas fait dépense d'amitié dans ces dernières années, avec quelques-uns d'entre vos vieux Vikings, dit le roi avec une expression morose. Beorn le gallois, le frère d'armes de Palnatoki, triomphera lorsqu'il verra Sweyn, le fils d'Harold à la dent bleue, amené comme votre captif.

— Captif n'est pas le mot, seigneur, dit Sigvald. Captif, non, mais roi de Danemark, quoique dans Jomsburg.

— Roi de Danemark, certainement, dit Sweyn avec fierté, mais pourquoi un roi de Danemark doit être ainsi entraîné par ruse à Jomsburg cela dépasse mon intelligence.

— Vous le comprendrez suffisamment, et comment toutes choses tourneront à votre bien et à votre gloire, lorsque nous serons arrivés à Jomsburg, dit Sigvald. » En disant ces mots, il relâcha l'étreinte dont il serrait le roi Sweyn et le remit en liberté, puis tous deux montèrent de la cabine à la poupe. Pendant ce temps, les trois couleuvres de guerre avaient couru une bonne étendue sur cette mer tranquille. Lorsque le roi se tourna du côté du rivage il vit les lumières qui brillaient à travers les fenêtres de sa salle, et il songea à ces étranges hauts et bas de la destinée, qui en un temps si court l'avaient arraché à son royaume et à ses hommes et remis entre les mains de gens qui seraient peut-être ses amis, peut-être ses ennemis.

Sigvald semblait lire ses pensées, quoiqu'il pût à peine voir son visage.

« Oui, seigneur, dit-il, là-bas brûlent les lumières, comme nous le voyons, et là-bas aussi, quoique nous ne puissions pas les voir, vos hommes se dirigent en toute hâte vers la salle pour raconter comment le puissant roi Sweyn, le fils d'Harold à la dent bleue, a été enlevé par les Vikings de Jomsburg.

— C'est un acte audacieux, dit Sweyn, et aussi longtemps qu'il y aura des hommes dans le Nord, cette histoire — comment Sigvald enleva Sweyn — sera racontée à votre louange. Je suis prêt à confesser que j'ai eu le dessous dans cette partie où la ruse tenait les enjeux; par les armes, j'aurais pu me défendre, mais contre la ruse aucun bouclier ne protége.

— Ne pensons plus à cela, et n'en parlons plus, seigneur, dit Sigvald. Soyez sûr d'une chose, c'est que pas un cheveu de votre tête ne sera touché, et si, lorsque vous serez à Jomsburg, vous voulez voir les choses au même point de vue où nous les voyons, vous reviendrez sous peu en Danemark, roi plus puissant que vous ne l'avez quitté.

— J'espère que je le pourrai, dit Sweyn; mais comment cela se peut est encore une chose qui dépasse mon intelligence.

— Tout sera bientôt éclairci, seigneur, dit Sigvald, et maintenant vidons une corne d'hydromel, et après cela, puisse-t-il plaire à Votre Majesté d'aller se reposer dans mon pauvre lit, le meilleur que j'aie à vous offrir ! »

Le roi Sweyn, comme nous le savons, n'avait pas toujours été roi; l'eût-il même toujours été, les rois n'étaient pas constamment dans ces temps-là dorlotés au sein du luxe; ce n'était donc pas pour lui une privation que de dormir dans le lit étroit où Sigvald, quelques instants auparavant, s'était étendu pour le saisir. Ajoutons à cela, qu'il était jeune et prompt à l'espérance, et quoique tout fût ténèbres devant lui, il vit tout de suite que le meilleur pour lui était de croire à tout ce que Sigvald lui disait, et de traiter les Vikings en amis aussi longtemps qu'ils lui seraient amis. En conséquence, pendant le reste du voyage, il se montra gai et gracieux. Quand il voyait les rameurs, vingt-cinq de chaque côté du long vaisseau, pousser leur travail avec ardeur, il abondait en louanges sur leur dextérité et leur vigueur. Si, comme Olaf, le fils de Tryggvi, alors exilé devant le jarl Hacon, mais ensuite roi de Norwége, il montra son agilité en courant le long des pelles des rames lorsqu'elles étaient en plein mouvement, cela ne nous a pas été rapporté ; il est plus probable que non, et cependant le roi Sweyn était des plus renommés à son époque, pour de tels faits de force et d'adresse. Tout ce que nous savons, c'est que Sigvald l'emmena, comme nous l'avons dit, et que sur le matin du troisième jour, les trois longs navires entrèrent dans le hâvre de Jomsburg, Sigvald ayant ainsi accompli à peu près la première des deux conditions d'où dépendait son mariage avec Astrida.

Grande fut l'émotion des Vikings dans le château lorsque la sentinelle souffla dans sa corne et appela sur l'arche formant l'entrée de la forteresse le capitaine, qui de là parcourut du regard l'étendue de la mer.

« Voici nos vaisseaux là-bas, dit Bui l'intrépide, très-suffisamment en bon état ; mais ont-ils atteint le but de leur voyage ? Le roi Sweyn est-il à leur bord, ou Sigvald a-t-il péri, et ces vaisseaux reviennent-ils pour nous apprendre cette nouvelle ?

— Ils sont encore trop éloignés pour qu'on puisse dire si le drapeau du grand mât est rouge ou noir, dit la sentinelle. Le capitaine m'a dit avant de mettre à la voile, que s'il saisissait le roi il hisserait un drapeau rouge, et si l'expédition manquait un drapeau noir. »

Un instant après, il cria à haute voix : « Je vois le drapeau, maintenant, quand il se détache et flotte, et il est... oui, il est rouge comme du sang ! Applaudissez à notre triomphe, enfants ! cria-t-il aux Vikings qui l'entouraient en ce moment sur l'arche, car le capitaine a réussi, et dans le premier vaisseau il amène le roi Sweyn comme captif. »

Les Vikings répondirent à ces paroles par leurs applaudissements, comme nous pouvons en être sûrs, puis ils coururent précipitamment à la bouche du hâvre pour ouvrir toutes grandes les portes de fer, et saluer le capitaine et ses camarades lorsqu'ils entreraient dans le port.

Lorsque Sigvald longea le quai il trouva Bui l'intrépide qui se tenait prêt à le recevoir.

« Soyez le bienvenu au logis, fils d'Harold le superbe, dit-il. Je n'ai pas besoin de vous demander si vous avez gagné votre récompense, car je le vois sur votre visage. Mais où est le roi ? Comment l'avez-vous amené, mort ou vivant ?

— Vivant et non pas mort, Bui l'intrépide, dit Sigvald, et pas une goutte de sang répandue chez ses hommes ou les nôtres.

— Tout pouvoir à votre tête aussi bien qu'à votre bras, Sigvald, dit Bui. Assurément, aucun de nous n'est votre égal pour l'esprit.

— Ne parlez pas ainsi, dit Sigvald. En cela aussi, comme dans la plupart des choses, c'est la chance qui gouverne et non l'esprit des hommes.

— Mais où est le roi ?

— Dans ma cabine, dit Sigvald, et mal à l'aise quoiqu'il porte une face joyeuse.

— Rien d'étonnant à cela, rien d'étonnant, dit Bui ; je ne voudrais pas, pour tout l'or de mes deux coffres, me trouver dans la position où il est maintenant.

— Il a dit, continua Sigvald, qu'il ne voulait pas se tenir sur le pont pour y être un spectacle pour nos hommes lorsque nous entrerions dans le port, et par conséquent il est resté dans ma cabine. Mais, songez-y, j'ai donné ma parole qu'aucun mal ne lui arrivera, non plus qu'à ses hommes, s'il consent seulement à faire ce qui est le meilleur à la fois pour lui et pour nous.

— Nous serions des lâches et des violateurs de la foi jurée si nous nous conduisions mal en quelque façon que ce soit envers eux, dit Bui, et je suis sûr que toute la bande partagera ce sentiment, bien qu'à coup sûr ce soit une grande plume à nos chapeaux que d'avoir saisi le puissant Sweyn, roi de Danemark, et de l'avoir amené à notre château de Jomsburg.

— Venez à bord et rendez-lui visite, dit Sigvald. Veseti, votre père, et lui ont été longtemps amis, et rappelez-vous l'amitié qu'il vous montra jadis, lorsqu'il prit parti pour vous dans votre querelle avec mon père, Harold le superbe, quand vous pillâtes nos biens.

— Cette blessure ne sera donc jamais cicatrisée? dit Bui. Je croyais que cela était depuis longtemps oublié.

— C'est oublié, c'est oublié, Bui l'intrépide, dit Sigvald. Je ne m'en rappelais que pour votre avantage. Est-ce que les lois de cette grande compagnie n'ont pas interdit entre nous toutes querelles de sang? Ne sommes-nous pas tenus de nous venger les uns les autres comme si nous étions nés frères aussi bien que frères d'armes?

— C'est vrai, c'est vrai, dit Bui, et cependant cette vieille querelle m'a passé par l'esprit, et aussi cette autre chose que vous êtes à la veille de briser les lois sur un point. Si nous les brisons sur un point, nous pouvons les briser sur tous.

— Nous les brisons sur un point parce que les temps changent, et qu'il est maintenant bon de se marier, bien qu'il ne le fût pas autrefois; mais la loi qui oblige chacun de nous à venger un autre homme de la bande comme son frère de naissance doit rester à jamais immuable : aussi longtemps que la bande durera cette loi devra durer.

— Aussi longtemps que la bande durera, voilà la question, dit Bui.

— Question ou non question, dit Sigvald avec impatience, venez à bord, faites accueil au roi, et conduisons-le à notre salle. »

Sigvald et Bui entrèrent alors dans la cabine et conduisirent le roi Sweyn du vaisseau à la salle commune, tandis que les Vikings s'assemblaient sur leur passage pour contempler le grand roi qui, pendant un temps, avait été Viking comme eux-mêmes, et le plus hardi des coureurs de mer, bien mieux, qui avait été le frère d'armes de Beorn le gallois, et le fils d'armes de leur vieux capitaine, Palnatoki.

Sweyn d'ailleurs n'était pas indigne d'être comparé à n'importe quel homme dans cette vigoureuse armée. Singulièrement bien fait, large des épaules, mince de la taille, de cette structure faite de souplesse, qui cache si souvent une force plus grande que ne la révèle le premier regard, Sweyn, par sa stature, était un roi de la tête aux pieds. Si Burislaf était plutôt court et trapu, Sweyn était fort au-dessus de la taille moyenne de l'homme, et partout ailleurs que dans une bande où la stature de tout homme était réduite à celle de nain par des géants comme Thorkell le roi aurait été appelé grand. Sa chevelure était châtain-clair et flottait en boucles sur ses épaules, ses yeux étaient larges et d'un bleu profond, ses traits étaient réguliers, sa bouche était franche et séduisante. Au fond du cœur, il était morose, rusé et vindicatif, mais il ne lui était pas opportun de révéler la première et la dernière de ces dispositions à Jomsburg. Au contraire, il se montra ouvert, expansif, confiant, et gagna bientôt les cœurs des Vikings qui, ainsi que nous l'avons dit, le regardaient presque comme un des leurs, et comme une gloire pour leur profession. Même Beorn le gallois qui lui gardait une si forte rancune pour son inimitié contre Palnatoki fut conquis par la condescendance du roi. Sweyn ne l'avait pas vu de tout le voyage, car, bien que les trois vaisseaux eussent navigué de compagnie, nul homme n'avait passé d'un navire à un autre; mais lorsqu'ils défilèrent en quelque sorte processionnellement dans la salle le roi distingua parmi les capitaines le vétéran qui s'inclina pour lui rendre hommage.

« Heureusement rencontré dans Jomsburg, vieux compagnon de table, lui cria Sweyn ; où était-ce que nous nous séparâmes pour la dernière fois ?

— Dans votre salle, seigneur, dit Beorn, après que la flèche en eût fait le tour et que j'y fus rentré pour chercher mon homme.

— C'est vrai, dit le roi, mais c'était dans un jour de colère. Nous nous étions séparés en paix auparavant.

— Si c'était en paix, ou si c'était en guerre, je puis à peine le dire, répondit Beorn. Tout ce que je sais, c'est que ce fut le matin qui suivit la mort d'Harold à la dent bleue, alors que nous, Vikings, nous disions que nous avions tous aidé à faire sortir le rat de la souricière.

— Nous oublierons également et ce propos et la flèche, dit Sweyn. Que les choses passées restent les choses passées, Beorn le gallois. Notre querelle de sang prit fin lorsque Palnatoki mourut.

— Parlé comme un roi, dit Beorn, et quoiqu'il advienne de cette aventure je serai toujours de votre côté.

— Parlé comme un vieux camarade de table, Beorn, dit Sweyn ; mais où est Vagn, le petit-fils de Palnatoki ? je serais curieux de voir si le petit de l'ours porte la ressemblance du vieux Bruin [1].

— Il n'est pas loin, seigneur, car le voici, » dit Vagn, qui se tenait à côté de Beorn.

Le roi Sweyn contempla Vagn un instant, et dit :

« Voici donc ce Vagn qui, lorsqu'il n'avait que seize ans, combattit Sigvald, le força à céder, et conquit ainsi son entrée dans cette vaillante compagnie. Le Danemark est fier de vous, Vagn, fils d'Aki. N'aspirez-vous jamais à retourner à Fünen et à vous fixer dans vos domaines?

— Je suis par trop jeune pour me fixer, seigneur, dit Vagn. Un Viking n'a pas de demeure ; comme l'oiseau dans l'air ou le poisson dans la mer, sa demeure est partout où il peut trouver butin et renommée. Comme l'oiseau ou le poisson il poursuit sa nourriture partout où elle peut être trouvée.

— Mais ce jour peut venir, dit Sweyn avec une expression faite pour séduire. Moi aussi j'ai été Viking. Vous pouvez désirer vous marier, et je sais qu'il n'est permis à aucun Viking de prendre femme.

[1] Nom personnifiant l'ours dans les traditions germaniques comme Ysengrin était le nom qui personnifiait le loup.

— Là-dessus vous êtes dans l'erreur, seigneur, dit Beorn, car la loi vient justement d'être changée dans Jomsburg, et tout homme de la bande peut maintenant se marier avec la permission du capitaine.

— Quand donc la loi a-t-elle été changée ? dit Sweyn avec étonnement.

— Il y a dix jours à peine, dit Beorn.

— Eh bien, dit le roi, j'espère alors revoir Vagn en Danemark plutôt que je ne l'avais pensé. Il se mariera, rappelez-vous de ce que je dis, et lorsqu'il se mariera il reviendra à Fünen. »

Sur ces mots le roi entra dans la salle, et Sigvald le conduisit à son propre siége élevé où il prit son repas du matin, car il était encore une heure peu avancée de la journée. Nous laisserons ici le roi à lui-même jusqu'à ce que vienne l'heure de la grande fête que les Vikings ont à donner à Sweyn dans leur salle en la soirée de ce même jour.

CHAPITRE XII

LA FÊTE DANS LA SALLE DES VIKINGS.

Jamais une aussi grande fête n'avait été tenue dans Jomsburg. On avait eu, il est vrai, peu de temps pour la préparer, mais ces jours-là n'étant pas ceux des cuisiniers français et des mets apprêtés, la magnificence d'un banquet consistait dans le nombre des fortes viandes et du gibier de diverses espèces et dans l'abondance des boissons plutôt qu'en toute autre chose. Ce fut cependant, toutes réserves faites, un grand et solennel banquet, et qui surpassa en un point tous ceux qui avaient été jamais tenus dans le château, car il était embelli par la présence d'un puissant roi.

Le roi Sweyn s'assit sur le siége élevé de Sigvald dans les vêtements qu'il portait lorsqu'il avait été enlevé. A ses côtés, à droite et à gauche, étaient assis les chefs des hommes qui avaient été capturés avec lui, et qui n'étaient pas encore revenus de l'étonnement que leur avait causé le succès du stratagème de Sigvald. En face de Sweyn, sur un siége élevé opposé au sien, était assis Sigvald qui avait à sa droite Bui et à sa gauche Thorkell le gigantesque. Tous les chefs des Vikings, et leurs meilleurs hommes au nombre de deux cents, étaient dans la salle dans leurs plus beaux et plus brillants costumes. Colliers d'or et ornements d'argent, chaînes de perles et de pierres précieuses butin de nombreux voyages, étaient suspendus à leurs cous, et leurs armes incrustées d'or à la poignée et au manche parlaient du succès constant qui avait toujours accompagné la fameuse compagnie dans les combats.

Il était arrivé que la seule arme que le roi Sweyn eut avec lui quand il avait été saisi était une légère hache de bataille plutôt faite pour la parade que pour le combat. Sigvald l'avait eu bien vite remarqué, et avant que la fête commençât, il traversa la salle et dit :

« Bien que cela porte malheur de donner de l'acier à un ami, je foule sous mes pieds la chance malheureuse, et je te donne, seigneur, cette épée que j'enlevai en Irlande, dans l'ouest, au tombeau d'un vieux Viking. »

En disant ces mots il lui tendit l'épée et le ceinturon.

Le roi contempla le présent et vit que c'était une chose de prix, un trésor qu'un roi même pouvait porter. La poignée et le pommeau étaient richement incrustés d'or et de pierres précieuses, le fourreau en était d'argent et se fermait par une extrémité d'or, et les nœuds de paix des cordons qui la retenaient dans sa gaîne étaient de fil d'or.

En même temps que le roi étendait la main et saisissait la poignée il dit :

« Donner ou prendre une épée enveloppée dans son

fourreau ne porte pas malheur, Sigvald, fils d'Harold. C'est l'acier nu qui coupe l'amour, à moins que le donneur ne lui fasse d'abord tirer un peu de son propre sang avant de le donner ; mais quant à une épée liée comme celle-ci par des nœuds de paix, un roi peut la recevoir et un capitaine la donner sans que leur amitié en soit jamais diminuée. »

Ces paroles, le roi les prononça d'une voix haute, si bien que tous dans la salle purent les entendre.

« Ceignez-moi maintenant de cette épée, Sigvald, » dit le roi.

Sigvald le ceignit de l'épée, et le roi reprit à haute voix, en sorte que tous entendirent :

« Maintenant Sigvald, fils d'Harold, m'a ceint de sa propre épée et m'a rendu hommage, témoignant ainsi que je suis le seigneur de toute cette bande. »

Il y eut à ces paroles un grondement parmi la compagnie, mais Beorn dit à Vagn : « Voici que par ce tour d'esprit le roi a repris sa supériorité, car il a traité Sigvald comme s'il était son maréchal ou son intendant, et qu'il l'eût ceint de son épée en signe d'hommage. »

Si la même pensée frappa Sigvald il n'en témoigna rien, car, retournant lentement à son siége élevé, il prit une corne des mains de son sommelier et but à la santé du roi Sweyn, fils d'Harold, qui avait honoré les Vikings en leur rendant visite à Jomsburg et en acceptant un banquet dans leur salle. Après avoir à demi vidé la corne il la passa au roi qui l'acheva et en retour porta la santé de Sigvald et de toute la bande.

Après cet incident le festin se passa de la manière accoutumée. On mangea beaucoup et on but sec, même avant que le repas fût terminé, mais à la fin ces appétits même étant satisfaits, les tables furent desservies, sauf des cornes et de l'hydromel.

Le roi, point de mire de tous les yeux, garda son siége avec ses porteurs de torche derrière lui, et en face de lui Sigvald resta assis entouré de ses capitaines.

Il y eut alors une pause, et Sigvald semblait presque

embarrassé de ce qu'il devait dire, mais en une ou deux minutes ayant repris possession de lui-même il se leva, et dit d'une voix aussi haute que celle dont le roi avait parlé :

« Je suis extrêmement heureux, et nous tous Vikings de Jomsburg nous sommes extrêmement heureux de vous voir à notre tête, seigneur, et quoique en vous ceignant de cette épée, il n'y a qu'un instant, je n'eusse pas l'intention de vous rendre hommage, cependant je consens, et nous consentons tous à ce que cet acte soit en partie interprété dans ce sens. Nous, Vikings de Jomsburg, nous ne payons allégeance à personne. Tant que nous sommes dans ce château, ce château nous appartient et nous lui appartenons. Hors d'ici, c'est autre chose ; lorsque je suis chez moi en Scanie, lorsque Bui est à Bornholm, ou Vagn dans Fünen, ou Beorn dans le pays de Galles, nous devons allégeance au roi de telle ou telle de ces contrées et nous sommes à ce degré-là ses vassaux. Nous sommes donc tous en un sens vassaux du roi Sweyn et ses capitaines, mais dans un autre, non. Cependant aujourd'hui au moins, puisque le roi Sweyn a été assez bon pour nous visiter, nous ne nous querellerons pas sur les mots, et nous accorderons que pour cette fois nous sommes tous ses vassaux. »

A ces paroles du capitaine il y eut un murmure d'applaudissements correspondant à notre moderne *écoutez ! écoutez !* et chacun prêta l'oreille pour entendre ce qu'il allait ajouter à cet habile exorde.

« Il peut vous sembler, seigneur, que la manière dont vous êtes venu ici est étrange, et que ce que j'ai fait je l'ai fait sans raison. Mais il n'en est pas ainsi. Vous avez parlé d'hommage et j'ai parlé de vassaux ; mais qu'y a-t-il de pire pour les vassaux de n'importe quel pays — bien que j'eusse pensé jusqu'à présent, je dois le dire, que tous les Danois étaient des hommes libres et non des vassaux — qu'y a-t-il de pire pour des vassaux ou des hommes libres que de voir leur roi se refuser à prendre femme, et de se dire, que s'il lui arrivait quelque chose de semblable à ce que nous savons qui arriva à Harold à la dent bleue, il mourrait et ne laisserait pas d'héritier au trône ? Voici que j'en viens à la raison qui m'avait conduit en Danemark pour chercher le roi et le conduire ici. Le roi Sweyn, fils d'Harold, est resté trop longtemps célibataire, et mes yeux lui ont découvert une princesse qui est digne de sa main ; en fait, elle est de beaucoup le meilleur parti royal de tout le Nord. Que le roi dise le mot et l'accepte pour femme, et il pourra être marié, comme son peuple le désire et comme nous le désirons tous, et être de retour dans sa salle en Séeland longtemps avant la première nuit d'hiver. »

Le rusé Sigvald fit ici une pause pour laisser son sommelier remplir sa corne. Alors il l'éleva très-haut, et après l'avoir vidée à moitié la passa au roi en criant à haute voix :

« Je bois cette corne en l'honneur de la reine de Danemark ! »

En même temps que le roi Sweyn prit la corne, qu'il n'aurait pu refuser sans la plus extrême impertinence envers son hôte, il dit avec une expression de visage fort embarrassée :

« Je puis sans embarras boire ce toast à la reine de Danemark, à celle qui sera la reine un jour ou l'autre. Cela ne m'engage à rien de boire à une reine qui n'a pas de nom, et plutôt que d'épargner votre hydromel, Sigvald, fils d'Harold, je préfère vider cette corne en vous déclarant que je n'avais jamais encore entendu parler d'un roi donné à une femme qu'il n'avait pas encore connue. »

Sur ces mots le roi Sweyn vida la corne au milieu des applaudissements des Vikings; puis Sigvald continua :

« Je suis très-heureux que le roi Sweyn ait rempli les vœux de ses sujets et vassaux et de tous ses hommes libres en Danemark et au dehors en engageant sa foi à la princesse dont je parle. S'il désire connaître son nom, je vais le lui dire tout de suite. Elle s'appelle Gunnhilda, et elle est fille de Burislaf, roi des Wendes, avec lequel, ainsi que nous le savons tous, les rois de Danemark ont eu quelque peu maille à partir, comme ils avaient eu maille à partir avec ses ancêtres. Remplissez les cornes, cria-t-il d'une voix de tonnerre, à la santé de Gunnhilda, reine de Danemark ! mais comme le roi n'a pas encore entendu son nom, il ne voudra pas boire le toast, et cependant à moins qu'il n'apprenne à l'aimer, il lui faudra, je le crains, rester plus longtemps à Jomsburg que je n'y comptais. »

Ces dernières paroles ne furent pas perdues pour le roi Sweyn. Il comprit à ce moment qu'il était dans une trappe, juste aussi bien qu'il l'avait compris lorsqu'il était au pouvoir de l'étreinte de fer de Sigvald, et qu'il ne pourrait quitter Jomsburg que selon le bon plaisir du capitaine. Il se leva donc aussitôt que Sigvald eut fini, et dit :

« Apportez ici la corne, et qu'elle soit remplie à en déborder ; je veux boire à la santé de Gunnhilda, reine de Danemark! »

Si les Vikings avaient applaudi avec joie auparavant, ils furent dix fois plus bruyants maintenant que le roi Sweyn avait cédé à la volonté de leur capitaine. Le roi leva sa corne, et toutes les cornes se levèrent en même temps, et la salle fut remplie des cris de Gunnhilda! Gunnhilda! reine de Danemark!

« Frère, dit Thorkell, il a avalé l'hameçon que vous lui avez si habilement tendu. Il est maintenant en vos mains; vous pouvez en faire ce que vous voudrez. »

Lorsque le tapage eut diminué, le roi Sweyn se leva, et dit :

« Bien que je ne puisse lutter avec la langue déliée de Sigvald, je solliciterai cependant la permission de dire quelques mots. Comme il est bien connu de vous tous, je n'ai recherché ce mariage en aucune façon, et je n'aurais pas non plus choisi une princesse wende si j'avais été laissé à mon libre arbitre. Il n'y a jamais eu dépense d'amitié entre les Danois et les Wendes, et je viens en outre de faire tout récemment réclamer au roi Burislaf le tribut que mon père Harold avait imposé à son père Myeczyslaf, mais qui n'a jamais été payé. Néanmoins, comme Sigvald a été assez bon pour choisir pour moi, et comme je suis pris ici dans un piége étroit, ainsi que vous le voyez tous, que puis-je dire sinon que je prendrai cette vierge si elle est belle de visage et de santé robuste? »

Le roi Sweyn ayant ainsi parlé s'assit au milieu des applaudissements de ses hôtes, et Sigvald se levant alors pour la seconde fois dit à son tour :

« Je n'aurais jamais jeté les yeux sur une princesse pour vous la donner, si elle n'avait pas été belle et vigoureuse, roi Sweyn. Il y en a qui pensent qu'Astrida, la fille aînée du roi Burislaf, est la plus belle des trois, mais malgré cela, Gunnhilda, la seconde, est une princesse faite en tous points pour le trône. Il n'est donc pas juste de considérer cette alliance que nous avons choisie avec tant de soin comme si c'était une alliance de force et de nécessité. Il est très-vrai, ô roi, que vous êtes venu à Jomsburg contre votre volonté, mais c'était seulement pour vous conduire à la princesse, et vous êtes ici non comme captif mais comme roi.

— N'ajoutez rien de plus, dit le roi Sweyn. Ce n'est pas là le lit dans lequel j'aurais voulu me coucher, mais j'y suis et je dois m'en contenter, qu'il soit long ou court, dur ou aisé. J'ai donné ma parole royale d'épouser Gunnhilda si elle est belle et saine. Je suis prêt à me rendre demain à la cour du roi Burislaf afin que je puisse être marié le plus promptement possible et retourner ensuite sans délais dans mon royaume.

— Ici encore, dit Sigvald, je suis obligé de contredire légèrement les paroles du roi. Sans doute il brûle de partir pour voir cette belle dame, mais les princesses belles comme elle ne doivent pas être effrayées. Il faut que je précède le roi pour annoncer son arrivée, et lorsque cela sera fait, nous conduirons, sans perdre de temps, le roi Sweyn à la cour du roi Burislaf. »

En ce moment, le roi commençait à être fatigué et du mariage et de la discussion dans laquelle il lui paraissait que Sigvald était décidé à avoir toujours la meilleure raison.

« Portez-moi une corne d'hydromel, dit-il, et laissez-moi faire descendre ce mariage de mon gosier où il est entré par force. Je veux, Vikings, vous porter un toast auquel vous vous joindrez tous, j'en suis sûr : puissent tous vos mariages être aussi heureux que le mien maintenant que vous avez brisé vos vieilles lois et que vous êtes tous désireux de vous marier! »

Le sommelier et les esclaves firent leur tournée, les cornes s'élevèrent, et puis s'abaissèrent, laissant couler la bière écumante et l'hydromel. « Puissent tous nos mariages être aussi heureux que celui du roi Sweyn! » fut le cri général. Aux discours et aux discussions succédèrent alors de longues et profondes rasades, jusqu'à ce qu'enfin, comme le dit la saga, le roi Sweyn, le capitaine Sigvald, tous les chefs des Vikings et tous les hommes de la salle sans exception s'en allèrent bien soûls chercher leurs lits.

CHAPITRE XIII

COMMENT SIGVALD ALLA TROUVER LE ROI BURISLAF.

Nous allons laisser maintenant le roi Sweyn entre les murailles de Jomsburg, roi de nom, mais captif de fait, traité avec honneur, mais surveillé avec autant de défiance qu'un enfant, tandis que Sigvald se rend en triomphe auprès du roi Burislaf pour lui apprendre le complet succès de son entreprise.

Le roi Burislaf, comme nous le savons, n'avait pas grande hâte de revoir Sigvald. Il désirait, s'il le pouvait, se débarrasser à la fois de Sweyn et du capitaine Viking, bien qu'il fût clair qu'il ne pouvait se débarrasser de l'un qu'aux dépens de l'autre. Ce fut donc sans aucune espèce de plaisir qu'il vit la compagnie des Vikings, Sigvald à leur tête, se dirigeant vers sa grange, et son sommelier et son maréchal grognèrent lorsqu'ils pensèrent aux brèches nouvelles que ces arrivants allaient faire à leurs provisions. Mais il n'y avait pas de remède à cela. Ils étaient là, et les Wendes devaient s'en accommoder de leur mieux.

« Combien y a-t-il qu'ils étaient ici, Gangrel Pied-rapide? dit le roi.

— Rien que quatorze nuits, dit l'agile coureur. Sigvald, fils d'Harold, égale Thialfi pour la rapidité de ses pieds. »

Pendant ce dialogue, les Vikings étaient entrés dans la cour de la grange. Des esclaves se précipitèrent à leur rencontre pour tenir leurs étriers et prendre soin de leurs chevaux, et le roi Burislaf accueillit Sigvald comme s'il eût été joyeux à l'excès de le voir.

« Quelles nouvelles, quelles nouvelles de Jomsburg, noble Sigvald? tout va-t-il bien dans votre bande?

— Tout va bien, dit Sigvald, mais quant aux nouvelles, il est arrivé plus de choses depuis que nous nous sommes séparés que ne peut en dire un homme à jeun et debout.

— C'est vrai, c'est vrai! dit le roi. Ici, esclaves, conduisez le noble Sigvald à son logement, et aussitôt qu'il aura baigné ses membres conduisez-le à notre salle. »

Pendant que Sigvald se retirait, Burislaf se rendit à l'appartement de la reine, et levant ses deux mains au ciel, il s'écria :

« Voilà ce furieux Viking qui est de retour, et qui a tant de choses à dire qu'il lui faut attendre d'avoir mangé pour les dire.

— Si vite de retour! dit Astrida. A-t-il amené le roi Sweyn avec lui?

— Le roi Sweyn avec lui! dirent en même temps le roi et la reine avec stupéfaction. Comment pouviez-vous penser qu'il pourrait faire une telle chose?

— Parce que je fis, il y a quelque temps, un certain rêve où il me semblait que Sigvald venait ici et amenait le roi Sweyn avec lui, dit Astrida.

— Il faut toujours prendre les rêves à rebours, dit le roi. Votre rêve était simplement la condition même que nous avions imposée à ce Viking parce que nous supposions qu'elle serait trop difficile pour lui.

— Sigvald est un homme convenable, et un homme rusé et hardi. A un tel homme, toutes les choses sont possibles.

— Bon! dit le roi; les femmes, on le dit avec raison, sont comme une roue tournante. On ne peut dire ce qu'elles diront ou feront. Il n'y a pas quinze jours vous jugiez Sigvald au-dessous de vous, et vous étiez toute à la pensée de lui imposer une entreprise qu'il ne pût jamais exécuter, et maintenant vous me dites qu'il est un homme convenable, ce qu'il est sans aucun doute, ainsi qu'un homme hardi, mais quant à sa finesse et à sa ruse, nous avons encore à en faire l'essai.

— En dépit de tout ce que vous dites, je sens quelque chose en moi comme si je devais être la femme du capitaine, car il vous faudra tenir votre parole si Sigvald remplit les conditions.

— Sans doute, sans doute, dit le roi Burislaf, mais à quoi sert-il de parler à ce propos, lorsqu'il est venu incontestablement pour nous annoncer, au moyen d'une longue histoire, qu'il renonce au mariage?

— Quelque chose me dit, répondit Astrida, qu'il n'y renoncera jamais.

— Nous le saurons bientôt, dit Burislaf, et maintenant faites vos plus belles toilettes pour embellir ce banquet. Grâce aux Dieux, il n'en est venu cette fois que dix pour nous ronger jusqu'aux os.

— Quelque chose me dit encore, dit Astrida, que vous aurez bientôt à faire un festin qui dévorera toutes vos provisions de blé, d'hydromel et de viandes.

— Quelque chose vous dit toujours quelque chose, dit Burislaf. Une autre fête comme celle que nous avons eue il y a quatorze jours pour ces Vikings aux dents aiguës, et nous ne serons jamais capables de joindre les deux bouts cet hiver. »

Mais, tout économe et parcimonieux qu'il fût au fond du cœur, personne n'aurait pu se montrer plus hospitalier et plus généreux que ne le fut ce soir-là dans sa salle le roi Burislaf. Les flambeaux de cire brillèrent, l'hydromel coula à flots, les tables gémirent, et les ménestrels chantèrent.

Lorsque les tables furent desservies, le roi se leva selon le cérémonial accoutumé, et but à la santé de Sigvald qui venait l'honorer d'une seconde visite.

« Il était toujours heureux, dit-il, de voir un tel ami. Il en était d'autant plus joyeux qu'il était sûr que Sigvald n'aurait pas pris la peine de venir de si loin s'il n'avait pas quelques nouvelles qu'il importait aux Wendes de connaître. »

Sigvald se leva et but en retour à la santé du roi, puis il dit :

« Il n'est pas arrivé grand'chose à Jomsburg depuis le jour où nous nous séparâmes, mais il est arrivé beaucoup de choses en dehors de Jomsburg.

— Pas grand'chose à Jomsburg, et cependant beaucoup de choses hors de Jomsburg, répéta le roi. Vous parlez par énigmes. Parlez en clair langage, ami, si vous avez quelque chose à dire.

— Je vais le faire, dit Sigvald avec hauteur. Il n'est rien arrivé de nouveau dans Jomsburg, mais en Danemark le roi Sweyn a disparu.

— Le roi Sweyn a disparu! Depuis quand et comment les dieux l'ont-ils rappelé à eux?

— Les dieux ne l'ont pas rappelé, dit Sigvald. Il a disparu du Danemark depuis que je l'ai saisi, il y a cinq nuits, et conduit à Jomsburg où il attend le bon plaisir de Votre Majesté.

— Le roi Sweyn est à Jomsburg et attend mon plaisir! s'écria Burislaf. Ménestrels, entonnez vos chants les plus triomphants et les plus joyeux, car maintenant l'ancien ennemi des Wendes est remis entre mes mains.

— Qu'en dites-vous, roi Burislaf, cria Sigvald avec un accent de triomphe, ai-je rempli une des conditions que vous m'aviez imposées pour conquérir la main de votre fille ?

— Pas tout à fait, dit le roi ; la condition était que vous deviez l'amener ici et le remettre en notre pouvoir. Il n'y est pas tant qu'il est protégé par les Vikings de Jomsburg. »

Après ces nouvelles, la fête continua encore un certain temps ; enfin le roi se leva et dit :

« Ce que vous nous avez appris, noble Sigvald, peut et doit être dit en pleine salle, mais il y a des choses plus secrètes que nous désirerions connaître plus en particulier ; levez-vous, en conséquence, montez au dais, asseyez-vous à côté de la reine et des princesses, et dites-nous comment vous vous êtes emparé du roi Sweyn. »

Cette invitation répondant beaucoup aux désirs de Sigvald, quelques pas les amenèrent, lui et Burislaf, jusqu'au dais, précédés par les porteurs de flambeaux. Lorsqu'il arriva devant les dames, ses yeux brillèrent et son visage se couvrit de rougeur à la vue d'Astrida, et il fut aisé de connaître que ses charmes n'avaient pas été sans faire impression sur son cœur.

Quand il se courba devant la reine, il lui dit — mais, en réalité, c'était à Astrida qu'il parlait : « Gracieuse dame, une de mes conditions a été accomplie, mais cela plutôt par l'habile conseil des autres que par moi-même. Le roi Sweyn est maintenant dans Jomsburg, honorablement traité par la bande, comme il convient qu'il le soit, et il n'attend que votre plaisir.

— Ç'a été un acte audacieux, et qui, sans doute, n'a pas été accompli sans perte de sang? dit la reine.

— Bien loin de là, dit Sigvald, cette aventure n'en a pas coûté une goutte. Le roi Sweyn a été pris par ruse, au moyen d'un stratagème qui m'a été révélé en rêve.

— Asseyez-vous, asseyez-vous, dit Burislaf. Il est mauvais de se tenir debout après un festin, cela fait tourner la tête et cligner les yeux. Asseyez-vous, et dites-nous comment vous avez pris le roi Sweyn. »

Sigvald s'assit alors entre Astrida et la reine sur le banc transversal, le roi et les deux autres princesses s'assirent avec eux, et il leur raconta toute l'histoire que nous épargnerons à nos lecteurs puisqu'ils la connaissent déjà.

Lorsque le récit fut achevé, le roi Burislaf dit :

« Et quand viendra ici le roi Sweyn, pour que nous le tenions en notre pouvoir?

— Cela, dit Sigvald, dépend entièrement de Votre Majesté. Si vous agissez selon mes conseils, le roi Sweyn viendra ici, et vous et les Wendes, vous serez délivrés de cette réclamation du tribut, car c'est à lui qu'on vous demande de le payer, et en outre, vous et les Wendes y gagnerez grand honneur.

— Parlez, dit Burislaf, nous sommes prêts à vous entendre, bien qu'à cette heure de la nuit notre tête ait pour habitude de s'incliner sous l'assoupissement. Par conséquent, vous, Astrida, qui êtes la plus sage de nous tous, prêtez grande attention à ce que Sigvald va vous dire, et faites en sorte de vous le rappeler avec certitude en entier demain matin.

— Je suis sûre que je m'en rappellerai, mon père, dit Astrida, dont les yeux bleus sourirent au viril Sigvald, et montrèrent qu'ils marchaient maintenant tous les deux dans le même sentier et qu'ils se comprenaient l'un l'autre.

— Le roi Sweyn viendra ici, dit Sigvald, mais je ne l'amènerai pas pour qu'on s'en moque et qu'on en fasse un prisonnier, pour qu'on le mutile et qu'on le jette dans un cachot, comme cela a été la coutume de vos rois Wendes. S'il vient, il viendra comme roi prendre part à une fête splendide, gardé par trois cents Vikings, il y viendra roi des pieds à la tête. Il est mon seigneur lige en Danemark, quoique je sois son hôte et son gardien dans Jomsburg, et je ne le conduirai pas ici à d'autres conditions.

— Voilà une hautaine condition, dit le roi Burislaf, qui avait déjà commencé à s'assoupir. Continuez, je vous prie.

— Le roi Sweyn viendra en vérité à une fête, dit Sigvald,

car ce sera sa fête de mariage ; il est aussi empressé de se marier que je le suis, et il a fixé son choix sur Gunnhilda, la seconde fille du roi. »

Ici Gunnhilda tressaillit autant qu'il est permis de tressaillir à toute princesse en toute époque, et la reine parut effrayée. Quant à Burislaf il se contenta de ronfler, car le capiteux hydromel l'avait tout à fait maîtrisé, tandis qu'Astrida souriait comme si elle s'était dit intérieurement : Quel homme habile et rusé que Sigvald !

« Mais supposez, dit-elle, — car en l'absence de son père elle présidait à la conversation — supposez que nous acceptions cela comme une exécution de la première condition et que nous permettions au roi Sweyn d'épouser ma sœur, qu'advient-il de la seconde, et comment pouvons-nous être délivrés de cette réclamation du tribut que nous a faite le roi Sweyn ?

— Très-aisément, dit Sigvald ; j'ai pensé à cela aussi, et voici ce que je pense. Le roi Sweyn, lorsqu'il épousera Gunnhilda, devra lui faire un présent du matin, le jour qui suivra le mariage. Eh bien, ce présent du matin sera cette réclamation du tribut sur les Wendes qu'imposa son père Harold à la dent bleue, mais qui n'a jamais été encore payé. Il donnera quelque chose qui n'est d'aucune valeur pour lui, mais dont il est pour vous Wendes d'un prix infini d'être débarrassés.

— Quel joyau d'homme vous êtes ! dit Astrida ; maintenant je vois tout aussi clairement que le jour. Je vois que je serai dame de Jomsburg, titre plus haut que celui de reine, tandis que vous, Gunnhilda, vous serez reine de Danemark, trône sur lequel toute princesse du Nord pourrait être fière de s'asseoir.

— Oui, dit Gunnhilda, ce serait chose à en être fière en effet, si elle ne m'arrivait pas si soudainement. J'étais là, n'ayant jamais pensé au mariage, et je dois être reine, que je le veuille ou non ! »

C'était là un long discours, en vérité, pour la seconde princesse, et pendant qu'elle le faisait ses regards fixés sur sa mère imploraient son appui ; mais les lèvres sévères et hautaines de la reine ne se séparèrent un moment que pour répondre, avec un accent fait pour glacer tout amour :

« Lorsque je fus donnée au roi Burislaf personne ne me demanda si cela me plaisait. »

Astrida continua : « Et quand pensez-vous que le roi Sweyn viendra ? je suis si désireuse de voir mon royal beau-frère !

— Je vous ai déjà dit, répondit Sigvald, que le roi Sweyn attend votre plaisir. Il est impatient de venir lui-même, car toute la bande lui a parlé des charmes de Gunnhilda, il est impatient d'être marié, et il est non moins impatient de retourner dans son royaume. Il vaudrait mieux que ce fût bientôt, car sans cela les Danois pourraient venir ici pour le chercher, et alors il se pourrait qu'on parlât quelque peu d'un tribut réel.

— Je vois tout cela comme vous le voyez, Sigvald, » dit Astrida. — C'était la première fois, remarquons-le, qu'elle l'appelait Sigvald, et il le remarqua parfaitement lui aussi, car il rougit juste autant qu'il était permis de rougir à cette époque à un Viking et à un homme d'honneur, ce qui n'était pas souvent et ce qui était peu à chacune des rares fois où cela arrivait.

« Plus vite ce mariage se fera, mieux cela vaudra, continua-t-elle ; il n'y aura de paix pour personne tant que cette affaire du roi Sweyn n'aura pas été décidée.

— Demain, après le repas du matin, dit Sigvald, je monterai à cheval et je me rendrai à Jomsburg ; la seconde nuit après mon départ attendez-moi avec le roi Sweyn pour la fête de son mariage.

— Je disais aujourd'hui même à mon père, dit Astrida, que j'étais sûre qu'il y aurait bientôt une fête qui consommerait toutes nos provisions d'hiver, mais j'avoue que je ne pensais pas à un royal mariage. Quant à ce que vont faire maintenant notre sommelier et notre maréchal, je suis sûre que personne ne peut le dire. Ils vont se trouver à bout de leurs ressources, et il nous faudra nous transporter à une autre grange, car celle-là est presque entièrement vidée. Mais c'est leur affaire de veiller à cela. Nous autres princesses et nos femmes, il nous faudra nous occuper de nos vêtements de noces; heureusement ma mère a suffisamment d'étoffes précieuses, de fourrures, de sammit et de drap d'or pour nous vêtir toutes les deux comme il convient aux filles d'une longue lignée de rois. »

Ici le roi Burislaf tressaillit, et, nous sommes fâchés de le dire, se donna un grand coup derrière la tête contre le banc de bois.

« Qu'est-ce donc que tout ce qu'il me semblait entendre parmi les bourdonnements que fait l'hydromel dans ma tête? fourrures, étoffes précieuses, sammit, mariage royal, roi Sweyn qui vient ici? Astrida, songez bien à vous tenir prête à me tout dire là-dessus, et maintenant, Sigvald, allons au lit. Je veux bien être maudit si je me rappelle quelque chose de ce qui s'est passé ce soir, sauf ce que vous nous avez dit en pleine salle, comment vous avez pris le roi Sweyn et comment vous le tenez étroitement à Jomsburg, attendant notre bon plaisir. »

Alors la reine et les princesses se retirèrent après avoir reçu les salutations de Sigvald, le roi Burislaf alla chercher son lit en chancelant quelque peu, et Sigvald se rendit à sa chambre. Là, s'il eut quelques moments pour la réflexion avant que le sommeil ne s'emparât de lui, il put se sentir pénétré de joie en pensant au succès qui jusque-là avait accompagné son entreprise pour conquérir la main d'Astrida.

CHAPITRE XIV

COMMENT SIGVALD RETOURNA A JOMSBURG.

Le lendemain le roi Burislaf fut levé de bonne heure. Son premier et lourd sommeil une fois passé, il se sentit sur l'esprit un poids qu'Astrida seule pouvait soulager, il savait qu'il n'avait pu entendre certaines nouvelles d'importance, et il était impatient d'en être informé.

Heureusement Astrida était aussi impatiente de raconter ce qui s'était passé que lui de l'entendre. Le père et la fille s'étaient donc réunis dès la première aube, et Astrida lui avait raconté son histoire, mais probablement de la manière la plus capable de favoriser ses propres plans qui étaient alors de devenir la femme de Sigvald. En effet, ne s'était-elle pas surprise se disant à elle-même pendant qu'elle se rendait à cette conférence avec son père : « Vraiment il est aussi grand, aussi beau, et aussi fort que le Sigurd vainqueur de Fafnir des gens du Nord, et aussi sage que Heimdall ; que pourrait souhaiter de plus une femme ? Et quant au roi Sweyn, Sigvald l'a déjà vaincu par l'esprit, il saura le vaincre encore. »

« Qu'est-ce que vous disiez donc à propos de royal mariage, de fourrures, de riches étoffes et de festins ? dit Burislaf, lorsque le père et la fille se rencontrèrent, j'aurais vraiment cru que nous avions eu assez de fêtes récemment.

— C'est hier seulement que je vous disais que je me sentais sûre que nous aurions bientôt une beaucoup plus grande fête, et il en sera ainsi en effet lorsque le roi Sweyn épousera Gunnhilda.

— Sweyn épouser Gunnhilda ! cria Burislaf. Bon ! bon ! je me rappelle justement que Sigvald disait quelque chose là-dessus ; et qu'ai-je dit ?

— Ce que vous avez dit ! répondit Astrida, mais ce que tous diraient nécessairement, c'est que vous pensiez que c'était là un très-bon mariage, et tout à fait à votre gré.

— En ai-je dit autant que cela ? Quel voleur de l'esprit d'un homme que cet hydromel ! je ne me rappelle pas un mot de cela.

— Vous en avez dit autant que cela, répondit Astrida.

— Et qu'ont dit votre mère et Gunnhilda ?

— Gunnhilda a dit que c'était un mariage fait un peu trop à la hâte, et ma mère l'a réprimandée en lui disant que c'était toujours la manière dans les mariages royaux, et que personne ne lui avait demandé lorsqu'elle vous avait épousé, mon père, si ce mariage lui plaisait.

— C'est très-vrai, dit Burislaf, il fut accompli tout à fait à la hâte, car nous avions la guerre dans le pays avec Harold à la dent bleue, le père de Sweyn, et nous ne pouvions pas attendre; mais un mariage est comme une crêpe, plus vite cela est fait et avalé, meilleur cela est. Et maintenant, Astrida, apprenez-moi ce que vous avez dit?

— Oh! j'ai dit... j'ai dit... j'ai dit que je pensais que ce serait un très-bon mariage pour nous tous si le roi Sweyn renonçait à réclamer le tribut.

— Renoncer au tribut! je ne vois pas comment cela s'ensuit du mariage.

— Cela s'ensuit parfaitement et en est partie intégrante. Le roi Sweyn offrira la renonciation au tribut comme présent du lendemain à Gunnhilda.

— S'il en est ainsi, je suis tout à fait pour le mariage, dit le roi Burislaf, de l'air d'un homme qui est soulagé d'un souci de grand poids. C'est chose d'importance que d'être bons amis avec ces Danois et de ne pas les voir toujours envahir nos frontières. Si le roi Sweyn épouse votre sœur et renonce au tribut, il n'y a pas de raison pour qu'il n'y ait pas paix éternelle entre les Wendes et les Danois.

— C'est tout à fait mon opinion, mon père, dit Astrida; et lorsque le roi Sweyn viendra et qu'il sera marié...

— Eh bien alors? demanda Burislaf.

— Eh bien alors, je suppose, que comme Sigvald aura rempli les deux conditions, il réclamera ma main et que je serai mariée aussi, et il ne vous restera plus alors que Geira.

— Je crains qu'il n'en soit ainsi, dit Burislaf. Nous avons donné notre parole, et même les rois doivent au moins garder leur parole. J'en suis fâché pour vous, mais il faudra que cela soit. Je vous aurais souhaité un plus noble époux.

— Je suis très-contente de prendre Sigvald tel qu'il est, mon père, dit Astrida. A mon avis l'homme qui a été assez hardi et assez rusé pour saisir le roi Sweyn et l'amener ici est plus digne d'être possédé que tous les rois du Nord.

— Si vous êtes heureuse, je suis heureux, dit le facile Burislaf. D'ailleurs, aussi longtemps que vous serez dame de Jomsburg nous ne vous perdrons pas entièrement, tandis que le Danemark est bien loin. Maintenant que vous m'avez tout raconté, allons déjeuner, il ne me reste plus qu'à dire à Sigvald qu'il lui est loisible d'amener ici Sweyn aussi vite qu'il pourra. »

Mais pendant que Burislaf prenait ses dispositions pour user de finesse dans son entrevue avec Sigvald, Sigvald et Astrida s'étaient rencontrés, et elle lui avait dit tout ce qui s'était passé. Sans doute il n'entra pas dans le *nid* de la dame qui à ces époques, pour ce qui concernait les femmes non mariées, était aussi sacré en Occident qu'en Orient; mais l'amour est le même dans tous les siècles, et se riait aussi cordialement au xe siècle des serrures, des parents et des gardiens qu'il le fait au xixe. Sigvald et Astrida se rencontrèrent donc — où? nous ne pouvons le dire; mais il y eut entre eux parfaite intelligence, et ce fut avec pleine certitude que Sigvald alla déjeuner avec le roi Wende.

« Nous avons réfléchi à tout ce que vous nous avez dit la dernière nuit, dit Burislaf avec l'hypocrisie la plus effrontée, et nous avons bien pesé votre offre relativement au roi Sweyn. Dites-lui qu'il est cordialement le bienvenu sur le sol Wende, et que nous consentons à faire ce mariage avec notre fille Gunnhilda s'il veut d'abord consentir à abandonner cette prétention à un tribut que son père avait élevée.

— Je porterai votre message au roi, dit Sigvald, et d'ici à deux nuits attendez-nous pour la fête du mariage.

— Deux nuits, dit le roi Burislaf, c'est un temps bien court. Il y a des vêtements à faire, sans parler de la bière, de l'hydromel et des viandes qu'il faut se procurer.

— Le roi Sweyn, dit Sigvald, me chargea de dire qu'il était impatient de retourner dans ses états, et il doit l'être en effet, en voyant comment il a été séparé de son peuple. Il faudra que les femmes du service de la reine se piquent les doigts jusqu'au sang, et que les esclaves du roi battent la contrée pour assembler des bœufs et des moutons ; les chasseurs du roi fouilleront la forêt et ses pêcheurs les rivières. Les celliers du roi ont bonne provision d'hydromel et de bière, et il y aura d'ailleurs tant d'amour à ce banquet que si le service est un peu court on n'y fera pas attention. Votre Majesté voudra bien tenir en mémoire qu'aussitôt que j'aurai amené ici le roi Sweyn et qu'il aura renoncé au tribut je serai libre de réclamer la main de la princesse, et tenez pour sûr que j'ai l'intention de la réclamer.

— Je tiendrai cela en mémoire, dit gracieusement le roi Burislaf, mais rappelez-vous que vous n'aurez pas Astrida si Sweyn ne renonce pas au tribut.

— Je m'empresse d'agréer à cela, et pour cette raison, je conjure Votre Majesté de ne rien dire du second mariage jusqu'à ce que le roi Sweyn ait exprimé son sentiment sur cette question du tribut ; ne dites rien de moi ou d'Astrida jusqu'à ce qu'il se soit déclaré. Dès que cela sera fait, je m'avancerai et je réclamerai la main de la princesse.

— Qu'il en soit ainsi, » dit le roi.

Sur ces mots ils se séparèrent. Sigvald monta à cheval et s'éloigna, et le roi Burislaf tint de longues conférences avec son sommelier et son maréchal, tandis que Gangrel Pied-rapide battait le pays pour amener à la grange provision d'hydromel, de bière et de viandes. Avec quelle diligence cousirent et taillèrent les femmes du service de la reine, et combien épaisse monta la fumée dans les cheminées des cuisines de la grange, nous n'avons pas envie de le décrire. Qu'il nous suffise de dire que lorsque le soir de la seconde journée fut venu, tout était prêt pour le banquet nuptial.

Pendant ce temps le roi Sweyn avait passé les heures à

Jomsburg à méditer avec taciturnité sur sa dure destinée; arraché de son royaume et forcé de se marier contre sa volonté, ce n'était pas de quoi le mettre en bien bonne humeur. Rien de ce que pouvaient faire les Vikings ne lui donnait plaisir; il ne montrait pas de crainte, mais il montrait peu de joie, et ce fut pour lui un soulagement lorsqu'il apprit par la corne du gardien que Sigvald était rentré au château.

Aussi empressé qu'il fût cependant de connaître les nouvelles il était au-dessous de sa condition royale, comme d'ailleurs il était au-dessous de la condition de tout homme libre à cette époque, de montrer aucune curiosité sur son sort. Il se rencontra donc avec Sigvald quelque temps avant le souper, repas pendant lequel tout ce qu'on avait à annoncer était inévitablement déclaré, mais ils parlèrent du temps qu'il faisait, des vaisseaux, des moissons, ou de n'importe quoi de parfaitement indifférent.

Lorsque les tables furent desservies dans la salle, Sigvald se leva comme de coutume, porta la santé du roi avec les formalités habituelles et passa la corne. Alors le roi but à Sigvald et aux Vikings, et attendit, pendant que l'hydromel coulait à la ronde, ce que Sigvald avait à dire.

Aussitôt que le bourdonnement des *toasts* se fut apaisé, Sigvald se leva et dit :

« Roi Sweyn, j'ai maintenant à vous dire comment s'est passée mon ambassade auprès du roi Burislaf. Je l'ai trouvé en bonnes dispositions et la belle Gunnhilda également, et je n'ai pas manqué de plaider de tous mes moyens en faveur de votre demande de sa main. La fin de tout cela, pour faire courte une longue histoire, c'est que le roi Burislaf est prêt à vous donner sa fille à une condition. »

Ici il s'arrêta, et le roi Sweyn impatient demanda avec vivacité :

« Et quelle est-elle ?

— Elle est aisée, dit Sigvald. Aisée à proposer pour un tel roi, et plus aisée encore à accorder par un roi aussi puissant que vous. Dans les premiers temps du règne de votre père Harold à la dent bleue, il y eut, comme nous le savous tous, et comme en vérité vous-même l'avez déclaré, certaine réclamation d'une taxe ou tribut que votre père disait être dû par les Wendes et que les Wendes refusèrent. »

Ici, dit le chroniqueur, le roi Sweyn devint rouge comme le sang et fut tout gonflé de colère.

« Je ne renoncerai jamais, dit-il, à ce tribut que j'ai d'ailleurs récemment réclamé ; un roi ne doit jamais revenir sur sa parole.

— Le roi dit, continua Sigvald, qu'il ne reviendra jamais sur sa parole. Certaines paroles sont cependant exprimées pour être abandonnées, les paroles oiseuses, les réclamations, ou, comme certaines personnes les appellent, les droits sans fondements.

— Je le répète, dit Sweyn, je ne reviendrai pas sur ma parole.

— Cela vaut mieux que de ne retourner jamais en Danemark, dit Sigvald avec une farouche énergie.

— Qu'est-ce à dire, Sigvald? dit Sweyn du même ton ; est-ce que tu me menaces, moi, ton seigneur lige ?

— J'ai un seigneur lige en Danemark, mais dans Jomsburg je suis égal à un roi. Je ne fais pas de menaces. Aussi longtemps que vous serez avec nous, roi Sweyn, nous vous traiterons comme un roi, mais cependant Jomsburg n'est pas le Danemark, pas plus que la jaune mer de l'Est n'est le Sund ou le Belt aux eaux bleues. Plus agréables sont les bois de hêtres du Schlesvig et les îles du Danemark que les forêts de sapins des Wendes. A moins que le roi ne cède sur cette petite affaire du tribut il aura longtemps à rester à Jomsburg, l'hiver entier peut-être. Je ne mentionne pas la perte d'un tel mariage et celle du tiers du pays des Wendes après la mort de Burislaf.

— Qu'est cela ? dit le roi Sweyn ; je n'ai jamais entendu parler de ce tiers du pays des Wendes.

— C'est que Votre Majesté est trop pressée, dit Sigvald. Si vous aviez attendu j'allais y arriver. Le roi Burislaf n'a pas de fils ni d'héritier mâle. Après sa mort ses trois filles partageront son royaume entre elles, et si le Danemark acquiert ce tiers du pays des Wendes qui se trouve le plus près de son territoire, cela vaudrait bien dix fois ce tribut qui n'est, après tout, qu'une simple réclamation et qui n'a jamais été payé.

— Je n'avais jamais pensé à cela, dit le roi Sweyn.

— Triste chose quand les hommes ne pensent pas, dit Sigvald; triste par-dessus tout, lorsque les rois qui devraient penser plus pensent moins que les autres, ou même ne pensent pas du tout!

— Je veux bien y penser, dit le roi.

— Il faut non-seulement y penser, mais le faire, dit Sigvald. Et puisque je suis sur cette question, il y a une autre chose à laquelle vous devriez penser, c'est que les rois, lorsqu'ils épousent des princesses de race royale et qu'ils sont de grand lignage, ont coutume de donner à leurs épouses le lendemain de leur mariage un présent du matin. Quel meilleur présent du matin le roi Sweyn pourrait-il donner à Gunnhilda, la fille de Burislaf, que ce tribut qu'il réclame? En vérité ce serait là une manière royale de renoncer au tribut.

— Je veux bien faire le mariage sur ces termes-là, dit le roi Sweyn, pourvu que je sois traité en toutes choses comme un roi, et non poussé de côté et relégué dans un coin par Burislaf.

— Cela, vous pouvez y compter, dit Sigvald; moi et trois cents de nos hommes les plus braves nous irons à votre mariage avec vous, et nous vous servirons de gardes du corps avant que deux nuits soient passées. Tout est décidé et arrangé, et lorsque vous aurez renoncé au tribut et que vous serez revenu à Jomsburg avec votre reine, nous Vikings de Jomsburg nous vous embarquerons pour le Danemark avec une escadre de trente vaisseaux. »

Il ajouta ensuite : « Il y a encore une autre chose à laquelle vous devez penser. Cela sera plus à votre honneur si votre beau-père est un roi qui ne paie à personne taxe ou tribut, en sorte qu'en abandonnant votre réclamation vous ne faites qu'accroître votre propre grandeur, car ils sont assurément les plus grands les rois qui ne paient pas de tribut. Pour ces raisons et beaucoup d'autres encore vous pouvez voir que ce mariage, bien loin d'être inégal, ajoutera encore à votre gloire et à votre renom.

— Vous parlez avec tant de force et de pouvoir de persuasion, Sigvald, dit Sweyn, que je vous dis en toute franchise que ce mariage est très à mon gré, et maintenant je dis encore : n'y pensons plus de ce soir. Holà ! sommelier, remplissez ma corne d'hydromel. »

Là-dessus le roi Sweyn et les Vikings passèrent le soir en libations et en chansons joyeuses, et lorsqu'ils se rendirent au lit, il n'y en eut pas un seul qui ne chancelât, sauf Beorn le gallois.

« Quoi que j'aie dit de Sigvald et de sa violation de la loi, se disait ce dernier en lui-même, je dois avouer que personne ne l'égale en esprit. Penser qu'il a enlevé le roi Sweyn et qu'il le fait marier avec la fille de Burislaf, et tout cela pour que lui, Sigvald, puisse épouser la belle Astrida ! C'est un monde fou que le nôtre, fou il a été et fou il sera. Les femmes, avec leurs jolies figures, le mettent sens dessus dessous. Je remercie tous les Dieux de ce qu'aucune femme n'a pas plus souci de m'épouser que je n'ai souci d'épouser aucune femme. »

Sur ces sages réflexions le vétéran se coucha, se tourna sur le flanc et fut bientôt endormi.

CHAPITRE XV

COMMENT LE ROI SWEYN ET SIGVALD FURENT MARIÉS.

Deux jours après, selon les promesses données, le roi Sweyn sortit de Jomsburg avec Sigvald et Thorkell le gigantesque à ses côtés, et trois cents Vikings derrière lui. Jamais aussi superbe bande de cavaliers n'avait été vue dans le pays des Wendes.

Ils arrivèrent à la grange de Burislaf comme la nuit commençait à tomber, et l'émoi que leur arrivée causa à cette cour est plus facile à imaginer qu'à décrire.

Pour Burislaf, il s'était déjà installé sur son haut siége dans la salle, attitude qui lui allait si bien. Pour dire la vérité, il était, ainsi que toute sa maison, tant soit peu alarmé devant la perspective de recevoir et de traiter l'ennemi héréditaire de leur famille, même venant comme ami. Ils avaient encagé le lion et ils étaient effrayés d'avoir à le contempler.

La reine aussi et les princesses étaient dans la salle sur le banc transversal de l'estrade, les deux fiancées avec des guimpes sur leurs têtes et de longs voiles qui cachaient presque leurs traits.

Si Gunnhilda répandit des larmes à la perspective de quitter sa demeure nous ne pouvons le dire, mais nous sommes sûrs que bien que le cœur d'Astrida battît fort elle ne versa pas de pleurs.

Les capitaines du roi, au nombre de cent, se placèrent sur le même côté de la salle que leur maître, et sur le côté opposé le roi Sweyn et cent de ses Vikings occupèrent un espace équivalent. Les autres deux cents hommes de Jomsburg eurent pour vis-à-vis de fête des hommes d'un rang égal au leur parmi les Wendes.

Le sommelier et le maréchal reçurent le roi, le conduisirent dans une chambre qu'il devait occuper seul, lui tendirent du linge fin pour essuyer ses mains et sa face, et lui portèrent de l'eau chaude dans un bassin d'argent.

Lorsque tout fut prêt les sentinelles sonnèrent leurs cornes, tous les chiens de chasse aboyèrent et hurlèrent, les étalons ronflèrent et hennirent dans leurs étables, et tous ceux qui habitaient autour de la grange de Burislaf furent informés que le puissant roi Sweyn se rendait à ce moment à la fête de son mariage.

Le roi taciturne entra dans la salle, suivi de près par

Sigvald et les autres chefs Vikings, sauf Bui qui, une fois encore, était resté pour maintenir l'ordre et le gouvernement dans Jomsburg. Devant lui marchaient le maréchal et le sommelier.

Lorsqu'il fut à peu près arrivé au milieu de la salle sur le côté opposé au haut siége du roi, Burislaf se leva, et, sans descendre de son siége, dit d'une voix haute :

« Soyez le bienvenu sur la terre des Wendes, roi Sweyn! Soyez le bienvenu à votre fête de fiançailles! »

Sans s'incliner, Sweyn répliqua :

« Salut, Burislaf, roi des Wendes. Je suis très-heureux de me trouver sous votre toit.

— Prenez votre siége en face, vous et vos hommes, dit Burislaf, mangez, buvez et soyez joyeux. Lorsque votre faim et votre soif seront apaisées nous parlerons du mariage. »

Les deux rois s'assirent donc et firent fête, et le banquet fut semblable à tout autre banquet de cette époque, avec cette différence qu'on y consomma plus de viande et qu'on y but plus d'hydromel dans une période donnée de temps que le sommelier et le maréchal n'en avaient jamais vu consommer, ou n'avaient entendu dire qu'on en eût consommé.

Lorsqu'on eut achevé de manger et de boire, les tables furent desservies et enlevées par les esclaves, et alors commença la réelle affaire de la soirée. Sigvald, qui était assis à la droite du roi Sweyn, se leva et dit :

« Il vous est bien connu, roi Burislaf, et à vous aussi, roi Sweyn, pourquoi nous sommes tous ici. Le roi Sweyn a entendu parler, comme nous en avons tous entendu parler, de la beauté de la princesse Gunnhilda. Il n'est pas bon pour un homme, il n'est pas bon surtout pour un roi d'être sans femme; aussi a-t-il tourné ses yeux du côté où l'on peut trouver de bonnes femmes. C'est pour cela qu'il est venu si loin de son propre pays dans la contrée des Wendes pour y chercher une épouse; et c'est une seconde marque de respect qu'il vous paye, roi Burislaf, d'être venu tenir dans votre grange sa fête nuptiale pour amener ensuite sa fiancée dans son royaume, au lieu de tenir cette fête en Danemark et d'y attendre qu'on lui amenât la fiancée. Depuis ces trois derniers jours, roi Burislaf, la princesse Gunnhilda a été fiancée au roi Sweyn, et, quoique la cour ait été brève, il y a un vieux proverbe qui dit : « Pour une bonne chose, le plus tôt n'en vaut que mieux. » Eh bien, qu'en dites-vous, roi Burislaf? Mon seigneur lige en Danemark, le roi Sweyn que voici présent, aura-t-il pour femme votre fille Gunnhilda?

— Quel douaire le roi Sweyn donnera-t-il à ma fille? dit Burislaf, et quel sera son présent du matin?

— Elle aura, pour son douaire, Moen, Falster, Langeland et un tiers des revenus du roi à Oresund, répondit Sigvald : quant à son présent du matin, le roi Sweyn se comportera très-noblement; mais, sur ce sujet j'aimerais mieux qu'il parlât pour lui-même.

— Qu'en dites-vous, roi Sweyn? dit Burislaf; ma fille, si elle vous épouse, aura-t-elle pour son douaire toutes ces îles et tous ces revenus, et la prendrez-vous pour femme selon les rites les plus étroitement obligatoires que vous respectiez, vous autres Danois?

— Je suis prêt, dit le roi Sweyn, à la prendre pour femme, et à lui accorder, comme douaire, ces îles et ces revenus, et à l'épouser avec le marteau sacré de Thor, le rite dans lequel, nous Danois, plaçons le plus de foi, car notre christianisme est aussi jeune que le vôtre. Mais si je fais tout cela, qu'est-ce que Gunnhilda aura pour portion?

— J'aurai vite répondu à cette question, dit Burislaf. La lignée de mon père est tombée en quenouille; je n'ai pas d'héritier mâle, pas de fils, pas de frère, pas d'oncle, et, conformément à nos lois, lorsque je mourrai mes trois filles partageront mon royaume entre elles. La portion de Gunnhilda sera un tiers de tout le pays des Wendes. Est-ce assez?

— C'est assez, dit Sweyn, et sur ces termes, je consens à faire le mariage.

— Mais il reste encore à nous expliquer sur une chose, dit Burislaf : le présent du matin que selon nos coutumes la fiancée doit recevoir. Que vous ayez cette coutume ou non, nous devons avoir ce présent, car sans lui nul mariage n'est valable chez les Wendes. Que dites-vous donc relativement au présent du matin, roi Sweyn?

— Nous avons un vieux proverbe qui dit, répliqua le roi Sweyn, qu'il y a toujours un court chemin pour aller à la maison d'un bon ami. Je pensais peu, lorsque je laissai si soudainement le Danemark, que j'entreprendrais ce long voyage, et encore bien moins que je me trouverais si vite ami avec toi, roi Burislaf. Mais il en a été ainsi, il est advenu que ce long voyage a été un court chemin pour l'amitié, et quoiqu'il y ait eu parfois inimitié entre nos maisons et nos peuples, je suis prêt à oublier et à pardonner toutes ces anciennes querelles. Mon père, Harold à la dent bleue, réclama, comme cela est bien connu, un tribut des Wendes, et il est ici au moins quelques personnes qui savent qu'il n'y a pas bien longtemps que j'avais songé à le réclamer. Je pense qu'entre le beau-père et le gendre, il ne doit y avoir ni taxe, ni tribut, et que le gendre est un personnage beaucoup plus grand si son beau-père est libre de tout tribut. Il n'en est pas moins vrai que la réclamation existe. Ce que je fera donc, roi Burislaf, pour cette affaire du présent du matin dont vous avez parlé, est de déclarer ici, en présence de tous ces témoins, mes hommes et les vôtres, qu'aussitôt que je serai marié avec Gunnhilda, j'abandonnerai toute réclamation à un tribut sur les Wendes. »

Un tonnerre d'applaudissements s'éleva à ces paroles du côté de la salle qu'on peut appeler le côté Wende. Pour dire la vérité, les Wendes savaient qu'ils n'étaient pas de taille à se mesurer avec les Danois, et tout homme, aussi bien que le roi Burislaf, bénissait l'heureuse chance qui avait conduit le roi Sweyn à chercher une femme parmi les Wendes, et à renoncer à ce qu'un mois auparavant à peine il avait réclamé d'une façon si insultante.

« Le roi renonce au tribut! Pas de tribut aux Danois! »

ces paroles retentirent à travers la salle, et l'enthousiasme fut extrême.

« Voilà, je pense, ce qui peut s'appeler un très-royal présent du matin, dit le roi Burislaf, lorsque l'ordre fut rétabli, je crois qu'avant d'aller plus loin, comme parler est un travail qui entraîne soif, nous ferions bien de vider une corne d'hydromel en mémoire des gracieuses paroles du roi Sweyn. »

Les cornes passèrent à la ronde et furent rapidement vidées au milieu de ces acclamations : « Long temps vive le roi Sweyn ! Pas de tribut aux Danois ! » si bien que rien ne pouvait sembler plus beau que les espérances de la fête.

Lorsque le tumulte se fut apaisé, le roi Burislaf se leva de nouveau et dit :

« Comme toutes les choses nécessaires ont été établies par parole parlée au vu et au su de nombreux témoins nous allons procéder maintenant au mariage. Voici là-bas la fiancée sur le banc transversal, vous plairait-il, roi Sweyn, de consacrer la fiancée? »

Alors l'assemblée se forma en cortége. Le maréchal et les porteurs de flambeaux marchèrent en tête, puis le roi Burislaf s'avança, puis le roi Sweyn, puis Sigvald jouant le rôle du personnage le plus considérable, puis Thorkell le gigantesque, puis tous les autres, Wendes et Vikings, en double file et dans l'ordre de leur rang et importance.

Trois fois ils firent le tour de la salle, et à la troisième fois ils firent halte devant le dais où la reine et les princesses étaient assises sur le banc transversal.

Ici une difficulté se présenta, car à cette place étaient assises deux fiancées, toutes deux strictement voilées, toutes deux pareillement vêtues de blanches robes de vierges. Elles avaient échappé jusqu'à ce moment à l'attention de Sweyn. Lorsque ses yeux les eurent remarquées il se tourna, et dit à demi-voix à Sigvald :

« Il y a ici deux fiancées ou je vois double, bien qu'il ne vaille cependant pas la peine de parler de l'hydromel que nous avons bu.

— Il y a deux fiancées, dit Sigvald. Cette singularité va s'éclaircir tout à l'heure. Gunnhilda est celle qui est assise à main droite de la reine, à la place d'honneur. »

Alors Burislaf appela le maréchal : « Où est le marteau sacré? produisez-le. »

A ces mots le maréchal sortit de ses robes, ou de ce qui passait pour des robes, une ancienne hache en silex, un de ces instruments de pierre que nous nommons celtiques, mais qui étaient alors regardées comme les foudres de Thor et les images du maillet avec lequel il écrasa les têtes des géants.

« Ce rite, dit Burislaf en se tournant vers le roi Sweyn, est commun à nos deux races. Dans ces jours-ci nous ne savons pas bien ce que nous adorons, car, comme vous l'avez dit parfaitement, le christianisme est jeune dans le Nord, en sorte que les vieilles formes persistent, quoique peu croient encore aux anciens Dieux. Qu'il s'appelle Peran ou Thor, les Danois et les Wendes ont également adoré le même dieu du tonnerre sous deux noms. Consacre donc la fiancée avec le marteau sacré, et prends Gunnhilda pour toi-même comme ta femme légitime. »

Le roi Sweyn prit la hache de silex, et s'avançant vers la figure voilée placée à la droite de la reine, il la déposa sur les genoux de la fiancée, et puis, parlant d'une voix forte, il dit :

« Par ce marteau sacré, moi Sweyn, roi de Danemark, je te prends, toi, Gunnhilda, fille de Burislaf, pour ma femme épousée. »

Lorsqu'il eut prononcé ces paroles les sentinelles soufflèrent dans leurs cornes, et les joueurs de harpes entonnèrent les chants sauvages dont le lecteur a déjà entendu parler. Lorsque cette mélodie barbare se fut apaisée le roi Burislaf dit d'une voix haute :

« Maintenant, Sweyn, fils d'Harold, roi de Danemark, et Gunnhilda, fille de Burislaf, princesse des Wendes, sont mari et femme. »

Des tonnerres d'applaudissements suivirent cette annonce; ensuite de quoi le maréchal enleva le maillet sacré des genoux de la fiancée, et le garda dans sa main comme s'il le tenait prêt pour un second usage.

Pendant tout ce temps la fiancée était restée assise sans mouvement, et n'avait pas donné signe de vie. Sa participation à la cérémonie était purement passive. C'est de cette manière que les fiancées étaient *données* par leurs pères, comme on disait dans ces vieux temps aussi bien que dans nos temps modernes. Aux époques les plus anciennes, les fiancées étaient volées de leurs maisons et entraînées comme captives par leurs prétendants. Elles furent ensuite vendues par leurs pères, et puis données. Dans nos temps modernes, elles sont aussi souvent vendues que données, mais c'est la mode d'appeler un don ce qui est, en réalité, trop souvent une vente.

Comme la partie des rites de la cérémonie était achevée, et que ce qu'on appelait la fête de la fiancée était sur le point de commencer, le roi Sweyn se mit en devoir de retourner à son siége, mais Burislaf le toucha et lui dit :

« Attendez un instant, roi Sweyn, nous avons encore à marier la seconde fiancée.

— C'est assez d'une fiancée à la fois pour un seul homme, dit le roi Sweyn, dont l'intelligence, à cette période de la soirée, n'était rien moins que claire. Je ne puis pas épouser vos deux filles.

— Cela n'est pas nécessaire, dit Burislaf avec un gros rire. Nous avons déjà trouvé un fiancé pour notre fille aînée.

— Je ne vois pas d'autre fiancé, dit le roi Sweyn.

— Et cependant il se tient à côté de vous, épaule contre épaule, » dit Burislaf.

Le roi Sweyn se retourna de nouveau, et vit, à son grand étonnement, Sigvald qui étendait déjà sa main vers le maréchal pour prendre le marteau sacré.

« Sigvald, le fiancé! s'écria-t-il, je n'avais pas encore entendu parler de cela, il tient ses secrets bien fermés. Y a-t-il perfidie aussi là-dessous?

— Il n'y a pas de perfidie, roi Sweyn, dit Burislaf. Astrida et Sigvald ont été fiancés, pour parler ainsi, depuis beaucoup plus longtemps que vous et Gunnhilda.

— Je ne comprends pas, dit Sweyn.

— Chut! dit Burislaf. Ne troublez pas la paix de la fiancée. Voyez ! il dépose le marteau sacré sur ses genoux, et la consacre comme sa femme épousée!

— Je vois tout cela, dit Sweyn, mais je ne le comprends pas ; » mais ses paroles se perdirent au milieu du bruit des applaudissements par lesquels les Vikings et les Wendes répondaient également à cette seconde annonce de Burislaf :

« Maintenant, Sigvald, fils d'Harold, capitaine de Jomsburg, et Astrida, fille de Burislaf, princesse des Wendes, sont mari et femme. »

Suivit ensuite ce qu'on appelait la fête de la fiancée, pure formalité pendant laquelle les fiancées continuèrent à rester assises sur le banc transversal, et furent servies de nourriture et de boisson qu'elles purent seulement goûter sous leurs longs voiles, tandis que les hommes regardaient et que les ménestrels jouaient. Aussitôt que cela fut fini, les princesses avec les autres femmes se retirèrent pour la nuit aux appartements des femmes, après avoir payé préalablement le salaire de la fiancée au maréchal et aux femmes de service pour leur assistance pendant la cérémonie. C'est là tout ce que les époux virent de leurs fiancées cette nuit-là, car selon le vieil usage, quoiqu'ils fussent légalement mariés, ils n'étaient pas *encouchés* — pour employer l'expression consacrée — jusqu'à ce que la noce ou *chevauchée de la fiancée* eût eu lieu, chevauchée par laquelle le mari conduisait solennellement sa femme à son foyer lorsque le mariage était célébré hors de sa propre maison. En cette occasion, le château de Jomsburg fut supposé la demeure des deux époux.

Après le départ des femmes, les hommes continuèrent encore la fête jusqu'à une heure très-avancée de la nuit, et il sembla au sommelier de Burislaf, que la fin du monde était sûrement venue, au moins pour ce qui concernait la consommation de l'hydromel. Le roi Sweyn semblait lui-même revenu de la surprise qu'il avait éprouvée en apprenant qu'il y avait un second mariage dans la salle, et que c'était celui de Sigvald. Sans doute, il se sentait aussi impatient que le géant dans l'*Edda* de lever le voile de la fiancée pour connaître son visage, mais lui-même, tout roi qu'il fût, était retenu par les mœurs du temps, et quelque curiosité qu'il ressentît, il la garda toute entière pour lui.

Toutes choses doivent avoir une fin ; cette fête nuptiale en eut donc une. Comment Burislaf s'y prit pour passer l'hiver, littéralement mangé qu'il était jusqu'aux os, avec son cellier et ses offices vides, cela ne nous concerne pas. Il suffit de dire qu'il avait marié ses deux filles, l'une à un roi, et l'autre à un homme qui avait prouvé qu'il était le plus hardi et le plus habile guerrier de son temps. Il avait, en outre, jeté les fondements d'une amitié avec Sweyn, s'était délivré du tribut, n'avait plus à craindre d'être affligé désormais par des craintes périodiques d'invasions danoises. Lorsqu'il alla se coucher, il put, en vérité, se féliciter et se complimenter lui-même de la bonne fortune qui lui avait donné un ami comme Sigvald. Sigvald, de son côté, n'avait pas non plus lieu de se plaindre. Il avait changé la loi dans Jomsburg avec peu de difficulté, avait épousé la femme de son choix, et avait atteint ce but en enlevant le roi Sweyn, et en le conduisant au roi Burislaf, exploit qui devait rendre son nom éternellement célèbre dans le Nord. Que pouvait-il souhaiter de plus, si ce n'est que le roi Sweyn n'en vînt pas à lui envier la possession d'Astrida, et qu'il restât dans l'ignorance de quelques-unes des circonstances qui l'avaient conduit à sa captivité !

Ce que Sweyn pensa est inconnu. Sans doute, après toutes ses libations d'hydromel, il sommeilla bien et solidement.

CHAPITRE XVI

LA CHEVAUCHÉE VERS JOMSBURG.

Le lendemain, chacun fut debout de bonne heure. Les fiancées devaient être remises à leurs époux par le roi Burislaf après le repas du matin, et puis on devait monter à cheval et se diriger vers Jomsburg.

Lorsque le roi Sweyn et Sigvald se rencontrèrent, il fut aisé de voir qu'il y avait entre eux quelque froideur. Jamais, même le matin qui avait suivi son enlèvement, le roi n'avait semblé si mal à l'aise. Sigvald, de son côté, avait évidemment quelque chose qui le tourmentait.

« Ils se regardent l'un l'autre comme deux ours dans une même fosse, Vagn, dit Beorn. Si Sweyn n'était pas aussi complétement en notre pouvoir, ils en viendraient vite aux coups. »

Sweyn, comme tous les rois dans tous les temps, avait peu de choses à faire en telle occasion. S'il eût été roi aujourd'hui, il se serait, selon toute probabilité, amusé à fumer, et se serait ainsi consolé ; mais comme on n'avait pas alors de telle ressource, il se mit à flâner de côté et d'autre, et ne fit rien jusqu'au déjeuner, tandis que Sigvald s'occupait avec empressement de ses chevaux et prenait ses dispositions pour que tout fût prêt pour leur longue chevauchée.

Enfin, le repas du matin arriva, et, avec le repas du matin, le moment critique où les époux devaient voir leurs épouses sans voiles. A moins que l'homme qui se mariait n'eût vu à cette époque sa prétendue avant le jour du mariage, il se trouvait, comme Beorn-le-Gallois le fit irrévérencieusement remarquer, dans la situation d'un individu qui achète un cochon dans un sac. Il pouvait être uni pour toujours, à la plus laide et à la plus abominable femme du monde, et le roi Sweyn se trouvait dans cette position.

On ne pouvait nier, il est vrai, que Gunnhilda ne fût une jolie fille ; seulement elle n'était pas aussi jolie qu'Astrida qui était réellement belle. Elle était grande, brune et majestueuse comme sa mère, tandis que Gunnhilda était simplement la gentille ressemblance de son court et trapu de père. Elle aurait passé pour fort jolie, si Astrida avait été écartée, mais Astrida était présente, et la supériorité de ses charmes était indéniable. Ajoutons que Gunnhilda était considérée dans la famille comme aussi stupide qu'Astrida était avisée.

Lorsque le roi Burislaf vit le roi Sweyn flânant çà et là dans la cour de la grange avec cette indifférence, il vint à lui sans cérémonie, et lui dit qu'il espérait qu'il avait bien dormi, absolument comme l'aurait fait un prince courtois du siècle présent. Nous disons courtois, parce qu'il y a quelques rois, hélas! même dans ce siècle, dont les manières et l'abord ne sont rien moins que courtois.

« Quoique je ne puisse me comparer à Freyr qui ne put dormir des nuits et des nuits, jusqu'à ce qu'il eût acquis Gerda comme épouse, je puis cependant dire que j'étais éveillé longtemps avant l'aurore. Je brûle, pour vous dire la vérité, de voir l'épousée, et de faire connaissance avec la beauté de ma reine.

— Le repas du matin sera servi dans un instant, dit Burislaf, et alors le désir du cœur de Votre Majesté aura satisfaction. »

Lorsqu'il eut dit ces mots, il s'éloigna en se disant à lui-même :

« Je me demande ce qu'il pensera d'elle lorsqu'il la verra. »

« Le repas du matin est servi », cria le sommelier, et sur ce cri, les deux rois et les Vikings, dont chacun avait les dents aussi aiguisées que s'il n'eût jamais mis un morceau dans sa bouche, entrèrent comme un flot dans la salle.

« Si le roi Sweyn était affamé, dit le chroniqueur, ses yeux étaient plus affamés encore de contempler son épousée dont Sigvald lui avait tant vanté les charmes, toutes louanges qu'il avait acceptées de confiance. »

En conséquence, son premier soin fut de regarder du côté du banc transversal où la reine, et les princesses ou épousées, siégeaient maintenant sous la lumière du jour, sans guimpe ni voile d'aucun genre. Immobiles comme la mort la soirée précédente, elles étaient maintenant aussi vives que des alouettes, et plaisantaient l'une avec l'autre comme savent le faire seulement des sœurs.

Tandis que Sweyn les observait et prenait la mesure de leurs charmes, d'autres dans la salle l'observaient en même temps.

« Remarquez son visage, enfant, dit Beorn à Vagn ; il devient aussi rouge que du sang, comme tous ceux de cette famille. D'autres hommes deviennent pâles, mais les Knytlings montrent toujours leur colère par une face rouge et un regard enflammé. Voyez, il se gonfle comme si son manteau ne pouvait pas le contenir. Croyez-en ma parole, il sent qu'il a été dupé dans ce mariage par le capitaine qui a choisi la plus belle vierge pour lui-même, et qui lui a laissé la moins belle, à lui, le roi.

— Il peut sentir de la colère, dit Vagn, mais il n'ose pas la montrer en paroles. Il est tout à fait en notre pouvoir.

— C'est vrai, mais malgré tout, je me trompe bien ou il montrera cette colère par des paroles avant que nous quittions la maison de Burislaf. »

Le repas du matin se passa comme tous les repas du matin, seulement il fut plus copieux. Lorsqu'il fut achevé, les chevaux se trouvèrent prêts, et il ne resta plus à Burislaf qu'à donner solennellement ses filles, à les conduire, comme on disait, hors de la maison, et à les remettre aux mains de leurs époux.

« Vous plairait-il, roi Sweyn, dit-il, et à vous, Sigvald,

fils d'Harold, d'approcher du dais et de contempler vos épousées? »

Le roi Sweyn se leva sans un mot. Lorsqu'il fut arrivé au dais, il fixa sur les deux princesses des yeux sauvages qui flamboyèrent de colère, mais sans dire un seul mot.

« Dites, roi Sweyn, la reine est-elle belle à contempler? dit Burislaf, qui peut-être pensait que Gunnhilda lui ressemblant, à lui Burislaf, devait être plus belle qu'Astrida.

— La jeune fille est belle, dit Sweyn avalant sa colère, elle le serait assez, n'était qu'une plus belle qu'elle est assise à son côté ! »

Puis, se tournant vers Sigvald, il lui dit d'une façon bien choquante chez un roi, un fiancé et un amant :

« Pourquoi ne m'avez-vous pas dit, Sigvald, fils d'Harold, qu'Astrida était la plus belle des deux?

— Par la raison, roi Sweyn, répondit orgueilleusement Sigvald, que lorsque j'ai fait la demande de Gunnhilda en votre nom, elle était alors la plus belle des filles du roi Burislaf qui ne fussent pas encore engagées. Longtemps avant cette époque, Astrida m'était fiancée, et lorsqu'une femme est une fois fiancée, roi Sweyn, vous savez qu'elle n'est plus libre de répondre au choix d'un autre homme.

— Et je vous en prie, dit le roi Sweyn, dont le sang semblait en ce moment bouillir de colère, je vous en prie, quel présent du matin, vous, Sigvald, fils d'Harold, allez-vous donner à Astrida, pour l'abandon qu'elle vous fait de sa personne et de tous ses charmes? »

Cette question sembla prendre Sigvald au dépourvu, et il s'arrêta pour répondre ; mais, à l'étonnement de tous, la fiancée vint à son secours :

« Le roi Sweyn, fils d'Harold, dit Astrida avec hauteur, demande quel présent du matin Sigvald me donnera à moi, sa femme. Laissez-moi vous dire, roi, que c'est un de ces dons qui sont payés d'avance : Sigvald me l'a déjà donné.

— Et quel fut ce présent, je vous prie? dit le roi Sweyn avec humeur.

— Je suis prête à le nommer, d'autant plus que l'affaire vous concerne vous-même, roi Sweyn, dit Astrida. Sigvald, fils d'Harold, me paya mon présent du matin lorsqu'il se saisit de vous, qu'il vous enleva du Danemark, qu'il vous amena ici et vous maria à ma sœur qui est trop bonne pour un roi qui a eu à ce point le dessous dans une lutte d'esprit et d'audace. En outre de tout cela, c'eût été un don suffisant pour moi, s'il vous eût seulement forcé, comme il l'a fait, d'abandonner toute prétention au tribut sur les Wendes.

— Ce furent donc là les conditions, dit le roi Sweyn, de l'air d'un homme qui sentait à la fin tout ce que sa position avait d'humilant.

— Ce furent les conditions, roi Sweyn, dit Sigvald; j'avais à exécuter tout cela pour conquérir la main d'Astrida, et je l'ai exécuté contre toute espérance, moi, moi seul. Vous n'auriez jamais appris ces choses, seigneur, à moins que vous ne les eussiez demandées, et comme vous les avez demandées, vous avez obtenu votre réponse. Maintenant, répondez à une autre question que je suis obligé de vous poser, roi Sweyn. Voulez-vous prendre Gunnhilda, promettre, sur votre parole de roi, de la traiter en tout comme votre reine, et retourner immédiatement en Danemark avec tout honneur? Ou bien préférez-vous la laisser et rester ici entre les mains du roi Burislaf, ou encore revenir à Jomsburg avec nous, y rester avec nous, et ne plus retourner du tout en Danemark?

— Voilà une question nettement posée, dit le roi Sweyn, et elle recevra une réponse tout aussi nette. Personne ne peut lutter contre une force supérieure. Je traiterai en toutes choses Gunnhilda comme il convient à une reine, et je retournerai en Danemark. Maintenant, chevauchons vers Jomsburg aussi vite que faire se peut. »

Pendant tout ce temps, et tandis que tous les assistants dans la salle regardaient et écoutaient, le roi Burislaf avait gardé le silence ainsi que la reine. Lorsque Sweyn eut prononcé ces dernières paroles, le roi wende s'avança et dit :

« Nous venons d'entendre des lèvres d'Astrida, quel don du matin Sigvald lui a payé ; mais nous n'avons pas entendu quel est le vôtre en bonne et due forme. Nous savons depuis hier au soir quel il doit être, mais maintenant daignez nous en dire la nature. »

Ainsi provoqué, le roi Sweyn regarda le roi Burislaf avec courroux, et dit :

« Il y a sur ce sujet une longue histoire, et elle mérite que vous l'entendiez, roi Burislaf. Il y avait une fois, un peuple d'aigles, et tout près de leur pays habitait un peuple de mésanges. Les mésanges étaient petits et sans réputation, ils vivaient de boue et de crotte, tandis que les aigles vivaient des poissons de la mer, des oiseaux de l'air, et des bêtes des champs. Tout à coup, cependant, les mésanges entrèrent en guerre avec les aigles éclatants d'orgueil, et franchirent la frontière ; mais ils ne purent faire beaucoup de mal, ils étaient si petits ! Ainsi provoqués, les aigles s'irritèrent, et, traversant la frontière, entrèrent dans le pays des mésanges et le dévastèrent, mais ils ne pouvaient pas vivre de boue comme les mésanges, et ne pouvaient pas davantage attraper les mésanges, ils étaient si petits et fuyaient si vite. Ils se retirèrent donc dans leur propre pays, et dirent : Cette contrée est absolument sans valeur, et les mésanges sont pauvres et misérables. Nous ferons payer tribut aux mésanges, bien qu'ils n'aient rien pour le payer, seulement pour constater que nous sommes allés chez eux. Les choses allèrent donc de la sorte pendant des années, les aigles réclamant, et les mésanges ne payant jamais le tribut. Enfin, vint un aigle plus rapide que les autres, dont les ailes étaient plus fortes et plus longues, et il dit : Je forcerai ces mésanges à payer le tribut, et alors il envoya un message au mésange-roi, et lui dit : Paye-moi ce tribut ou je te détruirai ; mais les mésanges n'envoyèrent aucun tribut. Il arriva que le mésange-roi avait un ami, nommé le renard ; ils tinrent conseil ensemble, et le renard dit : Si je t'amène le roi des aigles, prisonnier, me donneras-tu ta fille en mariage? à quoi le mésange-roi répondit oui. Là-dessus, le renard vint avec adresse, comme des renards seuls peuvent venir, il trouva le roi des aigles endormi, et il l'emporta dans le pays des mésanges, le montra au mésange-roi, et dit : Épousez la fille du roi des mésanges, ou passez toute votre vie dans une cage, et renoncez au tribut que les mésanges n'ont jamais payé. A cela, le roi des aigles répondit : Quel bien peut-il sortir d'une union où l'un des époux est un aigle et l'autre une mésange? Néanmoins, plutôt que de vivre toute ma vie dans une cage, j'épouserai la princesse des mésanges ; là-dessus il l'épousa, fut mis en liberté, remit la taxe et retourna dans son pays. Voilà l'histoire du roi des aigles et du roi des mésanges, roi Burislaf, et je vous dis comme le roi des aigles : Quoique mes ailes soient longues et fortes, elles ne me sont d'aucune utilité si je ne suis pas libre de voler où je veux; par conséquent, j'épouse votre fille, et je lui remets le tribut comme don du matin, mais quant à savoir si le roi des aigles et la princesse des mésanges vivront ensemble longtemps et heureusement, c'est plus que je n'en puis dire, car lorsque les oiseaux sont mal accouplés, ils ne prospèrent pas, et c'est un vieux proverbe « que les oiseaux de même plumage, sont ceux qui s'apparient le mieux entre eux, » et il en a été sans doute ainsi entre vous et Sigvald.

— Ne prolongeons pas la guerre de paroles, dit Burislaf. Vous êtes venu ici en paix, roi Sweyn, et vous vous en retournerez en paix. Il est vrai que Sigvald a exécuté tout ce que vient de dire Astrida ; mais Gunnhilda et Geira étaient les deux seules filles qui me restassent, car Astrida était véritablement engagée avec Sigvald, avant que vous missiez le pied dans Jomsburg. Quant à vos aigles et à vos mésanges, je ne sais pas ce que vous entendez par là. Nous, Wendes, nous avons souvent défendu nos biens contre vous, Danois, et nous le ferons encore. Il n'y a pas si longtemps que l'aigle danois s'est enfui comme une mésange devant l'armée de l'empereur Othon, qui est lui, un aigle véritable. Mais, comme je vous l'ai dit, mettons fin à cette dispute. Allez en paix, et prenez Gunnhilda avec vous. Elle sera pour vous une bonne épouse, et quant à Sigvald, quoique vous soyez son seigneur-lige en Danemark, ici, sur le sol wende il est votre égal, et digne, de tout point, d'être le beau-frère du roi de Danemark. »

Sur ces paroles, il prit ses filles, l'une par la main droite et l'autre par la main gauche, et les conduisit de cette façon hors de la salle. Lorsqu'ils passèrent le seuil de la porte, il se retourna et dit à Sweyn et à Sigvald qui suivaient immédiatement après :

« Avec ces mains, je conduis mes filles hors du logis, afin que je puisse vous les donner, à toi Sweyn, fils d'Harold, roi de Danemark, et à toi, Sigvald, fils d'Harold, capitaine de Jomsburg. Prenez-les, et soyez bons pour elles, comme elles seront pour vous d'humeur facile et de gai caractère, et maintenant puissent tous les dieux, à la fois les anciens et les nouveaux, vous protéger sur votre chemin, vous et elles. »

Alors, Sweyn et Sigvald prirent chacun la main droite de leur femme dans la leur, les conduisirent à leurs palefrois, et les mirent en selle, chacun disant en ce faisant :

« Maintenant, vous, Gunnhilda, et nulle autre, — vous, Astrida, et nulle autre, — vous êtes ma légitime épouse. »

Tous les Vikings montèrent ensuite à cheval, et Burislaf et ses officiers montèrent aussi, et formés ainsi en cortége nuptial, ils chevauchèrent aussi rapidement qu'ils purent, vers Jomsburg.

A mi-chemin entre la grange de Burislaf et le château le roi Burislaf rebroussa chemin et s'en retourna avec ses hommes, mais les autres chevauchèrent de plus en plus vite jusqu'à ce qu'ils atteignirent Jomsburg, et alors la chevauchée devint une course entre les deux époux et leurs épousées, pour savoir à qui passerait le premier la porte qui ouvrait l'accès de la forteresse des Vikings.

Ici, encore, la fortune fut contre le roi Sweyn et pour Sigvald. Le capitaine viking distança le roi dans cette course, mais les hommes remarquèrent comme un présage que Sigvald lui-même était battu par Astrida qui, au dernier moment, pressa son palefroi et put traverser la porte juste avant lui.

« Sigvald, pour cette fois, tient la perche sur Sweyn, dit Beorn à Vagn, mais la fin de cette course est un signe qu'Astrida gouvernera Sigvald, tout rusé et profond qu'il soit. Comptez-y; à cet égard aussi, la jument grise sera le meilleur cheval. »

Cette nuit encore, il y eut une grande fête dans la salle des Vikings, et le roi et Sigvald s'assirent en face l'un de l'autre dans leurs siéges élevés, le roi gardant encore le siége d'honneur. A leurs côtés s'assirent Gunnhilda et Astrida, et on remarqua que le roi Sweyn, ayant dissipé sa colère, était de meilleure humeur dans la soirée qu'il n'avait été dans la matinée. Soit que le noir nuage se fût dispersé, soit qu'il pensât qu'il valait mieux conserver un maintien calme tant qu'il était au pouvoir des Vikings, toujours est-il qu'il se montra aimable et gracieux, et parla aussi tendrement à la reine pendant le repas, que si elle eût été le libre choix de son cœur.

Lorsque le repas fut achevé, Sigvald se leva et dit :

« J'ai maintenant accompli tout ce que j'avais entrepris de faire. J'ai fiancé et marié le roi Sweyn à une belle princesse d'une des plus grandes maisons du Nord, et en même temps j'ai affranchi les Wendes de tout tribut, faisant ainsi du roi Burislaf un homme plus puissant, et un meilleur beau-père pour nous deux. Il est également certain que j'ai conquis pour ma femme légitime une belle princesse dont l'aspect prouvera à cette vaillante compagnie combien c'est une bonne chose d'avoir renoncé à notre loi contre le mariage. Ce que j'ai à dire maintenant, c'est prier le roi Sweyn de se rappeler notre première amitié, d'oublier toutes les causes de querelle que nous pouvons lui avoir récemment données, et de se tenir pour assuré que tout homme de cette compagnie serait prêt à le suivre jusqu'à la mort. Je vous invite donc tous à boire à la santé du roi Sweyn et de la reine Gunnhilda, et à leur souhaiter un heureux et prompt retour dans leur royaume. »

Les cornes furent vidées au milieu d'un grand tumulte, et lorsque ce tumulte se fut apaisé, le roi Sweyn se leva et dit :

« Je ne puis dire qu'il n'est pas arrivé récemment des choses qui m'ont plutôt poussé vers une haine nouvelle que vers la vieille amitié qui m'unissait à Sigvald. Peut-être Sigvald a-t-il pensé qu'aussi longtemps que vivrait son père Harold le Superbe je tiendrais dans ma main des gages contre lui, et à cette heure même il croit peut-être que je voudrais venger sur le père les torts que j'ai soufferts du fils. Mais une telle chose, je le dis tout haut devant vous tous, n'est pas du tout selon mon âme. Je me considérerais comme un lâche et un poltron si je touchais un cheveu de la tête d'Harold le Superbe. En considération de notre future amitié, et en honneur de cette bande vaillante, dont la manière de vivre n'est autre que celle qui fut autrefois la mienne, je désire que les choses passées soient tenues pour choses passées, et je veux me séparer de Sigvald aussi ami que je le fus jamais. Le jour peut venir où il devra boire la bière des funérailles d'Harold le Superbe, absolument comme vous-même, noble Bui, vous aurez à boire dans Bornholm celle de votre père Veseti. Peut-être alors semblerait-il que j'aurais sur Sigvald dans mon pays natal une prise aussi forte que celle qu'il a maintenant sur moi dans ce pays étranger. Mais je ne parle de cela que pour vous dire d'avance, que quoi qu'il arrive, Sigvald et vous Vikings, vous êtes aussi libres de venir en Danemark et d'y avoir un asile que vous le fûtes jamais, toujours à la condition que vous ne pilliez pas mes biens et que vous ne dépouilliez pas mes sujets. »

Ici un murmure d'applaudissements interrompit le roi qui appela pour demander une corne d'hydromel ; alors la présentant en étendant le bras dans toute sa longueur, il dit d'une voix forte :

« Je bois à la santé de Sigvald, fils d'Harold, et d'Astrida, dame de Jomsburg. »

Ce toast fut accueilli par des applaudissements enthousiastes, et il fut évident que le roi avait reconquis toute son ancienne faveur chez les Vikings.

Tout allait maintenant à merveille; Sigvald était joyeux et plein d'entrain. Le roi Sweyn, de son côté, avait cessé d'être sombre et de maussade humeur, et la fête était à son comble lorsqu'un skalde islandais s'avança et demanda qu'il lui fût permis de chanter *le chant de Frithiof.*

« Lequel des chants de Frithiof? demanda le roi.

— Son code des Vikings, seigneur, dit le skalde.

— Lorsqu'on vit avec les loups, il faut hurler avec eux, dit le roi. En outre, je suis moi-même un vieux Viking. Écoutons ce chant. »

Alors le skalde se plaça devant le siége du roi, et après avoir crié à haute voix : « Voici le code viking de Frithiof, fils de Hilding, lorsqu'il se mit à courir la mer, » il chanta les vers suivants :

« Comme il planait sur la mer comme un faucon sous le vent, et que ses galères de guerre parcouraient les étendues marines, il écrivit des statuts et des lois pour ses champions à bord; prêtez maintenant l'oreille à son code de coureurs de mers.

« Ne dresse pas de tente sur le vaisseau, ne sommeille jamais dans une maison, au dedans des portes se tient l'équipage d'un ennemi : un Viking doit prendre son repos sur son bouclier, épée en main ; que sa tente soit le ciel, l'étendue bleue.

« Le marteau de Thor le conquérant n'a qu'une courte poignée, mais l'épée que Frey gouverne a une aune de long : cela suffit ; as-tu du cœur, serre de près ton ennemi, et ta lame ne sera pas alors trop courte.

« Lorsque le vent souffle avec violence, hisse ta voile au sommet du mât, c'est chose amusante de ne pas céder à la tempête; garde-la déployée! garde-la déployée! il n'y a que les lâches qui abaissent leur voile ; plutôt couler bas que de la rentrer d'un pouce !

« Les jeunes filles sont sans danger sur le rivage, elles ne doivent pas venir à bord ; prends garde à une jeune fille, fût-elle Freyja ; car la fossette qui est sur sa joue est une trappe pour toi, et ses belles tresses flottantes sont un piége.

« Le vin est la boisson de Val le père, et il est permis de boire solidement ; si tu peux conserver ta tête n'aie aucune crainte ; quiconque tombe sur terre peut se relever, mais sur Ran, sur la dormeuse, c'est là que tu tombes pour toujours.

« Si un marchand navigue près de toi, tu protégeras son vaisseau, mais le faible ne doit pas refuser tribut ; tu es le maître de ta vague, il est esclave de ses marchandises, et ton acier vaut son or.

« Voici maintenant les ennemis en vue, voici venir le combat et les coups, voici que le sang chaud coule sous le bouclier : si tu cèdes d'un pas, prends congé de notre bande ; c'est la loi. Ainsi agis comme il te plaira.

« Les blessures sont la joie du Viking, elles ornent bien leur homme lorsqu'elles sont montrées sur le front et sur le sein ; laisse-les saigner ! ne les bande pas avant que le jour revienne, pas plutôt ; à ces conditions tu seras des nôtres. »

Le chant du skalde fut reçu par la compagnie avec des tonnerres d'applaudissements. Lorsqu'il fut achevé le roi donna en récompense au chanteur un bracelet d'or qu'il tira de son bras, et lui dit en le lui donnant : « Prenez cela en souvenir des jours où moi aussi je parcourais les étendues marines comme Frithiof le hardi.

— Un chant excellent, fils d'armes ! cria le vieux Beorn, ce que j'appelle un vrai code de Viking ; pas de maisons, pas de femmes, pas de mariage, mais toujours courir en mer, toujours combattre, toujours piller, toujours boire jusqu'à la mort. »

Il était tard maintenant, les torches de pin s'éteignaient, les bûches des feux brûlaient sans flammes, et toute chose donnait avis qu'il était temps de se retirer pour la nuit.

La reine et la princesse avaient pris leur congé même avant que l'Islandais eût commencé son chant. Accompagnées de leurs femmes de chambre, elles avaient trouvé le chemin des logements qui avaient été préparés pour le roi et la reine, et pour Sigvald et sa femme. Les hommes suivirent maintenant, et ainsi finit le jour qui donna une reine au Danemark et au roi Sweyn et qui amena pour la première fois des femmes dans Jomsburg.

Rien n'a été conservé concernant la physionomie des deux couples d'époux le lendemain matin, mais si le roi Sweyn eut avec la reine la moitié du bonheur qu'Astrida eut avec Sigvald, il pouvait réellement être considéré comme heureux.

CHAPITRE XVII

LE ROI SWEYN RETOURNE EN DANEMARK.

On ne devait pas s'attendre à ce que le roi Sweyn ne désirât point retourner en Danemark aussitôt qu'il serait libre, et il n'y avait plus guère d'excuse pour le retenir à Jomsburg. La belle saison touchait à sa fin, et les dernières nuits de septembre étaient proches, époque à laquelle on supposait que les mers devenaient dangereuses.

En ces temps-là on perdait peu de temps en délibérations. Deux jours après son retour avec sa fiancée, le roi Sweyn était prêt à partir. Comme ils l'avaient promis, Sigvald et les Vikings se préparèrent à le reconduire dans son royaume avec une escadre de trente navires, en sorte que son voyage de retour se présenta, comme il était assez naturel, avec la promesse d'être plus glorieux que celui qui l'avait amené à Jomsburg.

La seule personne à plaindre était Gunnhilda qui allait être à cette heure confiée aux tendres soins du Viking amendé qui était maintenant roi de Danemark. Longues et nombreuses furent les conversations des deux sœurs avant leur séparation, et le sens supérieur et l'esprit d'Astrida aidèrent grandement à donner courage à sa mélancolique sœur à qui, pour emprunter son propre sentiment sur sa situation, il semblait beaucoup qu'elle était sur le point de s'embarquer pour l'aventureux voyage du mariage avec un Barbe-Bleue danois. Les princesses parlaient dans ces jours-là beaucoup comme elles parlent dans les nôtres, et les plaintes de Gunnhilda, traduites en langage moderne, disaient :

« Je suis sûre que je ne supporterai jamais cela ; je suis sûre que je serai maltraitée et harassée à la mort ; je suis sûre que Sweyn sera une brute de mari. »

Elle continua à laisser couler de ses lèvres abondance de paroles analogues à celles-là, et à tout cela Astrida répondit simplement :

« Non, non, je suis sûre qu'il ne sera pas tel que vous le dites ; je vois, au contraire, qu'il devient plus amoureux et plus amoureux de vous chaque jour. Si vous êtes malheureuse ce sera absolument votre faute. Si Sweyn était mon époux je le gouvernerais avec une plume.

— Je vous assure que je souhaiterais qu'il le fût, dit Gunnhilda. Si vous croyez qu'il fera un si bon mari, pourquoi ne changez-vous pas avec moi ? vous gouverneriez Sweyn, et bientôt ensuite tout le Danemark.

— Je ne changerais pas quand bien même je le pourrais, dit Astrida. Sigvald m'est plus cher que s'il était vingt fois roi de Danemark.

— C'est juste cela, dit Gunnhilda ; vous êtes amoureuse et fière de Sigvald, et il est amoureux et fier de vous. Votre mariage, bien qu'il ait commencé différemment, a fini par être un mariage d'amour, tandis que le mien a été un mariage de nécessité et de force.

— C'est ce que sont toujours les royales unions, ma chère, dit Astrida ; on ne peut être reine sans qu'il vous en cuise de quelque façon.

— Il me semble qu'il m'en cuira de toutes les façons, dit Gunnhilda.

— Pas du tout, dit sa sœur, pensez-y sérieusement.

Vous allez vous rendre en Danemark, et là vous aurez des dames dans votre suite, vous verrez de nouveaux visages, tous souriants, tous exprimant le désir de vous rendre service. Moi, je reste ici, l'unique dame qu'il y ait encore eu dans Jomsburg, avec une femme de peine ou deux pour m'assister. Ne trouveriez-vous pas cette vie-là bien solitaire ?

— J'y réfléchis en effet, dit Gunnhilda, ce serait bien ennuyeux d'être ici et peut-être pourrais-je être plus heureuse en Danemarck ; mais pourquoi nous a-t-il fallu quitter nos foyers où nous étions si heureuses? Combien j'envie Geira dans la grange de notre père!

— Nul doute qu'elle ne trouve aussi que la grange est ennuyeuse sans nous et qu'elle ne nous envie notre lot. Et que veut dire tout cela, si ce n'est qu'aucune de nous ne se croit aussi heureuse de moitié qu'elle aurait raison de le croire, en sorte qu'aucune de nous n'est aussi heureuse qu'elle pourrait l'être. Essayez donc maintenant de tirer le meilleur parti possible de votre situation, et, croyez-le, vous découvrirez qu'être reine de Danemark n'est pas après tout une si terrible chose.

— J'essaierai, » dit Gunnhilda, et ces mots conclurent la conversation des deux sœurs sur ce sujet.

Le matin du troisième jour arriva, et les trente navires des Vikings qui devaient escorter le roi Sweyn se trouvèrent prêts à prendre la mer. Trente longs navires de cinquante rames, chacun monté par cent robustes matelots, étaient rangés en ligne le long des quais à l'intérieur du havre.

De même qu'il y a peu de temps encore nous estimions nos vaisseaux par le nombre de leurs canons, ainsi à cette époque les navires étaient estimés plus ou moins puissants selon le nombre de rames qui les poussaient. Au xe siècle un navire de cinquante rames était considéré comme très-grand, et des cent hommes qui composaient l'équipage, cinquante ramaient par tours de service, ou par factions comme nous dirions, tandis que les cinquante autres se reposaient jusqu'à ce que vînt leur tour de relever les premiers. Ces navires de guerre, ou longs navires, comme on les appelait, n'étaient pas sans quelque ressemblance avec les galères des corsaires de Barbarie dans des temps plus modernes. Ils étaient à peine capables de tenir la mer par une forte houle, comme par exemple par ces énormes vagues enroulées que l'on rencontre quelquefois entre la Norwége et l'Islande, mais dans les mers étroites de la Baltique, et même dans la mer du Nord entre l'Angleterre et le Danemark, ils étaient les vaisseaux de guerre du temps, et lorsque les croisades commencèrent ce fut dans ces navires que les rois et les comtes du Nord et de l'Ouest de l'Europe frisèrent les côtes d'Allemagne, de France et d'Espagne pour descendre dans la Méditerrannée par le détroit de Gibraltar, où ils se trouvèrent dans des eaux exactement en rapport avec leurs embarcations.

Ces navires étaient très-élevés au-dessus de l'eau à l'arrière et à l'avant, et la proue et l'avant-bec étaient souvent sculptés en forme de tête de dragon, tandis que la poupe, la barre et le gouvernail prenaient la forme de ses replis et de sa queue. Nous avons déjà vu que la cabine du capitaine se trouvait à l'arrière sous la poupe. A l'avant, sous un pont exhaussé qui correspondait exactement à notre gaillard d'avant, était le dortoir de quelques-uns des hommes de l'équipage. Tout autour de la partie découverte courait par le travers une galerie de faux-pont sur laquelle pendant l'action se tenaient les combattants, et le plat-bord à la ceinture du vaisseau était exhaussé pendant l'action par un boulevard au sommet duquel était une traverse où les boucliers de l'équipage restaient suspendus jusqu'à ce qu'on en eût besoin. Lorsqu'ils étaient dans le port, ou lorsqu'ils s'arrêtaient pour la nuit la portion non pontée du navire était couverte d'une tente sous laquelle sommeillait le reste de l'équipage.

Pour le reste, ces navires avaient un seul mât et une large et pesante voile, avec une voile de misaine à l'avant, mais ils comptaient surtout sur leurs rames pour leur rapidité, et cinquante vigoureux rameurs poussaient la longue embarcation à grande vitesse.

Il est à peine besoin de dire que les grands rois, les jarls et les capitaines comme ceux des Vikings prenaient grands soins de leurs vaisseaux. Ils étaient peints en gaies couleurs et dorés à l'avant et à l'arrière ; leurs voiles étaient quelquefois des trois couleurs rouge, bleue et verte disposées en bandes ; leurs guidons, girouettes, figures de têtes étaient sculptés et dorés, et, en un mot, un navire de guerre de cette époque était un beau spectacle, et littéralement « se promenait sur les eaux comme une chose vivante. »

Ajoutons qu'en outre des arcs et des flèches, des lances et des gaffes au moyen desquels le combat était soutenu contre les ennemis, chaque navire apportait encore pour l'action, une bonne provision de pierres, grossière artillerie du temps, qui lancées par les bras robustes de l'équipage, devenaient des projectiles porteurs de blessures ou de mort pour ceux sur qui elles tombaient avec une pleine force.

Tels se présentaient et ainsi étaient armés les trente navires des Vikings qui formaient l'escadre d'honneur chargée d'escorter le roi Sweyn et son épouse au rivage de Danemark.

En tête, et le premier de tous, était le propre navire de Sigvald qui portait ce qu'on pouvait appeler le drapeau de l'amiral. Puis venait le *Dragon de guerre* de Thorkell le gigantesque, puis le navire de Bui, fils de Veseti dont le maître d'équipage porta dès la première aube sur le quai les deux fameux coffres pleins d'or. Venait, ensuite par ordre hiérarchique *la Couleuvre*, comme on l'appelait, de Vagn, fils d'Aki, un des navires les mieux construits et les plus rapides, et après *la Couleuvre* la galère de Beorn le gallois, qui sortait hors de l'eau plus haut qu'aucun des autres, car elle avait été construite pour affronter les vagues du canal d'Irlande et de la mer du Nord, mais qui, sans être aussi gaie d'aspect, était peut-être plus capable qu'aucun des autres navires de rendre bon service dans un combat sur mer.

Tels étaient les navires des chefs. Les autres étaient

montés par des capitaines de moindre note, mais il n'en était pas un seul qui ne pût se défendre contre n'importe quel vaisseau qu'on pût rencontrer dans ces mers.

La nuit avant que le roi mît à la voile, les Vikings lui donnèrent un grand banquet, dont nous épargnons les détails au lecteur. Qu'il nous suffise de dire que ce fut une grande et glorieuse fête, que la reine et sa sœur, qui dans cette occasion retournèrent à la vraie place des femmes sur le banc transversal, furent à la fois gaies et heureuses, et que le roi Sweyn, qui pétillait de joie à la perspective de sa délivrance, fut relativemeut gracieux pour Sigvald et ses capitaines.

Enfin vint l'heure du départ. Le roi et la reine descendirent jusqu'au vaisseau de Sigvald entre une double haie de Vikings rangés en ligne des deux côtés pour leur faire honneur. Puis vinrent Sigvald et ses capitaines. Lorsque tous furent embarqués les échelles de faux pont furent tirées à bord. Chaque navire fut successivement remorqué hors du havre par des grelins solidement attachés à l'arche d'entrée. Lorsque le navire de Sigvald sentit les vagues, le roi prit le gouvernail, — car dans ces temps les rois, les jarls et les chefs puissants dirigeaient leurs propres navires, — les rameurs saisirent joyeusement leurs rames, les sentinelles placées sur l'arche sonnèrent leurs cornes, les équipages lancèrent leurs acclamations, et ces acclamations furent répétées par l'écho des milliers d'hommes de la bande qui restaient au château. Bientôt les navires de guerre bondirent sur les eaux de la Baltique, et le roi Sweyn tressaillit de joie en sentant qu'il allait bientôt redevenir roi en toute réalité, et que chaque coup des rameurs le rapprochait de la fin de sa captivité.

Il est toutefois une chose que nous avons oublié de dire. Astrida partit avec Sigvald, car ils étaient maintenant aussi inséparables que Bui et ses coffres. Elle avait d'ailleurs une excuse pour se départir de la coutume de cette époque qui tenait les femmes au logis tandis que leurs maris allaient sur mer. Elle désirait voir sa sœur jusqu'au dernier moment, et elle ne partit, dit-elle avec une pardonnable hypocrisie, que pour soutenir dans ses défaillances l'âme de la pauvre créature.

Eurent-elles le mal de mer, ces dames? nous aurions envie de dire non positivement, quoique nous ne soyons pas sûrs du fait. Peut-être la mer était-elle trop calme, peut-être Gunnhilda était-elle trop effrayée, et Astrida trop heureuse pour qu'elles fussent malades. Il est vrai que c'étaient des dames de terres fermes, qui avaient à peine vu la mer depuis qu'elles existaient, et que c'était là une circonstance qui leur était contraire. Nous laissons donc la question dans l'état où nous l'avons trouvée, convaincus que nous sommes que si ces dames eurent le mal de mer pour la première fois, elles durent se sentir vraiment bien misérables.

Il ne fallait pas longtemps — vingt-quatre heures peut-être — pour qu'un navire allât de Jomsburg au territoire qui est maintenant suédois, mais qui était alors danois et qui le fut encore longtemps après. Jusques aux jours de Gustave-Adolphe les provinces qui sont au sud de la péninsule scandinave sur la côte est appartinrent au Danemark, et la Scanie, entre laquelle et l'île de Séeland coule le Sund, était le comté danois d'Harold-le-Superbe, père de Sigvald.

Les capitaines vikings courant d'abord à travers le Sund, entre Rügen et la terre des Wendes, se dirigèrent vers un point de la Scanie qui est près de l'emplacement de la moderne ville de Malmoë, et pour y atteindre, ils eurent à passer entre Falster et Moen, îles qui devaient former une partie du douaire de Gunnhilda.

Il n'entrait pas dans le plan de Sigvald de rendre visite à son père Harold-le-Superbe. Ils ne devaient se détourner ni à droite, ni à gauche, avant d'avoir débarqué le roi Sweyn sain et sauf sur son propre territoire.

Mais comme le roi dirigeait le vaisseau de Sigvald un peu en avant de tous les autres, les hommes de garde sur le gaillard d'avant crièrent au moment où ils passaient entre les îles :

« Des navires en face de nous! cinquante au moins!

— Des navires en face de nous! dit Sigvald; alors il y a gain et butin à conquérir. Continuez votre course, roi Sweyn. »

Les Vikings continuèrent à marcher, et à bord de chaque navire les équipages se préparèrent au combat, car les différences de cinquante à trente ne comptaient jamais pour eux.

Un peu après, les hommes du gaillard d'avant crièrent encore :

« Ils rament pour nous rencontrer en deux lignes.

— Que ferons-nous, Sigvald, dit le roi; allons-nous tenir séparément, ou bien allons-nous attacher nos navires ensemble et attendre leur assaut de la sorte?

— Tenez séparément, dit Sigvald; nous ne pouvons dire encore s'ils sont amis ou ennemis.

— Je croyais que tous les hommes étaient vos ennemis, dit Sweyn, et que vos mains étaient levées contre tous.

— Jamais contre toi, roi Sweyn, jusqu'au jour où la nécessité m'y contraignit.

— Ne parlons plus de cela, Sigvald, dit le roi. Que les choses passées soient les choses passées.

— Je suis ennuyé d'avoir à les combattre, dit Sigvald, malgré qu'ils viennent à nous bien hardiment et qu'ils se comportent avec une si pleine assurance. Voilà le seul voyage où je me sois jamais trouvé que j'aie désiré voir se terminer en paix comme il a commencé.

— Mais, qui sont-ils? dit le roi; Suédois, gens du Nord ou Russes? N'y a-t-il pas un de vos hommes qui puisse nous dire quels ils sont?

— Il y a sur la vigie dix des meilleurs marins de l'escadre, dit Sigvald, et s'ils ne peuvent nous le dire, personne ne le peut.

— Que quelqu'un prenne le gouvernail et dirige le navire, dit le roi, et nous deux, avançons et tâchons de distinguer ces étrangers. »

Aussitôt fait que dit; le roi abandonna le gouvernail à un homme de confiance, et lui et Sigvald furent bientôt sur le gaillard d'avant, contemplant l'escadre ennemie que l'on voyait encore à quelque distance glissant sur deux lignes à travers les eaux tranquilles du Sund.

« Ce sont de grands vaisseaux de fort calibre, dit le roi en les regardant attentivement.

— Grands, et de fort calibre, en effet, dit Sigvald. Ils sont de ceux qu'on souhaiterait avoir plutôt à ses côtés que contre soi. Ce sont aussi des marins du Nord, cria-t-il, ce ne sont pas des Russes, on le voit bien à leur manière égale de ramer et à leur bel équipement.

— Ils ressemblent étonnamment à mes propres vaisseaux, cria le roi Sweyn; on dirait les cinquante navires que j'envoyai cet été piller les côtes d'Ethelred. »

Pendant ce temps, les étrangers s'étant un peu plus avancés, Sigvald cria :

« C'est vrai, roi, ce sont des navires danois et pas d'autres. Voici à la tête du mât votre étendard pourpre avec la croix blanche que l'empereur donna à votre père. C'est comme amis et non comme ennemis que nous allons maintenant les aborder. »

Les deux escadres continuèrent à s'approcher de plus en plus l'une de l'autre, jusqu'à ce que les Vikings, qui continuaient à maintenir leur course à travers le Sund en ligne droite, se trouvèrent entre les deux divisions des Danois et presque à portée de voix de leurs navires.

Alors suivit un spectacle qui justifiait ce qu'en disait plus tard Beorn, qu'il aurait valu la peine de venir du pays de Galles jusque-là pour le voir. Lorsque les Vikings furent au milieu du canal formé par les deux rangées des navires danois, ceux-ci tournèrent des deux côtés leurs proues contre eux, et se portèrent sur eux en toute vitesse comme pour les placer entre deux feux, ainsi que nous dirions aujourd'hui. Les Vikings n'auraient eu que bien juste assez de temps, s'ils avaient choisi le parti de faire force de rames, pour échapper à l'attaque; mais le roi Sweyn saisit alors le gouvernail du vaisseau de Sigvald, et en tourna la proue contre l'ennemi, et en moins de temps qu'il n'est nécessaire pour décrire cette évolution, l'escadre des Vikings était rangée en double ligne, quinze faisant face à l'un des côtés de l'escadre danoise et quinze à l'autre, prêts à recevoir l'ennemi. C'était donc quinze contre vingt-cinq de chaque côté, et tous attendaient pour voir ce qui arriverait, sans que personne, sauf les marins à bord du vaisseau de Sigvald, connût la nationalité des étrangers.

Enfin, les deux lignes se rapprochèrent, et lorsqu'elles furent arrivées à portée de voix, le chef des Danois cria :

« Qui êtes-vous, vous qui naviguez ainsi sans façon dans les eaux danoises ?

— Des Vikings de Jomsburg, cria Sigvald, et si vous voulez savoir pourquoi nous naviguons dans ces eaux avec tant de sans-façon, c'est parce que nous les regardons comme autant à nous qu'au roi Sweyn.

— Savez-vous quelque chose du roi Sweyn ? cria le capitaine. Nous sommes en route pour Jomsburg afin d'aller le chercher.

— Nous en savons tant à son sujet, dit Sigvald, qu'il est ici avec nous à bord de ce vaisseau qu'il dirige en ce moment même. »

Sur ces paroles que Sigvald et le capitaine danois échangèrent chacun de la proue de son navire, on fit circuler à bord des navires danois l'ordre d'abaisser les rames et de cesser les préparatifs de l'attaque. Le capitaine danois poussa un bateau jusqu'à l'escadre viking, aborda le vaisseau de Sigvald et vit le roi. Une fois qu'il fut convaincu qu'il était sain et sauf, les deux flottes fraternisèrent, et, avec quelque ardeur que le roi Sweyn pût désirer la vengeance il n'eut pas pour l'heure l'opportunité de l'assouvir.

Cette nuit les escadres reposèrent ensemble dans une crique du Sund. Le lendemain matin, le roi monta avec la reine à bord de sa propre flotte, et ils se dirigèrent vers Séeland, tandis que les Vikings ne poussèrent pas plus loin. En se séparant de Sigvald, le roi Sweyn lui dit :

« Merci, Sigvald, fils d'Harold, pour toute votre courtoisie. La première fois que nous nous rencontrerons je compte que je serai en mesure de vous rendre tout ce que vous avez fait pour nous. »

CHAPITRE XVIII

BEORN ET VAGN VONT COURIR LA MER.

Tandis que les Danois s'éloignaient en triomphe avec leur roi, les Vikings restaient derrière, et Sigvald leur proposa de retourner tous à Jomsburg. Tous consentirent à cette proposition, à l'exception de Beorn le gallois, qui dit :

« Vous avez à commander, capitaine, et nous avons à obéir ; mais si je puis suivre ma pensée, moi et Vagn nous irons avec nos trois navires faire une courte croisière d'automne. Pour dire la vérité, j'ai assez des femmes et des fêtes. J'aspire à entendre les flèches gémir dans l'air et les lances s'entrechoquer. Le cri de la mouette m'est singulièrement plus agréable que le bêlement des moutons. Nous resterons donc dehors, et vous tous vous retournerez au château ; nous serons de retour longtemps avant la première nuit d'hiver. — Par parenthèse, nous devons informer le lecteur que cette première nuit d'hiver tombait le 26 octobre.

— Allez ou restez, comme il vous plaira, dit Sigvald. Vous et Vagn ferez honneur à la compagnie partout où vous irez. Si vous succombez, il nous restera la querelle de sang et le devoir de vous venger.

— Ne craignez rien de pareil, Sigvald, dit Beorn. La flèche qui me portera la mort n'est pas encore empennée, et la tête de lance qui traversera mes côtes n'est pas encore forgée.

— Allez en paix, en ce cas, dit Sigvald ; nous passerons tous cette prochaine saison d'Yule très-jovialement à Jomsburg. »

Le reste de l'escadre rama donc vers le château, tandis

que Beorn, Vagn et un de leurs capitaines, dont le nom était Wolf le mal lavé, restèrent dans le détroit de Bornholm, encore incertains de savoir de quel côté ils se tourneraient pour chercher du butin.

Pendant qu'on pouvait encore discerner au large les voiles de leurs} camarades, Beorn dit à Vagn : « Je suis tout à fait ravi, qu'ils nous aient laissés seuls ici, fils d'armes. Nous ferons quelque chose de bon maintenant que nous voilà avec trois solides navires et trois cents vaillants hommes. Vos flottes et vos escadres ne servent qu'à faire fuir marchands et Vikings. Vous pouvez gagner de la gloire avec une flotte, mais jamais de profit. Quelquefois il me semble que le butin vaut mieux que la gloire.

— Je ne pense pas ainsi, dit Vagn ; je me sens comme rassasié d'avance de butin, et je soupire après la gloire.

— Quelle plus grande gloire pouvez-vous souhaiter que d'avoir battu Sigvald et de l'avoir fait céder en armes devant vous. Il y a des gens qu'on ne peut satisfaire. Vous êtes au sommet de l'arbre, et au lieu de vous y asseoir et d'y cueillir le fruit, voilà que vous désirez vous allonger pour monter plus haut dans les nuages, et qu'au lieu de monter vous descendrez en dégringolant à terre. »

Pendant ce temps-là, Wolf le mal lavé, ainsi nommé parce qu'il prenait rarement plaisir aux voluptés du bain, énorme Viking maigre et musculeux, prêtait l'oreille à leur conversation. Lorsque Beorn eut cessé de parler, il lui dit : « Eh bien, maître Beorn, qu'allons-nous poursuivre cette fois, le gain ou la gloire ? Irons-nous nous embusquer pour attendre les navires marchands ou tomber sur quelques Vikings comme nous et les dépouille r ?Et de quel côté nous dirigerons-nous ? A l'est en remontant à la Lifland ou à la Samland, là où l'ambre jaune couvre le rivage de ses couches épaisses, ou bien aux lacs suédois, ou bien irons-nous à travers le détroit jusqu'à la baie, là où le printemps dernier, nous pillâmes les biens de Thorkell de Leira.

— Je tiens pour la baie, dit Vagn en rougissant.

— Mais non pas moi, dit Beorn avec humeur. Non, non, nous en avons eu tout à fait assez de ce travail-là. Je ne veux pas passer à cent milles d'une femme si je puis m'en dispenser. Il a été déjà fait assez de mal cet automne dans cette voie-là. Si nous allons à la baie, fils d'armes, vous fourrerez votre tête dans l'antre du loup, rien que pour apercevoir Ingibeorg, la fille de Thorkell. Cette fois nous sommes sortis pour chercher aventure avec des hommes et non pour faire la cour aux femmes. J'aimerais mieux m'en retourner à Jomsburg sans tremper ma rame dans l'eau salée que d'aller soupirant après la plus jolie fille du monde.

— C'est justement parler selon mon sentiment, dit Wolf, je n'ai jamais pu comprendre l'utilité des femmes. Pourquoi les hommes ne peuvent-ils plus naître comme ils naquirent au vieux temps, quand une des jambes de Borr le géant s'étant frottée contre l'autre il en sortit un homme? Mais depuis que les hommes sont nés des femmes, il n'y a plus jamais eu dans le monde que des batailles.

— Des batailles! répéta Vagn avec indignation, et que seriez-vous sans les batailles, Wolf? mais c'est le pain que vous mangez et la coupe où vous buvez. Vous devriez être le meilleur ami des femmes au lieu d'être leur ennemi.

— J'entends un autre genre de batailles que les nôtres, dit Wolf. Les batailles que je hais sont celles qui viennent des paroles et du babil des femmes, qui louent cet homme-ci et abîment cet homme-là, sèment la discorde avec leur langue et vont toujours en recueillant une nouvelle moisson. Voilà les batailles que je hais, et celles-là viennent des femmes. Il y a un autre genre de batailles que j'aime et que j'aimerai toujours, les batailles des hommes, quand les épées s'entrechoquent dans une douce musique, et que de rouges blessures, plus roses que la rose, sont données et reçues. Voilà les batailles que j'aime ; mais quant aux batailles qui viennent des morsures par derrière et des colportages d'histoires de femmes, celles-là je ne puis pas les souffrir. »

Il y avait une éloquence si vraie dans ce discours de Wolf le mal lavé que le vieux Beorn en sauta de joie, et lui frappant sur le dos beugla à tue-tête :

« Bien parlé, mal lavé ! je souhaiterais seulement que de telles paroles eussent du poids dans Jomsburg; mais hélas ! l'âge d'or est passé pour nous Vikings. C'est comme si la paix d'Asgard était finie pour toujours, et que les géants de glace avec leurs sorcières fussent entrés dans les demeures des dieux. »

Puis, tandis que Vagn prenait une physionomie taciturne, il dit :

« Mais toutes ces paroles c'est de l'ouvrage stérile. Prenons une corne d'hydromel, et lorsque nous aurons nettoyé nos gosiers de leurs toiles d'araignées, nous déciderons vers quel point notre course se dirigera. »

Tandis que les deux buveurs dépêchaient leur hydromel Vagn les regardait faire et dire avec inattention. Il était la minorité, et l'espoir qui avait traversé son esprit de revoir Ingibeorg s'était évanoui. Il pouvait difficilement se hasarder avec un vaisseau dans une expédition contre Thorkell de Leira, et il se trouvait ainsi obligé de suivre ses compagnons d'armes.

« Il y a d'agréables criques et de bonnes baies tout le long du rivage de Suède parmi les îles, dit Wolf, des criques et des baies où les navires marchands de Russie s'abritent lorsqu'ils descendent la Baltique en automne. Nous les trouverons précisément en ce moment-ci tout aussi pleines de riches prises qu'un lac en hiver est plein de canards sauvages. Allons les visiter, Beorn.

— De tout mon cœur, dit Beorn ; nous manquons fortement de fourrures pour l'hiver, et ces navires marchands russes apportent plus de riches zibelines, de peaux de renards et d'hermines que le jarl Hacon n'en a jamais tiré de ses Finnois et de ses Lapons.

— Et puis il y a l'ambre, et l'or, et le miel, et la cire, et le beau linge, et les marchandises orientales, butin qu'il nous suffit d'étendre la main pour avoir.

— Quand faisons-nous voile? dit Vagn, autant pour dire quelque chose que par l'intérêt qu'il portait à la croisière.

— Quand nous ferons voile ! dit Beorn ; mais à cette

minute même. Pourquoi resterions-nous paresseusement ici, lorsqu'il y a butin à gagner de tous les côtés autour de nous ? »

Ils remontèrent donc la côte ouest de la Baltique ce jour-là, et le jour suivant, et le jour suivant encore, jusqu'à ce qu'ils eurent traversé le détroit de Calmar et se trouvèrent en face de la côte de Gothie. Mais c'est à peine s'ils rencontrèrent un navire plus gros qu'un bateau pêcheur, et Beorn et Wolf se lamentèrent sur la mauvaïse fortune qui les faisait aller si loin pour trouver si peu.

Le matin du quatrième jour, au lever du soleil, ils rencontrèrent encore un bateau pêcheur, et demandèrent à l'équipage quelles nouvelles et s'il y avait dans les alentours quelques navires marchands.

« Oui, dirent les hommes, il y en a un qui est entré la dernière nuit dans la crique là-bas, ou, pour dire la vérité, il y en a cinq qui y sont entrés chargés de marchandises jusqu'à niveau de l'eau ; ils seraient une proie aisée pour vos longs navires, car ils sont mal montés. »

C'étaient là de si bonnes nouvelles pour les Vikings qu'ils préparèrent à l'instant les navires pour l'action et qu'ils ramèrent à grande vitesse autour du promontoire pour entrer dans la baie.

Mais le spectacle qu'ils aperçurent fut infiniment moins agréable qu'ils ne l'attendaient. Dans l'enceinte de la baie se trouvaient en effet cinq vaisseaux, mais ils étaient si loin d'être des navires marchands ou traficants qu'ils étaient de longs navires d'une taille à peu près égale à n'importe lequel des leurs, et du premier coup d'œil ils virent que le capitaine des cinq vaisseaux les mettait en mouvement pour venir les attaquer.

« Qu'en dites-vous, Vagn? qu'en dites-vous, Wolf? cria Beorn à ses deux camarades. Tenons-nous séparément, ou bien allons-nous attacher nos navires ensemble et attendre leur assaut? car, quant à tourner le dos, je ne pense pas qu'un Viking de Jomsburg puisse juger que trois contre cinq soit une grande disproportion.

— Attachons nos navires ensemble, » fut-il répondu, et

sur cela ils attachèrent leurs navires en une même ligne, opération pour laquelle ils avaient juste assez de temps avant que l'ennemi ne fondît sur eux.

Lorsqu'ils arrivèrent à portée de voix, Beorn se dressa sur le gaillard d'avant de son navire, et cria :

« Qui êtes-vous, vous qui êtes entrés si audacieusement dans cette baie ? Ne voyez-vous pas qu'il y a devant vous des navires de guerre, et quel est le nom de votre capitaine ?

— Atli est mon nom. Atli, fils du jarl Arnvid de l'Est-Gothie, tout près d'ici. Mais vous, quels hommes êtes-vous ?

— Nous sommes nos propres maîtres, dit Beorn, et si vous voulez le savoir, nous venons de Jomsburg.

— En ce cas, il n'y a pas entre nous d'amitié à revendre, dit Atli. Cédez vos navires ou livrez bataille.

— Nous autres, Vikings de Jomsburg, nous ne cédons jamais, dit Beorn. Il vaudrait mieux que vous cédassiez vous-même. Abandonnez vos navires et vos marchandises et vous aurez permission d'aller à terre ; sinon, que le fer décide entre nous. »

Un rire hautain d'Atli fut toute la réponse que reçut ce discours. Atli se porta en avant avec ses cinq vaisseaux, et quand il poussa sa galère bord à bord contre celle de Beorn qui se tenait à tribord, tandis que Wolf occupait le milieu et que Vagn était à babord, le jarl empoigna une lance et la lança au milieu de l'équipage de Beorn. Le coup porta bien, et le Viking qu'il atteignit trouva la mort.

Alors la bataille devint générale, et les Suédois poussèrent leurs navires, qu'ils n'avaient pas attachés ensemble, bord à bord et en travers de l'avant des navires vikings.

Pendant quelque temps le combat fut mené avec des projectiles. Des grêles de pierres et des nuées de lances et de flèches volèrent de l'un et de l'autre côté, si bien que pendant quelque temps on ne put voir qui avait l'avantage dans ce genre de combat. A la fin, il fut clair toutefois que les Vikings étaient les meilleurs viseurs et que leurs flèches diminuaient graduellement les équipages ennemis. Alors Atli fit une tentative pour s'emparer du navire de Beorn par l'abordage. Son capitaine du gaillard d'avant s'élança sur le plat bord, descendit sur la galerie de faux-pont à l'intérieur, et commença à tailler en pièces tous ceux qui se trouvèrent devant lui. Quatre hommes étaient tombés sous ses coups avant que Beorn se fût aperçu du danger. Alors il courut le long de la galerie de faux-pont pour joindre l'agresseur. Comme il approchait, l'homme d'Atli lui porta un coup avec sa lance, mais Beorn leva son bouclier et la lance le traversa, et tandis que son ennemi était ainsi embarrassé Beorn le frappa de son épée et lui donna son coup de mort. C'est ainsi qu'il succomba, mais il fut alors remplacé par Atli lui-même qui s'élança à bord du navire de Beorn avec une bande d'hommes.

Pendant tout ce temps Wolf le mal lavé était resté inerte entre les deux navires auxquels le sien était attaché, excepté pendant la guerre des projectiles, mais lorsqu'il vit ce nouvel assaut d'Atli, il sauta par-dessus le plat-bord dans le navire de Beorn, et cria d'une voix haute :

« En avant et sus à eux, Beorn! tout pouvoir à votre bras aujourd'hui!

— Puissant il est, dit Beorn, en frappant un autre ennemi, mais quelque chose me dit, Wolf, que vous parlez avec une bouche *fée*.

— *Fée* ou non *fée*, dit Wolf, un homme ne peut mourir qu'une fois. » En disant ces mots il se jeta à la rencontre d'Atli.

Juste au moment où ils s'abordèrent le pied de Wolf glissa sur la galerie de faux-pont qui était couverte de sang, et en tombant il se trouva livré sans défense aux coups d'Atli qui le traversa de sa lance.

Les acclamations des Suédois qui suivaient Atli saluèrent cette mort d'un des chefs Vikings, et Atli et ses hommes poussèrent leur avantage et commencèrent à éclaircir la galerie de faux-pont des Vikings. La bataille semblait maintenant douteuse; mais Vagn qui était moins serré de près courut en traversant le navire de Wolf au secours de son père d'armes. Comme il nettoyait le plat-bord d'ennemis il se rencontra face à face avec Atli qui le frappa de son épée et fendit son bouclier en deux jusqu'à la bosse. Tandis que Vagn brandissait son épée, cherchant une place non protégée sur le corps d'Atli, une pierre pesante lancée à l'aventure frappa le guerrier suédois au poignet gauche et le força à laisser tomber son bouclier. Aussitôt après Vagn lui porta un coup puissant juste au-dessus du genou et lui coupa la jambe.

Tandis qu'Atli regardait du côté de sa jambe se demandant avec étonnement si elle était réellement coupée, Vagn lui cria :

« Oui, Atli, c'est ainsi, votre jambe est coupée. » En prononçant ces mots il lui passa son épée au travers du corps et lui donna son coup de mort.

Alors Beorn et Vagn, épaule contre épaule, s'abattirent sur le reste des hommes d'Atli qui avaient abordé le vaisseau et les forcèrent de se rejeter dans leur propre navire. A ce moment tant de Suédois avaient succombé à bord de leurs cinq navires qu'ils n'eurent pas le cœur de continuer la lutte après la mort de leur capitaine. Ils reculèrent donc, puis se détournant ils s'enfuirent jusqu'à la baie.

« Échapperont-ils ainsi, père d'armes? dit Vagn.

— Certes non, dit Beorn ; coupons les liens de nos navires et allons les chercher dans leur retraite. »

Chose dite, chose faite. En un rien de temps les trois navires vikings, diminués d'équipages, mais toujours aussi hardis, étaient en marche pour attaquer leurs ennemis. Quand leurs rames les eurent conduits jusqu'à l'entrée de la baie, ils s'aperçurent que la journée était déjà gagnée. Les Suédois se jetèrent hors de leurs navires et se sauvèrent, quelques-uns dans des bateaux, d'autres en se jetant à la nage ou en marchant dans l'eau jusqu'au rivage. Les Vikings prirent possession des navires abandonnés, et sur le milieu du jour Beorn et Vagn s'assirent sur leurs ponts, bien fatigués et bien moulus par la bataille, mais néanmoins maîtres de cinq vaisseaux et d'une grande quantité de marchandises et de butin.

« Ce n'est pas une œuvre de mauvaise matinée, père d'armes, dit Vagn.

— Non, dit Beorn, mais j'abandonnerais bien toute ma part de prise pour pouvoir rappeler à la vie Wolf le mal lavé.

— Ainsi ferais-je, dit Vagn. C'était un brave Viking, et si jamais quelqu'un mérita de gagner l'entrée du Valhalla, c'était notre camarade.

— Nous allons aujourd'hui bander nos blessures et baigner nos membres, dit Beorn, et demain nous irons à terre, et nous ensevelirons notre ami comme un Viking doit être enterré, selon les anciens rites. »

Ils passèrent donc cette journée à se reposer et à faire œuvre de chirurgiens, et la nuit ils dormirent en paix à bord de leurs vaisseaux, car leurs ennemis de la matinée s'étaient enfuis dans les bois et étaient trop effrayés pour se hasarder à les attaquer encore.

CHAPITRE XIX

LES FUNÉRAILLES DU VIKING.

Quelques-uns de nos lecteurs éprouveront peut-être le désir de s'enquérir de ce qui advint du corps d'Atli et de ceux de ses compagnons qui furent tués à bord du navire de Beorn. Nous pouvons sur ce point satisfaire leur curiosité. Il n'entrait pas dans les coutumes de cette époque d'insulter au corps d'un ennemi tombé. On regardait au contraire comme un devoir de l'ensevelir ; aussi, le lendemain du jour qui suivit la bataille, les corps des ennemis qui avaient succombé furent-ils portés sur le rivage et enterrés. Si quelqu'un supposait que les derniers devoirs envers les morts furent accomplis par *crémation*, comme il est de mode de dire aujourd'hui, il serait dans l'erreur. Il y avait longtemps qu'on avait cessé de brûler les corps dans le Nord lorsqu'arrivèrent les événements racontés dans cette histoire. Ce mode d'ensevelissement passa avec l'âge que les ethnologistes appellent l'âge de bronze. Nous sommes maintenant dans l'âge de fer; les épées et les têtes de flèches sont formées d'acier, et les corps sont ensevelis, non brûlés.

Après avoir honoré de cette manière leurs ennemis tombés, les Vikings tournèrent leur attention sur leurs morts, qui étaient à peu près au nombre de vingt, y compris Wolf le mal lavé. D'abord ils lavèrent leurs blessures, peignèrent leur longue chevelure, et revêtirent leurs membres de leurs plus beaux vêtements, car on supposait que lorsque les morts arriveraient dans l'autre monde et entreraient dans le Valhalla, leur plus belle toilette leur serait nécessaire pour se rencontrer avec les plus braves et les plus grands de toute la race du Nord dans la salle d'Odin. Lorsqu'ils eurent été ainsi déposés et rangés sur la poupe du vaisseau de Beorn, on plaça au côté de chaque homme sa hache, son épée et sa lance. Tout bon archer avait à portée de sa main son arc et ses flèches, et sous chaque cadavre on plaça le bouclier de forme oblongue.

Lorsque ces devoirs eurent été accomplis, Beorn et Vagn assemblèrent leurs équipages, et alors une curieuse cérémonie fut accomplie. Bien que les morts fussent revêtus de leurs plus beaux costumes, on pouvait remarquer que leurs pieds étaient sans souliers.

Alors Beorn se leva et dit :

« Hommes braves et francs qui prêtez l'oreille à mes paroles, vous savez tous qu'aujourd'hui les croyances sont fort mêlées. Un homme croit à Odin et aux anciens dieux, un autre au Christ blanc, un autre, comme chez les Wendes, à Peran, le dieu du tonnerre, ou à Bielbog, le dieu de la lumière, ou à Czernebog, le dieu noir, et enfin il en est certains, et ce ne sont pas les moins nombreux, dans notre compagnie, qui ne croient à rien qu'à eux-mêmes et à leurs bonnes épées, car en vérité placés ainsi entre les prêtres et les moines, les chrétiens et les païens, nul homme ne sait ce qu'il doit croire. S'il en est ainsi tant que les hommes sont vivants, il n'en est pas de même quand ils sont morts. Les hommes sortent des ténèbres pour entrer dans ce monde, comme un oiseau qui entre à la nuit dans une salle chaude et éclairée et sort par l'extrémité opposée pour rentrer dans les ténèbres. C'est la mort. Mais comme il n'est pas bon à un homme de ne pas savoir où il va lorsque sa vie est finie, nous pensons qu'il est légitime d'ensevelir nos morts selon la vieille coutume, en sorte que, de même qu'ils sont tombés comme des hommes braves dans la bataille, ils puissent aller maintenant auprès du dieu des batailles qui est prêt à les recevoir dans sa salle. »

Ici Beorn s'arrêta, et les Vikings exprimèrent leur assentiment à ses paroles par leur murmure accoutumé. Il reprit ensuite ainsi :

« Nous les avons revêtus de leur plus bel attirail; à leurs côtés sont déposées leurs meilleures armes, ils ont tous bon air dans leurs blessures et dans leur mort ; mais il manque une chose : apportez ici les chaussures d'enfer, enfants ! »

A ces mots vingt et une paire de souliers appartenant aux morts furent apportées, et Beorn continua :

« Nous savons tous ce que cela signifie. En premier lieu, ces morts, nos camarades, doivent aller dans la demeure d'Hela, sise au-dessous de neuf mondes de profondeur. C'est le logis où tous les morts doivent d'abord aller, et ils doivent y rester trois jours, jusqu'à ce qu'il soit décidé où ils séjourneront toujours ; les braves iront avec Odin et Thor, et les lâches resteront avec Hela, la sombre déesse, la reine des esclaves et des poltrons. Nul n'a jamais suivi ce chemin et n'en est revenu, sauf Hermod l'agile, le serviteur d'Odin qui le parcourut pour apprendre des nouvelles de Balder, lorsque Balder succomba ; mais nous savons que le sentier est rude et escarpé, et qu'un homme a besoin d'avoir de bons souliers à ses pieds s'il veut aller chez Hela. C'est pourquoi nous attachons ces chaussures aux pieds de nos frères; car tous ceux qui gisent ici sont des frères selon les lois de notre compagnie. »

Après ces paroles, Beorn, avec l'assistance de Vagn, plaça les souliers aux pieds de chacun des morts, en réservant Wolf pour le dernier. C'était le devoir du plus proche parent d'un mort; mais dans cette bande la fraternité d'armes l'emportait sur les liens du sang, et Beorn, en sa qualité de capitaine, était regardé comme plus proche pour chacun des morts que si leurs parents les plus rapprochés avaient été présents.

A mesure qu'il attachait solidement chaque soulier autour de la cheville du cadavre, il disait :

« J'attache ainsi ce soulier d'enfer afin qu'il puisse durer jusqu'à la demeure d'Hela. »

Lorsqu'il arriva à Wolf il ajouta ces paroles :

« Je ne sais comment attacher un soulier d'enfer si celui-là ne tient pas. »

Ensuite commença ce qu'on pourrait appeler la procession funèbre. Quatre Vikings prirent chacun des cadavres, l'élevèrent avec le bouclier sur lequel il était étendu immobile et roide, et le descendirent par l'échelle du faux-pont au rivage.

Là, au sommet d'un petit tertre, la terre avait été aplanie pour servir de base à un *cairn* assez large pour contenir les vingt cadavres portant les armes, comme ils pourraient être appelés, lesquels furent arrangés autour du corps de Wolf le mal lavé — maintenant bien lavé grâces aux cérémonies funèbres — qui était déposé au milieu à la place d'honneur.

Lorsque chacun de ces corps eut été ainsi respectueusement déposé sur la terre, une tranchée fut creusée sur toute la circonférence du tertre de manière à former un fossé profond, et la terre retirée de l'espace creusé fut entassée sur les morts jusqu'à ce qu'ils fussent ensevelis à quatre pieds de profondeur. Alors les derniers rites furent considérés comme accomplis, et les Vikings retournèrent à leurs vaisseaux.

Comme Beorn s'en retournait lentement avec Vagn, il dit :

« Cela me fait saigner le cœur, que nous n'ayions pas eu le temps d'ensevelir Wolf, le plus brave des hommes, comme il convient d'ensevelir un vrai Viking, dans son propre vaisseau, sous un *cairn* à part. Ce n'est là qu'une misérable sépulture après tout.

— Quand un homme fait ce qu'il peut dans les circonstances qui lui sont données, il n'a rien à se reprocher, dit Vagn. Nous n'avions pas le temps de faire davantage, et Wolf et les autres doivent s'en contenter. Ils n'en penseront pas plus mal de lui dans la salle d'Odin, — s'il existe une telle salle — pour y venir sans son vaisseau, car les Valkyries qui choisissent les morts dans tous les combats savent parfaitement combien de braves guerriers Wolf le mal lavé a envoyés durant sa vie aux banquets du Valhalla.

— C'est vrai, dit Beorn, nous avons fait pour le mieux, et quand on fait pour le mieux on ne peut faire davantage. Le *cairn* aussi est d'apparence assez grandiose, et dans les jours à venir personne ne saura comment nous avons augmenté sa hauteur en changeant un petit tertre en tombeau. »

Toute cette après-midi le temps sembla bien lourd aux Vikings. Les cérémonies des funérailles pesaient encore sur leurs âmes, en dépit de la bière forte et de l'hydromel qu'ils employèrent à *boire l'héritage* de Wolf et des morts, dont ils divisèrent les effets entre les équipages. Beorn sentit qu'il était nécessaire de faire quelque chose pour relever les esprits de ses hommes.

« Qu'en pensez-vous? dit-il à Vagn ; si nous remontions le pays ce soir par une marche de nuit, et si nous cherchions quel butin on y peut trouver? Quelque part dans ces environs se trouve le temple des Goths orientaux, et si nous le rencontrons nous pourrons y découvrir d'amples trésors.

— Mais pouvons-nous piller un temple? demanda Vagn.

Ne venons-nous pas à cette heure même d'ensevelir nos morts selon les rites des anciens Dieux ?

— Les temples, dit sentencieusement Beorn, furent faits pour être pillés ! Ils l'ont toujours été de mon temps et ils le seront toujours. D'ailleurs nous avions un prêtre, il n'y a pas si longtemps de cela, à Jomsburg, ce même tonsuré qui récitait ses chapelets et chantait ses hymnes d'une voix si lamentable, qui disait que les anciens dieux n'étaient que des idoles, et que nul dieu ne vivait dans des temples faits de la main de l'homme.

— C'est contre mes inclinations de piller les temples des dieux, dit Vagn, mais si toute la bande veut y aller, je ne resterai pas en arrière.

— En ce cas nous allons soumettre la proposition aux hommes, dit Beorn. Pauvres gars, ils ont besoin de quelque chose qui relève leurs cœurs ! Cet Atli et ses compagnons ont bien combattu. »

Là-dessus Beorn se rendit auprès des équipages, et découvrit, comme il s'y était attendu, qu'ils n'avaient pas de scrupules du genre de celui qui embarrassait l'esprit de Vagn. L'un disait qu'il y avait aussi peu de mal à voler un temple qu'à brûler une église, et celui-là avait souvent brûlé en Occident les églises des chrétiens. Un autre disait qu'il ne voudrait pas brûler un temple, bien qu'il trouvât fort naturel de débarrasser les idoles de leurs parures inutiles ; un troisième pensait que si les idoles étaient réellement des dieux elles sauraient bien se défendre elles-mêmes. La fin de tout cela fut que les Vikings tombèrent d'accord qu'ils iraient cette nuit à la recherche du temple des Goths orientaux ; quant à dire ce qu'ils feraient après l'avoir découvert et avoir accompli leur aventure c'était autre chose. Peut-être n'auraient-ils besoin après tout ni de brûler ni de saccager le temple.

Ils partirent donc à la nuit tombante au nombre de cent hommes choisis ; les autres restèrent pour surveiller les vaisseaux et garder ouverte la ligne de retraite. Comme ils suivaient un sentier à travers l'épaisse forêt de pins où il était à peu près aussi facile de s'égarer que dans les fourrés du pays des Ashantees, Beorn dit à Vagn :

« Ce bois est comme la vie d'un homme, fils d'armes, personne ne peut dire quand et où il finira. »

Comme il disait ces mots une flèche siffla dans l'air, et un homme de la bande placé à l'arrière-garde tomba mort frappé à la gorge.

« En voilà un de fini, dit Vagn, et cependant le bois n'est pas à sa fin.

— En avant ! en avant ! dit Beorn, je vois une éclaircie devant nous. Si nous y atteignons nous pourrons voir au moins quelle est la main qui lance ces traits. »

Un moment après un des hommes de l'arrière-garde cria :

« Nous avons attrapé l'homme qui a lancé la flèche, si toutefois il convient de l'appeler un homme.

— Amenez-le ici, dit Beorn ; je veux le regarder à la clarté de la lune. » Nous avons oublié de dire en effet que la lune était dans son plein.

Le meurtrier du Viking fut donc conduit à l'avant-garde, et il se trouva que c'était un enfant, d'une dizaine d'années à peine, dont le petit bras semblait presque incapable de bander l'arc dont il s'était si bien servi.

« Parle, dit sévèrement Beorn. Qu'est-ce qui t'a poussé à tuer un homme de notre bande contre lequel tu n'avais aucun motif de querelle ?

— Est-ce que l'un de vous est tombé sous ma flèche ? dit l'enfant. Alors j'ai vengé mon père.

— Comment dites-vous cela ? dit Beorn. Quand avons-nous tué votre père ou quelqu'un de vos parents ?

— Il y a deux nuits, dit l'enfant, il succomba avec Atli, le fils d'Arnvid, dans le combat contre vous Vikings. Tout le jour je vous ai épié dans le bois pour accomplir ma vengeance.

— Voilà qui est parler comme un homme quoique vous ne soyez qu'un enfant, dit Vagn. Beorn, il nous est à tout jamais impossible d'enlever la vie à un tel enfant. Donnons-lui la paix, car après tout il n'a fait que venger son père, et le coup était tombé sur celui qui lui était le plus proche.

— Il aura la paix, dit Beorn, mais il doit faire quelque chose comme réparation. Il nous montrera la route du temple que nous cherchons.

— Quel est votre nom, jeune gars? dit Vagn. C'est mauvais de parler avec un homme qui n'a pas de nom.

— Mon nom est Grim, dit l'enfant; Grim, fils d'Askel, cet Askel que vous tuâtes avant-hier et que je viens de venger maintenant.

— Voulez-vous accepter la paix de moi, Grim? dit Vagn, et voulez-vous faire quelque chose pour nous afin de sauver votre vie?

— Cela dépend, dit l'enfant, de ce que sera ce quelque chose; il y a des choses que je ne voudrais pas faire pour sauver ma vie.

— Encore parlé comme un homme brave et franc! dit Vagn avec tendresse. Nous cherchons le temple des Goths orientaux qui se trouve quelque part près d'ici; voulez-vous nous y conduire? »

L'enfant resta silencieux un moment, et pendant ce temps on put voir, sous l'éclat de la lumière de la lune, un sourire jouer sur son visage, puis il dit :

« Oui, Vikings, je vous conduirai au temple.

— Marchez en avant en ce cas, dit Beorn, et rappelez-vous, Grim, que votre vie est déjà condamnée. Au moindre signe de fraude ou de trahison je vous frappe de mort avec cette hache. »

Cette menace, chose étrange à dire, sembla tomber dans des oreilles sourdes; tout ce que dit l'enfant fut ceci :

« Oui, je vois que c'est une hache large et terrible; sans doute son tranchant a donné la mort à beaucoup. A-t-elle un nom, capitaine?

— Je l'appelle l'*ogresse de guerre*, dit Beorn. Il y a deux nuits, quelques-uns de vous gens de l'Est ont senti son tranchant.

— En vérité! » dit l'enfant, et il marcha en avant avec Beorn.

Puis ils traversèrent bois après bois, et clairière après clairière, sans voir de maisons, jusqu'à ce qu'à la fin la patience commença à leur manquer, et alors les Vikings demandèrent combien de lieues ils auraient encore à marcher.

« Est-ce qu'il n'y a pas de maisons dans ce pays? dit Vagn à Grim.

— Aucune, dit l'enfant. Je croyais que c'était non pas des maisons mais des temples que vous désiriez trouver.

— C'est en effet ce que nous désirons, dit Beorn. Conduisez-nous promptement au temple ou sinon.... Et en disant ces mots il leva sa hache.

— Puis-je faire que le temple soit plus près qu'il ne l'est? demanda Grim. Vous, Vikings, je le sais, vous êtes si forts, et vous pouvez faire ce que vous voulez. Je ne suis qu'un enfant, et je dois faire ce que je puis, et c'est peu de chose.

— Mais est-il proche ce temple? demanda Vagn.

— Il n'est pas loin maintenant, dit Grim, pas à plus de cinq portées d'arc au delà de cette première ceinture de bois.

— Faisons hâte pour y arriver, dit Beorn. La nuit se passe, et nous avons autant de chemin à faire pour revenir que pour aller.

— C'est vrai, » dit l'enfant.

Les Vikings atteignirent la ceinture de bois et l'eurent bientôt traversée. Quand ils arrivèrent dans l'espace découvert, Grim montra du doigt un édifice en partie caché par le brouillard qui rampait à terre.

« Voyez le temple, le seul temple que nous connaissions dans ces régions.

— Le temple ! le temple ! » hurlèrent les Vikings en se précipitant dans l'espace découvert.

Quand ils se furent un peu plus rapprochés de l'édifice, Beorn dit :

Si c'est un temple, c'est le plus étrange que j'aie jamais vu, quoiqu'il me faille avouer que je ne me connais pas beaucoup en temples, soit à l'extérieur, soit à l'intérieur; mais si j'étais obligé de lui donner un nom, je dirais que c'est une église de bois, car elle ressemble comme deux gouttes d'eau à celles que je voyais et où j'avais coutume de prier dans le pays de Galles, ma terre natale.

— Ce que vous appelez une église, nous l'appelons un temple, dit Grim. Nous sommes tous chrétiens dans cette partie de la Gothie orientale, depuis qu'Anschar y est venu.

— Et qui est Anschar ? demanda Vagn, pendant que Beorn et les Vikings s'arrêtaient dans leur marche.

— Anschar est un prêtre d'Angleterre, dit Grim. Je l'ai toujours vu ici aussi loin que je puisse remonter dans mes souvenirs, et il a bâti ce temple au dieu des chrétiens, et il nous a tous faits chrétiens dans les alentours, pour ainsi parler. »

Pendant ce temps-là Beorn et les Vikings étaient revenus de la surprise qu'ils avaient éprouvée en trouvant que pendant qu'ils cherchaient un temple ils étaient tombés sur une église.

« Quelle est la différence entre un temple et une église ? demanda le Viking qui avait avoué qu'il avait brûlé des églises en Occident. Dans les deux il y a de l'argent et quelquefois de l'or ; les deux sont également bons à dépouiller pour des Vikings comme nous. »

Alors les Vikings précipitèrent leur marche, entraînant Grim avec eux.

Mais lorsqu'ils approchèrent de l'église, ils entendirent les accents d'une musique solennelle et d'hymnes que l'on chantait dans le petit édifice. En même temps ils remarquèrent que des lumières brillaient à travers les étroites ouvertures qui servaient de fenêtres.

« Est-ce que les prêtres sont dans ce temple et sont levés à cette heure ? demanda Beorn à Grim. S'ils étaient d'honnêtes gens ils seraient dans leurs lits.

— Mais vous êtes bien d'honnêtes gens, riposta Grim ; est-ce que vous êtes dans vos lits ?

— Se lèvent-ils toujours d'aussi bonne heure ? demanda Vagn.

— Ils sont toujours dans cette église à cette heure, dit Grim, et ils appellent ces chants *laudes*, ou autrement chants de louange ; c'est ainsi qu'ils commencent la journée, par des prières et des hymnes.

— Tonsurés et lâches ! dit Beorn. Précipitons-nous dans l'église, et dispersons-les aux quatre vents, eux et leurs louanges, et dépouillons l'église de tout ce qu'elle peut contenir valant la peine d'être emporté.

— Vous y trouverez peu de choses qui vaillent la peine d'être emportées, dit Grim. Ces prêtres sont vraiment très-pauvres, et vivent du travail de leurs propres mains. Toutes ces éclaircies dans le bois ont été faites par eux. Depuis qu'ils sont ici, nous n'avons jamais eu de disettes dans la Gothie orientale, car ils sèment du blé, du seigle et de l'avoine, et leurs moissons sont toujours bonnes.

— Et, dites-moi, Grim, demanda Beorn comme ils approchaient de la porte de l'église, lorsque les moissons manquent brûlez-vous les prêtres dans leurs églises comme les Suédois brûlent leurs rois en temps de disette ?

— Je vous dis que depuis qu'Anschar est venu ici les moissons ont toujours été bonnes, dit Grim ; mais voyez, la porte s'ouvre, et il vient à votre rencontre. »

Pendant qu'il parlait une bande de chantres sortit d'abord de l'église chantant une hymne suave, puis à sa suite les porteurs d'encensoirs balançant leurs pieux instruments qui laissaient exhaler l'odeur de l'encens si étrange aux narines des Vikings. Ensuite vint Anschar lui-même, suivi par ses prêtres et ses diacres, tous dans leurs vêtements sacrés, et tous chantant le même hymne solemnel.

Comme ils avançaient une sorte de terreur panique s'empara des barbares Vikings, et Beorn lui-même recula à l'approche du clergé chrétien.

Il est incertain de savoir si Anschar était averti de leur approche et était sorti de la sorte dans l'espoir d'arrêter leur colère, ou s'il pensait que c'était une foule des habitants de la contrée qui s'était réunie ainsi dès l'aube pour venir prier à l'église. Ce qui est sûr, c'est que ce fut de sa part une très-heureuse pensée de sortir ainsi hardiment à la rencontre des envahisseurs, car ils furent ainsi surpris à leur désavantage par la soudaincté et la solennité de ses mouvements.

Lentement mais sûrement la bande en robes blanches s'avança contre la bande armée des Vikings qui, lorsque les prêtres approchèrent d'elle, s'ouvrit et se forma en deux lignes pour leur fournir passage, jusqu'à ce qu'Anschar se trouva face à face avec Grim, Beorn et Vagn.

Les chants cessèrent alors, et Anschar, d'une voix paisible et basse, bien différente des rudes accents et des cris d'appel des Vikings, dit à Beorn :

« La paix de Dieu soit avec toi, noble capitaine. Est-ce pour adorer que vous venez à notre église à cette heure matinale ? »

Beorn serra sa hache d'une main inquiète comme si elle lui démangeait d'envie de fendre le saint homme jusqu'à l'échine, et quelques-uns des Vikings tirèrent leurs épées et attendirent un signal pour frapper à mort les chrétiens et saccager l'église, mais aucun signal de ce genre ne fut donné. Beorn, tout hardi qu'il était, trembla devant le clair et froid regard du prêtre, et d'une langue balbutiante il dit :

« Vous nous souhaitez la paix de Dieu, mais c'est pour la guerre plutôt que pour la paix que nous venons.

— La guerre ! dit Anschar. Pourquoi faire la guerre contre nous? Nous ne sommes pas des hommes de guerre, mais des hommes de paix. Nous apportons la paix au nom de Dieu au monde entier, à vous et à votre bande parmi les autres. »

Beorn trembla et recula encore une fois devant lui, mais il ne voulut pas céder avant d'avoir fait un autre effort.

« Je vous le dis encore, prêtre, nous sommes des gens de guerre et non de paix. La guerre est pour nos narines le souffle de vie. Je vous le dis, nous sommes venus pour saccager votre église et pour vous tuer tous si vous nous résistez, et non pas pour adorer vos idoles en ayant dans nos narines cette singulière odeur.

— Tuez-nous, si vous voulez, dit Anschar, nous ne résisterons pas ; aucun de nous ne voudrait lever la main contre vous, mais ne saccagez pas et ne brûlez pas l'église, car c'est la maison de Dieu, et la colère de Dieu tombera sûrement sur celui qui prend quelque chose à Dieu.

— Vous parlez, dit Beorn, comme les prêtres que j'entendais lorsque j'étais un enfant, pas si gros même que ce bambin qui est là, et vos paroles ont un son étrange comme un écho de choses depuis longtemps oubliées. Ainsi chantaient et ainsi parlaient les prêtres dans la demeure de mon père, à Deganwey, dans le pays de Galles. »

A ces mots Anschar regarda Beorn et dit :

« Vous êtes donc Breton de naissance et non pas Norse ? et quel était le nom de votre père ?

— Son nom, dit Beorn impatiemment, mais avec la physionomie d'un homme qui se sentait forcé de répondre même contre sa volonté, son nom était Howel, Howel le bon. Il était le maître de sept cantons, et quelques parties de ce territoire sont encore miennes par droit. Le nom de ma mère était Githa, fille d'un roi de mer norse, et c'est pourquoi je fus appelé Beorn quoique je sois né gallois. Mais pourquoi, prêtre, vous informez-vous si minutieusement de mon lignage ?

— Parce que moi aussi, répondit Anschar, je me suis trouvé, aux bons vieux temps, à Deganwey, dans la salle d'Howel le bon. Son âme, je l'espère, est avec les saints ; et moi, missionnaire de l'église anglo-saxonne, je rencontre son fils ici, dans la Gothie orientale, et il me dit qu'il saccagera mon église et qu'il dépouillera Dieu de ses biens.

— C'est la façon du monde, dit Beorn amèrement ; chacun fait le lit sur lequel il se couche. Si mon père avait vécu, je serais maintenant sans doute un prince et un chrétien dans le pays de Galles, mais de bonne heure j'allai courir la mer avec mon grand-père, et certain automne, comme nous revenions de notre croisière, nous trouvâmes qu'une bande de Vikings d'Écosse avait débarqué sur les jaunes sables de Conway, avait tué mon frère, enlevé ma mère, saccagé Deganwey, le puissant château, et ne m'avait laissé que des terres dévastées et des vassaux crevant de faim. Alors je pris la mer, je ravageai les côtes d'Écosse à l'est et à l'ouest, j'abandonnai la foi chrétienne et j'embrassai celle des gens du Nord, et maintenant, comme beaucoup d'entre nous ici vous le diront, nous faisons halte entre deux religions et nous ne savons plus à laquelle croire. Les vieux Dieux n'ont plus de pouvoir, et quant à votre nouveau Christ blanc, il semble trop lâche et trop méprisable pour qu'aucun Viking se confie à lui.

— Le jour viendra, dit solennellement Anschar, où, non-seulement vous, Vikings, mais tout homme dans le Nord, oui, et quoique ce temps-là soit bien loin dans l'avenir, où tout homme sur cette terre croira au Christ, comme nous y croyons, moi et ces enfants, et où il n'y aura qu'un Dieu et qu'une foi dans tout l'univers. »

En prononçant ces paroles avec une ferveur prophétique, il étendit ses bras tout grands ouverts, comme pour embrasser les Vikings qui reculèrent devant lui tout en le regardant comme s'ils étaient enchaînés par un sortilége.

Anschar vit que l'occasion lui était favorable, et continua :

« C'est fort à propos que vous êtes venus ainsi de bon matin, car c'est le jour de Saint-Michel l'archange, et après cette procession à laquelle vous allez vous joindre, nous adorerons tous dans l'église, et toi au moins, Beorn, tu retrouveras les prières de ta jeunesse. »

Tout en parlant, Anschar donna le signal aux chantres, et les porteurs d'encens se mirent en marche. Beorn et les Vikings, moitié par plaisanterie, moitié sérieusement, se joignirent au cortége, et le résultat de cette réunion matinale fut, que ceux qui étaient venus pour brûler et tuer restèrent, sinon pour adorer avec les chrétiens, au moins pour être spectateurs de leur office.

L'église était pleine jusqu'à en déborder, et de telles laudes n'avaient jamais été célébrées entre ses murailles. Les Vikings restèrent assis pendant tout le service, tout remplis d'un sombre étonnement devant la solennité des cérémonies, la splendeur des vêtements, la suave odeur de l'encens et l'éclat des lumières.

Lorsque le service fut achevé Anschar dit à Beorn avant qu'ils sortissent de l'église :

« Vous êtes venu pour voler et piller. Voyez ce qui dans notre sacristie vaut la peine d'être pris. Un homme, quand il veut perdre son âme, doit la perdre pour des choses de plus grand prix. »

En prononçant ces paroles il conduisit Beorn vers la petite armoire de la sacristie qui contenait leurs ustensiles d'église. Un calice de fer blanc, une patène également en fer blanc, et un flacon en cuivre composaient tous leurs biens.

« Si vous désirez piller des églises, il vous faut aller dans des contrées où le christianisme est de plus ancienne date, dit Anschar, vous y trouverez argent, et or, et pierres précieuses. En Suède le christianisme est trop jeune pour être riche, et même nos vêtements, bien qu'en apparence splendides, ne vaudraient pas la peine de votre longue marche.

— Il est une chose dont nous avons besoin, si nous pouvons l'obtenir, dit Beorn ; c'est de nourriture et de boisson.

— Je vous donnerai bien volontiers l'une et l'autre, dit Anschar. C'est-à-dire que s'il vous faut du pain et de la viande, de la bière et de l'hydromel, nous n'en avons pas, et nous n'en goûtons jamais ; mais si du lait et de la crème peuvent suffire à vos besoins nous en avons une ample provision.

— Nous serions indignes du nom de Vikings, dit Beorn, s'il nous fallait chaque jour bière et hydromel. Dans ce monde un homme doit prendre ce qu'il trouve. »

Les Vikings furent donc nourris de ce que les prêtres purent leur fournir de meilleur, et à la pointe du jour ils furent prêts à retourner vers leurs navires. Avant leur départ Anschar dit à Beorn :

« Beorn, fils d'Howel, j'ai une chose à implorer de toi, et cette chose tu peux bien me l'accorder, car c'est par elle, que moi, tout indigne que je sois, je t'ai sauvé, avec la grâce de Dieu, d'un péché mortel que tu aurais commis.

— Quelle est cette chose ?

— La vie de ce jeune Grim, dit Anschar. Il t'a servi de guide pour te ramener vers le Christ, et qui sait si la semence jetée en ce jour de Saint-Michel ne germera pas pour le bien dans les cœurs de quelques-uns d'entre vous ?

— Il a tué un de nos hommes, dit Beorn, et sa vie est due à la bande par toutes les lois de la querelle du sang.

— Mais il nous a été un vrai et fidèle guide, dit Vagn, et d'ailleurs il n'a fait que ce qu'il était tenu de faire pour venger son père.

— Non pas ! non pas ! cria le prêtre. C'est une coutume stérile et mauvaise, allant droit contre la volonté de Dieu qui a dit : La vengeance m'appartient ; c'est moi, le Seigneur, qui rendrai les offenses.

— Quelle réparation peut-il offrir aux hommes de la bande pour leur frère ? dit Beorn avec mauvaise humeur.

— Aucune, dit Anschar. L'enfant n'a ni amis, ni parents, maintenant que son père est mort, mais je puis offrir une réparation pour lui, et c'est le sang déjà répandu pour chaque homme sur la croix, le sang de notre maître et sauveur Jésus-Christ. Cette réparation, je puis l'offrir, et ce sang dépasse de beaucoup en valeur toutes les existences de tous les peuples de la terre.

— Mais comment l'offrez-vous ? demanda Beorn.

— Dans le Saint-Sacrement du corps et du sang du Christ.

— Je ne te comprends pas, dit Beorn, bien qu'il me semble avoir entendu autrefois quelque chose à ce sujet, comme si c'était dans un rêve. Mais, pour te montrer que je fais cas de ta prière, et en souvenir des jours où j'étais un chrétien dans le château de mon père, je te donnerai la vie de cet enfant, et moi-même je paierai à la bande le prix entier d'un homme comme réparation pour le camarade que nous avons perdu.

— Voilà qui est parler comme un noble chef, dit Anschar, et maintenant, Grim, vous m'appartenez.

— De tout mon cœur, dit l'enfant, en volant au côté du prêtre. Maintenant je serai comme tu es, et je ne tuerai plus d'hommes. »

Le prêtre et les Vikings se séparèrent alors, et Beorn et ses hommes retournèrent à leurs navires à travers le bois. A leur arrivée ils trouvèrent que rien ne s'était passé durant leur absence. Mais, s'il nous faut le dire, ceux qui revinrent eurent à supporter bien des plaisanteries de ceux qui étaient restés. « Qui a jamais entendu parler, dirent-ils, de gens qui partent pour piller un temple, qui le trouvent, et qui cependant reviennent sans un liard de butin ? »

CHAPITRE XX

BEORN ET VAGN RETOURNENT A JOMSBURG.

Le premier octobre, deux jours après le jour de saint Michel, les Vikings partirent pour retourner à Jomsburg. La veille ils avaient partagé le butin qu'ils avaient trouvé à bord des cinq navires d'Atli. Il n'y était pas resté un seul homme, vivant, mort ou blessé ; en revanche ils étaient remplis de grandes quantités de marchandises volées à tous les navires marchands que ce Viking avait pu aborder.

Il s'y trouvait en réalité tous ces objets orientaux de grand prix et ces étoffes de soie que Beorn avait mentionnés comme devant probablement tomber sur leur route. Il y avait de l'ambre des côtes de Livonie et de Prusse, des anneaux d'or et d'argent de Russie, du miel, de l'hydromel, de la bière et des armes.

Toutes ces marchandises furent apportées *à la perche,* comme cela s'appelait, c'est-à-dire au mât porteur du drapeau, afin qu'elles fussent partagées ou vendues pour le bien commun. Le tout fut divisé en dix lots. Un de ces lots fut attribué à Sigvald, le capitaine de la bande, deux furent considérés comme la portion de la compagnie toute entière; les capitaines des deux navires eurent un lot, et les six autres furent également divisés parmi les équipages.

Lorsque tout fut terminé, Beorn dit à Vagn : « Ce n'a pas été une si mauvaise croisière d'automne. Quelle bonne action ce fut à Atli de nous épargner la peine de ramasser ce butin sur chacun des navires marchands successivement!

— Ç'a été une profitable croisière, en effet, dit Vagn; mais que ferons-nous des navires, nous n'avons pas assez d'hommes pour les monter et les mener avec nous.

— Non, dit Beorn; il faudra donc qu'ils suivent la route dernière de tous les vaisseaux, qui est d'être coulés au fond de l'eau, ou consumés par les flammes. Tout bois revient à la fin à Ran ou à Loki, et ces bois-ci suivront ces deux voies à la fois. La déesse de la mer aura sa part et le Dieu du feu le sien. Nous allons les livrer au feu dans la position où ils sont, et lorsqu'ils auront brûlé jusqu'au niveau de l'eau les carcasses couleront bas et la mer aura sa proie. »

Cette nuit même Anschar, ses prêtres et ses acolytes furent étonnés d'une grande clarté qui partait de la côte, et ils envoyèrent Grim aux pieds agiles pour reconnaître d'où cela provenait et leur rapporter des nouvelles. L'enfant observa les flammes à travers les bois à mesure qu'elles dévoraient les élégants navires sur lesquels son père avait navigué. Puis vers l'aurore, lorsque les flammes baissèrent, chaque coque flamboya pour un moment et puis s'enfonça au fond de la mer avec un son sourd et sifflant. Lorsque les ténèbres furent revenues, l'enfant s'en retourna sans être vu à travers la sombre forêt et rapporta à Anschar ce qu'il avait aperçu.

« Ce n'était, lui dit-il, que Beorn et ses Vikings qui s'amusaient à brûler les vaisseaux d'Atli. »

Le lendemain les Vikings partirent pour leur voyage de trois jours sur Jomsburg. Trois jours et trois nuits, selon leurs calculs, suffiraient pour les ramener au logis si le temps était beau; or une matinée plus belle que celle qu'ils employèrent à sortir du filet d'îles qui frangeait la côte de la Gothie orientale et pour entrer en pleine Baltique ne sourit jamais sur personne.

Le beau temps continua de la sorte jusqu'au moment où ils atteignirent le détroit de Calmar, et où ils passèrent entre le territoire suédois et l'île d'Œland.

Le lendemain, de bonne heure, lorsque Beorn vint sur le pont et prit le gouvernail des mains du vieux loup de mer qui avait dirigé le vaisseau pendant la dernière garde, il regarda tout autour du ciel, comme tous les marins ont coutume de le faire, puis grogna quelque peu et secoua la tête.

« Vous pouvez bien secouer votre tête, Beorn, dit le matelot. Nous en aurons fini de la secouer tous tant que nous sommes avant que la journée soit passée. »

C'était un calme de mort, et une vapeur basse étendue sur les deux côtes déformait les objets naturels par un mirage ou *Fata morgana*. Les caps apparaissaient renversés, les rochers semblaient doubles, les arbres se présentaient les cimes dans l'eau et les troncs en l'air, tout objet était dénaturé et tourné sens dessus dessous. En haut on voyait un énorme banc de nuages venant à l'encontre du petit vent qui soufflait par bouffées comme s'il n'avait pas pu trouver assez de force pour embrasser de ses souffles plus d'une douzaine de toises.

« Oui, oui, répondit Beorn, nos vaisseaux seront bientôt aussi secoués que nos têtes. Voici une tempête et un coup de vent qui arrivent et qui vont être sur nous en un rien de temps, et maintenant que nous avons passé la baie de Calmar il n'y a pas un hâvre où courir s'abriter sur cette côte de fer.

— Mauvais temps pour les longs vaisseaux, Beorn, dit

le vieux loup de mer. Si c'était un vaisseau de forte contenance, court, rond et profond, nous pourrions courir sur les vagues comme une coquille de noix ; mais que peut-on faire avec une de ces embarcations longues et étroites ? rien, sinon essayer de résister avec elle jusqu'à ce qu'elle se brise, et alors prendre son parti d'aller dormir dans les cavernes marines avec Ran.

— J'espère bien que les choses ne sont pas au pire autant que cela, dit Beorn ; j'espère encore rapporter mes os à ma terre natale et ne pas les laisser sur les bords de la Baltique. Mais c'est le temps d'agir et non de parler. Faites virer le navire de bord, pendant que je vais héler Vagn et lui dire ce que je compte faire. »

Le vieux marin prit le gouvernail et ordonna aux rameurs de reculer à tribord et de donner champ à babord. Le navire décrivit un cercle, et tandis qu'ils tournaient, Vagn et l'autre vaisseau vinrent tout proche de leur arrière.

« Où allons-nous maintenant, père d'armes? cria-t-il. Retournons-nous dans la Gothie orientale pour voir ce que deviennent les os d'Atli et de Wolf?

— Retournons à l'endroit où la baie de Calmar s'ouvre dans la Baltique, notre seul refuge contre la tempête approchante. Suivez ma direction et faites virer de bord votre navire.

— Si j'étais vous, dit Vagn, je voudrais tenir jusqu'à ce que toutes les rames se fussent brisées l'une après l'autre dans les toletières, et jusqu'à ce que le mât fût tombé. Pourquoi avoir peur d'une bourrasque qui après tout peut ne pas venir ? »

Ces paroles étaient à peine hors de sa bouche que les noirs nuages qui étaient suspendus au-dessus de leurs têtes s'ouvrirent, et qu'il en jaillit un éclair en zigzags qui sembla courir sur l'eau et labourer sa surface unie. Alors la pluie commença à tomber à torrents et le vent à leur souffler au visage. Dans ce détroit resserré où la mer était encaissée de chaque côté entre de hauts rivages les vagues commencèrent à rouler toutes à la fois, et quant à l'idée émise par Vagn de résister à la tempête, elle fut réfutée par ce fait que ce ne fut qu'avec la plus grande difficulté que lui et ses camarades réussirent à accomplir la simple manœuvre que Beorn venait justement d'effectuer. Aussi chacun des navires eut-il bien vite plusieurs rames de brisées sur chacun de ses côtés, et se remplissant d'une bonne quantité d'eau se présenta-t-il bientôt dans un état de mutilation plus ou moins grande.

« Maintenant, laissons-nous aller de plein gré, cria Beorn d'une voix qui domina le rugissement du vent et de la mer. Il nous faut courir devant la tempête, et essayer d'atteindre la baie de Calmar, mais ce sera tout autant que nous en pourrons faire dans cette mer où les longs vaisseaux peuvent difficilement résister. »

Les trois navires coururent donc devant la tempête qui envoyait de grandes vagues sur leurs derrières et menaçait de les submerger à chaque instant. C'était littéralement une course pour leurs existences, et les trois navires fendaient les flots avec une terrible rapidité.

Enfin l'entrée de la baie de Calmar commença à se montrer. C'était l'opération la plus délicate de toutes celles qu'ils avaient à accomplir, car la route qui y introduisait était bordée de récifs et de rochers à fleur d'eau, et droit au milieu du canal était un bas-fond sur lequel les brisants venaient frapper avec fureur. Ajoutons à cela que les trois vaisseaux eurent alors à changer leur course et qu'ils durent se porter du côté du vent, ce qui les exposa, mais seulement pour un temps fort court, à la pleine violence de la tempête.

Beorn dirigea les navires en cette occasion comme toujours ; le poste du danger était le sien ; il fut le premier à courir relever le défi de ces bas-fonds et de ce ressac furieux.

« Suivez-moi de près, hurla-t-il aux autres. Je connais parfaitement bien la route, je pourrais la trouver dans les ténèbres. »

Il avança, en ordonnant à ses hommes de ramer doucement du côté du vent et de pousser au contraire du côté sous le vent avec une force redoublée. C'était chose malaisée, mais il réussit à faire entrer son navire en sûreté, et en peu de temps, après avoir passé le bas-fond au milieu du canal, il se trouva pour ainsi parler dans l'eau calme et put se retourner pour regarder ceux qui le suivaient. Il n'eut pas beaucoup à attendre : immédiatement après lui venait Vagn dont le navire mutilé était le plus difficile à diriger.

« Il passera, cria Beorn, l'enfant passera. »

Mais il ne passa pas. Juste à ce moment le vent sembla souffler de dépit avec une force redoublée. Le vaisseau de Vagn fut poussé contre le bas-fond sous le vent, et en une ou deux minutes il sembla se fendre en deux comme bois d'allumettes lorsqu'il toucha la terre. Pis encore, l'autre navire, son camarade, en essayant de lui faire large évitée fut précipité contre les rochers sur le côté opposé.

« Tous les deux perdus, tous les deux perdus ! dit Beorn. Deux superbes navires et tant d'hommes braves ! mais lancez le bateau, mes gars, il pourra tenir dans cette eau calme. » En disant ces paroles, le hardi vétéran se jeta dans l'esquif qui dansait tantôt haut tantôt bas sur ce qu'il appelait l'eau calme, et il rama aussi près qu'il put du côté du bas-fond qui était sous le vent : c'était sur ce côté que s'était fendu le vaisseau de Vagn, mais sans être cependant séparé de son gaillard d'avant qui était à chaque vague lancé dans les hauteurs de l'air et contre lequel les vagues se brisaient incessamment.

Lorsqu'ils atteignirent ce parage, l'œil vif de Beorn reconnut la forme de son fils d'armes qui se tenait attaché à la figure sculptée de la proue au milieu de l'eau resplendissante.

« En arrière en remontant, cria-t-il, aussi près que vous pourrez du bas-fond sur le côté qui est sous le vent. » C'est ce qui fut fait, et Beorn à son grand plaisir vit que Vagn avait aperçu leur bateau. Il ne pouvait servir à rien de crier, mais Beorn lui montra par signes ce qu'il avait à faire. Sa dernière chance était d'abandonner la tête sculptée à laquelle il se cramponnait, de se lancer à la mer, et d'essayer de s'ouvrir passage à travers le ressac furieux jusqu'à l'eau paisible qui était au-delà.

Vagn avec un effort surhumain se lança dans les vagues. Un instant il sembla perdu, mais à la fin il émergea au-delà de la ligne du ressac, et fut roulé meurtri et sans souffle jusqu'au navire de Beorn.

« Enlevez-le doucement, dit Beorn, il y a encore de la vie en lui, et en le sauvant nous aurons sauvé le plus brave cœur de Jomsburg. »

Trois jours après Beorn et Vagn arrivèrent au château, et furent accueillis comme des hommes qui venaient d'échapper aux mâchoires mêmes de la mort. Ils n'étaient pas revenus aussi triomphalement qu'ils l'espéraient, mais bien que les Vikings eussent à pleurer leurs camarades perdus et leurs grands navires, ils se sentirent consolés en songeant que les choses auraient pu tourner encore plus mal, car ils auraient pu perdre tout aussi bien que les autres Beorn le gallois et Vagn, le fils d'Aki, deux hommes dont tous s'accordaient à dire que Jomsburg ne pourrait jamais se passer.

CHAPITRE XXI

UN MESSAGE DU ROI SWEYN.

Beorn et Vagn étaient de retour à peine depuis une semaine, et le 10 d'octobre s'était écoulé, lorsque la sentinelle de garde sur l'arche aperçut un vaisseau en mer qui se dirigeait visiblement vers le hâvre. Il sonna sa corne, et Sigvald et les capitaines furent bientôt dans la tour d'observation.

Le vent était fort et contraire, et la mer était haute; le vaisseau étranger avait donc à lutter pour atteindre le hâvre, et, tout proche qu'il fût, il était douteux qu'il pût y pénétrer.

Lorsqu'il eut gagné du champ et qu'il eut avancé de plus près ils virent que ce n'était pas un long navire, ni un vaisseau de guerre, mais une quille ou navire de service, un de ces navires marchands qui étaient construits pour la charge plutôt que pour la course, un de ceux-là même que Beorn aurait voulu monter lorsqu'il avait été surpris par la tempête dans le détroit de Calmar.

« Un navire marchand! dit Sigvald, et se dirigeant tout droit vers un hâvre de Vikings! L'agneau cherchera bientôt un refuge dans la tanière du loup!

— Et ce n'est pas la violence du vent qui le pousse ici, dit Bui. Ces hommes essaient d'atteindre le hâvre au risque de leurs vies. Si le navire est poussé sur les hauts fonds, à droite ou à gauche du bon chemin du hâvre, les mouettes et les poissons auront un friand régal. »

C'était dans l'après-midi que le vaisseau avait été ainsi aperçu, et, après l'avoir contemplé quelque temps, Sigvald dit :

« Il s'écoulera encore bien des heures avant qu'il puisse entrer. Sonnez votre corne, sentinelle, s'il vient à être en péril, et sonnez-la deux fois, comme cela est votre devoir, lorsqu'il sera devant le port, si par hasard il lui est possible d'arriver jusque-là, afin que les portes de fer soient ouvertes et qu'il puisse entrer en paix. A cette heure-là nous serons à souper dans la salle; vous m'y renverrez le capitaine. »

La nuit vint, et les chefs vikings se trouvèrent comme de coutume réunis dans leur salle. Sur une sorte de double haut siége Astrida était assise à côté de son mari, et en face de Sigvald était assis Bui, le second en commandement.

Il suffisait de contempler ce couple pour voir qu'il était complétement heureux, et Astrida ne semblait point sentir qu'à la seule exception de ses femmes de service elle se trouvait complétement séparée de son sexe. Les deux époux étaient là côte à côte, conversant amoureusement ensemble, et bien que quelques-uns des Vikings, comme Beorn, pensassent que c'était là pour leur capitaine une étrange situation, ni Sigvald, ni Astrída, ne paraissaient se douter le moins du monde de cette étrangeté.

Il est probable que peu des convives présents se rappelèrent au milieu des joies du festin le vaisseau en peine qui avait si longtemps lutté avec les vagues ; ou s'ils s'en rappelèrent, ce fut avec le vieux sentiment de bonheur exprimé par Lucrèce de n'être pas exposés aux soufflets des vagues par un tel temps de tempête.

Tout à coup ce sentiment d'oubli et de bien-être fut interrompu par le son bien connu de la corne de la sentinelle, ce qui indiquait ou bien que le navire étranger s'était perdu, ou bien qu'il avait réussi à gagner le port.

« Remarquez ce signal, ma très-chère, dit Sigvald. Il annonce la vie ou la mort pour les hommes qui sont sur ce vaisseau. »

De nouveau, la sentinelle souffla dans sa corne, et tous surent alors que le navire était sain et sauf et devant le port, car deux sons de corne se succédant rapidement étaient pour l'officier du hâvre le signal d'ouvrir les portes de fer.

« Il est sauf, » dit Sigvald, revenant à sa conversation avec Astrida.

« Sauf ! sauf ! et bientôt dans le port ! » ces exclamations coururent autour de la salle, et puis le festin continua comme devant.

Peu après — peut-être une demi-heure ou moins — la sentinelle placée à la porte, un gigantesque Viking qui montait sa garde en se promenant fièrement de long en large, la forte hache en main, introduisit un étranger que les esclaves se renvoyèrent de l'un à l'autre jusqu'à ce que le sommelier — car Sigvald avait maintenant un sommelier comme Burislaf — le conduisit devant le haut siége du capitaine.

L'étranger se tint debout, tout dégouttant de l'eau de

mer qui avait trempé ses épais habits de laine, et avant que Sigvald pût lui demander quel était son message, il dit d'une voix haute :

« Je te porte un message, ô capitaine !

— Vous êtes le bienvenu, dit Sigvald. Peut-il attendre, ou faut-il que nous l'écoutions à présent ?

— Les mauvaises nouvelles sont toujours les plus rapides, dit le messager, et le roi Sweyn m'a ordonné de t'apprendre le sujet de mon message aussitôt que je te verrais.

— De mauvaises nouvelles, et du roi Sweyn ! dit Astrida. Est-il arrivé quelque chose à la reine, par hasard ?

— Bonnes ou mauvaises, dit Sigvald, donne-les tout de suite, l'ami. Quand on les garde les bonnes nouvelles se gâtent et les mauvaises deviennent pires.

— Peut-être penserez-vous qu'elles sont à la fois mauvaises et bonnes, jarl, dit le messager.

— Jarl? dit Sigvald; je ne suis pas jarl, je suis seulement capitaine de Jomsburg.

— Je répète jarl Sigvald, dit le messager, car voici quelles ont été les propres paroles du roi Sweyn : Vas en toute rapidité à Jomsburg, félicite en mon nom mon beau-frère, le jarl Sigvald, et dis-lui que son père, Harold-le-Superbe, jarl en Scanie, est mort, et que je lui ai concédé le comté après son père. — Après avoir ainsi parlé, il se tourna, et d'une voix haute, il cria :

— Vikings de Jomsburg, buvez à la santé du jarl Sigvald, qui est maintenant l'héritier légitime d'Harold-le-Superbe. »

Cette grande compagnie de capitaines se dressa comme un seul homme, et levant leurs cornes en l'air, ils les vidèrent en portant ce toast qui courut à travers la salle entière : « A la santé du jarl Sigvald ! »

Lorsque c'en fut fini de cet hommage, Sigvald se tourna vers le messager, et dit :

« Vous étiez si pressé d'articuler votre message, que je n'ai pas eu le temps de vous demander votre nom. Quel peut-il être ?

— Mon nom, dit le messager, est Havard, et je suis Islandais, un des gardes du corps du roi Sweyn. »

Alors Sigvald se tourna vers le sommelier, et dit :

« Conduisez Havard l'Islandais à ma garde-robe, enlevez-lui ses habits mouillés et donnez-lui-en de neufs; puis ramenez-le ici afin qu'il puisse manger, boire et être joyeux. »

Pendant que les deux hommes quittaient la salle, Sigvald dit à Astrida :

« Ce sont de grandes nouvelles, même quand il n'y en aurait pas d'autres par derrière, comme je soupçonne qu'il y en a. Mon père, Harold-le-Superbe, était un vieillard, il a maintenant terminé sa vie heureusement. Que peut désirer de plus n'importe lequel d'entre nous? Je regrette toutefois de ne pas l'avoir vu vivant encore une fois, et de ne pas être allé le visiter il y a seulement une quinzaine.

— Les regrets sont vains, Sigvald, dit Astrida. Pourquoi se lamenter sur ce qui ne peut plus être réparé ? Pensons moins aux morts qu'aux vivants. Pensez-vous qu'Havard en ait à dire davantage?

— Un Islandais, dit Sigvald, n'est pas comme les autres hommes. Ceux-ci lâchent tout ce qu'ils ont à dire à la fois et dès la première haleine; mais un Islandais vous raconte ses nouvelles goutte à goutte, et garde toujours la meilleure ou la pire pour la dernière.

— Puisse la meilleure être encore à venir ! dit Astrida. Après tout, ce n'est pas ce qu'on peut appeler de bonnes nouvelles que d'apprendre la mort d'un père, même quand il est vieux et qu'en mourant il vous fait jarl. »

Le banquet continua de la sorte, et Havard revint bientôt, revêtu du meilleur costume que la garde-robe de Sigvald avait pu lui fournir. Lorsqu'il avait paru pour la première fois, on avait à peine pu le voir, car sa forme était cachée par ses habits trempés de l'eau de mer. Cette seconde fois, quand il s'avança dans la salle, on vit qu'il était grand et que son visage était très-beau, sauf qu'il avait dans les yeux une expression étrange et presque diabolique.

« Asseyez-vous en face de moi, à côté de Bui l'intrépide, Havard l'Islandais, dit Sigvald. Mangez et buvez, et puis dites-nous toutes les autres nouvelles que vous pouvez apporter. »

Lorsque l'étranger eut dépêché son souper, vidé une corne, et senti la chaleur des feux qui flamboyaient au centre de la salle, Sigvald se leva et dit :

« Ces nouvelles que vous nous avez apportées, Havard, sont graves et importantes, surtout pour moi que ce coup frappe de si près. Elles seraient vraiment suffisantes, et plus que suffisantes pour un seul jour. Mais, en dépit de cela, quelque chose me dit que vous réservez encore autre chose. Parlez donc, s'il vous reste quelque chose à dire.

— Un messager est comme une harpe, dit l'Islandais. Il y a toujours de la musique dans une harpe, et il reste toujours quelque chose à dire chez un messager.

— Parlez, en ce cas, dit Sigvald. Avez-vous quelque chose à ajouter au message du roi Sweyn?

— J'ai quelque chose à ajouter, dit Havard ; mais vous jarl, et vous Vikings, vous jugerez ce quelque chose de peu de valeur, on dit que vous êtes si orgueilleux. Le roi Sweyn ajouta ce quelque chose à son message : Allez, dit-il, et informez le jarl Sigvald, que je lui mande de venir ici avec ses capitaines, avant que la première nuit d'hiver soit passée, pour boire la bière des funérailles d'Harold-le-Superbe.

— Ce sont de grandes nouvelles, en effet, dit Sigvald. Mais rapportez-vous correctement le message du roi Sweyn? N'a-t-il pas dit : avant que les trois premières nuits d'hiver soient passées ? n'a-t-il pas fixé la fête de l'héritage dans l'espace des trois prochaines années ?

— Il m'a donné le message tel que je vous le répète, dit Havard, et j'en suis d'autant plus sûr, qu'il a dit qu'il ne voulait pas attendre pour cette *bière d'héritage* aussi longtemps qu'il attendit pour Palnatoki, lorsque son père Harold à la dent bleue mourut.

— C'est un avertissement à bien bref délai pour cette cérémonie de la bière des funérailles de mon père, dit Sigvald. Il ne reste que seize jours entre celui-ci et la première nuit d'hiver. Comment, en aussi peu de temps, puis-je aller en Danemark et faire les préparatifs de la fête.

— Il y a un remède à cela aussi, dit Havard. Le roi Sweyn a pensé à tout cela. Comme l'héritier légitime est hors du pays, il incombe au roi de préparer le festin dans la salle d'Harold-le-Superbe, et il est maintenant en train de le préparer. Une fois encore, il te mande de venir boire la bière des funérailles de ton père avant la première nuit d'hiver de cette présente année, ou sinon...

— Quel sinon a-t-il à ajouter? dit Sigvald fièrement.

— Ou sinon, dit l'Islandais avec un regard mauvais, sois appelé par tout homme poltron et lâche, comme le mérite quelqu'un qui refuse de payer tout honneur à son père. »

Le jarl Sigvald, car maintenant nous devons l'appeler jarl, devint à ces paroles, non pas rouge comme le roi Sweyn, mais blanc. Il se contint et dit :

« Vos paroles, Havard, sont plutôt celles de la haine et du dépit que celles de l'amitié et du bon vouloir. Incontestablement, le roi Sweyn est un homme puissant, mais ici dans le nord, nous avons une bonne règle, c'est que celui qui paye le ménétrier a le droit de désigner l'air. Les biens d'Harold-le-Superbe, c'est-à-dire les miens, paieront le ménétrier, et voilà qu'il ne m'est pas permis de désigner l'air, c'est-à-dire de fixer le jour que je choisis pour la bière des funérailles de mon père. Et si je ne viens pas à un jour donné je serai appelé poltron et lâche. Il y a eu plus d'une fois des gens tués, rien que pour avoir porté des messages comme ceux-là.

— Je sais que cela est arrivé, dit Havard avec calme, et c'est pour cela que je me suis chargé de ce message. Aussitôt que le roi Sweyn eut appris qu'Harold-le-Superbe était mort, il dit en pleine salle : Y a-t-il un homme assez hardi pour entreprendre le voyage de Jomsburg, et affronter le jarl Sigvald, capitaine des Vikings, dans sa propre salle?

— Et alors? dit Sigvald.

— Eh bien, comme personne ne s'offrait, et que je me disais à part moi que j'aimerais assez à voir votre pompe et comment vous prendriez ce message, je suis venu, et me voici.

— Avez-vous en Islande un nom sous lequel on vous connaisse encore, Havard? dit Sigvald.

— Chez moi, et pour cette raison à l'étranger aussi, on m'appelle Langue de serpent.

— Un excellent nom, et qui vous convient absolument, dit Sigvald. Je n'ai souci de répondre ce soir au message du roi Sweyn. Demain, à midi, ma réponse sera prête. En attendant, comme vous avez exécuté votre message, que vous m'avez appelé à ma face poltron et lâche, si je ne danse pas au commandement du roi Sweyn, et que vous avez vu notre pompe telle qu'elle est, buvez de l'hydromel d'Angleterre tout votre saoul, et divertissez-vous autant qu'il vous sera possible dans cette pauvre salle. Avant demain soir vous partirez en paix si la tempête cède. Si le temps est encore mauvais, vous resterez prisonnier ici quelque temps; car, tout Vikings que nous soyons, nous ne voudrions pas envoyer notre pire ennemi en mer par un tel temps.

— Merci, généreux Sigvald, dit Havard Langue de serpent. Je le sais, vous voudrez que mon message réussisse. Ne redoute jamais cette mienne langue, elle ne te piquera pas.

— Merci derechef, dit Sigvald. Jamais je ne penserai à faire payer à un simple messager, l'insulte de son maître. Le roi Sweyn a aussi quelque excuse pour sa hâte et sa colère, car il est bien connu que lorsqu'il partit de Danemark la dernière fois qu'il est venu ici ce fut beaucoup contre son gré.

— J'ai fait un chant là-dessus, dit Havard; aimeriez-vous à l'entendre, jarl Sigvald?

— Comment! es-tu skalde en même temps que hardi messager? et tu as déjà fait un chant sur nous?

— Je suis skalde, dit Havard, et si vous voulez le savoir c'est pour cela qu'on m'a nommé en Islande Langue de serpent.

— Il faut absolument que nous entendions ce chant,

dit Sigvald. Nous sommes toujours heureux d'avoir un skalde dans notre salle. »

S'il était une chose qui plaisait aux gens du Nord plus que toute autre, c'étaient ces chants des skaldes islandais, tenus par l'opinion générale comme les premiers de l'époque, composés pour la plupart pendant qu'ils erraient d'une cour du Nord à l'autre, en l'honneur des rois, des jarls, et des hommes puissants.

« Un chant, un chant de l'Islandais ! » ces paroles coururent autour de la salle, et en un instant toute la bande des capitaines fut prête à écouter avec la plus intense attention.

LA PRISE DU ROI SWEYN

« Le roi Sweyn était dans Heatherby, tout près du rivage de la Baltique, lorsque laissant Jomsburg sous le vent, Sigvald arriva traversant les flots, et pendant qu'il courait devant les vertes mers, ses compagnons l'entendirent chanter ainsi : « Pour prendre un roi et garder un roi nous aurons besoin de toute notre ruse. »

« Le roi Sweyn était dans Heatherby, buvant à longs traits l'hydromel si jaune, lorsque enjambant la porte, entra hardiment un compagnon pareil à un Troll. Haut parla le roi avec ces paroles qui retentirent : « Grossier compagnon, cesse ta plaisanterie ; pour affronter un roi et braver un roi tu auras besoin de toute ta ruse. »

« Sur le champ l'étranger répliqua : « Mon message, seigneur, est pressé, et ce n'est guère de bon cœur que je m'en suis chargé, car il est désagréable et triste. Sigvald de Jomsburg est au lit malade, évitant la lumière dorée du soleil. Si vous ne vous dépêchez pas bien vite d'aller le voir, la mort aura éteint toute sa ruse. »

« Et où gît Sigvald ? dit le roi. — Tout près, dans le hâvre qui est là-bas ; la vie semblait presque comme détachée déjà de lui, et en haut déjà croassait le corbeau d'Odin. Il m'a dit : Va, frère, cherche le roi qui éclaire ce pays de sa gloire; je dois lui révéler une chose qui demandera toute ma ruse. »

« Le roi se leva, il quitta sa salle, laissant là vin rouge et hydromel pareil à l'ambre ; il atteignit le rivage en compagnie de Thorkell le gigantesque, et tous deux montèrent le flanc du navire ; derrière lui chancelaient trente hommes qui étonnaient le ciel de leurs clameurs, le roi atteignit avec dix le vaisseau de Sigvald, les autres avaient en route perdu leur ruse. »

« Sur son lit gisait Sigvald le hardi, la main de la mort appesantie sur lui; sa face était si pâle, ses membres si froids, qu'il avait l'air d'un homme qui ne peut plus articuler. « Courbe un peu la tête, gracieux seigneur, dit-il; le flux de la vie est en train de me quitter rapidement; pour surprendre ma voix, et distinguer chaque parole, tu auras besoin de toute ta ruse. »

« Le roi se courba ; pâle et épuisé, Sigvald semblait à son dernier soupir, mais lorsque le fils des Knytling sentit son étreinte, ah! comme son cœur fut saisi de terreur! Avec un bras de fer et des mains qui ne lâchent pas leur prise, Sigvald empêche le roi Sweyn de s'échapper, et d'une voix haute il chante alors : « Pour prendre un roi nous avons eu besoin de toute notre ruse. »

Lorsque Havard eut terminé son chant des applaudissements répétés coururent en rond autour de la salle, suivis par de forts battements de mains.

« Votre chant, Havard Langue de Serpent, dit Astrida, n'a qu'un défaut, il est trop court.

— Peut-être si le jarl Sigvald vit, et si je vis moi aussi, dit Havard, pourrai-je en faire un meilleur sur lui. Quelque chose me chuchotte à l'oreille que ses vaillants exploits ne sont pas terminés.

— C'est une très-bonne inspiration, et qui a été très-bien rendue, dit Sigvald. J'aimerais mieux avoir ta langue pour moi que contre moi, Havard, et en gage de reconnaissance accepte ce bracelet d'or comme une petite récompense. »

En disant ces mots il laissa couler de son bras gauche un bracelet d'or qui pesait une livre anglaise, et, le plaçant sur la pointe de son épée, il le tendit à l'Islandais à travers le feu.

L'Islandais en le prenant lui dit :

« Jarl, votre générosité me fait souvenir d'Egil fils de Baldgrim à la cour du roi Athlestane. Il était meilleur skalde que je ne serai jamais, et cependant vous m'avez donné un aussi beau bracelet que le sien.

— Il y a bracelets et bracelets,
Il y a jarls et rois,

dit Sigvald qui se mit brusquement à versifier.

Allons, un toast pour le Skalde
Qui chante avec tant d'agrément. »

En disant ces mots il vida une corne à moitié et la tendit à Havard qui l'acheva, et qui la retournant et la tenant baissée dit :

« C'est de l'hydromel d'une grande force, mais nous autres Islandais nous pouvons boire aussi bien que chanter, aussi je vous remercie pour votre toast. »

Alors les Vikings, tout autour de la salle, burent le toast en l'honneur de l'Islandais dont le message avait commencé d'une manière si sombre.

« Voyez comme les choses changent, dit Sigvald à Astrida. Cet Islandais est venu ici pour nous railler, et c'est à peine si j'ai pu me retenir de lui mettre les mains à la gorge, et maintenant il est notre skalde et notre meilleur ami, et nous le garderions volontiers ici si nous le pouvions.

— C'est très-vrai, dit la pensive Astrida. Pour ce qui concerne le messager tout va passablement bien, mais le message reste, ainsi que la méchante intention du roi Sweyn lorsque sa langue perfide a changé en un message de mépris et d'insulte ce qui aurait pu être un message de joie.

— Il y a assez de travail pour tous les jours de l'année, dit Sigvald, quand ils quittèrent la salle, et le travail de ce jour-ci a été fait et bien fait. Demain se suffira à lui-même. En attendant dormons profondément. Tous les Vikings de Jomsburg ne sont pas encore morts, quelque trahison que puisse méditer le roi Sweyn. »

CHAPITRE XXII

LA RÉPONSE DES VIKINGS AU ROI SWEYN.

Le lendemain, comme Sigvald l'avait prévu, n'était pas destiné à être un jour de loisir, et en réalité les Vikings n'étaient jamais de loisir, occupés, comme ils l'étaient toujours, du soin de leurs vaisseaux et de leurs armes, aucun ne pouvant dire si le jour mauvais où ils pouvaient être appelés à s'en servir n'était pas proche. Cette qualité d'être toujours prêts était en fait ce qui rendait cette libre compagnie si formidable. Pas un roi dans le Nord ou dans l'Europe occidentale n'entretenait une force aussi considérable de marins et de guerriers. C'était une armée permanente combinée pour les fins d'une coopération et d'une défense mutuelles. Comparés à leur nombre les chiffres des gardes du corps et des vassaux des divers rois étaient petits et insignifiants. Tout monarque pouvait bien réunir, s'il le voulait, d'énormes levées dans l'étendue de ses domaines, soit pour la guerre à l'extérieur, soit pour la défense à l'intérieur, mais c'était après tout une ennuyeuse opération que celle qui consistait à envoyer ce qu'on appelait *la flèche de guerre*, à la vue de laquelle tout homme d'un certain âge était tenu de suivre le souverain qui prenait les armes pour une période de temps déterminée. Il en résultait donc que tandis que les Vikings comptaient par milliers leurs guerriers disciplinés et leurs marins, les gardes du corps des rois qui étaient le germe d'une armée permanente se comptaient par centaines. Les Vikings étaient toujours prêts à frapper un coup, mais il aurait fallu au moins un mois au roi Sweyn en Danemark, ou à Éric en Suède, ou au puissant jarl Hacon en Norvége, avant qu'aucun d'entre eux pût amener dix mille hommes sur un point donné.

Nous pouvons donc comprendre ce qu'avait voulu dire le jarl Sigvald quand il s'était vanté que tous les Vikings de Jomsburg n'étaient pas morts, quelque redoutables que fussent les menaces du roi Sweyn. En quelques jours il pouvait prendre la mer suivi de trois cents navires, montés pour une grande partie par cent hommes, et dont aucun n'avait un équipage moindre de cinquante. Même dans le cas où il lui faudrait laisser derrière lui la moitié de sa force pour tenir le château, il pouvait prendre la mer avec cent cinquante vaisseaux et plus de dix mille hommes. Contre une telle force tout roi du Nord devait être sans puissance dans le cas d'une attaque soudaine, et c'était seulement par des attaques soudaines que les Vikings apparaissaient comme envahisseurs des côtes du Nord et de l'Occident. Jomsburg même, leur citadelle, n'aurait pu être investie, assiégée et emportée que par une expédition combinée de toutes les nations du Nord, chose impossible dans un siècle où tout roi du Nord était à couteaux tirés avec ses voisins.

Le jarl Sigvald sentait donc parfaitement qu'il était imprenable autrement que par la trahison, et comme il était clair, d'après le message du roi Sweyn, que les torts que ce dernier avait soufferts avaient laissé de la rancune dans son cœur, ce fut contre la trahison que la politique de Sigvald fut maintenant dirigée.

Quant à la pensée de ne pas accepter l'ordre du roi Sweyn de se rendre à la bière des funérailles d'Harold le superbe, elle n'entra pas un instant dans l'esprit du fier Viking. A cet égard le roi Sweyn était maître de la position, car il avait dit avec une parfaite vérité que dans le cas où l'héritier légitime était absent et en pays étranger, ou dans le cas d'une minorité, le devoir du roi était d'appeler l'héritier à prendre possession des droits de son père et à remplir les fonctions exercées par le défunt pour l'état; car il ne faut jamais oublier que dans ce siècle au moins, la propriété, et principalement la propriété territoriale, avait ses devoirs aussi bien que ses droits.

Sigvald était donc tenu de paraître à la fête, et comme le roi avait aussi le droit d'en fixer le temps, on ne pouvait s'excuser en disant que ce temps était singulièrement et déraisonnablement court. *Nullum tempus occurrit regi* était une maxime aussi vraie dans le Nord de cette époque que dans l'Angleterre de la nôtre. Il avait plu au roi Sweyn de ne pas tenir compte du temps en cette occasion, et Sigvald, comme son vassal en Danemark, était tenu d'obéir ou de s'entendre appeler, injures qu'aucun homme libre de cette époque n'aurait pu supporter, un poltron et un lâche qui refusait de s'acquitter des devoirs sacrés qu'il devait à son père mort.

Il devait donc aller en Danemark, et y aller presque immédiatement; mais comment y aller, et combien de vaisseaux prendre avec lui étaient les questions qu'il lui restait à décider.

Une bonne partie des premières heures de la matinée de ce jour-là se passa en consultations avec Astrida dont les bons conseils profitaient maintenant à son mari; mais quelque anxieuse que leur délibération eût été, pas la moindre trace de trouble n'assombrissait les visages soit du mari, soit de la femme, lorsque les chefs et l'Islandais se rencontrèrent dans la salle pour le repas du matin.

Après les félicitations d'usage, Sigvald dit à Havard:

« Vous êtes heureux dans votre voyage, Islandais, plus heureux de beaucoup dans votre départ que dans votre arrivée. La mer est calme, le vent s'est abattu, et le peu qu'il en reste vous donnera une bonne traversée pour le Danemark. Même avec cette coque ronde de votre navire marchand vous ne tarderez pas à voir les blanches falaises de Moen et les jaunes feuilles d'automne des hêtres danois.

— Je n'ose pas médire de cette coque ronde, dit Havard. Dans un long vaisseau, hier j'aurais coulé bas, mais dans mon tonneau j'ai pu naviguer en dépit de la tempête, et, ce qui est mieux, venir ici et remplir mon message qui a bien tourné, grâces à vous, tandis qu'il aurait pu finir par ma mort.

— Nous Vikings, dit Sigvald, nous ne sommes pas aussi mauvais que nous le paraissons. Les paroles d'un messager sont les paroles de celui qui l'envoie. Il vaudrait autant se quereller avec la bouteille qui est remplie de fiel.... Il s'en faut de trois heures que le soleil touche à midi, continua Sigvald en passant à un autre sujet. A midi, comme nous vous l'avons dit, vous aurez votre réponse. En attendant amusez-vous pendant que nous allons consulter nos hommes. »

Quelques instants après, comme l'Islandais se promenait le long des quais en admirant les navires, les cornes sonnèrent pour une assemblée des hommes, et les Vikings sortirent en troupes hors des portes.

Lorsqu'ils furent tous assemblés Sigvald monta sur le *cairn* et dit :

« La plupart d'entre vous savent, je le suppose, comment le roi Sweyn m'a envoyé un message pour me dire que mon père, Harold le superbe, est mort, que je suis son héritier et jarl en Scanie, et plus que jamais maintenant l'homme lige du roi en Danemark. En même temps le message était mêlé de paroles de haine, lesquelles unies à la date si rapprochée que le roi Sweyn a fixée pour la bière des funérailles de mon père, nous prouvent qu'il garde toujours dans son cœur de mauvais sentiments contre nous. A cette heure je désire annoncer à tous les hommes que pour ce qui est de moi je dois aller à cette bière des funérailles, car j'y suis tenu deux fois par devoir, envers mon père, Harold le superbe, et envers le roi Sweyn.

Quoi qu'il en doive advenir, j'irai et je dois y aller; il convient donc de demander dans combien de temps nous partirons et avec combien d'hommes. Tout ce que le roi Sweyn a dit dans son message c'est qu'il me mandait moi et mes capitaines à la bière des funérailles d'Harold le superbe avant que la première nuit d'hiver fût passée. »

Ayant ainsi parlé le jarl Sigvald descendit. Alors Bui l'intrépide monta et dit :

« Il ne convient à personne mieux qu'à moi de parler sur cette affaire après le capitaine. Bien qu'il y ait eu de longues querelles entre moi et les miens et Harold le superbe et ses fils, tout cela est passé et fini. Sigvald, fils d'Harold, n'a pas de plus ferme ami vivant que Bui, fils de Veseti, de Bornholm. Harold le superbe est mort, et Sigvald lui succède comme son héritier et comme jarl. Mais ce roi, qui incontestablement nous garde à tous rancune, lui a envoyé un message mêlé de haine en finissant, bien que le commencement en fût suffisamment amical, et d'après ce message il est clair qu'il espère persuader Sigvald de venir à la cérémonie de la bière des funérailles de son père, comme il est de son devoir de le faire, afin que lorsque tout sera terminé, il tienne dans ses mains, et Sigvald, et ceux d'entre nous qui seront avec lui. Maintenant nous connaissons tous le caractère du roi Sweyn, et en vérité il l'a montré de telle sorte, lorsqu'il était dans Jomsburg, qu'il doit s'estimer heureux d'avoir jamais pu quitter le château. Ce caractère sera bien pire encore hors de captivité : en outre, il devait une querelle à Palnatoki, notre fondateur, et maintenant il nous en doit une autre à nous tous. Qu'en dites-vous, Vikings ? souffrirons-nous que Sigvald et nos plus nobles capitaines aillent seuls à cette bière des funérailles, ou les y suivrons-nous en telle force que le roi Sweyn, avec tous ses gardes du corps à sa suite, n'en ose pas poser un doigt sur la tête de Sigvald ? »

Ici Bui l'intrépide s'arrêta ; et un murmure d'applaudissements courut à travers la foule. Alors Beorn se leva et dit :

« Je ne sais si vous voudrez m'entendre, Vikings, moi qui depuis si peu de jours suis revenu d'une si désastreuse croisière. Mon excuse, c'est qu'aucun homme ne peut filer un nœud malgré la destinée, et que la destinée avait décrété que cette tempête arriverait. Vous savez tous que je n'étais pas partisan de Sigvald, lorsqu'à notre dernière réunion il proposa de violer la loi ; mais malgré cela, je suis forcé de le dire, il a mené à fin l'affaire de son mariage et enlevé le roi Sweyn d'une façon qui l'a montré très-vaillant capitaine et de tête profondément habile. Quant à cette affaire de la bière des funérailles, elle me rappelle celle que moi et Palnatoki nous bûmes autrefois dans la salle du roi Sweyn, où nous aurions tous été exterminés par ruse et par trahison si Palnatoki n'avait pas tout prévu et ne nous en avait pas fait sortir sains et saufs. C'est assez pour un homme d'avoir été pris une fois en sa vie dans une trappe, et je n'ai aucune inclination à placer deux fois mon pied dans la trappe du roi Sweyn. Mais comme il faut que le capitaine parte, partons avec lui en assez grand nombre pour que ce soit le roi Sweyn lui-même qui soit pris, et non aucun de nous, s'il faut qu'il y ait quelqu'un de pris dans une trappe.

— Merci, Beorn ; merci à vous aussi, Bui l'intrépide, dit Sigvald. J'ai pris ma résolution de partir, comme me l'ordonne le roi Sweyn, mais je n'amènerai aucun de vous avec moi à cette aventure qui ne vienne de sa propre libre volonté. Vous obéissez ici à mes ordres non en vertu de mon titre de jarl en Scanie, mais en vertu de mon titre de capitaine dans Jomsburg. »

Il y eut ici un tonnerre de voix et un formidable cliquetis de boucliers et d'armes, et Thorkell le gigantesque, prenant avantage des dispositions des Vikings, monta sur le *cairn* et cria d'une voix retentissante :

« Parlez ! qui veut venir en Danemark avec moi et le jarl Sigvald pour boire la bière des funérailles d'Harold le superbe ? »

Ici nouveau vacarme de cris, nouveau et plus formidable fracas d'armes, puis un immense chœur de voix criant à l'unisson :

« Nous irons tous ! nous irons tous !

— Merci derechef à vous tous, hardis Vikings, dit Sigvald ; mais vous ne pouvez pas tous partir. Quelques-uns doivent être laissés au logis pour garder le terrier du renard tandis que le renard lui-même est dehors en quête de butin. Ce sera assez, et plus qu'assez, d'être accompagné de cent cinquante vaisseaux bien montés et bien équipés lorsque je partirai pour aller boire la bière des funérailles de mon père. Avec vous à ma suite j'ai peu de crainte de tout ce que le roi Sweyn peut machiner contre moi.

— Quand nous mettrons-nous en mer? dit Beorn. Cette bière des funérailles a un parfum des bons vieux jours, et il me tarde de la goûter.

— Nous nous mettrons en mer aussitôt que nous pourrons, dit Sigvald ; les nuits d'hiver arrivent à grands pas. Le roi Sweyn nous a commandés de partir en toute hâte, et nous le prendrons au mot. Mais, ajouta-t-il d'une voix si haute que tous purent l'entendre, qu'Havard ne sache pas que nous avons le projet d'aller trouver le roi Sweyn en telle force. »

Là-dessus la réunion se sépara, et les Vikings rentrèrent à flots dans le château où ils trouvèrent Havard occupé à préparer son navire.

« Mandez-lui de venir ici, dit Sigvald ; il n'est pas encore midi, mais il aura sa réponse. »

Sur le quai, en plein air, le jarl et l'Islandais se rencontrèrent.

« Votre réponse est-elle prête, jarl? dit Havard. Si elle est prête, faites-la moi connaître, et laissez-moi partir.

— Elle est prête, dit Sigvald, et la voici. Retournez-vous-en, dites au roi Sweyn de tuer les bœufs et les moutons pour le festin, et d'assembler de la bière et de l'hydromel des plus choisis et des plus chauds pour la bière des funérailles d'Harold le superbe.

— Dans combien de temps peut-il compter sur vous ? dit Havard.

— Quelle sotte question pour un homme sage! répondit Sigvald. Combien y a-t-il de milles de mer entre Jomsburg et le Danemark? Où est l'homme qui peut dire quand nous atteindrons la côte danoise? Hier vous-même avez trouvé que ce n'était pas une tâche aisée que de venir ici dans un seul vaisseau; là où il y a plus d'une voile la chose est encore plus difficile à dire.

— Cela me rappelle, dit Havard, que le roi Sweyn m'a recommandé de vous demander combien de vous il devait attendre, afin qu'il prenne ses mesures pour les préparatifs du festin.

— Voilà, dit Sigvald, un langage où se révèle le fils d'Æsa la couturière beaucoup plus que le descendant d'Harold à la dent bleue et des Knytlings. Retournez-vous-en, je vous le répète, et dites au roi Sweyn, que la chère d'un roi ne doit jamais être en défaut, que sa provision de viande ne doit jamais se trouver à court, ou son hydromel couler épais. La salle d'un roi doit être assez grande et assez vaste pour tous venants, et je suis sûr qu'il y a place dans la salle de mon père pour tous les gardes du corps du roi Sweyn et tous ces vaillants chefs ici présents. Informez le roi Sweyn que nous ne pouvons lui dire ni quand nous arriverons, ni combien d'hommes viendront avec nous; mais s'il fait aussi promptement qu'il lui sera possible les préparatifs du festin, et pour autant d'hommes que la salle en pourra contenir, il ne courra pas risque de se tromper. »

Comme il ne semblait pas probable qu'il obtînt d'autre réponse que celle-là, Havard remercia de nouveau Sigvald pour sa générosité, lui dit adieu, et descendit vers son navire, qui, quelques minutes après, traversait les portes de fer et faisait route pour le Danemark, poussé par une belle et douce brise.

Comme les chefs contemplaient du haut de l'arche le départ de l'Islandais, Beorn dit à Vagn qui, quoique cruellement roulé après son naufrage, était cependant alors capable de marcher :

« C'est un vaillant homme cet Islandais qui a eu le courage de venir ici fourrer sa tête dans un nid de guêpes. Et quel beau chant que celui qu'il a chanté à la louange du capitaine! Aussi longtemps que le Nord sera habité ce chant ne s'oubliera pas et sera chanté en mémoire de Sigvald et de ses Vikings.

— Peut-être quelqu'un fera-t-il un chant sur moi un de ces jours, dit Vagn.

— On en fera, on en fera, fils d'armes, dit Beorn. Et pour dire vrai, vous devriez en avoir un déjà, après votre lutte avec Sigvald et votre hardi plongeon à travers le ressac dans le détroit de Calmar. »

L'Islandais cependant filait rapidement dans son navire marchand qui pour ce voyage de retour n'avait pas besoin de montrer ses qualités de navigation. Or comme il se dirigeait à travers le Sund vers Séeland, Havard apprit que le roi Sweyn était occupé à la demeure d'Harold le superbe en Scanie, sur la côte opposée. Il s'y rendit donc pour voir le roi et lui rendre son message.

Sweyn était si impatient de l'entendre qu'il ne voulut pas donner à l'Islandais le temps d'entrer dans la salle; il lui fallut le rapporter là où il était et à la minute même. « Parlez vite, vite, Islandais, comme un homme, dit le roi. Ne vous arrêtez pas à réfléchir à ce que vous avez à dire; vite!

— Il n'y a pas à réfléchir, et il y a peu à dire, répondit l'Islandais. Seigneur, j'ai trouvé le jarl Sigvald à souper, dans sa salle, avec Astrida et les chefs Vikings, et je lui ai rendu votre message mot pour mot.

— Avez-vous bien mis l'aiguillon à la fin, Langue de Serpent? dit le roi; les mots que vous savez, de poltron et de lâche?

— Je l'ai fait, dit l'Islandais.

— Et comment a-t-il pris cela? demanda Sweyn.

— Son visage devint blanc, et puis pâle de la couleur de la cendre, dit Havard, et je vis sa main serrer la poignée de son épée, mais il me traita aussi bien que vous pourriez l'avoir fait, ô roi, et il me congédia avec ce bracelet.

— Si un homme m'avait dit à ma face que j'étais un poltron et un lâche je l'aurais tué sur place, dit Sweyn.

— Ce n'est pas ce qu'a fait Sigvald, dit l'Islandais. Il s'est montré, en toutes choses, noble et généreux.

— Silence sur sa noblesse et sa générosité, dit le roi, nous savons parfaitement jusqu'où elles vont l'une et l'autre; mais dites-moi, quelle réponse a-t-il faite à mon message ?

— Il m'a chargé de répondre qu'il viendrait à cette bière des funérailles avant la première nuit d'hiver, mais il n'a voulu ni me désigner le jour, ni me dire combien des chefs viendraient avec lui. Il m'a seulement recommandé de vous dire de faire promptement vos provisions en viande, bière et hydromel, pour autant d'hommes que la salle d'Harold-le-Superbe en pourra contenir.

— S'il n'en amène pas davantage que ce nombre-là l'heure de ma vengeance approche, dit le roi Sweyn. Moi et mes hommes nous sommes plus que partie égale pour tous les hommes qui peuvent s'entasser dans cette salle d'Harold-le-Superbe là-bas.

— Je croyais que c'était une affaire de bière des funérailles et non pas de vengeance. Est-ce que la vengeance et les funérailles marchent ensemble ? dit Havard.

— Elles marchèrent ensemble à la bière des funérailles de mon père, ou plutôt elles auraient dû marcher ensemble, dit le roi sombrement. Peut-être serons-nous plus heureux dans cette aventure. Mais vous devez être fatigué après votre voyage; entrez dans la salle, et mangez et buvez. Quant à nous, nous devons nous préparer pour la fête, puisque personne ne peut dire quand ces Vikings viendront dans la nuit, comme des voleurs qu'ils sont. »

CHAPITRE XXIII

LES VIKINGS FONT LEURS PRÉPARATIFS.

Tandis que Havard Langue de serpent faisait route pour porter au roi Sweyn la réponse de Sigvald, les Vikings ne perdaient pas un moment pour les préparatifs de leur voyage. Quoi qu'en pensassent les chefs, les hommes étaient comblés de joie devant la perspective d'une nouvelle aventure, et la seule difficulté qui se présentât naissait du désir ressenti par tous d'accompagner Sigvald, bien qu'il fût hors de question que plus de la moitié des forces entières devrait suivre.

Cette nécessité causait de tels serrements de cœur parmi les hommes, qu'enfin on eut recours aux lots ; quoique ceux qui ne tiraient pas un lot heureux grognassent et grommelassent contre leur mauvaise fortune, au moins ils ne pouvaient pas se plaindre de leurs chefs, car n'était-ce pas le ciel, c'est-à-dire le hasard ou la destinée, qui avait décidé à la fois pour tous ?

Partir ou ne pas partir constituait en réalité tout ce que les Vikings avaient à faire. Leurs trois cents navires étaient toujours là dans le havre, prêts à prendre la mer avec des provisions et des armes à bord, car nul ne savait le moment où ils seraient appelés à combattre.

En quatre jours, Sigvald fut donc prêt à partir avec ses cent cinquante navires dont une moitié, soixante-quinze, les plus larges, portaient environ cent hommes chacun, et les soixante-quinze plus petits des équipages de cinquante hommes au plus. Tout compté, ses forces s'élevèrent à environ onze mille hommes qui étaient capables de tenir la partie contre toute levée que le roi Sweyn pourrait ordonner pour leur tenir tête dans le court espace de temps qui lui restait.

Le jour qui précéda leur départ ils exécutèrent ce que nous appellerions aujourd'hui une revue navale, et Sigvald, dirigeant lui-même son navire qui se nommait *le Bison* ou *Urus*, guida la marche hors du port. Après lui, venaient Bui qui montait *le Lion*, Beorn qui montait *l'Ours*, — car il avait baptisé son navire de son propre nom, — Vagn qui montait son nouveau navire *le Corbeau*, Thorkell le gigantesque qui montait *le Dragon*, Sigurd, frère de Bui, qui montait *le Cheval marin*, et après ces grands chefs venait une armée de moindres capitaines dont chacun aurait été fameux comme chef dans toute autre bande.

Lorsqu'ils se furent quelque peu éloignés de la côte basse et sablonneuse, la flotte se sépara en deux lignes, l'une conduite par Sigvald et l'autre par Bui. Lorsqu'ils eurent pris en mer assez de champ les cornes de chaque division sonnèrent, et ils ramèrent les uns contre les autres en imitation d'une action navale. Les navires se précipitèrent en avant, à travers les vagues, sous l'impulsion des hommes qui ramaient de toutes leurs forces, si bien qu'enfin ils se trouvèrent si rapprochés les uns des autres, qu'une collision de la ligne entière semblait inévitable. Alors les cornes donnèrent une note différente, et la marche en avant de chaque navire dans les deux lignes fut arrêtée par le mouvement de recul des rames.

Les cornes sonnèrent encore un signal qui voulait dire : « attachez tous les vaisseaux en ligne, » ce qui fut fait en très-peu de temps, et alors les deux divisions ainsi disposées se rapprochèrent graduellement l'une de l'autre sous l'influence de la mer et du vent. Mais avant qu'elles pussent s'aborder, les cornes sonnèrent encore pour dire : « coupez vos attaches, » et en un instant, comme si c'était par magie, chaque vaisseau fut délivré, et l'une des divisions reculant, fit volte-face et s'enfuit, comme si elle eût eu le dessous dans le conflit et eût besoin du havre, tandis que l'autre, victorieuse en apparence, poursuivait l'ennemi en fuite.

Toutes ces opérations étaient de celles qui exigent la plus grande habileté et la plus grande précision, et pouvaient tourner mal si un seul navire se mettait hors de sa place et ne savait pas mesurer sa distance dans les deux divisions; mais à cette revue, il n'y eut ni chocs ni autres désastres, et la tactique des Vikings dans la guerre navale fut celle-là même que le chef le plus exigeant aurait pu souhaiter.

Lorsqu'ils furent revenus au port, Beorn dit à Vagn :

« Cela aurait réjoui le cœur du vieux Palnatoki de voir comme la flotte a manœuvré aujourd'hui. Comme le roi Sweyn sera étonné lorsqu'il verra le Sund rempli de nos vaisseaux, lui qui s'attend à voir Sigvald arriver avec peut-être une vingtaine ! »

Le lendemain Sigvald devait s'embarquer, et il avait manifesté l'intention de laisser Astrida à Jomsburg, mais elle n'avait aucune envie d'être si vite séparée de lui.

« Mon désir, Sigvald, dit-elle, est que vous m'ameniez avec vous. Ce n'est pas là une expédition de guerre, mais de paix.

— Qui peut dire si elle ne tournera pas rapidement à la guerre? dit Sigvald. Lorsqu'il se fend des crânes les femmes sont mieux au logis.

— Peut-être, si j'y vais, aurez-vous, grâces à moi, quelques têtes cassées de moins. En outre, je n'ai aucune envie de rester timidement au logis dans un moment pareil, et enfin, la meilleure raison de toutes, c'est que je souhaite voir Gunnhilda.

— Si j'étais sûr qu'aucune effusion de sang ne résultât de cette bière des funérailles, je vous répondrais oui tout de suite, Astrida, car cela me fera mal au cœur de vous quitter si vite, mais étant donnés le caractère de Sweyn, les torts qui lui ont été faits et son dernier message, je sens quelque chose comme si j'allais combattre, et non recueillir l'héritage de mon père.

— Vous allez sûrement à la paix, puisque vous partez avec une force si grande que vous pouvez l'imposer. Quel roi dans le Nord peut se comparer au jarl Sigvald de

Jomsburg qui se met en voyage pour aller boire la bière des funérailles de son père avec cent cinquante vaisseaux et plus de dix mille hommes derrière lui ?

— Il se pourrait aussi que j'eusse besoin de vos conseils, dit Sigvald qui commençait à hésiter.

— Cela se pourrait, dit Astrida, et quoique vous soyez vous-même de bon conseil, il y a un proverbe qui dit : deux valent mieux qu'un.

— Incontestablement, dit Sigvald, si l'un des deux vaut autant que vous. Beorn et les hommes de la vieille école grogneront, mais en dépit de tout, je vous dis : venez.

— Et si vous dites venez, dit fièrement Astrida, quel est l'homme dans la compagnie qui osera vous dire non? Il est donc entendu que j'irai. »

Les choses furent ainsi arrangées. Beorn, lorsqu'il apprit ce départ, fut bien, il est vrai, d'aussi mauvaise humeur que l'est de nos jours un vieil amiral lorsque paraît *la Gazette*, et qu'il déclare que le service s'en va à tous les diables ; il dit bien que c'était une chose inouïe qu'une femme s'embarquant sur la flotte viking, et que Palnatoki n'aurait jamais songé à pareille chose ; quelques vieux loups de mer secouèrent bien leurs têtes dans leurs conciliabules en s'apprenant cette nouvelle; mais Astrida et Sigvald n'en exécutèrent pas moins leur volonté, et une chambre fut préparée pour Astrida et ses femmes dans cette même cabine, sous la poupe du navire *le Bison* où le jarl Sigvald avait feint la maladie, et où le roi Sweyn avait dormi après qu'il eût été capturé et enlevé.

Le matin de leur départ le soleil se leva clair et brillant sur une mer unie, et la flotte sortit de Jomsburg avec un vent sud-est. Quoique prêtes pour le combat, les galères de guerre, avec leurs flancs peints, leurs voiles rouges et à bandes, leurs guidons, leurs proues et leurs poupes dorés, donnaient beaucoup plutôt l'idée d'une procession de grande pompe que celle d'une expédition décidée à accepter toute aventure qui pourrait se présenter à elle.

« Les belles plumes font les beaux oiseaux, dit Beorn à Vagn, pendant qu'il comparait son vaisseau aux sobres couleurs et de forme en quelque sorte pratique à quelques-uns de ceux des jeunes capitaines. Un bon combat de mer vous démolirait à cette heure la moitié de ces figures de pain d'épice que voici là-bas. Assurément, une proue en fer comme celle-ci ou la mienne, est préférable en guerre à cette peinture et à ces dorures épaisses d'un pouce sur le bois.

— Ne dites pas de mal de ce que vous appelez des figures de pain d'épice, père d'armes, dit Vagn, car j'en ai un bon nombre à la fois à l'avant et à l'arrière de mon vaisseau. Un homme peut assurément combattre aussi bravement en beau costume qu'avec ses habits de tous les jours. C'est le bras fort et la volonté robuste qui gagnent la journée, et non la casaque d'étoffe de ménage ou l'habit de soie.

— J'appelle gaspillage toute cette ostentation de parure, dit Beorn. Vous autres jeunes gens, vous pouvez être plus élégants, mais vous ne pouvez être plus hardis et plus intrépides que vos pères.

— Nous saurons à quoi nous en tenir là-dessus avant que le jour soit fini, c'est-à-dire avant notre mort, dit Vagn. Quelque chose me dit que cette croisière-ci pourrait bien après tout ne pas se passer si paisiblement.

— Qu'est-ce qui vous fait penser ainsi, fils d'armes? Avez-vous vu ou entendu quelque chose? Votre grand-père avait le don de seconde vue, et nous savons que cela se conserve toujours dans une famille.

— J'ai vu quelque chose, dit Vagn, comme j'étais ce matin entre le sommeil et le réveil, mais si c'était un rêve, je ne puis le dire.

— Votre grand-père ne rêvait jamais ou rêvait rarement, dit Beorn, et il disait que les rêves signifiaient peu de chose. En tout cas, il n'était pas rêveur clairvoyant, mais il avait la seconde vue, et il voyait bien des choses avant qu'elles n'arrivassent, comme par exemple, cette flèche si heureusement tirée lorsqu'il tua Harold à la dent bleue. Mais qu'est-ce que vous avez vu, fils d'armes?

— Comme j'étais, ainsi que je l'ai dit, entre le sommeil

et le réveil, il m'a semblé que nous étions tous dans un pays étranger. Ce n'était pas le Danemark, et le chef de ce pays n'était pas le roi Sweyn.

— Vous avez vu le chef alors ? dit Beorn.

— Je l'ai vu comme je vous vois, dit Vagn, car je me tenais debout devant lui, et vous vous teniez aussi devant lui.

— Cela montre au moins que dans ce rêve ou vision, nous nous sommes tenus nous deux comme nous nous sommes toujours tenus sur cette terre, épaule contre épaule, fils d'armes.

— Ce n'était pas précisément épaule contre épaule, dit Vagn, car nous étions liés l'un derrière l'autre par une longue corde qui en attachait d'autres de notre bande.

— Liés par une corde ! cria Beorn. Liés par une corde ! vous et moi liés par une corde ! — Et il se prit à rire aux éclats.

— Je vous ai vu lié, je me suis vu lié, et bien d'autres de la bande avec nous, et nous nous tenions debout devant le chef de ce pays qui était assis sur un bloc de bois. C'était un homme de teint basané et de physionomie sombre, mais très beau cependant, et ils l'appelaient jarl, mais quel était son nom et de quel pays il était jarl, je ne puis le dire.

— Avez-vous vu ou entendu quelque chose d'autre ? demanda Beorn.

— Juste au moment où je me trouvai devant cet homme, dit Vagn, j'entendis le sifflement d'une épée en l'air, je me retournai et je vis un homme qui se disposait à me faire sauter la tête.

— Vous faire sauter la tête ! s'écria Beorn, et qu'est-ce que je faisais pendant que cet homme faisait sauter votre tête ? C'est le plus singulier rêve qu'on m'ait jamais raconté. N'ai-je pas levé la main pour vous sauver ?

— Je vous ai dit que nous étions tous liés, dit Vagn, liés à une longue corde, nos mains derrière le dos. Vous ne pouviez pas lever la main pour me sauver ; cependant vous m'avez sauvé.

— J'en suis tout-à-fait heureux, dit Beorn, et de quelle manière?

— Juste au moment où le coup allait tomber vous me donnâtes une poussée avec votre pied, et vous me fites tomber en avant, dit Vagn, en sorte que l'épée frappa derrière moi et entre nous, et coupa la corde juste au-dessus du nœud par lequel nos mains étaient attachées; en même temps que l'homme manquait son coup, il tombait aussi en avant, et son épée s'échappant de sa main vint rouler tout proche de l'endroit où j'étais gisant; je m'en saisis, me relevai et lui fis sauter la tête.

— C'était un spectacle qui valait la peine d'être vu, en rêve ou en dehors du rêve, ce m'est tout un. Mais vîtes-vous quelque chose encore?

— Rien, dit Vagn, car après cela, la vision, le pays étranger, le chef sur le bloc de bois, vous et moi, la tête séparée, le tronc saignant, tout cela me sembla se fondre et s'évanouir, et alors je me trouvai couché dans mon lit et je ne vis rien de plus.

— Ce n'était pas rêve, mais seconde vue, dit Beorn. Quelques-uns de mes propres compatriotes les Gallois et beaucoup d'Écossais la possèdent, et cela passe dans les familles comme l'art de la médecine; et c'est ainsi que votre grand-père Palnatoki avait ce don que vous avez aussi. Mais j'aurais désiré, fils d'armes, que vous eussiez vu toute la vision, et que vous eussiez pu nous dire quelle en fut la fin.

— Je vous ai dit tout comme je l'ai vu, dit Vagn, et comme je vous ai dit tout, il ne me reste plus rien à dire.

— Sans doute ce voyage ne se passera pas sans grands événements, dit Beorn. Voyez maintenant, fils d'armes, ce qui résulte de la violation de la loi. Il y a beaucoup de choses auxquelles un homme ne peut remédier et qu'il ne peut éviter. Personne ne peut dire où il mourra ou comment il mourra, pas plus qu'il ne peut dire où et quand il naîtra. Les dieux, la fatalité, ou la chance gouvernent ces choses. Mais il y a d'autres choses qui dépendent de lui seul. Il dépend de lui de ne pas violer les lois qu'il a lui-même faites ou juré de maintenir. Voyez ce qui résulte de cette violation de notre loi au sujet du mariage. Sans doute le capitaine s'est comporté bravement et a gagné beaucoup de gloire depuis que la loi a été violée, mais voyez cependant ce qui a suivi et tous les ennuis que nous avons eus. Nous étions là tous prêts à nous reposer et à laisser reposer nos navires pour l'hiver après un des meilleurs étés que la compagnie ait jamais eus pour le butin. Nous avions une perspective de meilleurs festins, de bière plus forte, d'hydromel plus piquant que nous n'en avons jamais bu jusqu'à ce jour dans Jomsburg; et au lieu d'avoir paix et repos pour un temps, d'abord est venu ce voyage pour aller chercher des femmes à la grange de Burislaf, puis la capture du roi Sweyn, puis le mariage, puis la nécessité de ramener Sweyn dans ses états, et après cela est arrivé notre malheureux voyage avec la mort de Wolf le mal lavé et la perte de nos bons vaisseaux et de leurs hommes, et maintenant enfin cette flotte sur laquelle nous nous embarquons avec la moitié de nos navires et la fleur de notre bande pour un voyage d'hiver dont personne ne peut connaître la fin, et tout cela pourquoi? afin que le capitaine puisse se marier et que les femmes entrent dans le château. Je dis que c'est payer leur compagnie d'un prix trop cher, et que ce sera la ruine de notre bande fraternelle.

— Vous devenez vieux, père d'armes, dit Vagn, et votre sang ne coule plus aussi impétueux qu'il coulait autrefois. Il y eut un temps où Beorn le gallois aurait été aussi empressé de partir pour une croisière d'hiver avec un avenir tout sombre et tout plein d'aventures, que le serait Vagn, fils d'Aki, ou n'importe lequel des têtes brûlées de la bande.

— C'est vrai, c'est vrai, mon fils d'armes, dit le vieillard, et cependant il n'y a pas un homme qui puisse dire qu'il a la vue plus perçante ou le bras plus fort que Beorn le gallois.

— Je ne parlais pas de votre vue ou de votre force, père d'armes, dit le jeune homme. Nous savons tous que vous êtes aussi vigoureux que jamais. Tout ce que je disais c'est que vous n'avez plus le cœur à l'espoir comme autrefois.

— Cela peut être, enfant, dit Beorn, mais ce n'est pas une raison pour que nous ne nous infusions pas un peu de gaieté par le moyen d'une corne de cet hydromel d'Angleterre que nous enlevâmes l'an dernier aux moines de Walsingham. Comme ils furent effrayés, lorsque nous débarquâmes à cette localité dans l'Est-Anglie appelée Wells, et que nous marchâmes sur ce qu'ils appelaient la chapelle de Notre-Dame, là où sont les anciennes sources des souhaits! Comme ils furent effrayés, dis-je, lorsqu'ils virent nos Vikings se précipitant dans leur église, et que nous enlevâmes leurs coupes d'or et d'argent, et forçâmes leurs esclaves à faire descendre leurs bœufs en troupeaux et à conduire sur des chariots leur hydromel jusqu'au rivage.

— Je me rappelle bien tout cela, dit Vagn, et je me rappelle aussi que je bus de l'eau de cette source et que je fis un vœu...

— Et quel fut-il? dit Beorn; qu'il nous fût possible de revenir bientôt à cet endroit-là et de rendre une seconde visite aux moines?

— Non pas, dit Vagn tristement. Je formai le souhait de pouvoir bientôt revenir en Norvége et de voir Ingibeorg, la fille de Thorkell, une fois encore; et en outre j'exprimai le souhait de pouvoir l'obtenir pour femme.

— Ingibeorg, la fille de Thorkell, s'écria Beorn avec fureur. Encore, encore les femmes! Elles seront la ruine de notre bande. Voyez aussi ce qui résulte de boire de l'eau, et de l'eau sacrée encore. Ne dit-on pas, — c'est bien ce qu'on dit, n'est-ce pas? — que quelque chose qu'on souhaite lorsqu'on boit de cette eau à jeun, elle ne manque jamais d'arriver.

— C'est ce qu'ils disent dans l'Est-Anglie, dit Vagn, et j'espère que ce sera la vérité.

— Et moi j'espère le contraire, dit Beorn avec mauvaise humeur. Quel besoin un garçon comme vous peut-il avoir d'une femme? Est-ce que je ne vous suffis pas? C'est déjà suffisamment mauvais au capitaine de violer la loi, mais chez vous ce serait tout net un crime.

— Mais, Beorn, vous oubliez qu'il n'y a plus maintenant de loi à violer. Cette loi a été défaite par la volonté de la compagnie.

— C'est ce qui a été fait, et ce n'est que plus grande pitié, mais que tout cela ne nous empêche pas de boire notre hydromel, enfant. »

Et comme tous les deux s'asseyaient pour vider leur corne, Beorn grommela ces mots :

« J'aurais souhaité cependant que vous eussiez vu la vision entière, et que vous pussiez me dire ce qui advint de nous deux lorsque la tête de l'homme eut été coupée. »

CHAPITRE XXIV

LES VIKINGS ARRIVENT EN DANEMARK

Ce jour même la flotte mit à la voile. De tout le pouvoir de leurs rames ils coururent sur les vagues de la bleue Baltique, car les vagues de la Baltique sont souvent bleues, quoique le plus souvent elles soient jaunes. Leur première étape, comme nous l'avons dit, était Rügen, puis ils traversèrent le Sund entre cette même île de Rügen et le territoire wende dont ils rasèrent de près la côte. Dans leur course rapide ils saluèrent Moen aux blanches falaises, la vierge de la Baltique. Comme le lecteur le sait, le château d'Harold le superbe était en Scanie, la province la plus méridionale de la moderne Suède, et sur la frontière ouest de cette province, si bien que les Vikings avaient à traverser le Sund entre la moderne Elseneur et Helsingborg, ville au-delà de laquelle, à quelque distance à l'ouest, s'élevait la grange principale du vieux jarl, où la bière des funérailles devait être tenue.

Comme apparence et arrangement cette grange n'était pas très-dissemblable de celle du roi Burislaf que le lecteur connaît déjà. Au centre d'une cour formée par des chambres à coucher, des offices et des dépendances, se trouvait une salle spacieuse dans laquelle quatre cents hommes pouvaient se trouver réunis à un même festin. Il nous faut ajouter que la grange s'élevait sur une colline de sable à peu de distance de la mer, et rappelait sous ce rapport la position du château de Bamborough dans le Northumberland, mais cette comparaison sera sans doute peu comprise de la plupart de nos lecteurs qui probablement n'ont pas vu ce fameux château, en sorte qu'elle ne pourra leur servir à se rendre compte de la situation de la grange d'Harold le superbe.

Pour rendre justice au roi Sweyn il avait travaillé de tout son pouvoir à faire ses préparatifs pour la réception des Vikings, chose qui lui était d'ailleurs d'autant plus facile que, comme disent les juges, c'étaient les biens du mort qui en payaient les frais. C'étaient en effet les troupeaux d'Harold le superbe qui avaient fourni les bœufs et les moutons nécessaires au festin, et les vastes celliers de la grange qui avaient fourni l'abondante provision de bière et d'hydromel destinée, comme disent les cabaretiers, à être consommée sur place à l'occasion de la solennité. Le roi Sweyn pouvait donc être généreux et hospitalier sans compter, car il déployait ces qualités royales aux dépens de Sigvald qui, tout en héritant de vastes domaines, était sûr de trouver ses celliers vides, et ses bergeries et ses étables réduites à rien.

Tout sembla prêt après un travail de quelques jours auquel prirent part tous ses gardes du corps et tous ses esclaves.

« Il peuvent venir, s'ils veulent, aujourd'hui, aujourd'hui même, dit le roi Sweyn, quand il se leva en cette belle matinée du 20 octobre.

— Ils ont encore six jours, dit Havard Langue de serpent, mais s'ils ne viennent pas d'ici à un jour ou deux toute cette viande fraîche sera gâtée.

— En ce cas il en faudra tuer davantage, dit Sweyn. Ce sera tant pis pour Sigvald et pour les dents de la bande, car ils trouveront la viande dure au lieu de la trouver tendre.

— Le jarl Sigvald trouvera sans doute bien des choses qui seront dures à mâcher dans ce voyage, dit l'Islandais.

— Oui, si mon désir est exaucé, dit le roi. Je n'ai pas oublié combien il était dur non-seulement d'avaler mais de digérer beaucoup des choses qui me furent offertes dans Jomsburg et dans la grange de Burislaf.

— Je croyais que les choses passées devaient être les choses passées, dit l'Islandais.

— Elles le seront en effet, dit le roi Sweyn. Le jarl Sigvald vient ici sous la garantie de ma paix, et en paix il partira, au moins en ce qui me regarde ; mais il ne s'ensuit pas qu'il doive échapper sans payer son écot pour sa conduite arrogante envers son seigneur-lige.

— Je suis heureux de penser qu'il partira en paix, dit l'Islandais significativement, et j'en suis d'autant plus heureux que je crois qu'il vient en paix en effet, mais tout prêt pour la guerre.

— Pourquoi dites-vous cela ? dit avec vivacité le roi Sweyn.

— Parce qu'il circulait à bord de mon vaisseau la rumeur que les Vikings avaient pris la résolution de venir à cette bière des funérailles avec la moitié de leurs forces, bien que j'ignore si cette rumeur est la vérité ! Cela ferait un tout à fait royal festin, roi Sweyn.

— Avec la moitié de leurs forces, cria le roi Sweyn ; mais cela ferait environ cent cinquante navires et plus de dix mille hommes.

— Disons douze, répondit l'Islandais, car j'ai vu leurs navires, et il y en a beaucoup qui porteraient cent hommes chacun.

— Et pourquoi n'ai-je pas été informé de cela déjà ? dit le roi Sweyn ; ce fait m'a été trop longtemps caché.

— Je n'ai pas rapporté la chose, parce qu'elle n'était pas certaine, dit Havard. Sigvald ne m'a rien dit de pareil. Il m'a dit seulement qu'il ne pouvait dire ni quand il viendrait, ni combien de ses hommes l'accompagneraient. En outre, comme dit le proverbe, plus nombreux on est, plus grande est la joie. Ce sera un superbe spectacle que de contempler le Sund rempli de vaillants vaisseaux, et de voir dix mille Vikings montant à la grange.

— Nous serons mangés jusqu'aux os, dit le roi. Sigvald ne peut certainement pas attendre que je nourrirai tous ses compagnons.

— Comme il est sur sa propre terre, dit ironiquement l'Islandais, il s'arrangera pour les nourrir lui-même. Ce sera de son fait s'il amène avec lui une armée pour dévorer ses propres biens.

— C'est très-vrai, dit le roi, mais tout cela ne fait pas qu'il faille nous laisser prendre à l'improviste ; » et là-dessus, laissant l'Islandais à ses réflexions, il courut pour ordonner qu'on tuât mille moutons et bœufs de plus, si on pouvait les conduire à la grange.

Il n'était juste que temps, car un peu après midi, une sentinelle placée sur la colline qui commandait la vue sur le Sund cria :

« Je vois vaisseau sur vaisseau voguant en vue. »

Le roi Sweyn fut bientôt à ses côtés pendant qu'il observait le détroit qui à cette distance ne semblait pas plus large qu'un fleuve de l'intérieur des terres. Il vit le Sund disparaître en apparence sous les navires qui se succédaient l'un l'autre avec une extrême rapidité.

« Ils sont trop loin encore pour les compter, dit la sentinelle, mais il doit y en avoir plus de cent. »

Après les avoir observés quelque temps le roi Sweyn descendit de la colline et ordonna à tous ses gardes du corps d'apprêter leurs armes. En même temps il envoya faire des levées sur le rivage opposé de Séeland et dans Fünen, car il était peu utile de convoquer les hommes d'Harold le superbe s'il était nécessaire de combattre contre l'héritier d'Harold le superbe.

Pour ses préparatifs le roi avait compté que Sigvald viendrait avec ses principaux capitaines et peut-être vingt vaisseaux montés chacun par cent hommes, ce qui aurait donné en tout un chiffre d'environ deux mille hommes, réunion considérable pour toute bière des funérailles, sauf celle d'un roi. A la bière des funérailles de son propre père nous savons que Sweyn était assis d'un côté de la salle avec cent hommes et que Palnatoki lui faisait face avec cent autres. A ce nouveau festin il avait amené avec lui deux cents de ses gardes du corps et de ses vassaux, et avait laissé place en face de lui pour autant de compagnons de Sigvald. Il avait pu prendre ces arrangements avec facilité, car Harold le superbe avait été un homme puissant, passionné de pompe et d'apparat, et il s'était construit une salle qui pouvait contenir plus de convives qu'aucune de celles que possédait le roi. Quant au reste des compagnons présumés de Sigvald ils pouvaient être traités dans les fermes et les granges autour du château. Sweyn avait donc fait tous ses préparatifs pour ce chiffre de convives, mais la perspective de cent cinquante vaisseaux et de dix mille hommes au moins dépassait toute mesure et jetait la confusion dans tous ses calculs.

Toute cette après-midi la flotte des Vikings s'approcha de plus en plus jusqu'à ce qu'enfin elle se trouva réunie en demi-lune à la bouche de la baie, près de laquelle la grange s'élevait.

Pendant que le roi et ses hommes contemplaient ce magnifique spectacle, un bateau détaché du vaisseau de Sigvald, *le Bison,* lequel portait la bannière du jarl à son grand mât, fit force de rames vers le rivage.

« Que quelques-uns de vous aillent au rivage, et vous avec eux, Islandais, et demandez-leur d'où ils viennent et ce qu'ils veulent. »

Au moment où la quille du bateau grinçait sur les cailloux de la rive, Havard Langue de serpent cria d'une voix haute :

« Qui êtes-vous, et d'où venez-vous ?

— Nous sommes des Vikings de Jomsburg, et nous venons pour voir le roi Sweyn, fut-il répondu. Le roi est-il ici ?

— Il est ici, dit l'Islandais.

— Informez-le, dit l'homme du bateau qui portait la parole, que le jarl Sigvald lui présente ses respects et demande permission de débarquer avec ses hommes afin qu'il puisse célébrer la bière des funérailles d'Harold le superbe. »

Muni de ce message Havard retourna à pas lents vers le roi et lui en fit part.

« Allez et dites au messager que le jarl Sigvald sera le bienvenu à terre avec ses capitaines aussitôt qu'il le voudra; mais quant à ses hommes, s'il désire les faire débarquer avec lui, le roi demande que le débarquement n'ait pas lieu avant demain. »

Le bateau s'en retourna avec cette réponse près des navires qui pendant ce temps-là s'étaient amarrés dans le Sund, et presque aussitôt après il se détacha de nouveau du *Bison*.

Comme le bateau approchait du rivage, le roi dit : « Ce bateau que voici là-bas porte un homme qu'il est aisé de reconnaître à un demi-mille de distance. Il n'est autre que Thorkell le gigantesque, frère du jarl Sigvald; je vais descendre à la plage, et lui parler moi-même.

Comme le bateau touchait la rive, le roi Sweyn arrivait sur la plage et hélait Thorkell par son nom.

« Quelles nouvelles, Thorkell le gigantesque? Venez-vous pour conquérir un royaume ou pour tenir une bière de funérailles ?

— Nous venons pour tenir la bière des funérailles de notre père, seigneur, dit Thorkell, mais néanmoins nous avons jugé bon de venir en telle force qu'aucun de nos ennemis ne juge à propos de rompre la paix.

— Bien parlé, Thorkell, dit le roi. Demain soir nous tiendrons la bière des funérailles d'Harold le superbe. En attendant Sigvald veut-il débarquer avec ses capitaines, ou attendre à demain et débarquer avec ses hommes?

— Le jarl Sigvald m'ordonne de vous dire, seigneur,

qu'il ne débarquera pas sans ses hommes. La moitié de notre force totale à nous Vikings est venue ici pour nous faire honneur, pour faire honneur à notre père, et à vous, seigneur, en tenant ce festin, comme jamais festin de ce genre n'aura été tenu dans le Nord. Sigvald ne veut donc pas descendre à terre sans ses hommes qui sont venus de si loin pour faire honneur et à lui et à vous.

— C'est bien, Thorkell, dit le roi; portez mes félicitations au jarl Sigvald, et remerciez-le pour l'honneur qu'il nous fait. Demain, à midi, nous l'attendrons à terre avec sa belle compagnie. En attendant nous ferons tous les préparatifs que nous pourrons pour les recevoir tous. »

Toute cette nuit les gardes du corps et les esclaves du roi Sweyn travaillèrent dur pour élever des hangars et des baraques, et pour transformer granges et greniers en chambres dans lesquelles on pût loger une portion au moins de ces visiteurs mal venus. Les autres prenant avec eux viandes, hydromel et bière, devraient, après le solennel débarquement, retourner à leurs vaisseaux et y boire la bière des funérailles d'Harold le superbe. Jamais avant ce jour aucun roi du Nord, non, pas même Burislaf lorsque les Vikings le rongèrent jusqu'aux os, n'avait été aussi à court pour ses approvisionnements. Cela était une indignité et un déshonneur que les ressources royales appelées à se montrer ne pussent pas tenir. Rien de pareil n'était jamais arrivé en Danemark, et on peut imaginer que le roi Sweyn ne fut pas peu hors de ses gonds lorsqu'il s'aperçut que tandis qu'il s'imaginait humilier Sigvald à ce festin, le rusé jarl non-seulement avait accepté l'invitation qu'on l'avait averti de ne pas négliger sous peine d'être considéré comme un lâche, mais avait réussi à retourner les dés contre le roi, et à mortifier son orgueil dès le début même de la fête.

Toute cette nuit le roi et ses hommes travaillèrent, tandis que Sigvald et ses hommes dormaient tranquillement à bord de leurs vaisseaux qui tenaient en réalité la baie à l'état de blocus.

Nous allions presque oublier de dire que la reine Gunnhilda resta tout ce temps avec son mari. Le roi Sweyn s'était comporté avec elle aussi bien que son caractère morose lui permettait de se conduire envers n'importe quelle femme. Néanmoins les heures n'avaient pas été pour elle des plus agréables.

Lorsque le roi fut entièrement à bout de forces il alla au lit et se coucha aux côtés de la reine; mais il était trop fatigué pour pouvoir reposer, et il se tournait et se retournait dans son lit avec agitation. A la fin la reine lui dit d'une voix douce et suave : « Je crains que vous ne soyez tourmenté, seigneur, et que ce festin ne tourne pas précisément comme vous l'auriez désiré.

— Quelle niaise question ! dit Sweyn. Vous pouvez facilement, j'imagine, voir ce qui en est sans avoir besoin de le demander.

— Mais dites-moi ce qui vous tourmente, dit Gunnhilda en posant doucement sur son épaule sa main que le roi, — nous avons regret de le dire, — en secoua immédiatement.

— Si vous voulez le savoir, dit Sweyn, cela me crève le cœur de penser que lorsque j'avais médité une petite vengeance pour humilier Sigvald, s'il était venu avec la suite que je supposais, mes plans sont envoyés à tous les vents par les voiles de cette flotte qui est arrêtée là-bas à la bouche de la baie. Qui jamais a entendu parler de venir à une bière de funérailles avec dix mille hommes !

— Le jarl Sigvald, mon beau-frère et le vôtre, est un homme puissant, un homme hautain, et un homme habile, dit Gunnhilda ; il vous a pris à l'improviste ; mais un plan n'est pas tous les plans, et un renard a plus d'un trou dans son terrier. Pensez-y encore, mais d'abord dites-moi quelle insulte vous aviez l'intention de lui faire.

— J'avais projeté, dit le roi, au moment où le festin serait à son point culminant, de me saisir des portes de la salle à l'extérieur, et de ne pas permettre à Sigvald et à ses hommes d'en sortir avant qu'ils n'eussent offert une ample réparation pour l'indignité qu'ils ont commise envers moi, et s'ils avaient refusé cette réparation, j'aurais fait brûler la salle sur leurs têtes.

— Voilà un acte, dit la reine, qui eût été appelé le contraire de royal, menacer de brûler des gens vivants à une bière des funérailles, pis encore, des hommes que vous aviez invités et qui étaient venus sous la garantie de votre paix.

— Je ne disais pas que je les aurais fait brûler, dit Sweyn ; j'avais seulement l'intention de les effrayer.

— Il en faudrait plus que cela pour effrayer le jarl Sigvald, et ma sœur Astrida aussi, si elle est avec lui, dit la reine. Et comment vous y seriez-vous pris pour les mettre tous dans la salle sans que vous et vos hommes n'y fussiez ? et si vous aviez été dans l'intérieur, pensez-vous que l'épée de Sigvald et la hache de Thorkell le gigantesque seraient restées oisives lorsque les portes auraient été saisies ? Non ! vous auriez dû penser à quelque chose de mieux.

— Vous parliez d'Astrida, dit le roi ; si je l'avais épousée, comme je l'aurais désiré, elle m'aurait donné un bon conseil.

— Vous n'auriez pas pu épouser Astrida, dit la reine avec douceur, car son cœur s'était fixé sur Sigvald avant qu'elle vous vit ; mais il y en a d'autres qu'Astrida qui peuvent vous donner un bon conseil. C'est un talent que nous avons, nous autres femmes wendes ; voulez-vous entendre mon conseil ?

— Je suis prêt à l'écouter, mais vous n'êtes pas Astrida, et il n'arrivera à rien de bon.

— Vous ne vous saisirez pas de Sigvald et vous ne le ruinerez pas à ce festin, dit Gunnhilda, mais vous pouvez y dresser le plan de sa ruine, et débarrasser ainsi le Nord et vous-même de cette épine qui vous blesse de tous les côtés, ces Vikings de Jomsburg. Dites-moi, maintenant, quel est l'homme au monde que vous détestez le plus, et que tous les Danois détestent le plus ? »

Le roi réfléchit un moment et puis dit :

« Ce n'est pas Sigvald, mais le jarl Hacon de Norwége ; mais qu'a-t-il à faire avec Sigvald ?

— Beaucoup, dit Gunnhilda. Voici ces Vikings qui, pleins d'orgueil et de valeur, pensent qu'il n'y a pas de pouvoir dans le Nord qui soit leur égal. Ne pouvez-vous machiner les choses à ce festin de manière à les pousser contre le jarl Hacon, l'homme que vous détestez le plus; après cela, quelque mal qui arrive, soit à l'un soit aux autres, sera également un gain pour vous, car je sais que c'est à peine si vous haïssez Sigvald et les Vikings de Jomsburg un peu moins que vous ne haïssez le jarl Hacon.

— Vous êtes un bijou de femme, dit le roi Sweyn en se tournant vers elle. Mais dites-moi, pourquoi conspirez-vous contre Sigvald et m'assistez-vous de votre bon conseil, moi qui vous ai toujours traitée si froidement, mais qui désormais vous traiterai tout différemment ?

— Pour plusieurs raisons, dit Gunnhilda, et la première de toutes parce que je vous aime, quoique vous n'ayez jamais voulu le voir jusqu'à ce moment. La seconde, parce que je ne puis pardonner à Sigvald de ne pas m'avoir prise. C'est un dédain qu'une femme n'oublie jamais. Et aussi peut-être un peu pour dépiter Astrida parce qu'elle est si heureuse et se croit si sage, parce qu'elle est si belle et parce qu'ils m'appelaient stupide comparée à elle. Est-ce assez de raisons, ou bien en voulez-vous encore d'autres ?

— J'en ai entendu plus qu'assez, et la première aurait été tout à fait suffisante, » dit le roi Sweyn.

Sur cette conversation les royaux époux achevèrent la nuit plus heureusement qu'ils ne l'avaient commencée, et à dater de ce moment ils furent les meilleurs amis du monde.

CHAPITRE XXV

LE DÉBARQUEMENT DES VIKINGS.

Ce fut un superbe spectacle le lendemain que de voir ces cent cinquante vaisseaux démarrer et se rapprocher du rivage. Ils s'avancèrent déployant toutes leurs élégances, proues dorées, guidons, flancs peints, voiles colorées ou semi-colorées se gonflant aux vents, rames battant l'eau et la faisant jaillir, et en même temps au-dessus de la flotte s'élevaient un grand tonnerre résultant de la succession rapide de ces mouvements des rames et un énorme bourdonnement résultant des voix d'un si grand nombre d'hommes.

Comme il n'y avait pas de quais ou de saillies sur le rivage les grands navires ne pouvaient pas se tenir au mouillage tout contre le bord de la plage, et, après avoir jeté l'ancre de nouveau là où il se trouvait assez d'eau pour que leurs vaisseaux fussent à flot en sûreté, le jarl Sigvald et ses compagnons se préparèrent à débarquer dans leurs bateaux. Naturellement, c'était là une ennuyeuse besogne, quelque courte que la distance fût jusqu'au rivage. En aucun temps il n'est très-aisé de débarquer huit à dix mille hommes; mais dans cette circonstance, comme chaque navire traînait avec lui un bateau pouvant contenir environ quinze hommes, le débarquement s'effectua en moins de temps qu'on ne l'aurait cru possible.

Pendant que cette opération était en train, ni le roi Sweyn ni ses hommes, quoiqu'ils se montrassent beaucoup, ne se pressaient de descendre sur la plage. Sans doute le roi observait les Vikings avec des yeux inquiets, et admirait avec quel ordre et quelle dextérité ils débarquaient au moyen de leurs bateaux, mais il ne fit aucun signe jusqu'au moment où le jarl Sigvald se plaça à la tête de son armée qui se déploya en rangs profonds tout le long du circuit de la baie, leur centre opposé au château du père du jarl. Puis lorsque tout fut prêt du côté des Vikings, leurs cornes sonnèrent la marche, et ils montèrent lentement du rivage. Aussitôt que cette fanfare fut entendue, une autre éclata sur la colline où s'élevait la grange d'Harold le superbe, et on aperçut couronnant l'éminence le roi Sweyn entouré de ses gardes du corps et sa bannière déployée.

Lorsque les Vikings eurent fait à peu près la moitié du chemin — la grange pouvait se trouver à environ un mille du rivage — le jarl Sigvald fit arrêter ses hommes, et pendant qu'ils étaient au repos, il s'avança avec ses principaux capitaines pour joindre le roi. Observons ici que ni la reine n'était avec son époux, ni Astrida avec le jarl; toutes les deux contemplaient de leurs yeux perçants tout ce qui se passait, l'une de la grange, et l'autre du vaisseau *Le Bison*.

Le roi Sweyn attendit jusqu'à ce que le capitaine viking fut proche de lui. Alors, solennellement revêtu de son plus riche costume, et portant sa couronne autour de son casque de fer, il fit lentement quelques pas, et les deux bandes se trouvèrent bientôt assez rapprochées pour qu'un dialogue pût s'établir. Alors le roi Sweyn dit d'une voix haute :

« Salut, jarl Sigvald, fils d'Harold; tu es venu pour tenir la bière des funérailles de ton père et pour nous rendre hommage pour son comté que nous t'avons accordé?

— Je suis venu, seigneur, répondit Sigvald, pour faire honneur à la fois à mon père et à vous en tenant cette bière des funérailles que vous avez préparée, et quant au comté je suis prêt à l'accepter, et à vous en rendre hommage en baisant votre main, ce soir, dans la salle.

— C'est bien, jarl, dit le roi Sweyn, nous recevrons ton hommage ce soir, lorsque nous boirons tous la bière des funérailles d'Harold le superbe. En attendant, comme y a longtemps que vous avez pris votre repas du matin, laissez-moi vous voir passer en revue votre vaillante compagnie sur les larges anneaux sablonneux qui s'étendent autour des rivages de la baie. Pour dire la vérité, nous ne vous attendions pas en si grand nombre ; mais maintenant que vous êtes ici, chacun doit confesser qu'il n'a jamais reposé ses yeux sur des hommes plus alertes et plus beaux.

— En cela, comme en toutes choses, seigneur, nous sommes prêts à faire votre plaisir. Quant à notre chiffre, vous savez que c'est notre coutume de prendre la mer avec toutes nos forces. Comme nous avons eu la main levée contre chacun à son tour, le moment peut venir où la main de chacun sera levée contre nous. « Avertis d'avance, armés d'avance, » c'est un bon vieux proverbe, et vous sembliez si pressant dans votre message, seigneur, que nous avons jugé préférable, quoique nous vinssions en paix, d'être préparés pour la guerre.

— Sans doute vos raisons étaient bonnes, dit le roi Sweyn, et maintenant faites nous contempler votre revue. Vous autres, Vikings, vous avez eu tant de batailles réelles, que ce ne vous sera pas grande fatigue d'amuser nos yeux et ceux de notre reine par un combat simulé.

— Nous allons vous le présenter immédiatement, seigneur, dit le jarl Sigvald. Alors suivi de ses capitaines il retourna vers ses hommes, et ils marchèrent en masse vers les anneaux sablonneux qui bordaient le rivage, tandis que le roi Sweyn, maintenant rejoint par Gunnhilda, contemplait la scène de sa position dominante sur la colline.

Les Vikin s marchèrent d'abord en masse, faisant trembler la terre sous leurs pas sûrs et réguliers, mais avant d'atteindre les sables ils se divisèrent en deux grands corps qui prirent alors des directions opposées de chaque côté de la baie profonde. Cette séparation s'effectua si rapidement, et cependant avec un tel ordre, qu'on aurait dit qu'elle s'était opérée par magie. A cette minute ils n'étaient qu'un corps, à cette autre ils en faisaient deux ; le jarl Sigvald prit le commandement de l'un, Bui l'intrépide celui de l'autre. Dès qu'ils eurent pris leur position de chaque côté de la baie, chaque corps composé d'environ quatre à cinq mille hommes, se retournant, fit face à l'autre, et marcha rapidement vers l'entrée de la baie. Il se trouva que juste à ce point là, le terrain était difficile et raboteux, embarrassé qu'il était par d'énormes pierres et des fossés qui entouraient un ancien *tumulus*, lequel aurait raconté des histoires vieilles d'on ne sait combien de siècles s'il eût eu une langue pour les dire. Ce *tumulus* pouvait être appelé la clé de la position, et fut conséquemment l'objet de la lutte amicale des Vikings. Dès que se retournant ils commencèrent à approcher les uns des autres, il fut évident que ce *tumulus* et ses obstacles environnants allaient être le but de ce combat simulé, et alors la question fut de savoir, d'abord laquelle des deux bandes l'occuperait la première, et ensuite, une fois que telle bande l'aurait occupé, si elle serait capable de le défendre contre ses antagonistes.

A mesure que Sweyn, la reine, et ses gardes du corps contemplaient les deux armées en marche, leur attention devenait plus intense et plus passionnée. « Comme ils marchent les uns et les autres ! cria Sweyn ; regardez, Gunnhilda, quelles longues enjambées ils font, et comme cependant ils gardent leurs rangs avec précision. » Puis, lorsque les armées approchèrent du *tumulus*, il cria de nouveau : « Je parie pour Bui l'intrépide ; voyez, il a presque atteint le premier fossé, tandis que Sigvald traîne un peu par derrière. Ah ! voici le premier soldat qui prend le fossé de ce côté, et le voilà qui tombe, précipité comme une pierre lancée par une fronde, et quels sont ceux qui couronnent l'éminence en montant de l'intérieur du fossé ? Je vois maintenant, c'est une bande des hommes de Sigvald qu'il a détachés pour tenir le fossé contre Bui tandis que les autres gagnent la colline. C'est un habile stratagème et digne du jarl. Non, je ne veux plus parier pour Bui, je veux parier pour Sigvald.

Le roi continua à regarder avec un plaisir intense. Les hommes de Bui, se précipitant en foule, l'emportèrent sur les défenseurs du fossé, et ruisselèrent à flots sur le terrain raboteux et les rocs placés sous le *tumulus*. Mais en attendant la ruse de Sigvald lui avait gagné le temps dont il avait besoin, et on aperçut le *tumulus* couronné par des centaines de ses hommes.

— Bien enlevé, jarl, cria Sweyn, quoique Sigvald ne pût pas entendre un mot de ce qu'il disait. Bien enlevé ; vous avez conquis le *tumulus*, voyons un peu maintenant si vous pourrez le garder. »

Il va sans dire que dans cette bataille simulée les armes n'étaient pas employées. Des épées étaient brandies, mais pas un coup d'épée n'était donné. Des haches étincelaient haut levées, mais aucun ennemi ne mordait la poussière sous leur cruel tranchant. Ni lances ne fendaient l'air, ni flèches n'étaient tirées. Malgré cela, le combat fut long et obstiné, car à ce fossé où les hommes de Bui reçurent leur échec, les soldats s'étreignirent l'un l'autre, et luttèrent et se roulèrent mutuellement sur la pente. Plus vive encore fut la tentative pour escalader le *tumulus* et chasser les hommes de Sigvald ; les combattants se renversèrent violemment sur le sol ou roulèrent le long des flancs escarpés de la colline, serrés dans une étreinte qui aurait pu aisément broyer de faibles poitrines.

La vue de cette lutte corps à corps amusa et excita encore davantage le roi Sweyn.

« Bien combattu, Sigvald! Bien combattu, Bui! » criait-il tour à tour, selon que la victoire semblait incliner de l'un ou de l'autre côté. « Voilà que tous les hommes de Bui roulent en bas, ils roulent jusqu'aux rocs dans la plaine. C'était un vaillant effort pour emporter la colline, mais il n'a pas abouti. »

Puis un instant après : « Voyez, c'est Bui lui-même qui conduit ses hommes, et ils sont déjà à moitié de la hauteur. Bien escaladé, Bui ! Voilà maintenant que Sigvald accourt à la rescousse, et Bui va l'embrasser et le jeter bas, ou l'entraîner dans son étreinte jusqu'à la plaine. Mais voyez, avant qu'ils puissent se joindre, Vagn se précipite entre eux, et lui et Bui luttent sur la cîme du *tumulus*.

Hardi, Bui! hardi, Vagn! Ah! Vagn tombe sur un genou et Bui l'emporte! »

Mais ce n'était de la part de Vagn qu'une ruse de lutteur dont il sut tirer profit; en tombant, il se glissa hors de l'étreinte de fer de Bui, et saisissant alors son robuste antagoniste par le milieu du corps, il le lança par-dessus sa tête sur le talus du *tumulus*.

« Bien manœuvré, Vagn! cria le roi. Voilà vraiment ce que j'appelle lutter. »

Pendant qu'il acclamait ainsi Vagn, Bui roulait et roulait encore tout le long du flanc escarpé du *tumulus*; il fut enfin relevé par ses hommes qui, après cette défaite de leur chef, ne firent pas de nouveaux efforts pour enlever le tertre, sur lequel Sigvald victorieux resta avec Vagn, Beorn et les autres chefs de sa bande.

« Un beau champ de bataille et bien disputé, dit Sweyn à Gunnhilda. Comme nous l'avions pensé, l'avantage reste à Sigvald, qui selon son habitude, a vaincu par stratagème plutôt que par force brutale. S'il n'avait pas gagné du temps en envoyant ces gaillards pour arrêter Bui au fossé, l'intrépide fils de Veseti aurait enlevé le *tumulus* du premier élan.

— Je le crois, dit Gunnhilda. Mais voyez! Astrida débarque d'un bateau et monte sur le rivage. Descendons pour aller à sa rencontre.

— De tout mon cœur, dit Sweyn, et d'autant plus volontiers, ajouta-t-il en adressant à sa femme un regard passionné, que je ne la juge plus aussi belle ni aussi sage que tu l'es. »

Les sœurs se rencontrèrent sur le rivage, et dès le premier regard, Astrida reconnut par le moyen de ce télégraphe magnétique, le visage, que tout allait bien maintenant entre le roi Sweyn et Gunnhilda. Le roi était pour elle plein de tendresse et d'attention, et elle le contemplait avec des yeux aimants. Point besoin n'était de demander à la reine si elle était heureuse, car elle montrait son bonheur sur son visage.

Après qu'elles se furent embrassées, — la façon des

femmes à cette époque aussi bien qu'à la nôtre, — Gunnhilda dit :

« Vous êtes donc venue avec le jarl, Astrida ? Combien je suis joyeuse de vous voir, et quelle grande compagnie vous suit ! Cette flotte surpasse tout à fait l'escadre avec laquelle les Vikings nous escortèrent jusque chez nous !

— Nous venons, ma sœur, dit Astrida, pour faire honneur à vous, et au roi, et à nous-mêmes. Dans les jours à venir, peut-être dira-t-on que dans le Nord, jamais bière de funérailles n'égala celle que le roi Sweyn, fils d'Harold, tint avec les Vikings de Jomsburg dans la salle d'Harold-le-Superbe.

— Cela peut bien être, dit Gunnhilda. Qui entendit jamais parler de dix mille hommes venant à une bière de funérailles sur une flotte de cent cinquante navires ?

— Il est bon, répondit Astrida, que le monde entende de temps à autre parler de choses nouvelles. C'est une chose nouvelle, mais grande et fière, au moins pour moi, que de venir avec mon mari boire la bière des funérailles de son père, escortés par une flotte entière et une grande armée. Mais voyez ! voici venir Sigvald, et voici venir aussi Bui. Présentons-leur nos félicitations. »

Les deux capitaines des Vikings s'approchèrent alors sur le rivage du groupe royal, comme nous pouvons l'appeler. Si quelque lecteur a ressenti la crainte que Bui ne se fut blessé dans sa dégringolade le long du *tumulus*, après la lourde chûte que Vagn lui avait infligée, nous nous hâterons de le rassurer en lui disant que le fils de Veseti avait été fondu dans un moule trop solide, pour recevoir beaucoup de mal de ce qu'il regardait comme un simple jeu d'enfants. Ses vêtements étaient couverts de poussière et déchirés, et il portait quelques égratignures sur le visage, mais pour le reste, il semblait aussi robuste et d'aussi joyeuse humeur que de coutume, et il ne fit que rire lorsque le roi lui dit :

« Ç'a été une belle partie, Bui l'intrépide, que celle que vous avez jouée sur le *tumulus* avec Vagn, fils d'Aki. Comme adroitement l'enfant s'est laissé couler, vous a fait lâcher votre étreinte, et puis se relevant vous a saisi par le corps et vous a lancé par-dessus sa tête !

— Ç'a été une belle chûte, seigneur, dit Bui, et qui montre simplement qu'on ne doit jamais se tenir pour sûr et certain, comme nous disons, de quoi que ce soit. Je croyais que je le tenais solidement et que j'allais lui faire ployer les reins, mais avec tout cela, c'est lui qui m'a battu sans accident pour lui. Les bambins seront toujours les bambins, et ils ont plus d'impétuosité que les hommes plus âgés. Vagn, fils d'Aki, a le feu d'un enfant et les nerfs d'un homme.

— C'est vrai, dit le roi, et son visage s'assombrit en ajoutant : Ce que vous dites est précisément ce que mon père d'armes, Palnatoki, avait coutume de dire de moi lorsque j'étais jeune garçon. »

Gunnhilda était déjà depuis assez longtemps avec Sweyn pour savoir que lorsqu'il commençait à parler de Palnatoki, ou à penser à lui, sa bonne humeur commençait aussi à l'abandonner.

« Il faut qu'Astrida voie la grange, seigneur, dit-elle, ainsi que la chambre que je leur destine à Sigvald et à elle pour le repos de la nuit, après le festin. N'allons-nous pas monter la colline et regagner le logis ?

— Je suis tout prêt, madame, » dit le roi Sweyn, et il ouvrit la marche ayant à l'un de ses côtés la reine, et à l'autre Astrida ; Sigvald et Bui, Beorn et Vagn, et un ou deux des autres capitaines qui les avaient rejoints, marchèrent par derrière avec quelques-uns des gardes du corps du roi.

Le roi et ses hommes une fois arrivés à la grange, nous les laissons à eux-mêmes. Le roi et ses gardes du corps avaient encore beaucoup de choses à préparer pour cette fête colossale. Pour le banquet qui devait se tenir dans la salle même, nous savons qu'il était depuis longtemps préparé ; ce qui restait à faire était surtout de pourvoir aux besoins des milliers de bouches de surcroît. Toute cette journée, de longues files d'esclaves n'avaient cessé de monter et de descendre du rivage à la grange et de la grange au rivage, portant des cadavres de bœufs et de moutons, et des barriques de bière et d'hydromel aux navires où, comme nous l'avons vu, la grande masse des Vikings devaient être traités. En même temps, les chefs d'ordre secondaire furent répartis entre les maisons des grands fermiers sur les domaines du jarl, en sorte que grâce à un travail infini, il n'y eut pas un homme de cette nombreuse compagnie qui n'eût sa place assignée avant la tombée de la nuit, et que le roi Sweyn put se vanter d'avoir pourvu à une bière des funérailles, telle que le Nord, avec toute son hospitalité, n'en avait jamais connue.

Tandis que le roi et ses hommes étaient ainsi *encombrés* de service, que faisaient le jarl Sigvald et son frère? La chose sera bientôt dite : tous deux cherchaient la place où s'élevait le *tumulus* d'Harold-le-Superbe. Dans une clairière de la forêt de pins qui s'étendait derrière la grange, sur une éminence, était amoncelé le sépulcre du vieux jarl. Il était bien fait, s'élevant, éminence comprise, à soixante pieds au-dessus de terre, et mesurant deux cents pieds de circonférence. Il était très-vert aussi, car les hommes d'Harold-le-Superbe l'avaient couvert de fraîches mottes de gazon. Les frères passèrent là quelque temps étendus sur la terre, en pensant au vieillard qu'ils ne verraient jamais plus.

Astrida et Gunnhilda étaient dans les appartements réservés des dames. Presque aussitôt après qu'elles y furent entrées, l'aînée dit à la cadette :

« Il est aisé de voir que vous êtes heureuse, Gunnhilda, et que vos craintes relativement à la conduite du roi étaient sans fondements. Dites-moi, depuis combien de temps ce changement s'est-il opéré ?

— Oh ! il y a si longtemps. Je suis sûre que je ne pourrais dire depuis combien de temps, mais il y a si longtemps ! Le roi Sweyn est le meilleur mari du monde.

— Combien je suis heureuse de l'apprendre ! dit Astrida ; mais je suis sûre qu'il ne peut être un meilleur époux que Sigvald. »

CHAPITRE XXVI

LA BIÈRE DES FUNÉRAILLES.

L'heure du festin est maintenant arrivée. Nos lecteurs connaissent déjà les arrangements de la salle. Lorsque Sigvald, ses capitaines et ses hommes d'élite, deux cents en tout, montèrent de leurs vaisseaux dans leurs plus riches costumes, ils trouvèrent cette salle éblouissante de lumières. Jamais, même dans la grange de Burislaf, on n'avait vu tant de flambeaux de cire; jamais, dans aucune salle, les feux n'avaient semblé briller avec autant de vivacité. Au côté droit était assis, sur un haut siége, le roi Sweyn drapé dans ses robes royales, avec Gunnhilda à sa droite et un groupe de porteurs de flambeaux derrière lui. Sur ce même côté, s'assirent deux cents de ses gardes du corps, et tout le côté gauche de la salle fut abandonné aux capitaines Vikings. Lorsque Sigvald, précédé par une fanfare de cornes, entra conduisant Astrida, et s'assit sur le haut siége opposé au roi, avec sa femme à son côté, un murmure d'admiration courut à travers la salle à la vue d'un si noble couple.

Quelques-uns de nos lecteurs demanderont peut-être pourquoi le jarl Sigvald ne prit pas le haut siége de son père, puisque cette bière de funérailles était celle d'Harold-le-Superbe; mais ce fut là précisément la raison pour laquelle il ne le prit pas. Nul homme libre dans le Nord n'était autorisé à remplir le siége de son père avant d'avoir bu la bière de ses funérailles, et quand bien même le roi Sweyn n'aurait pas été présent en personne, Sigvald se serait encore assis en face du siége, mais non dans le siége de son père.

Lorsque le jarl et les capitaines montèrent la salle, ils s'inclinèrent en passant devant le roi, mais pas un mot ne fut échangé entre eux.

Ensuite entra une grande bande d'esclaves portant les tables qui furent rapidement couvertes de toutes les délicatesses que le grossier art culinaire de l'époque pouvait apprêter. Simples rôtis et simples bouillis, et beaucoup plus de bouillis que de rôtis, telle était la règle au xe siècle. Point de plats préparés, peu de légumes sauf les choux, et après une abondance de grosses pièces de viande et de gibier, auxquelles nous pouvons ajouter des oies, quelques pâtisseries, comme nous l'avons déjà dit, terminaient le repas. Pendant le banquet, on servit de l'ale, de l'hydromel, et peut-être en cette occasion, servit-on des vins de France; mais au point de vue gastronomique, le festin entier fut aussi peu satisfaisant que l'est aujourd'hui un dîner à un hôtel américain, et les convives absorbèrent et engloutirent leur nourriture avec une merveilleuse rapidité.

Maintenant, nous pouvons supposer que le repas est terminé, et que les tables sont desservies. Lorsque les esclaves eurent achevé cette besogne, l'affaire réelle de la soirée commença.

Alors le roi Sweyn se leva, et parla comme suit.

« Vous savez tous comment nous sommes ici réunis en paix et en bonne foi pour boire la bière des funérailles d'Harold le superbe, le bon jarl de Scanie. C'est une vieille coutume qui durera aussi longtemps que le Nord, et nous nous proposons de boire cette bière rondement et joyeusement, comme une telle bière doit être bue. Mais, auparavant, nous avons une autre petite affaire à expédier, et il vaut autant l'expédier la première. Vous savez tous qu'Harold le superbe était jarl de cette terre, titre qu'il possédait longtemps avant mon règne, car il lui fut accordé par mon père Harold à la dent bleue. Maintenant vous savez tous aussi qu'un titre de jarl n'est pas un de ceux qui passent du père au fils. Quelquefois, comme dans ce cas, c'est une bonne chose que de conserver un bon titre dans une bonne race; mais si la race est mauvaise, le titre doit périr, car qu'y a-t-il de pire pour un pays que d'avoir à sa tête un jarl qui n'est bon ni dans les armes ni dans le conseil? Harold le superbe avait été dans sa jeunesse un vaillant guerrier, et dans sa vieillesse il était sage et prudent; son fils Sigvald, taillé sur le patron de son père, est à la fois brave et sage. Nous avons donc résolu de le faire jarl de cette terre après Harold le superbe, et de le rendre ainsi un des vassaux de notre royaume. »

Cet aimable discours fut suivi du murmure approbateur ordinaire, et lorsque ce murmure cessa, le roi reprit :

« Qu'en dis-tu, Sigvald, fils d'Harold, veux-tu être notre homme-lige et notre fidèle vassal ici, en Scanie?

— Je le veux, dit Sigvald d'une voix haute, mais à une condition.

— Un roi, dit Sweyn avec hauteur, ne supporte pas de conditions lorsqu'il octroie sa générosité; mais comme nous estimons votre fidèle service, nous sommes prêts à entendre les vôtres.

— Je suis prêt à être jarl en Scanie, dit Sigvald, et je te remercie, seigneur, de me faire un tel honneur; mais pour un temps au moins je dois rester capitaine de Jomsburg.

— Ici au moins, en ce lieu, sur le sol de mon propre royaume, je ne sais rien de Jomsburg, dit Sweyn. Lorsque je te fais mon jarl en Scanie, je veux bien oublier qu'il existe un tel château que votre forteresse sur le sol wende, et beaucoup vous diront que je suis généreux d'oublier cela après ce qui s'est passé. Je te le demande encore, Sigvald, fils d'Harold, veux-tu être mon fidèle jarl en Scanie?

— Vous êtes désireux d'oublier Jomsburg, seigneur, dit Sigvald, mais moi, avec tous mes capitaines qui m'écoutent, avec mes hommes qui sont par milliers et mes vaisseaux qui sont par centaines dans la baie, je ne puis oublier le château. Tous mes devoirs et tout mon temps, mes biens et ma vie, sont engagés à la vaillante compagnie que je commande. Je vous réponds que je serai votre fidèle jarl toutes les fois que je serai en Scanie, mais que la plus grande partie de ma vie doit encore se passer à Jomsburg.

— C'est un bon vieux dicton, dit le roi, que lorsqu'un homme ne peut avoir le tout, il doit se contenter de la moitié. En ce cas ci je veux bien vous permettre d'être jarl en Scanie et de vivre dans votre château, car je suis sûr que même à cette distance la terreur de votre nom maintiendra le pays en paix. En outre, certains d'entre nous savent qu'il n'est pas si difficile d'arriver à Jomsburg en partant du Danemark, et qu'après tout, il n'est pas non plus si difficile d'en revenir. De Jomsburg à cette grange, la distance n'est pas incommensurable, et par conséquent j'efface aussi cette difficulté et je suis prêt à accepter votre condition. »

Ce ne fut pas un murmure, mais un tonnerre d'applaudissements qui courut à travers la salle lorsque le roi prononça ces gracieuses paroles.

« Merci, seigneur, dit Sigvald; quoique je puisse me sentir, ainsi que le disent les Erses, comme un oiseau qui occupe deux places à la fois, étant en même temps capitaine de Jomsburg et jarl de Scanie, je veux bien devenir votre homme-lige; et après tout, peut-être que cette double vie ne durera qu'un temps, car bien que Palnatoki fût capitaine de Jomsburg lorsqu'il était vieux et battu des ans, il constituait une exception, et l'homme qui veut être capitaine de Jomsburg doit être à la fois jeune et fort.

— Oui, oui, je vois, dit Sweyn avec un sombre sourire : après tout, votre domination dans Jomsburg dépend de la destinée et peut ne durer qu'un temps. »

Puis reprenant son franc et joyeux regard, il cria d'une voix haute : « Apportez-moi la verge, maréchal. »

Alors le maréchal s'avança devant le roi et dit :

« Voici la verge, seigneur. »

Le roi prit la verge et dit à voix haute :

« Avance, Sigvald, fils d'Harold, et prends cette verge comme garantie que je t'ai créé mon jarl en Scanie. »

La capitaine viking se leva et traversa rapidement la salle; quand il fut proche du roi, Sweyn lui tendit la verge; il la prit, s'inclina, et retourna à son siége, mais ce ne fut pas pour longtemps. Le roi se leva de nouveau, et dit :

« Mais il reste encore une chose, jarl Sigvald. Avance devant moi, baise ma main, et rends hommage pour ton comté. »

Le jarl Sigvald se leva, traversa de nouveau la salle, et dit :

« Je viens, seigneur, pour baiser ta main, et te rendre hommage pour le comté que tu m'as donné. »

Alors le roi étendit la main, Sigvald la prit et la porta à ses lèvres. En même temps les cornes sonnèrent à travers la salle, et toute la compagnie se levant cria d'une seule voix : « Salut, roi Sweyn! Salut, jarl Sigvald! Maintenant, Sigvald, fils d'Harold est le jarl légitime du roi Sweyn en Scanie. »

Lorsque cette cérémonie fut achevée, Sweyn se renversa sur son haut siége, et se tournant vers Gunnhilda, il dit :

« Il y a bien des gens qui abattraient volontiers la main qu'ils sont obligés de baiser; je me demande s'il en sera ainsi dans cette circonstance.

— Je crois, seigneur, dit Gunnhilda, que le jarl Sigvald ne vous veut aucun mal, quoique, comme cela est assez naturel, vous puissiez justement ressentir contre lui de la rancune. Il sera un fidèle jarl.

— Dites-moi, Gunnhilda, demanda le roi, ai-je bien joué mon rôle? N'ai-je pas suivi le conseil que vous m'avez donné ce matin? Mes paroles n'ont-elles pas été généreuses et gracieuses, et ne me suis-je pas conduit dans cette affaire de l'hommage de manière à espérer qu'avant la fin de la soirée j'aurai pu conduire les Vikings à leur destruction et assurer ma vengeance?

— Vous avez bien joué votre rôle, seigneur, peut-être trop bien, car j'ai pu lire sur le visage d'Astrida qu'elle se tourmentait pour deviner ce qui pouvait avoir ainsi changé votre humeur à l'endroit de Sigvald. Croyez ce que je vous dis, elle est tout à l'heure à faire travailler son cerveau pour découvrir la cause de votre soudaine bonne volonté. »

Secouant pour un moment ses pensées de vengeance, le roi Sweyn appela alors son sommelier.

« Toute cette affaire d'hommage rendu et reçu est de la besogne sèche. Remplissez les cornes, et que chaque homme boive un bon coup d'hydromel en l'honneur du jarl Sigvald, fils d'Harold, mon homme-lige ici, en Scanie. »

L'hydromel fut apporté, les cornes remplies, et de nouveau toute la compagnie se levant, porta la santé de Sigvald, maintenant pleinement confirmé dans sa qualité de jarl, sur les termes qu'il avait dictés lui-même. Cela seul, aux yeux de ses capitaines, était un autre triomphe de sa politique, et Beorn le gallois, lorsqu'il tourna sa corne la pointe en bas pour montrer qu'il n'y avait pas laissé la plus petite goutte, dit à Vagn :

« Le capitaine est en toute chose le vainqueur de la journée; mais comme notre morose Sweyn est devenu gracieux! Je compte bien que nous ne sommes pas tous ensorcelés, et que ce que vous a montré votre seconde vue n'arrivera pas de sitôt.

— Il y a quelque chose encore en dessous, dit Vagn. Voyez, le roi chuchotte à l'oreille d'Havard Langue de serpent, l'Islandais. »

Mais c'étaient des soupçons mal fondés que ceux qui leur faisaient épier les faits et gestes du roi avec l'Islandais. Le roi lui posait une simple question : avait-il jamais entendu parler dans le Nord d'une telle réunion à une bière de funérailles? il pensait sans doute faire confesser à l'Islandais que la présente assemblée de convives était sans égale. Mais en cela, le roi Sweyn fut trompé, car Havard dit dédaigneusement :

« Nous avons eu une fois en Islande une bière de funérailles qui aurait non-seulement égalée celle-ci, mais l'aurait battue.

— Où et quand? demanda le roi Sweyn.

— Dans la vallée de Hjalta, dans la contrée du Nord, dit Havard, et voici, seigneur, comment la chose se passa. Hjalti, le fils de Thord Scalp, vint pour coloniser l'Islande, s'empara d'une vallée, et la nomma la vallée d'Hjalta d'après son nom. Ce fut un homme fameux en Norwége, et ses fils Thorwald et Thord furent des hommes fameux après lui. Lorsque leur père mourut, et qu'ils durent boire la bière de ses funérailles, ils envoyèrent auprès de tous les chefs de l'Islande pour leur demander d'y assister, mais ils prirent plus de temps pour cela que vous, seigneur, et en outre, ils payèrent pour cette solennité avec leur propre argent. Il fut heureux qu'ils eussent pris leur temps, car lorsqu'ils comptèrent les convives ils trouvèrent qu'ils s'élevaient à plus de douze cents. Alors ils leur bâtirent une salle qui pût les contenir tous, et lorsque le festin fut achevé, et il fut tout à fait royal, chaque convive fut renvoyé chez lui avec des présents.

— Ce fut un grand festin, dit le roi ; mais nous en avons dix mille bien comptés à nourrir.

— C'est vrai, seigneur, dit Havard Langue de serpent, mais non pas avec votre argent, comme je vous l'ai déjà dit ; et puis pensez à ces douze cents hommes dans une même salle, tandis qu'ici nous n'en avons que quelques pauvres quatre cents.

— Appelez-vous cela quelques pauvres quatre cents? s'écria le roi. Ces pauvres quatre cents suffiraient pour tenir tête à vos douze cents paysans et pour les mettre en fuite.

— C'est possible, dit Havard ; cependant votre père, Harold à la dent bleue, était un roi puissant, mais il y pensa à deux fois avant d'envoyer ses longs navires conquérir l'Islande, et lorsqu'il y eut pensé à deux fois il abandonna ce projet et n'y pensa plus.

— C'est très-vrai, dit Sweyn, mais c'est que les dieux et les esprits qui veillent sur l'Islande étaient alors contre lui.

— C'est ce que lui dirent les prêtres, je le sais, dit Havard ; mais ce ne furent ni les anciens dieux, ni le Dieu chrétien qui le retinrent. Si vous voulez le savoir, seigneur, ce fut l'esprit de ces paysans, comme vous les appelez. Aussi longtemps que durera cet esprit, aucun roi étranger ne peut espérer de conquérir l'Islande, soit par ses navires, soit par ses vassaux. Quant à ces fils de Hjalti, l'année qui suivit celle où ils burent la bière des funérailles de leur père, ils allèrent à cheval avec leurs hommes en gais vêtements à l'assemblée de la nation, et lorsqu'ils arrivèrent dans la plaine qui est au delà du grand gouffre, tous les hommes crurent que les dieux bienheureux, les Æsirs, étaient descendus visiter la terre, tant leur costume était splendide et leurs armes brillantes.

— Tout cela est très-vrai, j'ose le dire, répondit Sweyn, mais il y a longtemps de cela, et je ne croirai jamais qu'il y ait eu une bière des funérailles comparable à celle-ci. »

Alors il appela son sommelier et lui ordonna de faire passer l'hydromel à la ronde librement et abondamment.

« Nous avons encore à boire la bière des funérailles d'Harold le superbe, et bien des cornes d'hydromel à vider avant que vienne l'heure d'aller au lit, » dit-il.

CHAPITRE XXVII

LA BIÈRE DES FUNÉRAILLES ET LES VŒUX.

Lorsque l'hydromel eut passé librement à la ronde, et que les convives commençaient à se demander quand donc arriverait enfin la bière des funérailles, le roi Sweyn, dont le dessein était d'amollir par la boisson l'argile dont étaient formés les Vikings avant de mettre en avant son projet, se leva et dit :

« Je pense que nous avons maintenant assez fait honneur au jarl Sigvald pour sa nouvelle dignité. Personne ne peut dire que son entrée dans son comté ait été une entrée sèche. J'ai laissé passer les cornes à la ronde et j'ai retardé la véritable affaire de la soirée, parce que je ne voulais pas que personne pût dire que le jarl Sigvald, mon vieil ami et mon nouvel homme-lige, avait été installé dans ses honneurs d'une manière trop précipitée. »

Ici le roi s'arrêta, et promena ses regards autour de la salle pour voir si ses paroles avaient porté, et plus encore pour voir si l'hydromel avait pris possession de ses convives. Le tonnerre d'applaudissements qui suivit ses paroles, et la manière maladroite dont les mains étendaient les cornes pour demander encore plus d'hydromel, lui apprirent qu'il avait réussi dans ses deux desseins. Les Vikings écoutèrent ses paroles avec toute l'ardeur d'hommes qui ont à la fois bien mangé et bien bu, et leurs gestes montrèrent que la plupart d'entre eux en avaient pris autant qu'ils en pouvaient porter.

Convaincu de la chose, au moins pour ce qui concernait la masse des Vikings, le roi Sweyn continua :

« Nous arrivons maintenant à la véritable affaire de la soirée. Nous sommes ici, comme vous le savez tous, pour boire la bière des funérailles d'Harold le superbe, et pour placer le jarl Sigvald dans le haut siége de son père, ce siége même sur lequel je suis assis depuis le commencement du festin. »

Ayant ainsi parlé le roi se leva en même temps que la reine ; tous deux traversèrent la salle, donnèrent leurs mains droites au jarl Sigvald et à Astrida, et les conduisirent solennellement à travers la salle ; en même temps les Vikings et les gardes du corps du roi changèrent de côté avec la promptitude d'un seul homme, en sorte que le jarl Sigvald et ses hommes se trouvèrent assis sur le côté droit de la salle, et le roi et ses hommes sur le côté gauche.

Lorsque ce changement se fut effectué, le roi se leva de son nouveau siége et dit :

« Maintenant nous avons conduit noblement le jarl Sigvald au haut siége de son père, et il est tenu de boire à son héritage avec l'accompagnement des anciens toasts et des anciens vœux. Remplissez-lui sa corne, reine, afin qu'il puisse rendre au mort les devoirs auxquels il est tenu.»

Il peut sembler étrange que dans les grandes occasions les reines et les dames de haute naissance aient rempli les fonctions d'échansons dans le Nord; mais si quelqu'un s'en étonne, qu'il veuille se souvenir que les manières de tout autre siècle ne sont pas les nôtres, et que les reines à cet égard jouaient le même rôle que les Valkyries et les vierges du bouclier jouaient dans la salle d'Odin, au Valhalla. Gunnhilda se leva donc, et prenant une large corne, qui avait deux fois la capacité de celle que Sigvald avait vidée déjà, elle la remplit d'hydromel écumant, et puis la goûtant, elle se plaça devant le jarl, la lui tendit et lui dit :

« Avec cette corne, jarl, bois à ton entrée dans l'héritage de ton père, Harold le superbe. »

Alors le jarl Sigvald, toute la salle le contemplant, vida l'énorme corne, et cria d'une voix forte :

« Maintenant, moi, Sigvald, fils d'Harold, jarl du roi en Scanie, j'ai bu à mon entrée dans l'héritage de mon père, et j'ai rempli la loi. »

Ayant ainsi parlé il se disposait à placer son pied sur l'un des deux bas poteaux qui se trouvaient devant les piliers de son haut siége et à faire les vœux accoutumés, lorsque le roi Sweyn se leva et dit :

« Avant de faire votre vœu, noble jarl, prêtez l'oreille à mes paroles, car j'ai, moi aussi, un solennel devoir à remplir. »

Sigvald et tous les autres convives le regardèrent à ces mots avec étonnement ; le roi continua :

« Ce n'est pas pour réveiller des souvenirs de lutte que je vais reculer de quelques années dans le passé, de quelques années seulement, car il n'y en a pas plus de cinq ou six que mon père, Harold à la dent bleue, est mort. Ce n'est pas, dis-je, pour réveiller des souvenirs de lutte que je recule jusqu'à la bière des funérailles de mon père, et que je rappelle à vos pensées comment elle fut troublée par cette flèche que Palnatoki reconnut être la sienne. Vous pouvez ne pas vous en souvenir, Vikings de Jomsburg, mais moi et mes hommes nous nous rappelons que mon devoir envers mon père ne fut qu'à demi rempli dans cette nuit tumultueuse. Quoique j'aie bu à mon entrée en héritage, assis sur le haut siége de mon père, je n'ai jamais fait mon vœu sur le poteau, et il est en conséquence resté à faire jusqu'à ce jour. C'est un devoir que tout homme doit aux morts, depuis le roi sur son trône jusqu'au plus bas homme libre dans sa cabane, car les morts, dit-on, prennent plaisir aux hardies paroles de ceux qu'ils laissent derrière eux comme leurs héritiers. Je demande donc, avant que le jarl Sigvald, fasse son vœu, d'avoir permission de faire aussi le mien, et en agissant ainsi, soyez sûrs, Vikings de Jomsburg, que je vous donnerai un exemple que de hardis guerriers tels que vous ne seront pas lents à suivre. Pour ce qui est de nous, nous avons de nombreux ennemis, et c'est pourquoi nous avons besoin d'amis tels que vous. L'homme contre qui je nourris la plus grande rancune est le jarl Hacon de Norwége, qui s'est montré traître de plus d'une manière à la fois envers mon père et envers moi-même. Pour cette raison, il y a donc un homme que je hais plus que tout autre, et qu'il m'est plus nécessaire de renverser que tout autre. »

Ici le roi s'arrêta un instant, et ne voyant rien qu'approbation sur tous les visages de la salle, il continua :

« Qu'en dites-vous, noble Sigvald ? vous êtes maintenant capitaine de cette fête et vous siégez dans votre propre salle, puis-je avoir permission de boire une corne comme vous et de faire mon vœu ?

— Autant que cela dépend de ma permission, seigneur, dit Sigvald, vous êtes libre de faire tout vœu, et quant à ce que vous dites du jarl Hacon, il n'a pas de pires ennemis que les Vikings de Jomsburg. Remplissez la corne, Astrida, et portez-la au roi afin qu'il la vide et fasse son vœu ; après quoi je lui succéderai en faisant le mien. »

Pendant qu'Astrida remplissait la vaste corne, le roi Sweyn cria d'une voix forte :

« Maintenant que nous sommes en train faisons tous

nos vœux. Après que j'aurai fait le mien et que le jarl Sigvald aura fait le sien, tous les chefs vikings s'avanceront et feront les leurs ; car en de telles circonstances, tout homme selon son rang est tenu de faire un vœu sur la coupe de Bragi, comme disaient nos ancêtres. »

Pendant qu'il parlait, Astrida, belle comme la plus aimable des vierges du bouclier, s'était avancée devant le roi avec la corne écumante. Quand elle l'eut goûtée, elle la tendit au roi qui la vida, et qui, prenant ensuite puissamment respiration, descendit de son haut siége, et plaçant son pied droit sur le bas poteau qui était à droite du siége, cria d'une voix de tonnerre :

« Voici le vœu que je forme. Je fais le vœu qu'avant que trois nuits d'hiver soient passées j'aurai chassé Ethelred d'Angleterre de son royaume, ou que je l'aurai tué sur le champ de bataille, et que j'aurai conquis ainsi son territoire. »

Un tonnerre d'applaudissements accueillit ce vœu audacieux, et aussitôt que ce tonnerre se fut apaisé, l'infatigable roi se leva de nouveau :

« Je te remercie, noble Sigvald, de m'avoir laissé faire ce vœu. J'aurais voulu choisir Hacon, mais la chûte d'Éthelred convient mieux à mon ambition. Il est plus doux de renverser un roi que de châtier un vassal, mais en agissant ainsi je vous ai laissé la tâche la plus aisée à vous et à vos Vikings, car nous savons tous qu'il n'y a pas d'hommes dans le Nord ou l'Occident qui puissent se comparer pour la valeur à votre fameuse compagnie, et vous pouvez faire ce que de puissants rois ne pourraient pas accomplir. En conséquence, faites maintenant votre vœu, et n'oubliez pas le jarl Hacon. »

Poussé par ce discours rusé, le jarl Sigvald se leva et quitta son siége ; puis plaçant son pied droit sur le poteau, il cria :

« Voici le vœu que je forme. Je fais vœu d'avoir ravagé la Norwége avant que trois nuits d'hiver soient passées, et d'en avoir chassé le jarl Hacon ou de l'avoir tué ; et, si j'échoue dans cette entreprise, de laisser mes os en Norwége. »

Il n'y a pas de paroles qui puissent décrire la joie que les hardies paroles de leur capitaine répandirent parmi les Vikings. Pleins de bière et d'hydromel comme ils l'étaient, ils se tenaient pour sûrs à l'unanimité que le pouvoir du jarl Hacon était déjà renversé, et ils battaient des mains et applaudissaient avec une joie frénétique.

Le roi ne fut pas moins rempli de joie qu'ils l'étaient eux-mêmes lorsqu'il vit avec quelle promptitude le jarl Sigvald était tombé dans le piége qu'il avait disposé pour lui.

« Voilà, cria-t-il de manière à être entendu de toute la salle, ce que j'appelle un vœu excellent. Maintenant les choses commencent à marcher comme elles doivent marcher à pareil festin. Chose bien commencée est à moitié achevée, et, si vous exécutez bravement le vœu que vous avez fait si hardiment, votre bataille contre le jarl Hacon est déjà gagnée. »

Puis après un repos d'une minute à peine il dit :

« Remplissez de nouveau la corne, reine, car nous avons d'autres vœux à entendre. Remplissez-la jusqu'aux bords, car celui que j'appelle maintenant est Thorkell le gigantesque. »

Pendant que le gigantesque Viking se dirigeait à grandes enjambées vers le poteau placé devant le haut siége du roi, Gunnhilda remplit la corne, et comme il la prenait de sa main, le roi cria :

« Voici maintenant votre tour, Thorkell le gigantesque. Ayez bien soin de faire un gros vœu, car de la bouche d'un homme aussi colossal que vous il ne peut pas sortir de petit vœu.

— J'ai pensé à mon vœu, seigneur, dit Thorkell, et le voici. Je fais vœu de suivre mon frère Sigvald, et de ne pas fuir aussi longtemps que je pourrai voir devant moi l'arrière de son vaisseau. Voici mon vœu pour la mer, mais s'il combat sur terre, je fais vœu de ne pas fuir aussi longtemps qu'il sera sur le champ de bataille et que je pourrai voir sa bannière devant moi.

— Ce n'est pas un mauvais vœu, dit le roi, bien qu'il

soit un peu timide pour un homme si audacieux ; mais vous êtes un noble compagnon, et sans doute vous l'accomplirez jusqu'au bout. Qui vient ensuite ? Voyons un peu. »

Et tout aussitôt, à sa première haleine, Sweyn cria :

« Bui l'intrépide, c'est maintenant votre tour et nous attendons tous un vœu énorme de votre bouche. Rien de moindre ne peut sortir de l'intrépide fils de Veseti de Bornholm. »

Lentement Bui l'intrépide traversa la salle, en sorte que la reine avait préparé la corne d'hydromel longtemps avant qu'il fut en face du roi. Il ne fut pas long à la vider, puis il dit :

« Voici mon vœu, seigneur. Je fais vœu de suivre Sigvald dans ce voyage jusqu'au bout de ma force et de ma bravoure, de ne pas fuir jusqu'à ce qu'il en reste moins debout que couchés, et après cela enfin, de tenir aussi longtemps que le voudra Sigvald.

— C'est juste le vœu que nous supposions que vous feriez. On est sûr que toutes vos paroles seront pleines de valeur. Écoutons maintenant le vœu de votre frère Sigurd ; il ne restera pas en arrière de vous, nous en sommes sûrs. »

Sigurd, surnommé le champion, s'avança, vida sa corne d'hydromel et dit :

« Court est mon vœu, seigneur. Je fais vœu de suivre mon frère Bui, et de ne pas fuir jusqu'à ce qu'il soit mort, si les destinées l'ont ainsi décrété.

— Ce vœu est également tel que nous supposions qu'il serait. Il était aisé de voir que tous les deux, Bui et vous, vous seriez dans un même bateau en cette affaire. Mais qui avons-nous ensuite ? Ah ! Vagn, fils d'Aki. »

Puis il continua :

« Venez ici exprimer votre vœu, Vagn, fils d'Aki. Je brûle d'entendre quel vœu vous allez faire. Nous savons tous que de temps immémorial, votre race a engendré des épées audacieuses et des affamés de combat. »

Le bel adolescent s'avança devant le haut siége du roi.

Il présentait le type même de la virile beauté du Nord avec sa face rose, ses yeux bleus et profonds, et les boucles dorées de sa chevelure. Comme il étendait sa main avec empressement pour prendre la corne, Sweyn dit :

« Maintenant, nous allons entendre le vœu le plus hardi de tous. »

Lorsque Vagn eût vidé la corne, il dit :

« Je ne sais pas, seigneur, si ce vœu sera le plus hardi de tous, mais soyez sûr qu'aucun de nous n'a formé de vœu qui vienne plus du cœur que le mien. Mon sang brûle de dévaster la Norwége et de renverser le jarl Hacon. Je suivrai Sigvald et mon parent Bui dans ce voyage, et je tiendrai aussi longtemps qu'ils seront tous deux vivants; et quant à mon vœu personnel, le voici : je fais vœu, si j'arrive en Norwége, de tuer Thorkell de Leira, et de faire ma femme de sa fille Ingibeorg, avec ou sans le consentement de sa parenté, ou sinon je ne reviendrai plus en Danemark.

— Ce vœu, dit le roi, est encore justement celui que j'attendais. Tu passes avant tous les hommes que nous connaissions pour la valeur et la courtoisie. Puisses-tu tenir ton vœu ! »

Puis regardant autour de la salle, il dit :

« Y a-t-il encore quelqu'un ? oui, j'en vois un. Avance, vieux Beorn-le-gallois, mon camarade de table d'autrefois, et fais ton vœu, car je suis sûr que tu en as à faire quelqu'un de solide.

— Pour cette croisière en Norwége, dit Beorn, en prenant la corne qu'il dessécha d'un trait, j'en suis aussi heureux qu'une fille est heureuse de son premier amoureux. Mon vœu sera court, seigneur; je fais vœu de suivre mon fils d'armes, Vagn, aussi longtemps que dureront en moi vie, sentiment et force. Et si je puis ajouter quelque chose à mon vœu, je fais vœu de faire tout ce que je pourrai pour le préserver du mariage, qui sera, s'il ne l'a été déjà, la ruine de notre compagnie.

— Voici de très-bons vœux, camarade, dit le roi, quoique le dernier arrive vraiment un peu tard en lice ; et maintenant que nous avons fini toute notre affaire, buvons encore quelques cornes, et puis allons dormir sur ces choses du mieux que nous pourrons. »

Plus d'un lecteur pourra être surpris d'apprendre que cette coupe ou corne de Bragi, sur laquelle furent faits ces vœux solennels, ne fut en aucune façon la dernière de celles qui se vidèrent cette nuit-là. Les cornes suivirent les cornes avec rapidité, quelques-unes en l'honneur des anciens dieux, d'autres en l'honneur de l'archange Michel et des saints chrétiens en qui les Danois commençaient à croire justement alors. Mais toutes choses doivent avoir une fin, même une bière des funérailles au xe siècle. Aussi conclurons-nous en disant que la reine et sa sœur s'étant retirées avec leurs femmes aussitôt que les vœux eurent été exprimés, ce ne fut que tard dans la nuit que le roi, ses hommes et leurs convives, sortirent en trébuchant hors de la salle et allèrent chercher leurs lits, et que la bière des funérailles d'Harold-le-Superbe, où tant de fiers vœux avaient été faits et dont le roi Sweyn espérait une si belle vengeance, trouva sa fin dans le sommeil.

CHAPITRE XXVIII

APRÈS LA BIÈRE DES FUNÉRAILLES.

Il n'était pas possible d'attendre que le roi Sweyn ou le jarl Sigvald fussent capables d'un discours raisonnable jusqu'aux heures de l'aube. Tous deux se jetèrent dans leurs lits comme des souches, ou comme des alligators dans un marais, et y restèrent à ronfler un certain nombre d'heures. Nous entrerons d'abord dans la chambre royale pour y écouter ce que le roi et la reine eurent à se dire lorsque Sweyn recouvra ses sens.

Comme il ouvrait lentement les yeux, Gunnhilda salua son retour à la possession de lui-même par ces mots :

« Eh bien, seigneur, mon conseil n'était-il pas le meilleur ? Maintenant vous aurez votre vengeance sans avoir le déshonneur de brûler votre convive dans sa propre salle.

— Ma vengeance ! dit le roi. Il est tout à fait vrai que je brûle d'avoir vengeance de Sigvald, mais comment je puis l'obtenir sans la prendre moi-même, je ne puis le voir.

— Prétendez-vous dire par là, dit Gunnhilda, que vous ne vous rappelez plus tous les beaux discours que vous avez tenus à Sigvald, et votre vœu, et son vœu, et les vœux de tous ses compagnons ?

— Je me rappelle que j'ai parlé et que j'ai essayé de le lancer contre le jarl Hacon, et que je lui ai dit que s'il voulait l'attaquer, j'attaquerais Ethelred, et puis je me rappelle une série de vœux, et de cornes d'hydromel, et de toasts, mais de quoi il s'agissait en tout cela, maudit sois-je si je puis le dire !

— Quelle chose irritante, s'écria Gunnhilda, qu'un homme soit instruit de la chose qu'il doit faire, et la fasse après tout très-exactement et très-habilement aussi, et puis qu'il oublie tout ce qu'il a fait comme si c'était quelque chose qui ne fût jamais arrivé !

— Ah ! dit Sweyn, il est fort bien de parler d'oublier, mais en même temps vous oubliez vous-même ce que dit le vieux proverbe : la bière est un autre homme.

— Je connais un proverbe, dit Gunnhilda, qui dit que lorsque la bière est dans l'homme, l'esprit est dehors, mais ici il semble, au contraire, que lorsque la bière était en vous, l'esprit y était aussi, et que maintenant qu'elle en est sortie, l'esprit en est sorti aussi. »

Le roi Sweyn, on peut le voir, était beaucoup dans le même état et peut-être dans un état pire que l'avait été le roi Burislaf après cette conversation avec Sigvald qu'Astrida dut se rappeler à sa place. Tout ce qui s'était passé, hommage, bière funèbre, vœux et vengeance, semblaient tourner dans sa tête comme des copeaux dans un tourbillon : aussitôt qu'il essayait de ressaisir un de ses souvenirs, ce souvenir était emporté, et le résultat de ces efforts était une interminable confusion.

« Je vais vous dire, Gunnhilda, dit-il ; il vous faut me narrer la chose entière depuis le commencement jusqu'à la fin; car lorsque je me rencontrerai avec les Vikings au repas du matin, il faut au moins que je sache quel vœu j'ai fait et quels vœux ils ont fait.

— Vous vous rappelez, je suppose, dit Gunnhilda, qu'hier, longtemps avant que les Vikings débarquassent, nous tombâmes d'accord, vous et moi, que vous les amèneriez à faire des vœux contre le jarl Hacon, tandis que de votre côté vous feriez vœu de renverser Éthelred d'Angleterre. Ce vœu, vous le savez, n'était pas un sacrifice de votre part, puisque vous m'aviez dit que depuis longtemps vous aviez résolu de conquérir le royaume de ce roi peu préparé.

— Oui, dit lentement Sweyn, je me rappelle que c'était ce que je devais faire, et j'ai quelque souvenir que j'ai essayé de le faire, mais comment je m'y suis pris et quels vœux ont fait les Vikings, voilà ce qu'il m'est absolument impossible de dire.

— Non-seulement vous avez fait la chose, mais vous l'avez bien faite, dit Gunnhilda ; j'étais tout à fait fière de vous, et Astrida, qui en tout événement conserve toutes ses facultés, me dit, lorsque nous nous séparâmes hier au soir, qu'elle était au désespoir de la manière dont vous aviez conduit Sigvald et ses Vikings à une expédition contre le jarl Hacon.

— Et ont-ils réellement fait vœu d'attaquer le jarl Hacon? cria Sweyn, qui revenait graduellement à lui-même. En ce cas, il se pourrait bien que ma vengeance ne fût pas loin après tout.

— Soyez-en sûr, dit Gunnhilda, et tout ce que vous avez à conserver dans votre esprit, c'est que vous avez fait vœu de conquérir le royaume d'Éthelred d'ici à trois ans, et qu'ils ont fait vœu de tuer ou de chasser le jarl

Hacon de la Norwége dans le même espace de temps. Il vous faut les tenir à cette entreprise, et s'ils y sont tenus ou si même vous les aidez à l'accomplir, vous gagnerez quelle que soit l'issue de l'événement, car toute la perte de chaque côté tombera sur des hommes qui sont vos ennemis et les ennemis du Danemark.

— Voyez donc, dit Sweyn avec passion, quelle bonne chose c'est que d'être marié : je ne me serais jamais rappelé un mot de tout cela, ou, si je m'en étais rappelé, cela eût été tout sens dessus-dessous dans ma tête ; peut-être dans mon souvenir, c'eût été moi qui devais attaquer le jarl Hacon, et eux Éthelred. Quel trésor de femme vous êtes pour moi, Gunnhilda !

— Vous devez être reconnaissant d'une chose et envers un homme ; la chose, c'est de m'avoir épousée, l'homme, c'est le jarl Sigvald, car vous savez que c'est Sigvald qui nous a conduits l'un vers l'autre.

— Je ne l'ai pas oublié et je suis incapable de l'oublier, dit Sweyn, d'un ton morose. Mais, savez-vous ? — maintenant que vous m'avez raconté toute l'affaire, et que je sais ce que je dois me rappeler et ce que je dois faire, je crois que j'aimerais à sommeiller encore un peu ; ma tête est si pesante !

— Dormez, seigneur, dit Gunnhilda, je prendrai soin de vous éveiller en bon temps pour le repas du matin. »

Puis, lorsque Sweyn se fut roulé sous ses couvertures et qu'il fut redevenu souche, elle se dit à elle-même :

« Quelles brutes les hommes font d'eux-mêmes avec leur boisson, depuis mon vieux père, le roi Burislaf, jusqu'à mon jeune époux ! Comme malgré tout, cependant, sa tête est belle et noble dans son sommeil ! Je me demande s'il m'aime autant qu'il le dit. »

Maintenant nous laissons le couple royal, et nous entrons dans la chambre d'Astrida et de Sigvald, où se jouait à peu près la même scène.

S'il faut dire la vérité, Astrida avait été beaucoup plus tourmentée par l'insomnie et l'inquiétude que sa sœur, laquelle avait dit avec exactitude que le roi Sweyn ne s'était engagé à rien qu'il n'eût déjà arrêté dans son esprit. Sweyn avait peu à perdre à une expédition contre le mal préparé roi d'Angleterre; mais son mari à elle s'était engagé, dans une folle lutte de rasades, à attaquer le redouté jarl de Norwége dont la ruse et la puissance avaient si souvent déjoué les desseins de ses ennemis.

Il est donc probable qu'Astrida ne permit pas à Sigvald de sommeiller aussi longtemps que le roi Sweyn, et qu'elle essaya de le rappeler à ses sens aussitôt qu'elle pensa qu'il avait assez dormi pour secouer le plus gros de son ivresse.

Mais chez le jarl la marche du réveil de la conscience fut beaucoup la même que chez le roi. Lorsque Sigvald ouvrit enfin les yeux, ce fut d'abord seulement pour s'apercevoir qu'il ne se rappelait que peu ou rien de ce qui s'était passé pendant qu'on faisait les vœux.

« Quant aux vœux, dit-il, je sais en toute certitude que je dois avoir fait celui de donner au roi Sweyn un vaisseau de cinquante rames entièrement équipé et monté, et tout sculpté et doré depuis la poupe jusqu'à la proue.

— Vous n'avez fait aucun vœu de ce genre, dit Astrida. Il vous faut chercher encore.

— Je me rappelle quelque chose à propos d'Éthelred, dit vaguement Sigvald. Ai-je promis de me joindre à une croisière pour l'Angleterre, l'été prochain?

— Éthelred a été nommé, mais vous n'avez pas fait de vœux ayant rapport à l'Angleterre. C'était quelque chose de tout à fait différent.

— Ah oui, dit Sigvald, maintenant je me rappelle ce que c'était. J'ai fait un vœu relatif au jarl Hacon, mais sur ma vie, je ne puis dire quel il a été.

— Mais moi je le puis, dit Astrida, et ma sœur Gunnhilda le peut aussi; nous pourrions vous le rappeler quand bien même tous les autres convives de l'un et de l'autre côtés de la salle l'auraient oublié. Vous avez fait vœu sur la coupe de Bragi, votre pied droit sur le poteau, de dévaster la Norvége, et de tuer le jarl Hacon, ou de le chasser de son territoire, ou sinon d'y laisser vos os. Ça été un noble vœu, et vous aurez à le tenir ou bien vous serez un lâche envers la mémoire de votre père.

— Quel insensé j'ai été de boire tant de bière et d'hydromel avant de faire mon vœu ! dit Sigvald ; mais quelque soit le vœu que j'ai fait, je dois le tenir, et maintenant la seule chose à faire est de voir comment nous pouvons le mieux sortir de ce péril; par conséquent, assistez-moi de quelque bon conseil, Astrida, et dites-moi ce qu'il faut faire.

— C'est une chose difficile que de donner un conseil en cette affaire, dit-elle, mais si j'étais de vous, lorsque je me trouverais à boire avec le roi après le repas du matin, je voudrais être épanoui et joyeux, et ne montrer aucun signe de souci. Je suis absolument sûre que le roi Sweyn se rappellera vos vœux et vous les rappellera, car si l'ivresse les avait chassés de sa tête, ma sœur prendrait bon soin de les y faire rentrer. Elle a du ressentiment contre vous, Sigvald, pour m'avoir épousée au lieu de l'épouser; mais vous avez dû, dès le commencement, prendre votre parti de cette conséquence.

— Je ne vois pas pourquoi elle aurait du ressentiment, dit Sigvald.

— Ah! dit Astrida, voilà encore une de ces choses qu'aucun homme ne voit, et que toutes les femmes peuvent voir. Cela s'appelle un dédain, chose qu'aucune femme ne pardonne ni n'oublie. »

Puis elle continua de la sorte :

« Mais revenons à vos vœux. Aussitôt que le roi vous les remettra en souvenir, il faudra dire : « La bière est un autre homme, seigneur; si je n'avais été ivre, je n'aurais pas ouvert ma bouche si grande. » Alors vous en viendrez à demander au roi quelle force il ajoutera aux vôtres afin que vous puissiez remplir votre vœu en toute exactitude; et pendant tout ce temps, faites bien attention à vous montrer tout à fait gai et de bonne humeur avec le roi, et faites comme si tout dépendait de lui, car il croit qu'il vous tient maintenant sous son pouce. Demandez-lui nettement combien de vaisseaux il ajoutera aux vôtres, si vous pouvez vous décider à partir pour cette expédition.

— Si j'ai fait vœu, je dois partir, soit avec le roi soit sans lui, dit Sigval.

— Ne parlez pas maintenant comme si la bière était encore en vous, dit Astrida. Certainement vous devez partir, la seule question est de savoir quelle est pour vous la meilleure manière de partir, et comment vous pourrez le mieux entraîner le roi dans cette querelle avec le jarl Hacon. S'il prend avec cordialité ce que vous lui direz, et qu'il ne veuille cependant pas dire combien de vaisseaux il ajoutera aux vôtres, il vous faudra le presser ferme et lui faire déclarer le chiffre aussitôt, et faites bien attention à dire qu'il vous en faut un bon nombre, le jarl Hacon étant si puissant.

— Mais pourquoi dois-je dire tout cela avec une telle précipitation? dit Sigvald.

— Vous demandez pourquoi? dit Astrida. Parce que je suis sûre que tant que le roi pensera que vous ne pouvez ou ne voulez pas vous remuer sans lui, il vous promettra ses vaisseaux avec une entière libéralité, car s'il croit que la croisière ne devra partir que dans un temps lointain et indéterminé, il se dira qu'elle ne partira jamais. Mais si vous lui dites que vous avez l'intention de mettre sans retard à la voile, avant d'avoir obtenu de lui parole pour ses vaisseaux, je pense que vous n'en obtiendrez que peu de secours, ou même que vous n'en obtiendrez point, quand il verra le danger le regardant en face. Si vous lui dites, au contraire, que vous ne pouvez entamer cette affaire sans son secours, il sera d'autant mieux disposé à vous prêter force pour partir, car ce serait pour lui un grand plaisir que soit vous, soit le jarl Hacon, vous éprouvassiez quelque désastre, et son plaisir suprême serait que vous fussiez ruinés tous les deux. N'ayez donc crainte qu'il ne vous assiste pas ; demandez seulement avec hardiesse, et vous obtiendrez ce qu'il vous faudra.

— Je suis sûr qu'il n'y eût jamais une telle femme pour les bons conseils, » dit Sigvald en sautant à bas de son lit et en s'habillant.

Lorsqu'il descendit dans la cour, et que de là il se rendit à ses vaisseaux, tous les capitaines qu'il rencontra, Beorn, et Vagn exceptés, lui semblèrent, il faut bien l'avouer, penser que quelque chose de sombre pesait sur eux. Ils savaient tous, même ceux dont les têtes étaient encore travaillées par la bière, que quelque chose de terrible les menaçait; que le capitaine, et les autres après lui, avaient fait des vœux tels que la compagnie ne pourrait jamais les remplir, et que leur ruine était imminente.

« Je vous dis ce qui en est, disait le vieux Beorn ; je sais tout ce dont il s'agit, et le vœu qu'a fait le capitaine est une entreprise que la bande peut parfaitement bien exécuter. »

Ces paroles que le vétéran gallois adressait à un petit groupe des découragés atteignirent les oreilles de Sigvald.

« Bien dit, Beorn, bien dit ! Je suis heureux que votre solide tête porte témoignage de mes paroles et de la facilité avec laquelle je puis accomplir mon vœu. Je compte l'accomplir avec l'aide de ma bonne épée et des épées de la compagnie.

— Bravement parlé, capitaine, dit Beorn, se tournant vers lui. Voyez-vous, cette croisière en Norvége fait courir le sang dans mes vieilles veines comme il y courait autrefois. C'est tout à fait autre chose que de se pendre aux jupons des jolies femmes et de briser la loi. Maintenant nous aurons de rouges blessures au lieu de lèvres roses, et si nous tombons, nous tomberons au moins dans une bataille contre un chef puissant.

— Je suis heureux de vous trouver si bien disposé, Beorn. Je craignais que quelques-uns de la bande ne pensassent que nous n'avions pas les épaules assez larges pour renverser le jarl Hacon.

— N'ayez aucune crainte sur leur compte, capitaine, dit Beorn ; seulement ils sont inquiets parce qu'il y a à peine un homme parmi nous, sauf moi, qui sache bien exactement ce que signifie le vœu que vous avez fait. Ils disent que l'hydromel avait enlevé leurs esprits ; comme si l'hydromel avait jamais enlevé les esprits d'un homme !

au contraire, c'est l'hydromel qui met les esprits dans un homme. Pour moi, aussitôt que je me suis éveillé ce matin, je me suis dit à moi-même : « En avant pour la Norwége ! C'est un grand vœu que celui qu'a fait notre capitaine de tuer ou de chasser le jarl Hacon. » Et les autres vœux ! je me les suis tous rappelés jusqu'au mien et à ce que j'ai dit sur mon intention de préserver Vagn du mariage. Soyez-en certain, capitaine, c'est le mariage qui sera la ruine de la bande, et non pas une expédition qnelconque en Norwége. Mais quand partirons nous, capitaine ?

— C'est là justement la question, Beorn, dit Sigvald. Je souhaite partir bientôt, mais cela dépend beaucoup du roi et de l'étendue des forces qu'il ajoutera aux nôtres.

— Qu'il ajoutera aux nôtres, capitaine ! dit Beorn avec étonnement. Comment ! est-ce donc une croisière en association avec le roi Sweyn ? ne sommes-nous pas assez forts tels que nous sommes ?

— Rappelez-vous le vieux proverbe, Beorn : deux valent mieux qu'un. Nous aurons besoin de toutes les forces que nous pourrons réunir pour renverser le jarl Hacon, et d'ailleurs nous aurons beaucoup à gagner si nous pouvons faire entrer le roi Sweyn dans la querelle.

— Bien, bien, capitaine ! peut-être avez-vous raison, dit Beorn ; mais je dois dire que je n'aime pas beaucoup les associations, et quant aux partages, comment partagerons-nous notre butin avec les hommes du roi ?

— Nous n'avons encore fait aucun butin, Beorn, dit Sigvald ; un autre vieux proverbe nous dit de ne pas compter nos poulets avant qu'ils soient couvés. Mais je ne puis m'arrêter à jaser. Je vous dis que le voyage se fera bientôt, mais je le dis pour votre seule oreille ; pour le moment je désire que l'on pense que nous ne pourrons pas partir de longs mois, à supposer que nous partions jamais.

— Très-bien, capitaine, dit Beorn, maintenant je comprends tout. Comme il semble que je sois la seule tête solide de ceux qui étaient dans la salle hier soir, et comme je sais seul ce qui est arrivé, je garderai strictement mon secret pour moi-même et je ne prétendrai pas être plus sage que mes compagnons.

— C'est cela même, » dit Sigvald ; puis il se dirigea vers ses vaisseaux, et là il découvrit qu'il régnait à bord une rumeur d'après laquelle le capitaine avait fait vœu de chercher l'Utgard de Loki ou de périr en le tentant. Il n'essaya pas de détromper les équipages en leur déclarant la vérité, à laquelle, comme nous l'avons vu, il n'était arrivé lui-même que par l'aide de la tête lucide et de l'esprit éveillé d'Astrida. Aussi, lorsque son maître d'équipage lui demanda où la flotte devrait se diriger et si elle partirait bientôt, Sigvald prétendit ne rien savoir à cet égard, et il fut tout heureux lorsqu'il entendit les cornes qui appelaient à la salle les hôtes du roi pour le repas du matin.

« Voici venir maintenant un autre combat d'adresse entre Sweyn et moi, se dit-il en gravissant la colline. La dernière nuit il m'a tout à fait battu avec ses vœux et son hydromel capiteux, voyons si ce matin je ne pourrai pas lui rendre sa ruse, et lui faire au moins fourrer une de ses pattes dans la trappe qu'Astrida et moi nous lui avons préparée. »

Tout en se parlant ainsi, il avait atteint le manoir, et, en entrant dans la salle avec Astrida qui l'avait attendu, il vit le roi Sweyn et Gunnhilda assis côte à côte sur le haut siége opposé à celui où il avait été conduit la veille en remplacement de son père Harold le superbe.

CHAPITRE XXIX

LE ROI SWEYN ET LE JARL SIGVALD.

Nulle physionomie n'aurait pu paraître plus libre de souci ou d'inquiétude que ne le parut la physionomie de Sigvald lorsqu'il s'arrêta devant le roi et s'inclina avant de prendre son siége. On aurait pu croire qu'il avait passé la nuit dans le plus doux repos. Pendant tout le repas il rit et plaisanta avec Astrida et ceux qui étaient les plus proches de lui, et le roi Sweyn et Gunnhilda, qui le surveillaient soigneusement l'un et l'autre de l'autre côté de la salle, ne purent remarquer que son vœu audacieux eût le moindre effet sur ses esprits.

« C'est un homme étonnant, seigneur, dit la reine au roi, s'il sait le vœu qu'il a fait et s'il connaît tous les périls qui sont devant lui.

— Peut-être ne sait-il rien de tout cela, dit Sweyn, et l'a-t-il oublié tout juste comme je l'avais oublié, dit Sweyn.

— Ce n'est pas probable, dit Gunnhilda. Astrida est au moins aussi vigilante et aussi peu endormie que moi. Sans aucun doute elle lui a tout raconté, et cette physionomie paisible est un masque qu'il prend. Pas un homme vivant n'est plus profondément rusé que le jarl Sigvald.

— Nous verrons bientôt, dit Sweyn. Je lui mettrai ses vœux en souvenir aussitôt que les tables seront desservies. »

Là-dessus le repas continua avec cordialité, et lorsque les tables furent desservies, et que la bière et l'hydromel commencèrent à écumer et à couler, le roi Sweyn se leva de son haut siége, et dit à haute voix en s'adressant à son vis à vis :

« Comment avez-vous sommeillé après vos vœux, jarl; ou pour mieux parler, comment votre dos sent-il ce matin le poids du fardeau que vous avez entrepris?

— J'ai bien sommeillé, seigneur, dit Sigvald, et quant au fardeau, mon dos se sent de largeur suffisante pour le porter, surtout quand j'ai tant d'hommes braves pour le partager avec moi.

— La Norwége est un grand royaume, dit le roi avec dépit, et le jarl Hacon est un homme bien puissant pour s'attaquer à lui.

— C'est vrai, seigneur, dit Sigvald ; mais s'il a contre

lui un jarl et un roi, les Vikings de Jomsburg et les levées du Danemark, il peut parfaitement en avoir du pire. En outre, nous pouvons prendre notre temps. Bien des choses peuvent arriver avant que la troisième nuit d'hiver soit passée.

— Comment dites-vous un roi et un jarl, ou un jarl et un roi? Nul roi que je connaisse n'a fait vœu de renverser le jarl Hacon; il n'y a que Sigvald, jarl de Scanie, qui ait fait ce vœu.

— C'est vrai, seigneur! je sais que c'est moi seul qui ai fait ce vœu, et que mes capitaines l'ont fait après moi; mais aussi rappelez-vous que la bière est un second homme, qu'un homme à jeun est très-différent de ce même homme pris de boisson, et que c'est là ce qui nous est arrivé, à moi et à tous hier au soir. Votre majesté elle-même a peut-être ouvert sa bouche trop grande.

— Je n'ai fait de vœux que ceux que j'ai l'intention de tenir, dit Sweyn d'un ton sombre. Avant que n'arrive la troisième nuit d'hiver à partir de celle-ci j'aurai chassé Éthelred de son royaume.

— Sans doute vous êtes un roi puissant, seigneur, dit Sigvald, et, si vous prenez la mer avec toutes les levées de Danemark à votre suite avant l'expiration de ces trois années, vous pourrez parfaitement tenir votre vœu; mais la Norwége est un pays plus guerrier que l'Angleterre; au moins le jarl Hacon est-il toujours prêt, comme nous Danois nous avons dû le reconnaître souvent; il n'est pas le *mal préparé* comme le Saxon Ethelred. Nous Vikings, de notre côté, quoique nous soyons très-forts, nous ne sommes pas aussi forts que le Danemark, et je ne suis pas aussi fort que toi, seigneur. En conséquence, il nous est bien permis de réfléchir deux fois à nos vœux, et de suivre l'exemple de ces gens dont nous parlait Gangrel Pied-rapide, qui toutes les fois qu'ils parlaient sur quelque grande affaire en parlaient deux fois, une fois lorsqu'ils étaient ivres et une fois lorsqu'ils étaient à jeun. Nous avons fait vœu de dévaster la Norwége lorsque nous étions ivres, nous pouvons bien réfléchir s'il est sage d'attaquer le jarl Hacon maintenant que nous sommes de sang-froid.

— Jarl Sigvald, dit Sweyn avec sévérité, c'est une chose inouïe encore dans le Nord qu'un homme soit revenu sur un vœu fait sur la coupe de Bragi à la bière des funérailles de son père. Vous serez un poltron et un lâche aux yeux de tout le monde si vous ne vous rendez pas en Norwége pour renverser le jarl Hacon. »

Le jarl Sigvald pâlit à ces mots, mais il répondit immédiatement :

« Le vœu que j'ai fait, seigneur, j'ai l'intention de le tenir, soyez-en sûr. La seule chose qui reste maintenant est de penser comment je puis le mieux l'exécuter. J'ai quantité de temps pour y réfléchir dans les trois prochaines années. Si nous ne pouvons obtenir votre secours, nous irons seuls, et nous laisserons l'épée décider de notre querelle avec le jarl Hacon. S'il en est ainsi nous recueillerons seuls toute la gloire ; mais je pensais que vous aussi vous étiez un aussi grand ennemi, ou même un plus grand ennemi du jarl Hacon que nous qui venons à l'heure même de nous engager dans cette querelle. Il me semble qu'il serait sage de ne pas perdre la chance de mettre un tel ennemi sous vos pieds pour quelques vaisseaux et quelques hommes. »

Le lecteur a pu s'apercevoir de l'habileté avec laquelle le jarl Sigvald avait suivi l'avis d'Astrida dans cette discussion avec le roi. Il avait fait ressortir très-clairement deux points aux yeux de Sweyn, le premier c'est qu'il qu'il était improbable qu'il y eût jamais de croisière en Norwége, à moins qu'il ne prêtât quelque secours aux Vikings ; le second, c'est que bien que le jarl eût l'intention de tenir son vœu, il prendrait son temps pour l'exécuter, et qu'en fait il y avait aussi peu de presse pour l'attaque des Vikings contre le jarl Hacon que pour l'expédition du roi contre Ethelred.

Le roi Sweyn était, lui aussi, dans les plus heureuses dispositions d'esprit. Gonflé de joie qu'il était d'avoir forcé les Vikings à avaler l'hameçon qu'il leur avait si habilement tendu pour les attraper, il les jugeait maintenant solidement accrochés, et il était préoccupé de ne pas les laisser secouer l'hameçon de leurs bouches et s'échapper, faute d'un peu d'adresse et de manœuvre de sa part. Il continua donc à jouer d'eux encore quelque temps.

« Ce serait bien plus glorieux pour vous, jarl Sigvald, si vous accomplissiez tout seul ce grand acte, et si vous pouviez dire : Voici ! j'ai abattu cette proie puissante, le jarl Hacon l'apostat, moi tout seul.

— C'est fort possible, seigneur, dit le jarl ; mais cependant il est bon de se rappeler qu'un homme ne peut faire que ce qu'il peut faire, et que la plus dure énigme de la vie est de savoir jusqu'à quel point pourra tenir la force qu'on possède. Comme un prudent capitaine, je souhaite de t'avoir avec moi, seigneur ; et autre chose, je pense que ce serait une belle plume à mon chapeau et une addition à ma gloire, si l'on pouvait dire lorsqu'on parlera dans l'avenir de ces grands exploits : Ces deux beaux-frères, le roi Sweyn, fils d'Harold, et son vassal, Sigvald, jarl en Scanie, renversèrent ensemble le jarl Hacon, le méchant jarl de Norwége. »

Ce discours politique, si flatteur pour la vanité du roi Sweyn, décida l'affaire. Il vit clairement que non-seulement il était de son intérêt d'aider les Vikings et de se venger ainsi par ses propres mains du jarl Hacon, mais qu'en s'associant à eux il pourrait partager les bénéfices de la victoire quels qu'ils fussent.

« Je leur donnerai quelques secours, se dit-il à lui-même, en sorte que si l'expédition échoue je ne perdrai pas beaucoup, et que si elle réussit je serai leur associé et qu'ils ne pourront jamais dire qu'ils l'ont faite tout seuls. »

Comme il se taisait pour faire cette réflexion, le jarl, qui vit son avantage, le pressa plus étroitement et cria :

« Allons, seigneur, dites le mot. Combien de vaisseaux nous donnerez-vous pour ce voyage ?

— Voyons, dit le roi, lorsque vous aurez tout préparé pour le voyage, je vous donnerai vingt longs vaisseaux en bon état et entièrement équipés. »

A ces mots le jarl sourit de mépris et s'écria tout aussitôt :

« Vingt longs vaisseaux, seigneur! vingt longs vaisseaux ! J'appellerais cela une belle offre si elle était faite par quelque riche paysan, quelque particulier qui aurait amassé de la fortune; mais ce n'est pas une offre qu'un roi puisse faire, surtout un roi tel que toi. Vingt longs vaisseaux! » Ces mots coururent autour de la salle, et il y eut un murmure de dérision du côté des Vikings.

Le roi Sweyn se sentit piqué, fronça le sourcil, et prit ce que le chroniqueur appelle sa face de loup.

« Et s'il vous plait, jarl Sigvald, quel est le chiffre des vaisseaux que vous croyez devoir obtenir si vous avez tout l'appui que vous jugez nécessaire?

— Ma réponse est toute prête, seigneur, dit Sigvald, et je vous la donne sur le champ ; c'est juste soixante vaisseaux, tous grands, bien montés et en bon état.

— Il me semble, jarl, dit Sweyn, que maintenant vous ouvrez votre bouche aussi grande pour les vaisseaux que vous l'avez ouverte lorsque vous avez fait votre vœu contre le jarl Hacon.

— Si un homme ouvre une fois la bouche toute grande, dit Sigvald, il ne lui est pas si aisé ensuite de la refermer. Je suppose que j'ai tellement élargi la mienne, la nuit dernière, à la bière des funérailles de mon père, qu'elle n'est pas encore resserrée ce matin. Mais il y a une autre chose que je désire vous dire, seigneur, et qui est mieux de circonstance que de perdre son temps à parler sur la largeur de la bouche d'un homme. Lorsque nous partirons bien décidément je vous remplacerai vos vaisseaux par d'autres des miens qui seront plus nombreux quoique moins forts. Cela peut être un bénéfice pour vous, seigneur, car qui peut dire si tous vos vaisseaux reviendront, et si les vôtres ne vont pas à cette expédition il est de toute probabilité qu'aucun de nous n'en reviendra, car toute l'affaire est dans vos mains, seigneur ! »

La vanité du roi Sweyn fut évidemment touchée par cette conclusion de l'habile discours de Sigvald. Il réfléchit un moment, et puis dit :

« Il en sera comme vous le désirez, jarl. Les soixante vaisseaux seront prêts lorsque vous serez prêts. Faites vos plans en conséquence, vous aurez tout ce que vous demandez.

— Une noble et gracieuse réponse, telle qu'on devait l'attendre de vous, seigneur, dit Sigvald avec un sourire. Et maintenant la seule chose que je vous demande, c'est d'accomplir bientôt votre promesse, car nous ferons voile pour la Norwége aussitôt que sera terminée la fête que nous célébrons maintenant. Ainsi apprêtez vos vaisseaux, et si vous manquez de marins, je vous en prêterai quelques-uns pour les monter. Avec soixante de vos longs vaisseaux et quatre-vingt dix des miens, montés principalement par nous Vikings, nous marcherons bien ; pour le reste nous vous laisserons tous nos plus petits vaisseaux et quelques-uns de nos hommes pour les garder jusqu'à ce que nous revenions triomphants ou que vous entendiez dire que nous ne reviendrons pas du tout. »

Ce fut chose amusante de voir comment le roi resta frappé de mutisme à cette annonce subite, mutisme qui n'échappa ni à Astrida ni à son époux. Il resta sans pouvoir articuler un mot pendant un temps, cependant il recouvra la parole plus tôt qu'on n'aurait pu s'y attendre.

« Tout sera comme vous le désirez, Sigvald, mais j'avoue que votre résolution est arrivée plus tôt que je ne l'attendais. Je ne croyais pas que vous voulussiez si vite jouer du pipeau ; mais comme vous en jouez, il faut bien que je danse, par conséquent vous aurez les vaisseaux aussitôt que possible. Et maintenant comme cette besogne faite pour altérer est finie, qu'on nous passe un peu d'hydromel. »

Les cornes furent apportées, et la fin de ce repas du

matin se passa bien et gaiement. Maintenant que les Vikings étaient engagés à cette entreprise, et que le roi Sweyn avait à ce point uni sa fortune à la leur, tous les capitaines réclamaient ardemment le départ, et il va sans dire qu'il n'en était pas qui le réclamassent plus fort que Beorn à la tête opiniâtre, et Vagn, l'amoureux d'Ingibeorg.

« C'est ce que j'appelle un acte de solide hardiesse en vérité, fils d'armes, dit le vieux Gallois. De même que le roi Sweyn fut ahuri en voyant le Sund caché par nos vaisseaux, ainsi ce rusé renard, le jarl Hacon, grincera des dents dans sa salle, lorsqu'il apprendra que les Vikings de Jomsburg sont venus le regarder en face et lui rendre son territoire trop chaud pour qu'il puisse y tenir en plein hiver. J'espère seulement qu'il n'y aura pas de délais, que nous mettrons à la voile aussitôt que nous pourrons, et que nous nous dirigerons immédiatement sur Drontheim où, comme nous le savons tous, se trouve le plus gros des forces du jarl. En outre, grâce au ciel, nous n'aurons rien à démêler avec les femmes durant cette croisière.

— Comment donc, Beorn, dit Vagn, vous oubliez que j'ai fait vœu d'épouser Ingibeorg, la fille de Thorkell, pendant ce voyage, ou de ne jamais revenir ?

— Non, je ne l'oublie pas, dit Beorn, avec mauvaise humeur, mais je me rappelle aussi mon vœu qui est de vous garder contre le mariage, et je le tiendrai, je le jure par tous les dieux !

— Nous ne séjournerons donc pas dans la baie, croyez-vous ? dit l'amoureux adolescent.

— Qui peut le dire, enfant ? dit le vétéran. Séjourner dans la baie est l'équivalent de perdre du temps, tandis que nous devrons nous diriger sur le nord aussi vite que possible. Si nous séjournons dans la baie lorsque nous serons en vue du territoire de Norwége, ce sera perte de temps et perte d'hommes, car les Norwégiens ont des yeux perçants aussi bien que nous, et alors le jarl Hacon saura que la guerre s'approche et lèvera ses hommes. Pour que cette croisière soit heureuse, il faut que nous le surprenions à l'improviste.

— Le temps et le vent nous arrêteront peut-être, dit Vagn.

— Peut être en effet nous arrêteront-ils, et si cela arrive, ce sera tant pis pour nous ; ce dont nous avons besoin, c'est d'une tapageuse brise du sud pour nous pousser jusqu'à Stad, et puis d'une autre brise d'ouest tout aussi vive pour nous pousser jusqu'à Drontheim. Si nous pouvons seulement attrapper ces deux vents-là, je veux adorer Eric au chapeau de vent, le roi de Suède, qui avait coutume de faire le vent qu'il voulait en tournant son chapeau. Que ne puis-je avoir à bord ce chapeau, ou à son défaut, que n'ai-je acheté une de ces cordes à nœuds que les Finnois vendent et qui vous procurent un bon vent quand vous les dénouez. Cela viendrait bien à point pour l'instant. »

Ainsi jasaient en buvant ces deux hommes, parfaits échantillons de ce qui se passait en ce moment tout autour de la salle. Après tout le roi n'était pas mécontent d'avoir écouté le conseil de Gunnhilda et fait promesse d'assister Sigvald de ses vaisseaux, et de leur côté Sigvald et Astrida étaient également contents du succès qui avait couronné leur projet d'entraîner le roi Sweyn dans cette querelle.

Lorsque le repas du matin fut achevé, le roi, Sigvald, Gunnhilda et Astrida se promenèrent sur le sommet de la colline, en parlant de ce qui venait de se passer.

« Que pensez-vous de cette croisière, belle-sœur, dit le roi. Attendrons-nous, ou mettrons-nous à la voile immédiatement ?

— Je crois, répondit Astrida, qu'un enfant pourrait voir que plus tôt elle sera entreprise, mieux cela vaudra. Il n'y a pas espoir d'abattre le jarl Hacon qui a tant abattu d'ennemis en sa vie, si le départ de la flotte est retardé jusqu'à ce qu'il apprenne qu'elle arrive, et si vous manquez le coup maintenant, il prendra de telles mesures que vous ne pourrez jamais le renverser. Il n'y a donc qu'un conseil à donner, vous mettre à la tâche anssitôt que vous pourrez, ne pas vous laisser précéder par les nouvelles de votre arrivée et prendre ainsi le jarl à l'improviste. Si vous pouvez faire cela, et saisir le jarl et le tuer, comme il le mérite, vous pourrez ravager la Norwége, bien que je ne croie pas que vous puissiez jamais la soumettre. Si vous ne faites pas cela, attendez-vous à une lutte opiniâtre, à nombre de rudes coups, à de grandes pertes d'hommes, et pour résultat dernier, à rien peut-être qui vaille, sauf la gloire, qui durera autant que le nord, d'avoir osé attaquer le jarl Hacon par une croisière d'hiver.

— Voilà qui est parlé tout à fait selon mon opinion, dit Sigvald.

— Et selon la mienne, dit le roi.

— Et selon la mienne, » dit Gunnhilda.

Il fut donc décidé que les Vikings mettraient à la voile aussi rapidement qu'ils pourraient, et en même temps tous les ports devaient être fermés devant les vaisseaux en partance, de peur qu'un navire de commerce ne portât au jarl Hacon la nouvelle de ce qui allait fondre sur son royaume.

De tous les côtés il fut admis qu'il n'y avait pas de temps à perdre, si le jarl Hacon devait être pris au piége. Le lecteur aura remarqué que le jarl Sigvald n'était pas aussi désireux d'obtenir du roi Sweyn des hommes que des vaisseaux. En effet, les vaisseaux du roi pouvaient égaler les plus considérables de ceux de Sigvald, et étaient beaucoup mieux faits pour affronter la mer de Norwége et pour lutter avec la flotte du jarl Hacon. Comme nous l'avons déjà dit, le plus grand volume d'un long vaisseau non-seulement lui donnait une plus grande rapidité dans une croisière, mais la hauteur de ses flancs hors de l'eau lui créait un avantage décidé dans une action navale, car son équipage était plus à même de faire pleuvoir ses dards, ses flèches et ses pierres sur les têtes de ses ennemis qu'il ne l'aurait été sur un plus petit vaisseau, et même dans le cas où la bataille tournait mal et où l'ennemi essayait d'aborder, ces tentatives étaient beaucoup plus aisément repoussées sur un vaisseau qui s'élevait hors de l'eau au-dessus de ses assaillants.

A ses quatre-vingt-dix longs vaisseaux de cinquante rames chacun, le jarl en ajoutait soixante du roi, de même volume que les siens et de même équipage. Cela faisait ce que les gens du Nord, dans leur libérale manière de compter — manière qui, remarquons-le, se continue encore en Angleterre, spécialement parmi les pêcheurs — appelaient un long cent, c'est-à-dire une flotte de six vingt comptant pour un cent, autrement dit cent vingt, plus un surcroît de trente. Avec ces cent cinquante longs vaisseaux, et douze mille hommes, principalement composés de ses Vikings, le jarl Sigvald pouvait sérieusement croire qu'il était à même de se mesurer avec n'importe quel nombre de recrues que pourrait lever le jarl Hacon avant que les envahisseurs ne fondissent sur lui ; en sorte que les préparatifs pour l'expédition marchèrent joyeusement et rapidement, et de fait, aussitôt que les soixante vaisseaux du roi Sweyn eurent été scrupuleusement passés en revue, la flotte put être dite prête à partir. Le peu de retard qu'il y eut provint exclusivement de la nécessité de calfater et de rapprocher les joints des navires du roi dont la plupart avaient été depuis quelque temps mis au repos pour l'hiver, et lorsque cela eut été fait, que les approvisionnements et les équipages eurent été retirés des vaisseaux plus petits de Sigvald, et que toutes les réparations nécessaires eurent été opérées, la flotte fut déclarée prête à mettre à la voile.

CHAPITRE XXX

HACON, LE MÉCHANT JARL.

Laissons maintenant les Vikings occupés à leurs préparatifs et tournons notre récit du côté de la Norwége. En un clin d'œil nous allons amener le lecteur avec nous dans la vallée de Gudbrand comme elle doit être appelée, et non vallée de Guldbrand, nom sous lequel la connaissent les modernes touristes, fameuse dans l'histoire du XVIIe siècle comme le théâtre de la destruction de Sinclair et de ses Écossais.

Juste à peu près au même temps où la bière des funérailles d'Harold le superbe était célébrée en Scanie, une fête était tenue dans la vallée de Gudbrand, et celui qui la tenait n'était personne de moindre que Gudbrand lui-même, dont la belle vallée avait pris le nom. Ce riche propriétaire libre était un des plus considérables hommes liges du jarl Hacon qui n'était pas, au moins encore, appelé le méchant, excepté par ses ennemis de l'extérieur, et par les chrétiens dont il avait été forcé d'adopter la foi qu'il s'était empressé de rejeter à la première opportunité. Allié à la race royale d'Harold aux blonds cheveux, lui, et ses pères avant lui, avaient été jarls à Hladir, autrement dit *les Granges*, centre du district de Drontheim dont les solides hommes libres avaient si souvent décidé du sort de la Norwége, selon qu'ils appuyaient tel ou tel prétendant au trône. Quant au jarl Hacon lui-même, après beaucoup de périls et un long exil en Danemark à la cour d'Harold à la dent bleue, en compagnie duquel il avait été forcé par l'empereur Othon d'embrasser le christianisme, il avait réussi non-seulement à détruire Harold à la fourrure grise, petit-fils d'Harold aux blonds cheveux, mais à s'établir lui-même comme chef absolu en Norwége. S'il avait été de la race royale directe, il aurait pu prendre le titre de roi, mais comme tel n'était pas le cas, et comme ses pères avaient été jarls avant lui, il resta jarl jusqu'à la fin de son règne, content de la réalité et insoucieux du titre creux de la souveraineté.

Nos lecteurs devront aussi se rappeler qu'à cette époque, dans tout le nord de l'Europe, il existait une lutte entre les religions païenne et chrétienne. Comme il arrive toujours lorsqu'une nouvelle croyance commence à en envahir une ancienne, les chrétiens étaient caractérisés en général par un zèle et une dévotion que les plus intelligents des païens ne possédaient plus. Nous l'avons vu déjà chez les Vikings, qui, disaient-ils, n'appartenaient à aucune religion; pour eux les anciens dieux avaient été déposés et les nouveaux n'avaient pas été intronisés à leur place. Pour nous servir de leur propre expression, ces hommes-là croyaient en eux-mêmes. Quant à la grande masse des natifs du Nord, spécialement de la Norwége, ils restaient encore aveuglément attachés à la vieille foi, et lorsque les Norwégiens, et principalement les hommes solides qui habitaient autour de son château à Hladir ou les *Granges*, apprirent que leur jarl avait rejeté la soupe au lait de la foi des chrétiens et avait de nouveau reconnu la suprématie des anciens dieux, ils le soutinrent sur le terrain que nous appellerions aujourd'hui le terrain des vieux principes conservateurs, et ne voulurent entendre parler d'aucun rival à son pouvoir.

On peut voir par là que le jarl Hacon joua beaucoup dans l'histoire norwégienne le rôle que Julien l'apostat joua dans l'ancien monde romain. Il était donc retourné au culte de ses ancêtres, et il en accomplissait scrupuleusement tous les rites.

Il a été dit par certains écrivains qui ont suivi l'assertion émise par Tacite dans ses *Mœurs des Germains*, que les anciens Teutons n'adoraient pas leurs dieux dans des temples faits de mains d'hommes, mais dans des bosquets épais, sous des arbres majestueux, où ils croyaient que les dieux prenaient plaisir à séjourner, car ils pensaient que leur majesté était trop imposante et trop immense pour être contenue entre des murailles de bois ou de pierre. Si telle était dans les temps anciens la coutume de la Germanie proprement dite, il n'en était certainement pas de même chez cette branche de la race teutonique ou gothique qui durant les grandes migrations s'était établie dans la péninsule Scandinave. Les Suédois, depuis les temps de la plus lointaine antiquité, avaient toujours adoré les dieux du Valhalla dans leur grand temple à Upsal; dans la Gothie orientale, la fraction des Goths qui l'habitait avait des temples à elle propres qu'elle n'avait abandonnés pour le culte commun à Upsal qu'après une longue lutte. En Norwége il y avait des temples dans divers districts du pays, et à l'époque du jarl Hacon deux sont spécialement nommés: l'un, le plus grand de tous, près de son château à Hladir, et un autre, le second en dimension et en grandeur, près de la maison de son ami, Gudbrand de la vallée.

C'est dans la maison de ce Gudbrand et dans sa salle que nous allons maintenant introduire le lecteur, en lui demandant pardon pour cette sèche préface qui est réellement nécessaire s'il souhaite comprendre notre histoire.

Pour se rendre de Hladir à la maison de son vieil ami, le jarl avait pris la route que les modernes voyageurs prennent encore. Lorsque les montagnes se trouvent sur le chemin, c'est l'homme qui doit aller à la montagne, ce n'est pas la montagne qui vient à lui. Le jarl traversa donc les monts Dofrines avec sa garde du corps, entra dans la charmante vallée de Rom, la remonta jusqu'à la cascade, et puis descendit dans la vallée de Gudbrand en suivant le bord de la rivière qui coule à travers la vallée jusqu'au Mjösen.

Comme il nous faut continuer notre récit, nous supposerons que le voyage a été heureusement accompli et que le jarl Hacon est assis dans le siége d'honneur vis-à-vis de Gudbrand dans une spacieuse salle qui rivalisait presque avec celle d'Harold le superbe. Les feux brûlaient avec vivacité, et ils étaient nécessaires, car on était au vingt-cinq d'octobre, et la nuit suivante, celle du vingt-six, était comptée comme la première nuit d'hiver, nuit où les gens rudes du Nord souhaitaient la bienvenue à l'hiver par un grand sacrifice et en mangeant de la chair de cheval.

Gudbrand de la vallée était un vieillard avec une longue barbe blanche; ses conseils valaient maintenant mieux que son bras, mais à l'un de ses côtés était assis Thrand, son fils, homme dans la pleine vigueur de sa virilité, et à l'autre un gros Islandais nommé Rapp qu'en obéissance aux droits sacrés de l'hospitalité Gudbrand avait accepté comme son hôte pour cet hiver.

Maintenant tournons nos regards sur le jarl Hacon, le méchant, comme il était appelé à l'étranger, bien qu'il ne fût pas encore connu sous ce nom dans son pays. Hacon, fils de Sigurd, jarl de Hladir, était un homme plutôt fort que grand; ce n'était pas un géant comme Thorkell, et certainement ce n'était pas un champion à comparer à Vagn, fils d'Aki; mais néanmoins il avait été un hardi et heureux guerrier, comme par exemple lorsqu'il tomba sur le roi Harold à la grise fourrure et qu'il le tua avec le secours d'Harold le riche, frère d'Harold à la dent bleue, et qu'ensuite, presque sans prendre haleine, il se retourna contre son allié, et le tua lui et ses hommes, se vengeant ainsi et vengeant son ami Harold à la dent bleue, d'un ennemi étranger, d'un frère haï et d'un rival en deux coups rapidement portés.

Mais c'était plutôt pour sa tête que pour sa main que le jarl Hacon était fameux. C'était lui qui avait combiné le plan qui conduisit Harold à la grise fourrure à la place où il fut tué. C'est lui qui fit remarquer à Harold à la dent bleue que Harold le riche étant affaibli par suite de sa lutte avec le roi de Norwége, il serait aisé de se débarrasser de son indiscipliné parent. C'est lui dont la politique réussit pendant un temps à tenir éloignées les forces de l'empereur Othon. Et c'est lui finalement qui, après avoir persuadé à Harold à la dent bleue de le laisser retourner en Norwége comme chrétien et comme vassal payant tribut et tenant le pays sous la suzeraineté du roi de Danemark, avait à la fois mis de côté et sa nouvelle foi et le tribut, et avait tenu la Norwége pendant des années contre le roi de Danemark et l'empereur.

D'aspect ce politique jarl était surtout basané, teint qui n'était pas estimé agréable dans le Nord; néanmoins, il aurait été tenu pour beau si ses nobles traits corrects n'avaient pas été si souvent assombris par la taciturnité, ou recouverts du masque que la ruse jette sur un visage, et de l'expression fausse et déshonnête qu'elle lui donne. C'était une remarque faite par tout le monde, que malgré tout son esprit, le jarl Hacon regardait rarement quelqu'un bien en face, et cependant chacun savait qu'il était l'homme le moins timide de ses états.

Tel était le jarl, qui, pour le reste, ne pouvait pas être appelé grand, quoique ses épaules fussent larges et sa charpente robuste et musculeuse.

A sa droite était assis un homme dont il était difficile de détourner les yeux lorsqu'on les avait une fois portés sur lui. Il était grand, bien qu'il ne le fût pas autant que Thorkell, large des épaules, mince de la taille, les membres robustes et cependant bien formés, les pieds, les mains et les oreilles petits. La face était belle, coulée dans le plus remarquable moule de la beauté du Nord, les yeux larges et d'un bleu brillant, le nez droit, mais un peu retroussé du bout, la bouche forte, les joues rondes. Sa chevelure, qui n'était pas aussi dorée que celle de Vagn, fils d'Aki, mais qui cependant était plutôt dorée que rouge ou jaune, tombait en larges boucles sur son cou, et sur tous ses traits se jouait une expression joyeuse et aimable montrant que l'homme qui en était porteur, bien que brave et impétueux dans le combat, aurait préféré être ami plutôt qu'ennemi avec chacun, et s'il eût pu faire sa volonté, aurait mieux aimé, comme on le disait à cette époque, boire avec les gens que les combattre.

Maintenant, le repas est achevé, les cornes passent à la

ronde, la bière ouvre la bouche des convives, et les saillies et la gaieté coulent avec la liqueur.

Juste à ce moment, le jarl Hacon se tourne vers son robuste voisin de gauche, — celui qui est assis à sa droite est son fils aîné, le jarl Éric.

« Dites-moi, Sigmund, fils de Brestir, quelle espèce d'homme est-ce que celui qui est assis à la droite de Gudbrand ?

— C'est Rapp l'Islandais, jarl, dit Sigmund ; il est venu cet été en Norwége dans le navire de Kolbein de Drontheim ; on dit qu'il a tué un homme et qu'il a été forcé de fuir le pays.

— C'est un homme grand et solide, dit le jarl, mais d'un mauvais regard. Pourquoi porte-t-il sa hache ainsi que son épée dans la salle ?

— Cela, je puis vous le dire aussi, jarl, car je le rencontrai dans une taverne avec Kolbein avant notre départ de Hladir. Il dit que sa hache est la chose à laquelle il se fie le plus sur la terre, et c'est pourquoi il ne veut jamais s'en séparer.

— Une méchante foi, une méchante foi, dit le jarl. Mieux vaut se confier aux dieux, et principalement dans ceux que j'adore, — les vierges du bouclier, Thorgerda et Irpa ; — et maintenant j'y pense, Sigmund, fils de Brestir, à quoi croyez-vous vous-même ?

— Ma foi, jarl, dit Sigmund, est à peu près celle de Rapp. Je ne me fie ni dans ma hache, ni dans ma bonne épée, mais je me fie malgré tout, dans ma propre force et ma propre puissance. »

Le jarl regarda Sigmund avec ses yeux bruns et perçants, et le mesura de la tête aux pieds ; puis il demanda :

« Quel âge pouvez-vous avoir, Sigmund, fils de Brestir?

— Si je vis jusqu'après ce prochain temps d'Yule, j'aurai vingt-sept ans, dit Sigmund.

— C'est ce que je pensais, dit le jarl, et c'est pourquoi je vous ai demandé votre âge.

— Comment cela, jarl? dit Sigmund.

— Parce que votre foi n'est bonne que pour un jeune

homme, répondit le jarl. A quoi croira donc l'homme qui ne croit qu'à sa force et sa puissance lorsqu'il sera devenu vieux comme Gubrand que voilà en face de nous? Mieux vaut croire avec lui aux anciens dieux.

— Je n'ai pas songé à cela, jarl, dit Sigmund.

— Vous auriez mieux fait d'y songer, dit le jarl.

— Mais qu'ont donc fait les dieux pour moi? dit Sigmund, comme désireux de se justifier. D'abord ils restèrent indifférents et ne firent rien lorsque mon père et son frère furent tous deux tués dans un seul jour par leur parent, Thrand, dans les îles Féroë. Puis ils permirent que Thrand nous vendît après nous avoir fait presque crever de faim et nous avoir rasé la tête comme à des esclaves. Puis ils permirent que nous fussions sur le point de mourir de froid et de faim dans vos montagnes de Norwége, lorsque nous n'étions encore que des bambins, moi et mon cousin Thorir. Par notre propre force nous nous frayâmes notre route jusqu'à un proscrit qui habitait dans le plus épais du bois, et là nous vécûmes jusqu'à ce que nous fûmes devenus grands. Ensuite, par notre propre puissance et notre propre volonté, nous nous sommes ouverts la route vers toi, jarl, et c'est toi et non les dieux qui as été bon et généreux pour nous; mais toi-même tu ne nous aurais pas traités si bien si nous n'avions pas été capables de défendre nos propres personnes et de faire plus d'un acte de bravoure contre tes ennemis et les Vikings de la mer de l'Est. Si nous — je parle de nous deux — avons fait quelque chose en notre vie, c'est entièrement par nous-mêmes, et non, autant que je puisse voir, par le secours des anciens dieux qui, s'ils avaient veillé au maintien de ce qui est juste et droit, auraient pris soin que Thrand ne tuât pas nos parents par stratagème et trahison, et auraient voulu que nous gouvernassions à cette heure les îles Feroë comme notre héritage au lieu d'être exilés ici en Norwége.

— Tu as fait beaucoup, Sigmund, fils de Brestir, dit le jarl, et quelque chose me dit qu'il te reste encore beaucoup à faire avant que tu déposes tes os dans les Feroë.

Mais sois sûr que les dieux ont leur part dans tout ce qui t'est arrivé, car quoique Odin lui-même ne puisse changer ni la destinée d'un homme, ni la sienne propre, il la connaît à tout le moins, et il aide un homme pendant toute sa vie afin qu'il puisse l'accomplir.

— Et comment un homme peut-il connaître sa propre destinée? dit Sigmund.

— Cela est difficile à dire. Parfois un homme passe toute son existence sans la voir et sans la connaître. Quelquefois il en saisit des indications dans des rêves et dans des visions, et dans ce que les gens appellent ici dans le Nord *la seconde vue*. Mais quoi qu'il voie, ou quoi qu'il connaisse, il vaut beaucoup mieux qu'il ne la voie ni ne la connaisse, car la destinée est une chose qui ne peut se changer. Et voyez? quoique Odin connaisse la destinée de tous les hommes aussi bien que la sienne propre, quel trouble et quel chagrin n'est-ce pas pour lui de savoir qu'au grand jour du jugement, pendant le crépuscule des dieux, lui aussi, tout grand Dieu qu'il est, périra par le loup qui a été ordonné depuis le commencement de toutes les choses pour le détruire. Mais assez là-dessus; je souhaite néanmoins, Sigmund, fils de Brestir, que tu consentes et que tu arrives à croire aux anciens dieux comme j'y crois moi-même, et que tu les adores et leur présentes tes offrandes comme je le fais dans ce saint temple de la vallée de Gudbrand. Demain nous le visiterons ensemble. Peut-être Thorgerda la Valkyrie, à laquelle nous avons déjà envoyé tant de guerriers tués dans le combat, pourra te faire quelque signe. »

Puis le jarl appela Rapp à travers la salle.

« Avance ici, Islandais, que j'aie deux mots de conversation avec toi. »

Pendant que l'Islandais traversait la salle à grands pas, il murmura quelque chose et leva à demi sa hache :

« Qu'est-ce que tu disais, Islandais? dit le jarl. Ne sais-tu pas que dans une salle remplie on doit parler haut?

— Ce que je disais je me le disais à moi-même, jarl, dit l'Islandais, mais si vous voulez savoir ce que c'était, le voici : les coups vont mieux à mon caractère que les paroles.

— Très-probablement, dit le jarl, parce que tu vois que ce sont les coups et non les paroles qui t'ont conduit en Norwége, si tout ce qu'on m'a raconté est vrai. Quel est ton nom ?

— Rapp, fils de Geirolf, jarl, et si vous voulez savoir ce qui m'a amené d'Islande, ce n'est ni coups ni paroles, mais un vaisseau.

— En vérité ! dit le jarl ; et il va sans dire qu'un homme aussi puissant à payé un beau salaire à Kolbein, car c'est Kolbein qui t'a donné ton passage et qui t'a ainsi sauvé la vie.

— Je n'ai rien payé pour mon passage, dit Rapp d'un ton morose.

— Je sais que tu n'as rien payé, dit le jarl, et je vais te dire pourquoi ; car, comme dit le vieux proverbe, les oreilles d'un jarl sont longues. Vous fîtes marché avec Kolbein et lui promîtes un beau salaire dans votre extrême nécessité, mais lorsque vous passâtes sous Agdaness, dans la contrée de l'Est, et que Kolbein vous demanda son salaire, vous lui dites que l'argent était en Islande et que vous n'aviez rien pour payer. Nous sommes des gens de franc parler, ici, en Norwège, et pour dire la vérité, nous appelons cela escroquerie. J'espère que vous vous conduirez mieux envers Gudbrand qui vous a reçu chez lui. »

Le gros Islandais eut un regard qui semblait dire qu'il aimerait à essayer sa hache sur la tête du jarl, et Sigmund et Eric portèrent tous deux la main à la garde de leurs épées pour prévenir le coup, mais le regard de haine passa, et Rapp se contenta de répondre :

« Il y a une réponse à toute accusation, jarl, et ma réponse à la vôtre est que j'ai payé mon passage en travail, et si Kolbein ose dire que je n'ai pas accompli l'ouvrage de deux hommes pendant tout le voyage et que je n'ai pas valu mon sel, il est un poltron et un lâche.

— Je ne sais rien de cela, dit le jarl. Cela peut être, car vous êtes un beau et robuste gaillard, et bon à employer en cas de besoin, j'ose le dire ; mais cette partie de l'histoire n'est pas celle que mes longues oreilles avaient entendue. Assez là-dessus. Nous avons tous bien bu, continua-t-il en s'adressant à Gudbrand, et il est temps d'aller au lit, camarade de table, car nous avons beaucoup à faire demain. »

Là-dessus le jarl et tous les autres avec lui se levèrent, et le sommeil régna bientôt en toute suprématie dans la demeure de Gudbrand de la vallée.

CHAPITRE XXXI

LE JARL ET SIGMUND VISITENT LE TEMPLE.

Le lendemain était le 26 d'octobre, première nuit d'hiver comme on l'appelait, car les hommes du Nord comptaient toujours par hivers et par nuits, comme nous le faisions en Angleterre même, ainsi qu'on peut le voir par les termes de *fortnight* et de *sennight*, quatorze nuits et sept nuits. Tout le monde se leva de bonne heure à la grange de Gudbrand, le vieillard lui-même, et Thrand son fils, et sa jolie fille Gudrun, et le jarl et Sigmund. Tout marcha bien et joyeusement. Le vieillard bavarda avec Rapp dont la face était moins morose ; le jarl était gai, la chère bonne et la bière forte. Lorsque le repas du matin fut terminé, le jarl dit à Sigmund :

« Ce soir, vous le savez, il y aura une grande offrande au temple, mais avant le sacrifice pour l'arrivée de l'hiver, auriez-vous envie de venir avec moi dans le temple et de contempler les images des dieux ?

— Mon désir, jarl, est de faire ce que vous souhaitez, dit Sigmund. Je suis ici comme votre homme lige pour vous rendre service.

— Venez en ce cas, dit le jarl. Peut-être les dieux seront gracieux, et feront quelque signe pour dire qu'ils nous regardent avec plaisir, vous et nous. »

Laissant Gudbrand et les autres, le jarl et Sigmund partirent, et marchèrent pendant quelque temps à travers la verte forêt de pins qui tapissait un des côtés de la vallée. En continuant à marcher ils suivirent un petit sentier qui les conduisit à une clairière dans la forêt très-semblable à celle où s'élevait cette église que nous avons vue dans la Gothie Orientale, et alors Sigmund aperçut un splendide édifice, entouré d'une haute palissade. Il était tout en bois, mais en bois travaillé avec une étonnante habileté. De tout temps les gens du Nord ont été de merveilleux ciseleurs en bois, et les charpentiers de cette époque avaient dépensé tout leur talent pour faire de ce temple une œuvre d'art. Même à l'extérieur, il était richement doré dans beaucoup de ses parties, et il était surmonté d'un clocher sans cloches — les cloches ne vinrent qu'avec le christianisme — terminé par une girouette dorée. Quant à sa forme, ce temple n'était pas d'une longueur proportionnée à sa largeur et à sa hauteur comme une église chrétienne ; il était plutôt circulaire, avec un dôme supporté sur des piliers massifs richement sculptés et dorés ; mais, sur l'un des côtés du cercle, était pratiqué un enfoncement correspondant à l'abside dans une église en retonde, comme fut transformé par exemple le vieux temple d'Upsal lorsque les Suédois devinrent chrétiens. La porte était opposée à cette abside, et le jarl et Sigmund la traversèrent respectueusement, têtes nues.

A l'intérieur se trouvaient les images de plusieurs dieux, sans doute même de tous les dieux ; nous nous arrêterons à en signaler trois seulement comme les divinités que le jarl et Gudbrand, qui avaient bâti et entretenaient ce temple en commun, adoraient particulièrement. Le premier et le plus important de tous était Thor, le dieu tutélaire de la Norwège, représenté conduisant son char traîné par des boucs, et brandissant son marteau, pour indiquer qu'avec ce marteau il briserait les crânes des géants de glace, les grands ennemis des hommes, et ramènerait le brillant et fertile été avec ses pluies d'orage.

Nous oublions de dire que ce temple était une merveille pour l'époque, car il était éclairé par des fenêtres garnies de vitres, en sorte que l'intérieur était lumineux et brillant, et qu'il ne s'y trouvait pas d'ombres mélancoliques comme celles qui tombaient sur les peintures et les images des saints dans les églises chrétiennes.

Mais revenons aux dieux. En outre de Thor, il y avait deux images de déesses, ou, si nous pouvons les appeler ainsi, de deux divinités féminines ou saintes païennes, les deux Valkyries, ou vierges du bouclier, au culte desquelles le jarl était particulièrement dévot. La première était Thorgerda la fiancée du sanctuaire, et la seconde Irpa. Ces deux images étaient splendidement vêtues de soie et de fin lin. Elles portaient sur leurs seins des colliers d'or et des ouvrages d'argent, et au bras droit de Thorgerda, comme à celui de l'autre, était un pesant bracelet d'or.

Aussitôt qu'ils furent proche de l'image de Thorgerda, le jarl Hacon se jeta à terre, et y resta longtemps sans mouvement, la face entre les mains. Cela fait, il se releva et dit :

« Maintenant il vous faut lui faire une offrande; placez sur l'escabeau qui est devant elle cette broche d'argent que vous avez à votre manteau, et voyons ce qu'elle fera. »

Sigmund enleva de son manteau la broche de l'air d'un homme qui ne croit qu'à demi, et qui ne fait une chose que parce qu'on lui dit de la faire, puis s'inclinant il la déposa sur l'escabeau.

« Faisons attention maintenant à ce qui va arriver, dit le jarl. Si elle accepte votre offrande et votre service, je prie qu'elle laisse tomber de son bras ce bracelet que vous y voyez ; et si elle vous le donne, ce bracelet vous portera bonheur, Sigmund. Mais je vais essayer d'abord de l'enlever ; regardez bien si elle me le cédera. »

Le jarl essaya donc d'enlever le bracelet de son bras, mais il sembla à Sigmund qu'elle repliait la main, en sorte que le jarl ne put pas le faire glisser.

Le jarl se jeta alors de nouveau sur le pavé et y resta longtemps ; quand il se releva, Sigmund vit que ses yeux étaient pleins de larmes, et le jarl lui dit :

« Maintenant essayez de le faire glisser, vous ; je l'ai priée de vous le donner. »

Sigmund étendit alors la main, et quand il toucha le bracelet il se détacha comme de lui-même, il le prit et le mit à son propre bras.

« Vois, dit le jarl, elle te le donne, Sigmund ; et maintenant fais bien attention à ne t'en séparer jamais, car il te portera bonheur. Promets-moi cela. »

Sigmund promit, puis tous deux sortirent et quittèrent le temple.

« Qu'en dites-vous maintenant, Sigmund ? demanda le jarl ; les dieux et Thorgerda ne sont-ils rien que des poupées de bois, ou donnent-ils des signes à ceux qu'ils favorisent ?

— Avant que je croie tout à fait en eux il faudra que je connaisse un peu plus de leur faveur que le don d'un bracelet d'or pareil à ceux que j'ai si souvent pris au bras d'un ennemi mort, dit Sigmund ; mais si cela peut vous donner quelque plaisir, jarl, j'essaierai de croire en eux. Peut-être seront-ils plus gracieux pour moi à mesure que ma vie s'écoulera.

— Essayez seulement, dit le jarl, et vous croirez bientôt en eux. » Après ces paroles les deux interlocuteurs ne parlèrent à peu près plus jusqu'à ce qu'ils furent sortis du bois et eurent presque atteint la grange de Gudbrand de la vallée.

Lorsqu'ils eurent à peu près atteint la maison, le jarl dit : « Il me semble qu'il y a de l'émoi aux alentours de la ferme. Voilà Rapp qui court là-bas, sa hache en l'air, et les esclaves de Gudbrand qui courent après lui. Qu'est-ce que cela peut être ?

— Sans doute il s'agit d'aller chercher quelque chose pour la fête, dit Sigmund ; mais quoi que ce soit, nous le saurons bientôt. »

Quand ils entrèrent dans la salle ils virent Gudbrand assis sur son siége élevé, et devant lui se tenait Gudrun, sa jolie fille. Ils attrapèrent justement ces dernières paroles, dites avec un accent de colère méprisante :

« Je t'avais dit ce qui en arriverait, fille, et que tu ne devais pas l'écouter.

— Mais je n'ai pas pu faire autrement, père, dit la fille ; je n'avais pas de force pour lui résister.

— Résister à qui ? cria le jarl.

— A Rapp, dit Gudbrand. Il était là faisant la cour à Gudrun sans ma permission, et Asward, mon bailli, l'a entendu.

— Et, je vous prie, qu'est-ce qu'Asward a entendu ? dit le jarl.

— Il a entendu Rapp demander à Gudrun de fuir avec lui cette nuit même.

— C'est un grave crime, dit le jarl, et tout à fait en opposition avec notre loi ; mais averti d'avance, armé d'avance. Vous connaissez le pire de l'affaire, et il ne résultera rien de cela. Il va sans dire que Rapp, en essayant de séduire votre fille, a perdu tout droit à votre hospitalité pour cet hiver.

— Le pire de l'affaire ! dit Gudbrand d'un ton chagrin, vous ne connaissez pas le pire, jarl ; car lorsque Asward eut entendu Rapp, il le menaça de sa hache, et alors Rapp, le lâche, sans plus de façons, lui a donné son coup de mort, et mon bailli est mort, et tout cela à cause de cette sotte fille.

— S'il a tué votre bailli, il devra ou bien payer le prix du sang, ou subir la loi et devenir proscrit, dit le jarl. Mais ne troublons pas la fête que nous devons aux dieux. Demain nous crierons haro sur Rapp et nous le chasserons à fond. »

Il faut se rappeler que le bailli n'était pas un homme libre mais un esclave, et que le sang des esclaves n'était pas tenu pour cher à cette époque, et n'était tenu par le jarl qu'en petite importance. Mais il n'en était pas ainsi de Gudbrand qui le regrettait comme un fidèle serviteur et un ami, ni de Gudrun qui l'aimait, quoiqu'il faille bien avouer que quelques-unes de ses larmes tombaient à l'occasion de cette subite séparation d'avec le sauvage Rapp.

Enfin ils s'apaisèrent, et lorsque vint l'heure du repas du soir, et que la chair de cheval bouillie dans de grandes marmites en l'honneur des dieux qui amenaient l'hiver fuma sur la table, la fête commença avec grande joie et grande pompe. Tous mangèrent de la grande friandise de cette époque, la chair des chevaux engraissés pour la circonstance, et il est étrange de remarquer que l'horreur que ressentent encore certaines personnes pour cette viande peut être rapportée aux prohibitions lancées par l'église, il y a huit ou neuf siècles, contre un aliment qui était considéré comme la marque et la preuve que celui qui en mangeait était un païen.

Les tables avaient été desservies, et les toasts en l'honneur des dieux venaient justement de commencer, lorsque le sommelier de Gudbrand, qui était aussi un esclave, entra, le visage empreint de terreur, et murmura quelque chose à son maître qui le fit tressaillir sur son siége élevé, mouvement qui ne pouvait manquer d'être remarqué par le jarl.

« Qu'est-ce, Gudbrand? parlez, cria-t-il de l'autre côté de la salle.

— Le sommelier me dit, jarl, que le temple est en feu, et que nous en pouvons voir les flammes au-dessus des arbres.

— Le temple en feu! hurla le jarl. En ce cas, courons pour éteindre les flammes de peur que les images des dieux ne périssent. En avant, Sigmund, à la rescousse! »

En disant ces mots, il se leva de son siége, suivi de Sigmund et de son fils Éric. La fête se termina ainsi brusquement, et tous les hommes en état de porter secours furent bientôt en route pour le temple qui flamboyait d'une façon terrible à travers les arbres, et jetait sur la forêt une lumière sinistre.

Quand ils atteignirent la clairière, le temple incendié présentait un spectacle plus splendide encore dans sa destruction que lorsque Sigmund l'avait vu à la lumière du jour. Les flammes illuminaient toute la clairière et s'élevaient hautes au-dessus des arbres, car elles s'étaient frayé leur chemin par le dôme, et tout espoir de sauver le sanctuaire était perdu.

« Est-ce que ce sont des dieux, ceux qui ne peuvent sauver leur propre temple dans une des plus saintes nuits de l'année? se dit Sigmund à lui-même. Comme il disait ces paroles, il sentit peser à son bras le bracelet que Thorgerda, fiancée du sanctuaire, lui avait donné. — Cela au moins, se dit-il à lui-même, valait la peine d'être sauvé du feu, et voyez! je le possède intact. »

Le jarl ne disait rien, mais il se promenait et se promenait autour de l'édifice, contemplant l'incendie. Justement alors il fut rejoint par Gudbrand qui avait suivi aussi vite qu'avaient voulu le lui permettre ses vieilles jambes.

« Un triste spectacle! un triste spectacle, jarl! dit-il, et penser à toutes les peines et à tout le talent qui ont été dépensés dans ce qui ne sera bientôt qu'un monceau de cendres! »

Le jarl continua à ne rien dire, mais à la lueur de l'incendie, on put voir que son visage était encore plus noir et plus sombre que de coutume. Le feu s'étant ralenti et la chaleur étant moins intense, le jarl Hacon, suivi de Gudbrand, de Sigmund et d'Éric, entra dans l'intérieur de la palissade et s'avança un peu plus près de l'édifice en flammes.

Quand ils eurent marché l'espace de quelques toises, le jarl cria :

« Regardez donc! qu'avons-nous là-bas? »

En disant ces mots il désigna du doigt un banc de terre sur lequel étaient couchées trois images, qui étaient absolument hors du temple.

« Voyez quel pouvoir ont nos dieux, jarl, dit le vieux Gudbrand avec joie. Il faut qu'ils soient sortis du temple de leur propre accord.

— S'ils ont fait cela, dit sèchement le jarl, il est vraiment merveilleux qu'ils n'aient pas apporté avec eux leurs bracelets et leurs colliers, et leurs ornements d'or et d'argent. Se sont-ils dépouillés eux-mêmes de toutes ces richesses afin de les laisser derrière eux pour être consumées par les flammes? Non, c'est la main d'un homme qui les a dépouillés et qui les a portés à l'extérieur, et cela doit avoir été fait par quelqu'un qui croyait encore assez à la vieille religion pour ne pas oser brûler les dieux, quoiqu'il n'ait pas eu scrupule de les dépouiller de leurs richesses et de brûler leur maison. C'est la main d'un homme, je le répète, et, soyez-en sûrs, ce n'est pas l'ouvrage d'un autre que de Rapp.

— Comme vous êtes toujours sage, jarl! dit Gudbrand. Incontestablement, cela ne peut être que ce lâche Rapp qui a d'abord essayé de séduire ma fille, qui ensuite a tué mon bailli, et qui maintenant, pour troubler notre fête et nous faire du mal, a mis le feu à notre temple.

— Combien il est aisé, pensa Sigmund en lui-même, de voir une chose lorsqu'un homme à la vue perçante l'a vue avant vous. » Puis parlant tout haut : « Quand cela sera-t-il vengé, jarl? demanda-t-il.

— Qui peut le dire, Sigmund? dit le jarl. Quelquefois les dieux sont lents à la vengeance, comme ils sont souvent lents à accorder leurs grâces. Mais que leur vengeance tombera pour ce crime sur l'homme qui l'a commis, soyez-en sûr. Quand bien même il échapperait dans cette vie, et je n'ai pas l'intention de le laisser échapper, il sera chassé du Valhalla dans l'autre, et n'entrera jamais dans la compagnie des braves et des bons. Mais enlevons les images des dieux et retournons avec eux à la grange. Qu'ils y restent jusqu'à ce que nous puissions leur donner de nouveaux ornements d'or et d'argent, et jusqu'à ce que nous puissions rebâtir le temple, qui — je le jure — sera rebâti deux fois aussi grand qu'il était. »

Ils s'en retournèrent alors à la grange, mais ils n'eurent pas le cœur de finir la fête qui avait été si désastreusement troublée. Après avoir vidé une corne d'hydromel, Gudbrand et ses convives se retirèrent pour aller reposer, et la seconde journée de la visite du jarl Hacon à la vallée prit fin.

CHAPITRE XXXII

LA POURSUITE DE RAPP.

Le lendemain, tous dans la grange furent levés de bonne heure, car Rapp, l'assassin et l'incendiaire de temples, ne devait-il pas être chassé à fond de train par toutes les forces du jarl et de Gudbrand? Le repas du matin fut en conséquence vite dépêché, et puis tous ceux qui en étaient capables prirent part à la poursuite. Parmi ceux-là, il n'y en avait aucun d'aussi actif que Thrand, le fils de Gudbrand, qui se mit lui-même à la tête de ce que nous pouvons appeler les batteurs.

En quittant les champs environnant la grange qui étaient terre arable, ils traversèrent une certaine étendue de terre inculte couverte de buissons, de genévriers et de bruyères, et s'y dispersèrent pour la fouiller à fond. La longue colonne des chercheurs avait environ à demi scruté le terrain, lorsque Thrand, qui était un peu en avant, entendit quelque chose qui faisait du bruit derrière un buisson, et en un instant Rapp en jaillit avec sa hache en l'air. D'un coup asséné avec sa force écrasante, il fit tomber l'épée de Thrand, et enfonçant une des pointes de la hache dans sa poitrine, il lui donna son coup de mort. A mesure que les compagnons de Thrand accoururent les uns après les autres, l'énorme Islandais leur donna à droite et à gauche un coup de son armé, et, comme dit le chroniqueur dans son langage élégant, ils n'en demandèrent pas davantage.

Ensuite il se retourna et s'enfuit avant que les autres poursuivants fussent arrivés, et comme il était un homme des plus agiles, il fut loin et à l'abri dans les bois avant que personne eût pu l'approcher.

Quant au jarl, il était hors de lui-même à force de colère.

« Pourquoi ne l'avez-vous pas serré de plus près, Sigmund ? dit-il, car vous seul d'entre nous pouvez l'égaler en agilité et en dextérité avec vos armes. »

En disant cela, il oubliait que Sigmund était de sa suite, et que c'était là la raison pour laquelle il n'avait pas serré de plus près le fugitif.

Dès que le jarl vit que Rapp lui avait glissé entre les doigts pour cette fois, il dit :

« Laissez-le aller pour le moment, et maintenant prenez tous un instant de repos. Quant à moi je vais me retirer à l'écart, et ma volonté est qu'aucun de vous ne m'approche. Peut-être les dieux qu'il a raillés et volés me diront-ils où est Rapp. »

Le jarl se retira donc à l'écart et tomba sur ses genoux en tenant ses mains devant son visage. Après un certain temps il se releva, retourna à ses hommes, et dit :

« Maintenant je vois tout clairement. Venez avec moi. »

Alors il retraversa les parties de la bruyère qu'ils avaient déjà suivies, et marcha jusqu'à ce qu'ils arrivèrent dans un petit vallon, et ils y étaient à peine entrés, que devant eux jaillit Rapp, ayant aux bras deux bracelets d'or qu'il avait enlevés à Thor et à Irpa ; il prit sa course et s'envola comme un oiseau.

« Le voici qui s'enfuit, le voici qui s'enfuit ! cria le jarl. Courez, hommes, et saisissez le lâche ! »

Mais Rapp avait pris une bonne avance et était d'une telle agilité que, quoique Sigmund et les autres courussent après lui de toute leur plus extrême vitesse, il eût bientôt disparu dans le bois.

« Tout cela n'est pas bon, dit le jarl ; qu'il aille pour le moment, nous le trouverons peut-être à Hladir, essayant de se procurer un passage pour sortir du pays.

— Thrain, le fils de Sigfus, et les fils de Njal, étaient presque prêts à prendre la mer lorsque nous avons quitté

Hladir, dit Sigmund. Sans doute, cet Islandais ira droit à eux, car ils se soutiennent toujours lés uns des autres.

— Tout vient en bon temps, dit le jarl. Les pas des dieux ne sont pas aussi rapides que ceux de Rapp, mais ils sont sûrs. Nous prendrons le corps de Thrand et nous l'ensevelirons dignement, puis nous retournerons à Hladir et nous verrons ce que nous pouvons faire. Il n'y aura pas de bon vent pour l'Islande avant notre arrivée en notre salle. »

Sur cette expression de foi parfaite aux dieux en qui il croyait si entièrement, le jarl Hacon retourna à la grange de Gudbrand qu'il trouva, comme on peut le supposer, en grand chagrin pour le coup accablant qui venait de tomber sur lui avec la mort de son fils.

« C'est là volonté des dieux, vieil ami, dit le jarl, et nous devons tous nous courber devant elle. Odin vous enviait la possession d'un fils si vaillant, et il lui avait préparé dans le Valhalla un siége qu'il occupera aussitôt que nous aurons attaché les souliers d'enfer à ses pieds, et que nous l'aurons enseveli comme il doit être enseveli.

— Le proverbe dit, répondit Gudbrand, qu'une échine sans frère est bien nue, mais une échine sans enfant est plus nue encore. C'est une mauvaise heure que celle où j'ai reçu cet Islandais dans ma maison.

— Laissons les dieux prendre soin de leur vengeance, dit le jarl. J'espère le saisir et le tuer avant qu'il ne sorte du pays, mais si je ne puis y parvenir, soyez sûr que Rapp fera une mauvaise fin. »

Nous n'avons pas besoin d'insister sur les funérailles de Thrand : il fut enseveli beaucoup de la même façon que Wolf le mal lavé, seulement avec plus de raffinement et de cérémonies. Lorsque les rites funéraires furent achevés, et qu'un *tumulus* proportionné à sa naissance eût été entassé sur les restes de Thrand, le jarl laissa Gudbrand à lui-même, et se rendit en toute hâte à Hladir, suivi de Sigmund et de sa garde du corps.

Comme il approchait de son manoir, et regardait du

haut des collines qui dominent l'embouchure du fleuve, le jarl Hacon dit à Sigmund :

« N'avais-je pas dit, Sigmund, qu'il n'y aurait pas de bon vent pour l'Islande avant mon arrivée ? Voyez, voici les Islandais couchés dans leurs deux navires, Thrain, le fils de Sigfus, et Helgi et Grim, les fils de Njal. Rapp doit être à bord de l'un des deux. »

Maintenant il nous faut revenir un peu en arrière pour parler de Rapp, et dire que, tout agile qu'il fût, il n'atteignit Hladir que peu avant le jarl, et pour une bonne raison : il marchait et courait à pied à travers les bois et les landes, tandis que le jarl et ses hommes voyageaient à cheval. Avec toute l'avance que lui donna le retard occasionné par les funérailles de Thrand, il n'atteignit Hladir que juste avant le jarl et ses hommes. Dans l'urgente nécessité qui le pressait, il se dirigea vers les fils de Njal, et dit :

« Assistez-moi, comme des hommes braves et loyaux, car le jarl vient pour me tuer. »

Alors Helgi, l'aîné des frères, le regarda, et dit :

« Tu es un malheureux, et celui qui refuse d'avoir affaire avec toi ne fait que bien.

— Je voudrais, répondit Rapp, que tout le mal possible put tomber sur vous à cause de moi.

— Si le mal tombe sur nous, dit Helgi, je suis, certes, assez homme pour m'en venger en dû temps. »

Alors Rapp se tourna vers Thrain, et le supplia de lui donner aide.

« Qu'as-tu sur tes mains ? demanda Thrain.

— J'ai brûlé un temple, et j'ai tué un homme ou deux. Le jarl sera bientôt à mes talons, car il conduit la chasse lui-même.

— Ce n'est guère à moi de faire ce que tu me demandes, dit Thrain, lorsque le jarl m'a traité si bien. »

Alors Rapp lui montra les choses précieuses qu'il avait enlevées du temple et offrit de les lui donner.

« Non, dit Thrain, je ne puis prendre les choses volées aux dieux. Il me faut d'autres objets en place de ceux-là.

— Bien, dit Rapp, en ce cas je vais m'arrêter ici, et je me laisserai tuer devant vos yeux, et puis vous aurez à porter le blâme de chacun en Islande. »

Justement alors Thrain regarda en haut et vit la bannière du jarl sur le front de la colline au-dessus de l'embouchure du fleuve.

« Je te viendrai en aide, dit-il. Entre dans le bateau, et pousse en avant jusqu'au *Vautour*, mon vaisseau. »

Aussitôt qu'ils furent à bord, Thrain ordonna à ses hommes de briser les fonds de deux barriques, et lorsque cela fut fait, il dit :

« Il faut que vous vous fourriez dans ces barriques, Rapp. »

Rapp se glissa dans les barriques, puis elles furent attachées ensemble par leurs extrémités et jetées pardessus bord, en sorte qu'elles flottaient tout debout, sur le flanc du vaisseau.

Juste au moment où cette opération était terminée, le jarl arriva sur le rivage. Il se dirigea d'abord vers les fils de Njal, et leur demanda si Rapp était venu là.

« Oui, il y est venu, dit Helgi.

— Et où est-il allé? demanda le jarl.

— Cela, nous ne nous sommes pas souciés de le savoir, dit Helgi.

— Je donnerais, dit le jarl, un grand honneur à celui qui me dirait où est Rapp. »

Alors, Grim dit à part à Helgi :

« Pourquoi ne le dirions-nous pas ? Thrain ne nous paiera notre loyauté d'aucun prix.

— Non, dit Helgi, nous ne devons pas le dire, sa vie en dépend.

— Peut-être que le jarl tournera sa colère contre nous, dit Grim, car il est si furieux, qu'il faut qu'il fasse tomber sa vengeance sur quelqu'un.

— Nous n'avons pas à nous inquiéter de cela, dit Helgi, mais cependant nous éloignerons notre navire de la terre, et nous mettrons à la voile dès que nous aurons une brise. »

Ils conduisirent sur cette résolution leur navire sous une petite île et attendirent un bon vent.

Pendant ce temps-là le jarl faisait la tournée des capitaines de navires et leur demandait à tous s'ils savaient où était Rapp; mais tous, jusqu'au dernier, cachèrent la chose et dirent qu'ils ne savaient rien concernant Rapp.

« Bien, dit le jarl, maintenant allons trouver Thrain, le fils de Sigfus, mon compagnon de table. Sûrement, il livrera Rapp, s'il sait quelque chose le concernant. »

Ils détachèrent donc un long vaisseau et ramèrent jusqu'au navire marchand. Thrain était sur le pont, et vit de suite la direction du jarl, et lorsque celui-ci s'approcha, il monta sur la poupe et le salua avec courtoisie.

Le jarl reçut gracieusement ses politesses et dit :

« Nous cherchons un homme dont le nom est Rapp, un Islandais; il nous a fait toute sorte de mal, et nous venons vous demander de nous le donner si vous l'avez à bord, ou de nous dire si vous savez où il est.

— Vous savez, seigneur, que j'ai tué un de vos hommes hors la loi au risque de ma vie, et que pour ce fait j'ai reçu un grand honneur de vos mains.

— Et vous aurez encore plus d'honneur, cria le jarl soudainement, si vous pouvez nous dire où il est. »

Alors Thrain garda quelque temps le silence et réfléchit; mais enfin il nia carrément que Rapp fût sur son navire, et il invita le jarl à monter à bord et à voir par lui-même.

Le jarl répondit qu'il ne ferait pas cela, et il revint à terre, et se tint à l'écart pour être seul avec lui-même; pour dire la vérité il était dans une grande colère, et personne n'osait lui parler. Lorsqu'il se rapprocha de sa suite, il dit :

« Montrez-moi où sont les fils de Njal, et je les forcerai à me dire la vérité. »

Mais ses hommes lui dirent que les fils de Njal avaient pris la mer.

« Alors cela ne peut se faire, dit le jarl; mais maintenant j'y pense, il y avait deux barriques à eau à la suite du navire de Thrain, et un homme pourrait bien y avoir été caché; si Thrain l'a caché il y sera, nous allons retourner voir Thrain. »

Thrain vit bien vite que le jarl avait l'intention de revenir, et il dit :

« Si le jarl était en colère lorsqu'il est venu une première fois, il le sera bien davantage encore maintenant, et la vie de tout homme sur le navire est très en péril par cela. »

Ils promirent tous de cacher l'affaire, car chacun craignait pour sa vie.

Alors ils enlevèrent quelques sacs dans la cargaison qu'ils emportaient, mirent Rapp à leur place et jetèrent sur lui des sacs vides si bien qu'il paraissait comme une partie de la charge.

Le jarl arriva juste au moment où ils en avaient fini avec Rapp, et Thrain lui présenta respectueusement ses hommages.

Le jarl les accepta, mais sans vivacité ni grâce, et ils virent alors qu'il était fort en colère.

« Livre-moi Rapp, dit-il; car je suis sûr que tu l'as caché, Thrain.

— Et où l'aurais-je caché, seigneur? dit Thrain.

— Cela, vous devez le savoir mieux que moi, dit le jarl, mais si j'osais deviner je dirais que vous l'avez caché dans ces barriques à eau.

— Je ne voudrais pas être accusé de mensonge, seigneur, dit Thrain; plutôt que d'en être accusé, j'aimerais mieux que vous fouillassiez vous-même le vaisseau.

— C'est ce que je vais faire, dit le jarl, et montant à bord du navire, il chercha, mais il ne trouva rien.

— Dites-vous que je suis innocent? demanda Thrain.

— Bien loin de là, dit le jarl; mais ce que je sais, c'est que je ne puis dire pourquoi nous ne pouvons le trouver; car lorsque j'étais à terre il m'a semblé que je voyais clairement où il était, mais lorsque j'arrive ici je ne puis plus rien voir. »

Sur ces mots il retourna à terre, et il était si fort en colère qu'on ne pouvait rien lui dire.

A ce moment son fils, le jarl Sweyn, était avec lui.

« Singulière disposition, dit-il, de faire porter à des hommes innocents la peine de sa colère! »

Le jarl se retira de nouveau à l'écart pour être seul avec lui-même, et un instant après il revint, et dit :

« Ramons encore jusqu'à leur navire. » Et cela fut fait.

« Eh mais, où était-il donc caché? dit Sweyn.

— Ne vous inquiétez plus de cela, dit le jarl, car en ce moment il doit avoir été retiré de cette cachette. Il y avait deux sacs près de la masse des marchandises, et Rapp doit avoir été mis à leur place avec la cargaison. »

Alors Thrain dit en les voyant ramer de nouveau :

« Voyez, les voilà qui poussent une fois encore leur navire et qui ont l'intention de nous rendre une visite. Il nous faut maintenant le retirer de la masse des marchandises, et y mettre quelque autre chose à sa place, mais laissez les sacs tout contre, comme ils sont. » Ils firent cela, et Thrain dit :

« Fourrons Rapp dans la voile qui est ployée sous la vergue. » Et ils firent aussi cela.

Le jarl arriva alors tout contre le vaisseau, et il était en colère autant qu'on peut l'être, et il dit :

« Veux-tu me donner l'homme maintenant, Thrain? » et il était dans une fureur pire qu'il n'avait été auparavant.

« Je vous l'aurais rendu, il y a longtemps, si je l'avais eu en ma garde, dit Thrain, mais où pensez-vous qu'il était, seigneur?

— Dans les marchandises, dit le jarl.

— Et pourquoi ne l'y avez-vous pas cherché alors?

— Cela ne m'est pas venu à l'esprit, » dit le jarl.

Alors ils le cherchèrent de nouveau dans tout le navire, mais ils ne purent le trouver.

« Voulez-vous maintenant me décharger de toute accusation, seigneur? dit Thrain.

— Certainement non, dit le jarl, je sais parfaitement bien que tu as caché l'homme, quoique je ne puisse le trouver; mais j'aimerais mieux que tu fusses lâche envers moi que moi envers toi. » Et là-dessus il revint au rivage.

Aussitôt qu'ils furent à terre, il dit :

« Maintenant il me semble voir que Thrain a caché Rapp dans la voile. »

Justement alors une brise favorable se leva, et Thrain et ses compagnons mirent à la voile pour prendre la mer ; et lorsqu'il sortit de l'embouchure du fleuve il chanta ces paroles qui ont été tenues depuis en mémoire :

Faisons naviguer le *Vautour*,
Rien maintenant ne peut faire reculer Thrain.

Mais lorsque le jarl Hacon entendit ce que Thrain avait chanté, il dit :

« Ce n'a pas été mon ignorance qui a eu quelque chose à faire en tout cela, car j'ai tout vu clairement de terre ; mais les dieux de la mer ne sont pas ceux de la terre, et d'ailleurs, ce marché que Thrain fait avec Rapp, le saccageur de temples, les entraînera à la fin tous les deux à la destruction. »

FIN DU PREMIER VOLUME.

TABLE DES MATIÈRES

DU PREMIER VOLUME.

PREMIÈRE PARTIE.

FIN DE LA TABLE DU PREMIER VOLUME.

Coulommiers. — Typ. ALBERT PONSOT et P. BRODARD.

www.ingramcontent.com/pod-product-compliance
Lightning Source LLC
LaVergne TN
LVHW010543110826
845149LV00003B/551

* 9 7 8 2 0 1 9 5 6 3 2 5 7 *